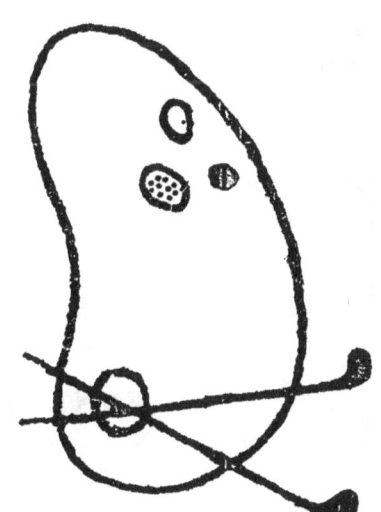

Couvertures supérieure et inférieure
détériorées

Début d'une série de documents
en couleur

TROISIÈME ÉDITION

## FORTUNÉ DU BOISGOBEY

# LA
# Main froide

### ROMAN NOUVEAU

## PARIS
## ERNEST KOLB, ÉDITEUR
8, RUE SAINT-JOSEPH, 8

## FORTUNÉ DU BOISGOBEY

# UN MARIAGE D'INCLINATION

ROMAN

Un beau volume in-18 jésus. Prix . . . . . . 3 fr. 50

# GRIPPE-SOLEIL

ROMAN

Un beau volume in-18 jésus. Prix . . . . . 3 fr. 50

# RUBIS SUR L'ONGLE

ROMAN

Un beau volume in-18 jésus. Prix . . . . . 3 fr. 50

## ROMANS NOUVEAUX

A 3 FR. 50 LE VOLUME

IMP. NOIZETTE, 8, RUE CAMPAGNE-PREMIÈRE, PARIS.

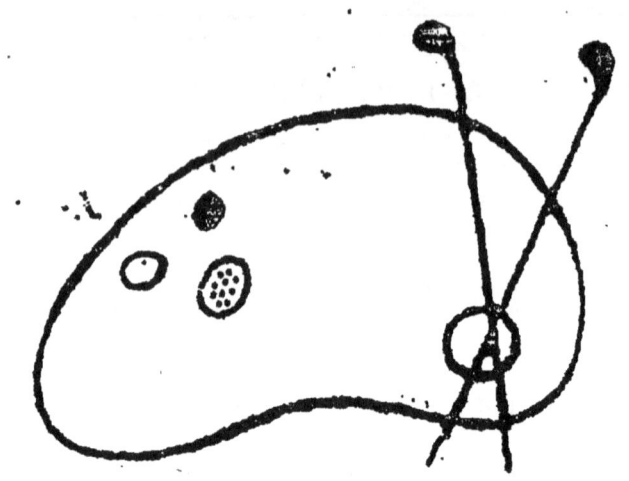

Fin d'une série de documents
en couleur

LA

# MAIN FROIDE

# DU MÊME AUTEUR

---

## A LA MÊME LIBRAIRIE

---

GRIPPE-SOLEIL . . . . . . . . . . . . . . . . . . . . 1 vol.

RUBIS SUR L'ONGLE. . . . . . . . . . . . . . . . . . 1 vol.

UN MARIAGE D'INCLINATION. . . . . . . . . . . . . . 1 vol.

Prix de chaque volume in-18 jésus. . . . . . . . 3 fr. 50

ÉMILE COLIN. — IMPRIMERIE DE LAGNY

# LA
# MAIN FROIDE

PAR

Fortuné du BOISGOBEY

## PARIS
### ERNEST KOLB, ÉDITEUR
8, RUE SAINT-JOSEPH, 8

# LA MAIN FROIDE

## I

Le vieux quartier Latin a disparu avec la dernière grisette.

Le temps n'est plus où les étudiants tenaient à honneur de ne jamais quitter la rive gauche. Maintenant, ils passent volontiers les ponts et ils se répandent sur les *grands* boulevards, comme ils les appellent, pour les distinguer du boulevard Saint-Michel qu'ils nomment familièrement le *Boul' Mich'*.

Quelques-uns même demeurent de l'autre côté de l'eau et viennent aux cours, en voiture, — quand ils y viennent.

Pourtant, sur les hauteurs de la montagne Sainte-Geneviève, on trouverait encore, en cherchant bien, des représentants d'un autre âge, des attardés fidèles à la tenue et aux mœurs de leurs devanciers.

Ceux-là arborent des coiffures étranges, fument la pipe en buvant des bocks devant les cafés de la rue Soufflot, font queue au théâtre de Cluny, dansent à la Closerie des Lilas et croient fermement que l'univers finit au petit bras de la Seine.

1

Ces convaincus sont rares ; si rares que, l'année dernière, on en comptait jusqu'à deux que les nouveaux venus se montraient comme des phénomènes.

Encore se distinguaient-ils des étudiants d'autrefois en ce point qu'ils avaient tous les deux de la fortune et qu'il n'aurait tenu qu'à eux de mener une autre existence.

C'était par vocation qu'ils vivaient de la vie du quartier. L'un des deux était même assez riche et assez bien apparenté pour faire bonne figure ailleurs.

Il s'appelait Jean de Mirande et, à sa majorité, il était entré en possession d'une vingtaine de mille francs de rentes, sans compter la perspective d'hériter plus tard d'un oncle millionnaire et célibataire qui avait été son tuteur.

Il est vrai qu'il ne comptait guère sur cette succession, car le susdit oncle était solide comme le pont du Gard, bâti par les Romains, et de plus, complètement brouillé avec son neveu, depuis que ce neveu s'était avisé de déroger aux traditions de ses nobles aïeux en s'enrôlant dans la bohème scolaire.

Le Pylade de cet Oreste du pays Latin ne descendait pas des Croisés et même il ne sortait pas, comme on dit vulgairement, de la cuisse de Jupiter.

Sa mère, veuve d'un facteur aux Halles, avait amassé une très honnête aisance en vendant des primeurs, à la pointe Saint-Eustache, et servait une pension de six cents francs par mois à son unique rejeton qu'elle ne voyait pas souvent, car elle demeurait rue des Tournelles, au Marais, et Paul ne s'éloignait guère du Panthéon.

Les deux amis ne se ressemblaient pas du tout. Jean était brun, grand, large d'épaules. Il aurait fait un superbe cuirassier et il était fier de sa taille et de sa force.

Paul, blond, mince et délicat, avait un peu l'air d'une demoiselle.

Jean aimait les aventures tapageuses, les assauts de *beuverie* et les conquêtes à la hussarde. Rageur et querelleur avec cela, il ne parlait que de pourfendre et il pourfendait... quelquefois.

Paul, qui pourtant n'était pas poltron, préférait aux batailles de brasseries les promenades sentimentales sous les arbres de l'avenue de l'Observatoire.

Mais ses goûts paisibles ne l'empêchaient pas d'être de toutes les joyeuses parties arrangées par le turbulent Jean de Mirande.

Ils s'étaient liés en vertu d'une loi naturelle à laquelle nous obéissons tous — l'instinct qui nous pousse à fusionner les races — et aussi parce que Jean avait, un soir, énergiquement et victorieusement défendu Paul Cormier, assailli par une bande de messieurs à accroche-cœurs, venus de la rive droite pour envahir le bal Bullier.

Et, dernier contraste entre ces inséparables, Jean, dont les ancêtres auraient pu monter dans les carrosses du Roi, Jean donnait dans les idées nouvelles. Il allait jusqu'au nihilisme, inclusivement — tandis que Paul, fils de commerçants, prétendait regretter l'ancien régime.

Paul aurait donné dix ans de sa vie pour être aimé d'une duchesse. Jean, lui, s'accommodait fort bien des petites ouvrières en rupture d'atelier et des chanteuses de cafés-concerts, dits *Beuglants*, qui constituent le fond du monde galant d'outre-Seine.

En quoi, il n'avait pas tout à fait tort, car il régnait sans partage sur le cœur de ces donzelles faciles, et Paul n'avait pas encore subjugué la moindre grande dame.

Paul aurait voulu que son ami le présentât dans les salons du noble faubourg où Jean de Mirande aurait pu être reçu, à cause de son nom et qu'il fuyait comme la peste. Mais quand Paul exprimait ce désir ambitieux, Jean lui riait au nez et l'emmenait dîner chez Foyot.

Foyot est le café Anglais du quartier.

Ces messieurs y mangeaient habituellement, sans dédaigner cependant de dîner quelquefois dans les *bouillons* d'alentour, à seule fin de rester populaires parmi les étudiants moins opulents qu'eux.

Le dimanche, pendant la belle saison, Oreste et Pylade se montraient au Luxembourg, à l'heure de la musique et, ces jours-là, ils faisaient des concessions à la mode, en s'habillant d'une façon moins excentrique.

L'an passé, donc, par une claire journée dominicale du mois de mai, ils se promenaient, bras dessus bras dessous, sur la terrasse qui domine le grand bassin central, du côté de la rue de Fleurus.

C'est là que s'assemblent, pour jouir du concert gratuit, les habitantes de ces régions reculées : honnêtes bourgeoises assises en rond sur des chaises de louage et flanquées de demoiselles à marier ; bonnes d'enfants entourées de marmots et de militaires non gradés ; habituées de la Closerie des Lilas, circulant par groupes de deux ou trois et blaguant les mères de famille.

Le ciel était splendide. Les marronniers en fleurs embaumaient l'air tiède. Le printemps faisait sa rentrée, après six mois de relâche, pour cause de brouillard et de frimas. Les arbres et les femmes avaient des toilettes neuves.

Paul Cormier, lui aussi, s'était fait beau. Il portait une redingote noire, coupée par un bon tailleur, un joli pantalon de fantaisie et des bottines pointues, ni plus ni moins qu'un *gommeux* remontant les Champs-

Elysées, à l'heure où les équipages reviennent du Bois.

Et cette tenue élégante lui allait à merveille.

Jean de Mirande avait endossé, pour la circonstance, une espèce de justaucorps en velours violet, boutonné jusqu'au menton ; il avait chaussé des bottes molles montant jusqu'au genou sur une culotte gris-perle extra collante et, pour compléter ce mirifique costume, il s'était coiffé, comme un Calabrais d'opéra-comique, d'un feutre pointu, orné d'un large ruban vert.

Et, ainsi accoutré, il ne paraissait pas trop ridicule. Sa haute mine sauvait tout et nul n'était tenté de se moquer de lui en face.

Les hommes attendaient, pour hausser les épaules, qu'il leur tournât le dos. Les jeunes filles de bonne maison le suivaient des yeux à la dérobée, et les mamans pensaient : « Voilà un beau gars ! »

Lui, marchait la tête haute et la moustache au vent, remorquant son camarade qui s'arrêtait souvent pour regarder les femmes et qui ne passait point inaperçu, quoiqu'il n'eût ni l'imposante prestance ni les airs vainqueurs du beau Mirande, Roi des Ecoles et bourreau des crânes.

En arrivant sur la terrasse, Paul Cormier avait avisé, assise contre le piédestal d'une statue, une personne charmante.

Elle était sans cavalier, mais sans doute elle ne comptait pas rester seule jusqu'à la fin du concert, car elle gardait deux chaises, près de celle qu'elle occupait.

Paul qui ne manquait jamais la musique le dimanche, et qui, tous les jours, traversait le jardin plutôt deux fois qu'une, Paul ne l'y avait jamais rencontrée. Donc, elle venait de la rive droite. Sa toilette le disait assez, une toilette élégante et de bon goût, comme on en voit peu dans les environs de Saint-Sulpice.

Du reste, elle ne semblait pas s'apercevoir qu'elle attirait l'attention de ce joli blond qui lui décochait une œillade brûlante chaque fois qu'il passait devant elle.

Et Paul se demandait déjà s'il avait enfin rencontré ce qu'il cherchait.

Était-ce le début d'une aventure ? Il l'espérait presque et il s'y serait volontiers embarqué, sans savoir où elle le conduirait.

S'il avait pu prévoir comment elle devait finir, il aurait certainement hésité.

La dame lisait un livre à couverture jaune, sans doute un roman nouveau, et ce roman devait être fort intéressant, car elle ne levait pas les yeux.

Paul Cormier, qui la lorgnait inutilement, commençait à se lasser de ce manège improductif, lorsque Mirande, s'arrêtant tout à coup, lui dit :

— Ah ! ça, qu'est-ce que tu as donc à te retourner à chaque instant ? J'en ai assez de te traîner comme un cheval rétif qu'on mène par la figure et qui tire au renard.

— Une femme adorable, mon cher ! murmura Cormier, en serrant le bras de son ami.

— Où donc ?... cette liseuse, là-bas, au pied d'une statue ?... Elle n'est pas mal, mais ce n'est pas la peine de risquer d'attraper un torticolis pour la contempler... aborde-la carrément.

— Tu ne vois donc pas que c'est une femme du monde ?... une vraie.

— Décidément, tu es encore plus jobard que je ne pensais.

— C'est toi qui a la manie de prendre toutes les femmes pour des drôlesses. Celle-là est seule en ce moment, mais elle attend quelqu'un... son mari très probablement.

— Allons donc ! elle attend quelqu'un, oui... seulement elle ne sait pas qui... toi, si le cœur t'en dit... ou moi, si je voulais, mais, moi, je ne veux pas. Elle me déplaît, ta princesse, avec son air en-dessous. Et puis, ce soir, j'offre à dîner à deux ou trois jolies filles qui s'amusent bon jeu, bon argent, au lieu de faire les pimbêches : Maria, l'élève de la Maternité et Georgette, une petite actrice des *Nouveautés*, gaie comme un pinson. Lâche ta femme honnête. Je t'invite. Nous aurons en plus Véra, la Russe... externe à la Pitié.

— Une nihiliste !... merci !... ton apprentie accoucheuse et ta figurante ne me tentent pas non plus. Du reste, tu sais bien qu'aujourd'hui, dimanche, je dîne chez ma mère.

— Blagueur, va !... dis donc plutôt que tu as envie de suivre ta marquise de carton. Faut-il que tu sois naïf !... ça, une grande dame ?... une horizontale, tout au plus... et de petite marque, mon pauvre Paul. Je m'y connais.

— Tu crois t'y connaître et tu n'y entends rien.

— Ah ! c'est comme ça !... tu prétends m'en remontrer !... eh ! bien, je vais te donner une leçon. Tu vas voir comment on s'y prend pour faire connaissance avec une princesse qui vient chercher fortune à la musique du Luxembourg.

Et, dégageant son bras, Mirande alla droit à la liseuse.

Paul essaya de le retenir. Il n'y réussit pas et il resta, planté sur ses jambes, au milieu de la terrasse, et fort embarrassé de sa contenance, pendant qu'à dix pas de lui, le beau Mirande s'asseyait sans façon sur une des chaises restées libres à côté de la dame.

Cette fois, elle leva la tête et elle se montra dans toute sa radieuse beauté.

C'était une blonde aux yeux noirs, une blonde qui avait le teint mat et chaud d'une Espagnole de Séville avec la physionomie intelligente et vive d'une Parisienne de Paris.

Pas du tout intimidée, d'ailleurs.

— Pardon, madame, commença Mirande en retroussant sa moustache, vous devez vous ennuyer toute seule et je me suis dit...

Il n'acheva pas sa phrase. La dame le regardait fixement et ses yeux n'exprimaient que le dédain, mais un dédain si calme et si fier qu'il s'arrêta net.

Les grosses galanteries qu'il allait débiter lui restèrent dans le gosier. Et alors se joua une scène muette qui ravit d'aise l'ami Paul.

Déconcerté par ce regard froid et par ce silence hautain, Mirande ôta son chapeau qu'il avait, d'un geste conquérant, enfoncé sur sa tête avant de s'emparer de la chaise vacante, alors qu'il croyait à une victoire facile.

Se découvrir poliment, ce n'était pas assez pour réparer sa première inconvenance et la dame continuait à le dévisager, sans lui adresser la parole.

Il se décida à se lever et il cherchait un mot pour se tirer le moins mal possible de la sotte situation où il s'était mis, lorsqu'il vit debout, devant lui, un monsieur, vêtu de noir, qui s'était approché sans qu'il l'entendît venir.

— Enfin ! s'écria-t-il, tout heureux de consoler son amour-propre en cherchant noise à quelqu'un ; enfin je trouve à qui parler !

Jean de Mirande s'était bien aperçu que la blonde inconnue le trouvait ridicule ; et il était d'autant plus vexé que Paul Cormier assistait de loin à sa défaite. Paul Cormier qu'il comptait éblouir en faisant, au pied levé, la conquête d'une femme jeune, jolie et parfaitement distinguée, quoi qu'il en eût dit, avant de l'aborder.

Et pour se relever aux yeux de son ami de cet échec humiliant, il n'avait rien imaginé de mieux que d'apostropher un monsieur, père, frère ou mari, très probablement, de cette grande mondaine, fourvoyée au Luxembourg.

Ce personnage qui venait de surgir tout à coup, comme un diable jaillit d'une boîte à surprise, montrait un visage complètement rasé, sauf une paire de favoris, coupés au niveau de l'oreille et portait à la boutonnière de sa longue redingote un mince ruban rouge.

Il avait tout à fait l'air d'un officier en demi-solde, un de ces types de grognards licenciés comme on en voyait du temps de la Restauration et comme on en voit encore dans les dessins de Charlet.

Grands traits qui semblaient avoir été taillés à coups de hache, regard dur, physionomie chagrine.

Au lieu d'interpeller Mirande qui s'y attendait et se préparait à répliquer vertement, l'homme vêtu de noir vint, sans dire un mot, se placer entre l'étudiant et la liseuse qui ne lisait plus.

Mirande crut que ce protecteur muet allait s'asseoir, afin d'établir par cette prise de possession son droit de défendre la belle inconnue, mais le protecteur resta debout, fronçant le sourcil, pinçant les lèvres et opposant sa large poitrine à toute tentative d'occupation.

— Monsieur, dit Jean, un peu déconcerté par ce

1.

sang-froid je viens d'aborder cavalièrement madame qui, je le suppose, vous tient de près. Si vous n'êtes pas content, je suis à vos ordres et je vous laisse le choix des armes. Vous pouvez m'envoyer vos témoins demain matin... Jean de Mirande, boulevard Saint-Germain, 119. Je les attendrai jusqu'à midi.

— Je n'ai que faire de votre adresse, répondit sèchement le monsieur. Passez votre chemin.

— Alors, vous ne voulez pas vous aligner? Très bien !... je me suis trompé. Je vous prenais pour un ancien militaire à cause de ce bout de ruban.

Je m'aperçois que j'ai affaire à un bourgeois, décoré par l'intermédiaire de l'agence Limouzin. Puisque vous ne vous battez pas, je n'ai plus rien à vous dire. Gardez bien madame votre épouse et au plaisir de ne jamais vous revoir.

Après avoir lâché cette dernière impertinence, Mirande pirouetta sur ses talons avec la désinvolture d'un marquis d'autrefois et s'en alla rejoindre Paul Cormier.

Il était resté à distance, cet excellent Paul, et assez embarrassé de sa situation.

De la place où il semblait avoir pris racine au milieu de la terrasse, il n'entendait pas les paroles agressives que lançait Jean, mais il suivait de l'œil ses mouvements. Il comprenait très bien que son incorrigible ami cherchait querelle au défenseur de la dame blonde, et il ne fut pas peu surpris de le voir battre en retraite.

— Eh bien ! lui demanda-t-il, sans pouvoir s'empêcher de sourire, as-tu réussi ?

— Mon cher, répliqua sèchement Mirande, je suis tombé sur une rouée qui me l'a faite à la pose. Pour lui montrer que je n'étais pas sa dupe, j'ai proposé la

botte à cet escogriffe qui lui sert de garde du corps. Il
a *cané*.

— Il a cependant l'air d'un ancien officier.

— Lui ! jamais de la vie !... Le ruban qu'il porte doit
être celui d'un ordre des îles Mariannes. J'aurais dû le
gifler... Il est encore temps et je vais...

— Tiens-toi en repos, je te prie. Tu te ferais mettre
au poste. Pense à ces demoiselles que tu as invitées à
dîner chez Foyot. La douce Véra te jetterait du vitriol
à la figure, si tu la plantais là.

— Il faut que je corrige ce drôle... la blonde verra
que je ne me laisse pas berner.

— Cette blonde ne s'occupe plus de toi. Elle a repris
sa lecture; elle y est plongée. Quant au chevalier noir,
le voilà qui s'en va se mêler aux badauds occupés à regarder jouer au ballon. Cet homme n'est qu'un domestique. Un mari ou un amant se serait campé sur la
chaise.

— Tu as raison, au fait.. on ne se bat pas avec un
valet. Allons-nous en pour que je ne voie plus sa vilaine tête. Si je me trouvais encore bec à bec avec lui,
l'envie me prendrait de lui tomber dessus et je n'y ré-
sisterais pas.

Paul s'empressa d'entraîner son rancuneux camarade et Jean se laissa faire, mais avant d'arriver au bout
de la terrasse, ils donnèrent en plein dans une chaîne
de femmes qui leur barrèrent le passage.

Elles étaient quatre qui se tenaient par le bras,
comme des *escholiers* du moyen âge, et qui scandali-
saient par leurs airs évaporés et leurs toilettes bizarres
les familles bourgeoises rangées en espalier des deux
côtés de la terrasse.

Il y avait Maria, l'élève sage-femme, coiffée d'un
immense chapeau de paille orné de fleurs des champs.

Il y avait Véra, l'externe nihiliste, coiffée d'un béret rouge, et deux échappées des petits théâtres de la rive droite; plus élégamment habillées, celles-là, mais pas moins tapageuses.

Toutes les quatre fumaient des cigarettes turques, offertes par l'étudiante russe.

Les gardiens du jardin les regardaient de travers, mais au Luxembourg on n'est pas si collet-monté qu'aux Tuileries et les habitués y ont leurs coudées franches.

Ce fut une fête en plein air que cette rencontre entre ces émancipées et les deux étudiants les plus *chic* du pays Latin. Il y eut des cris de joie et des accolades à grands bras. Maria proposa de se prendre tous par la main et de danser en chantant la ronde du pont d'Avignon.

Peut s'en fallut qu'on ne s'y mît. Mais Paul Cormier modéra ces ardeurs, en disant gaiement :

— Veuillez remarquer, Mesdames, que je suis aujourd'hui en tenue d'homme sérieux. Respectez ma redingote noire et mon chapeau haut de forme.

— T'as raison, mon p'tit, s'écria mademoiselle Zoé, figurante au théâtre Beaumarchais, si tu gigottais ici devant les femmes comme il faut du quartier, ça te ferait du tort pour te marier. Pas de bêtises, Po-Paul !... épouse la fille d'un épicier cossu et quand tu auras le *sac*, n'oublie pas tes petites camarades.

Paul ne songeait guère à se marier, mais la dame au livre n'était pas loin. En se retournant, il s'était aperçu qu'elle le regardait et il ne se souciait pas de danser une farandole, sous les yeux de cette blonde qu'il persistait à trouver charmante et distinguée, en dépit des sarcasmes du beau Mirande, vexé d'avoir été éconduit.

— Ils sont trop verts ! pensait Paul Cormier. Si elle

avait daigné lui répondre quand il l'a abordée, il déclarerait qu'elle est adorable. Et il ne m'est pas démontré qu'elle recevrait aussi dédaigneusement un hommage plus discret.

Le refus de Paul fut appuyé par mademoiselle Véra. Cette jeune personne qui portait les cheveux courts comme un garçon, et une mante de serge blanche taillée comme les *touloupes* des paysans Russes, n'était pas précisément jolie avec son teint chlorotique et son nez à la Roxelane, mais elle avait des yeux verts d'un éclat singulier et d'une mobilité troublante.

Elle déclara que, libre-penseuse et citoyenne de la future République universelle, elle rougirait de se donner en spectacle aux vils bourgeois qui attristaient de leur présence le jardin du Luxembourg.

— Tu aimerais mieux pétroler le Palais... moi aussi, dit le seigneur de Mirande.

Heureusement, son oncle n'était pas là pour l'entendre.

— Eh bien ! reprit-il gaiement, chère *Véra*, qui vivra *verra*.

— Oh ! un calembour ! ricana une des cabotines; voilà Mirande qui joue les Christian, à la ville.

— Mes enfants, il ne s'agit pas de tout ça, dit Maria. On s'embête ici, au milieu de tous ces types.

Tu paies à dîner, pas vrai, mon vieux Jean ?

— A dîner, à souper... tout ce que vous voudrez, mes petites reines.

— Alors, il est temps d'aller prendre l'absinthe au *Boul' Mich*.

— Allons-y ! conclut Mirande. En es-tu, Paul ?

— Non. Je dîne chez ma mère, je te l'ai déjà dit.

— Tiens, s'écria Zoé, j'ai vu jouer une pièce qui s'appelle comme ça.

— En route ! reprit Maria, en s'emparant du bras de Jean.

Ses aimables compagnes entourèrent le couple et le groupe tumultueux roula comme une avalanche vers le grand escalier de la terrasse.

Trop heureux d'être délivré de leur bruyante société, Paul Cormier les laissa partir sans regret.

Ils l'avaient entraîné assez loin de la dame blonde. Il lui tardait de la revoir et d'essayer d'attirer son attention, car il ne désespérait pas de lui plaire, en s'y prenant autrement que ne l'avait fait Mirande.

Il tenait d'autant plus à tenter l'aventure que pareille occasion ne s'offrirait peut-être plus jamais de réaliser le rêve de toute sa vie.

Ce rêve ambitieux, c'était de se faire aimer d'une femme du vrai monde et celle-là en était certainement, quoi qu'en pût dire ce Jean qui ne croyait à rien.

Il s'agissait maintenant de manœuvrer adroitement et Paul avait à choisir entre deux partis : ou aborder à son tour la liseuse, sous prétexte de lui présenter les excuses de son ami, en lui disant que cet ami était gris ; ou bien se contenter de la saluer respectueusement, afin de marquer par cette politesse discrète que, lui, Paul Cormier, désapprouvait la conduite de son camarade au chapeau pointu et se tenait prêt à réparer les torts de ce garçon mal élevé, pour peu qu'elle voulût l'y encourager d'un coup d'œil.

Paul penchait pour cette dernière façon de procéder qui convenait mieux à son tempérament et il en était déjà à se composer une attitude pour ne pas manquer son effet, quand il s'aperçut que la place était vide.

La dame avait levé le siège, pendant qu'il se défendait contre les instances des invitées de Mirande et il eut beau chercher de tous les côtés, il ne retrouva ni elle ni son chevalier noir.

— Allons ! murmura-t-il tristement, j'arrive trop tard. Et il ne me reste même pas la ressource de la suivre pour voir où elle demeure. Elle a dû remonter dans son équipage qui l'attendait à une des portes du jardin. L'ange blond s'est envolé et je ne le reverrai plus... Bah ! qui sait ?... en venant tous les jours sur cette terrasse, je l'y rencontrerai peut-être... et, j'aurai soin d'y venir sans ce grand fou de Mirande.

Médiocrement consolé par ce très vague espoir, Paul s'achemina vers la grille qui fait face aux galeries de l'Odéon.

Il était résigné à s'en aller rue des Tournelles chez sa mère qui l'attendait pour dîner. Il y a, tout près de cette sortie du Luxembourg, une station de fiacres et il comptait en prendre un.

Le concert tirait à sa fin ; les amateurs de musique en plein vent commençaient à se disperser et le gros de la foule s'écoulait du côté de la rue de Vaugirard.

Paul suivit le torrent.

Après avoir passé devant la fontaine de Médicis, il franchit la grille et avant de remonter à droite, du côté où stationnent les voitures de place, il s'arrêta un instant sur le trottoir pour allumer un cigare.

Quand ce fut fait, en regardant machinalement devant lui, il avisa, au coin de la rue Corneille, un coupé de maître, attelé de deux beaux chevaux bais-bruns.

Un cocher majestueux, haut perché sur son siège, avait les guides en main et le fouet appuyé sur la cuisse droite. Un valet de pied en livrée sombre se tenait debout près de la portière.

Paul, qui avait la prétention d'être connaisseur en équipages, se mit à admirer celui-là.

Les glaces étaient levées, quoiqu'il fît très chaud, mais il crut voir à travers la vitre un visage féminin qui disparut aussitôt.

C'en était assez pour exciter la curiosité d'un flâneur, mais Paul se dit qu'il ferait une sottise en allant regarder de plus près une princesse si bien gardée et passa, non sans se retourner trois fois.

A la troisième, il constata que le coupé n'était plus là.

Il avait dû tourner rapidement et filer vers la place de l'Odéon.

Paul continua son chemin sans se presser.

Arrivé à la station, il ouvrit la portière du fiacre qui tenait la tête de la file et il allait y monter, lorsqu'une femme y entra du côté opposé et y prit place tranquillement.

Il n'avait nulle envie de contester le droit de priorité de cette dame et il recula pour se mettre en quête d'une autre voiture, mais l'inconnue lui dit :

— Venez, monsieur !

Elle avait rabattu sur sa figure une épaisse voilette de blonde noire, et Paul ne pouvait pas voir si elle était jolie, mais la voix était douce, la tournure distinguée, la toilette élégante.

C'était décidément la journée aux aventures.

— Au rond-point des Champs-Élysées ! reprit la dame.

Paul Cormier tombait de son haut. Elle lui parlait comme elle aurait parlé à un de ces commissionnaires qui ouvrent, aux stations, les portières des fiacres.

Il aurait dû la planter là, mais c'était si drôle qu'il se décida tout de suite à répéter au cocher l'ordre qu'elle venait de donner et à prendre place à côté d'elle dans la voiture.

Le romanesque Paul aimait l'imprévu : il était servi à souhait.

Mais il n'augurait pas très bien de cette nouvelle aventure.

Il savait que les grandes mondaines n'ont pas coutume de se jeter ainsi à la tête d'un monsieur qu'elles n'ont jamais vu et il pensait que cette personne, un peu trop sans façon, pouvait bien n'être qu'une farceuse en quête d'une liaison passagère... et productive.

Elle avait cependant si bon air qu'il voulait savoir à quoi s'en tenir sur ses intentions.

Il lui restait tout le temps de faire avec elle, avant d'aller dîner au Marais, une promenade qui éclaircirait ce petit mystère, et rien ne l'empêcherait ensuite de fausser compagnie à la promeneuse, s'il s'apercevait qu'elle ne valait pas la peine d'être conquise.

Elle ne le fit pas languir.

Le fiacre commençait à peine à descendre la rue de Tournon et Paul en était encore à chercher une phrase pour entamer la conversation, quand elle releva sa voilette.

Cette inconnue c'était la blonde aux yeux noirs que Jean de Mirande avait abordée si audacieusement et avec si peu de succès, sur la terrasse du jardin.

Elle regardait Paul, en souriant et elle paraissait s'amuser de son étonnement et de son trouble.

— Quoi ! Madame, dit-il assez gauchement, c'est vous qui, tout à l'heure...

— Oui, Monsieur, répondit-elle, sans paraître embarrassée, c'est moi qui étais assise, là-bas, sous les grands marronniers, quand votre ami s'est permis de m'adresser la parole.

— Je vous prie de croire, Madame, que j'ai fait ce

que j'ai pu pour l'empêcher de commettre cette inconvenance.

— Je le sais, Monsieur ; j'ai très bien vu que vous avez essayé de le retenir et j'ai deviné que vous le désapprouviez.

— Oh ! absolument !

— Je n'en doute pas. C'est ce qui m'a fait désirer de vous connaître.

L'explication ne laissait pas que d'être flatteuse pour Paul Cormier ; mais elle n'excusait pas l'allure, pour le moins excentrique, de cette dame qui, pour faire connaissance avec un jeune homme qu'elle venait de voir pour la première fois, n'imaginait rien de mieux que d'envahir un fiacre où il montait et de lui commander de l'accompagner à l'autre bout de Paris.

Il n'aurait plus manqué que de baisser les stores.

Elle ne s'en avisa point, ni Paul non plus, car il avait beau se dire qu'il était tombé sur une chercheuse de rencontres, il ne parvenait pas à se le persuader, tant l'air de cette blonde énigmatique était en désaccord avec sa conduite.

Il y avait dans toute sa personne et dans le ton qu'elle avait pris un je ne sais quoi qui commandait, sinon le respect, au moins des égards, et au risque d'être dupe, Paul ne put pas se décider à lui parler autrement qu'il ne l'aurait fait dans un salon.

— Quel dommage, reprit-elle, qu'un homme si bien né soit si mal élevé !

— Comment savez-vous qu'il est bien né ? demanda Paul.

— Il ne s'est assis près de moi qu'un instant et il a trouvé le temps de dire son nom... je crois même qu'il y a ajouté son adresse.

— Et son nom vous était connu? demanda Paul, très étonné.

— Oh! depuis bien des années. Sa famille est une des plus anciennes et une des plus illustres du Languedoc.

Cormier pensa tristement que la sienne ne remontait pas si loin et que sa notoriété ne s'était jamais étendue au-delà du quartier des Halles, mais il ne laissa pas voir à la dame qu'elle venait de l'humilier, sans le vouloir.

Il se contenta de répondre :

— Jean eût été bien fier, s'il avait su que, pour vous, il n'était pas le premier venu. Pourquoi ne le lui avez-vous pas dit?

— Je n'avais garde... pour plusieurs raisons... la première, c'est qu'il aurait fallu me nommer... Or, si j'ai entendu parler de lui, il n'a jamais entendu parler de moi... Mon nom ne lui aurait rien appris... et d'ailleurs, menant la vie qu'il mène, il doit se soucier fort peu de me connaître.

— Il mène la même vie que tous les étudiants... la même que moi.

— Permettez-moi, Monsieur, de n'en rien croire. Je vous regardais quand vous avez rencontré sur la terrasse les demoiselles qui l'ont emmené... et j'ai vu que vous avez refusé de les suivre.

— J'ai refusé, parce que je ne pensais qu'à vous.

— Vraiment ?... alors, vous n'en avez que plus de mérite à ne pas vous être conduit avec moi comme l'a fait M. de Mirande... mais, quel plaisir peut-il prendre à s'entourer de ces créatures?

L'une d'elles est sa maîtresse, n'est-ce pas?

— Je devrais vous répondre que je n'en sais rien,

mais je veux bien vous dire la vérité... Jean n'a rien de
commun avec le lierre... il ne s'attache pas.

— Il n'y a que demi-mal.

— Alors, vous l'approuvez de n'aimer sérieusement
aucune femme ?

— Je ne dis pas cela, répliqua vivement la dame ; je
l'approuve de ne pas aimer à tort et à travers, mais je
ne désespère pas d'apprendre un jour qu'il a trouvé
enfin une femme digne de lui... et qu'il l'aime.

— C'est la grâce que je lui souhaite. Elle ne l'a pas
encore touché et elle pourra se faire attendre.

Maintenant, Madame, oserai-je vous demander en
quoi sa conversion vous intéresse ?

Et comme elle ne paraissait pas disposée à répondre,
Paul reprit :

— Je me permets de vous poser cette question parce
que vous ne m'avez encore parlé que de lui.

— N'êtes-vous pas son meilleur ami ?

— Je le crois, mais avouez que je pousserais l'amitié
jusqu'à l'abnégation la plus invraisemblable, si je ne
vous disais pas que je serais heureux de vous plaire et
que je m'étonne d'être appelé à l'honneur de vous
fournir des renseignements sur Jean de Mirande.

Vous auriez pu les lui demander à lui-même, au
lieu de l'éconduire... et je pourrais ajouter : pour qui
me prenez-vous ?

La dame rougit et ce fut d'un ton peiné qu'elle répondit :

— Pardonnez-moi, Monsieur, si je vous ai offensé.
J'avais cru, en m'adressant à vous, que je pourrais,
sans vous blesser, vous interroger sur M. de Mirande...
et je n'ai pas craint de tenter une démarche... que j'espère ne pas avoir à regretter.

— Oh ! protesta Paul Cormier, je n'abuserai pas de la situation.

Elle n'a cependant rien de flatteur ni d'agréable pour moi, convenez-en. Me voilà réduit au rôle de confident... et encore !... jusqu'à présent vous ne m'avez pas confié grand'chose...

J'espérais mieux et quand vous avez bien voulu m'inviter à monter dans cette voiture, si j'avais pu prévoir qu'il ne serait question que de Mirande et de sa famille...

— Ne vous repentez pas d'avoir fait une bonne action, interrompit la blonde inconnue.

— Une bonne action, dites-vous ?... voilà un bien gros mot !... je n'aperçois pas encore quel service j'ai pu vous rendre.

— Un grand service... vous le reconnaîtrez plus tard et... pourquoi ne l'avouerais-je pas ?... je compte vous en demander d'autres...

— Je vous reverrai donc !

— Oui... si vous voulez me promettre de ne pas chercher à savoir qui je suis...

— Voilà une condition un peu dure !

— Et de ne rien dire à votre ami.

— Il ne m'en coûtera guère d'être discret, mais... quelle sera ma récompense, si je me soumets à l'autre condition ?

— Fiez-vous-en à ma reconnaissance et comptez qu'un jour vous saurez tout.

— Soit ! j'accepte ; mais comment vous reverrai-je ? Vous ne m'avez pas dit votre nom... je suppose que vous ne voulez pas me le dire... et vous ne savez pas le mien.

— Il ne tient qu'à vous de me l'apprendre. Je m'en souviendrai, je vous le jure.

Ce fut dit avec un accent de sincérité chaleureuse qui toucha Paul Cormier, sans le convaincre tout à fait.

Il se défiait encore un peu des intentions de la dame et le rôle effacé qu'elle semblait lui réserver ne le tentait guère. Mais elle était, comme a écrit La Bruyère, *si jeune, si belle et si sérieuse,* qu'il se laissait aller à la croire.

Il allait peut-être s'ouvrir pour lui ce grand monde qu'il rêvait et Paul n'était pas homme à refuser d'y entrer, même par une porte secrète.

L'inconnue en était certainement et elle lui offrait d'emblée une sorte de traité d'alliance.

Après l'amitié, l'amour viendrait peut-être et cette chance valait bien qu'il acceptât le compromis qu'elle lui proposait.

Et pourtant sa réponse se fit attendre. Il lui en coûtait de décliner son nom roturier à une femme qui connaissait à fond l'armorial du Languedoc où figurait si brillamment l'aristocratique famille de Mirande.

Il s'y décida cependant.

C'était le seul moyen de la revoir, puisqu'elle ne voulait pas lui dire le sien.

— Je m'appelle Paul Cormier, dit-il brusquement, comme un homme qui prend tout à coup son parti de subir une nécessité désagréable.

Et ne voulant pas faire les choses à demi, il ajouta :

— Je n'ai plus que ma mère qui n'habite pas avec moi. Je finis ma dernière année de droit et je demeure rue Gay-Lussac, n° 9.

Vous voilà renseignée, Madame. Je ne vous demande pas de me rendre la pareille.

— Je vous ai promis que plus tard vous sauriez tout.

Je vous le promets encore. En attendant que je puisse
tenir ma promesse, vous vous contenterez de me
voir.

— Pas chez vous, je suppose ?

— Ni chez vous, Monsieur, dit en souriant la mystérieuse blonde.

Je vous écrirai pour vous faire savoir où nous pourrons nous rencontrer.

Et vous ne croyez pas, je l'espère, que j'attends
de vous d'autres services que ceux qu'un galant homme
peut, sans déchoir, rendre à une honnête femme qui a
recours à son obligeance, sinon à sa protection.

Ce langage ferme et net fit sur Paul une impression
profonde.

Son consentement ne tenait plus qu'à un fil et s'il
hésitait encore, c'est qu'un point à éclaircir lui tenait
au cœur.

— Eh ! bien ? demanda la dame ; est-ce convenu ?

— Oui... si...

— Quoi ! il y a un : si !

— Ne vous fâchez pas de ce que je vais vous dire...

— C'est donc bien terrible ?

— Non... c'est enfantin... Donnez-moi votre parole
d'honneur que vous n'aimez pas Jean de Mirande... que
vous ne l'aimez pas... d'amour.

— Je vous la donne. Je n'ai pas d'amour pour lui et
je n'en aurai jamais.

— Jamais, c'est beaucoup dire.

— Je ne puis pas l'aimer. Un jour je vous apprendrai
pourquoi.

— C'est bien... je vous crois, dit gravement Paul
Cormier. Je ferai tout ce que vous voudrez.

— Merci, Monsieur !... à dater de cet instant vous

pouvez compter sur moi comme je compte sur vous...
et avant de nous séparer...

— Déjà !...

— Il le faut. Nous approchons du rond-point et je
vous prierai de descendre un peu avant d'y arriver.

— Vous craignez qu'on ne nous voie ensemble ?

— Probablement.

— Votre mari, n'est-ce pas ?

— Prenez garde !... voilà que vous manquez à nos
conventions !

— C'est juste. Je retire ma question... et je ne recom-
mencerai plus. Mais j'ai une grâce à vous demander...
Je vais vous quitter et je ne sais quand je vous reverrai, mais vous ne me défendez pas de penser à vous.

— Non certes.

— Eh ! bien, quand j'y penserai, ne serez-vous jamais
pour moi que Madame X...? ne pourrai-je jamais rattacher ma pensée à un petit nom... celui que vous
choisirez, si vous tenez à me cacher le véritable ?

— C'est enfantin, comme vous disiez tout à l'heure,
répondit en riant la belle inconnue ; mais je ne veux
pas vous refuser cette satisfaction. Quand vous penserez
à moi... eh ! bien... pensez à Jacqueline.

— Jacqueline ! murmura Paul qui trouvait ce nom
charmant.

Je répéterai souvent: Jacqueline !.. cela m'aidera à
prendre patience jusqu'au jour où vous voudrez bien
vous souvenir de moi.

— Ne craignez pas que j'oublie, reprit vivement la
dame. Mais le moment est venu de nous quitter. Il ne
me reste qu'à vous dire...

— Adieu ?

— Non. Au revoir ! faites arrêter le cocher, je
vous prie.

Paul tourna le bouton d'avertissement et demanda :

— Vous gardez la voiture, Madame ?

— Oui... je la quitterai un peu plus loin.

Paul comprit qu'elle attendait qu'il partît pour donner l'adresse de la maison où elle allait.

Il ouvrit la portière et il descendit.

Il espérait que Jacqueline allait lui tendre la main, et il l'aurait baisée avec enthousiasme cette main, gantée de Suède.

Il n'eut même pas le plaisir de la serrer, car dès qu'il fit le geste de la prendre, elle se retira vivement.

Cette première déception n'était pas pour le mettre de bonne humeur.

Il s'était laissé enguirlander par les douces paroles de la dame et il venait d'accepter les conditions bizarres qu'elle lui imposait.

Il n'eut pas plutôt pris pied sur la chaussée de la grande avenue des Champs-Elysées qu'il changea de sentiment sur la soi-disant Jacqueline.

Ce fut un revirement complet.

Dans la voiture, il la trouvait adorable; il croyait à ses serments et aux histoires pleines de réticences qu'elle lui racontait.

Depuis qu'il avait touché terre, elle lui faisait l'effet d'une intrigante et il ne se pardonnait pas de s'être laissé prendre à ses mensonges.

— Non, disait-il entre ses dents, je ne me corrigerai jamais... les yeux d'une jolie fille m'empêcheront toujours d'y voir clair. En voilà une qui s'en va m'attendre à la sortie du Luxembourg et qui me force à monter en fiacre avec elle. Maria, l'apprentie accoucheuse, n'oserait pas en faire autant. Je me laisse emmener et au lieu de profiter de l'occasion, je la prends pour une femme du monde et j'écoute pieusement

les balivernes qu'elle me débite sur mon ami Jean...
Ah! ce qu'il me blaguerait, s'il me voyait lâché sur
l'asphalte, pendant qu'elle se fait conduire chez un
amant qui l'attend du côté du rond-point !. Elle m'a
joué là un bon tour, mais je la repincerai...

Tout en s'objurguant ainsi lui-même, Paul suivait des
yeux la voiture.

Il en était descendu à la hauteur du Cirque d'Eté et
il s'était avancé jusqu'au coin de l'avenue Matignon.
Il la vit s'arrêter un peu plus loin, du côté de la rue
Montaigne.

La dame en sortit, paya le cocher et s'engagea, sans
se retourner, mais sans trop se presser, dans l'avenue
d'Antin.

— Parbleu ! je saurai où elle va, grommela Paul
Cormier.

Elle m'a fait jurer de ne pas l'interroger, mais elle
ne m'a pas défendu de la suivre. Si elle s'en aperçoit, je
la rattraperai et nous aurons une petite explication où
je ne me gênerai pas pour lui dire son fait. Si elle ne me
voit pas, je ne la lâcherai qu'à la porte de la maison où
elle entrera.

Et encore ! non... je me sens très capable d'y entrer
avec elle... il en arrivera ce qu'il pourra.

Paul passait d'un excès à l'autre. Après avoir été
trop timide, il devenait trop hardi.

Il eut tôt fait de revoir la dame qui filait rapidement
sur le large trottoir de l'avenue d'Antin et comme il
était passé maître dans l'art de suivre les femmes, il sut
maintenir sa distance, sans se rapprocher jusqu'à
attirer son attention.

Il manœuvra si bien qu'au moment où, après avoir
tourné court, elle franchit le seuil d'une porte cochère

ouverte, il put la rejoindre sous la voûte, sans qu'elle sentît qu'il était presque sur ses talons.

La maison avait l'air d'être un hôtel particulier et la blonde y avait ses entrées, — soit qu'elle l'habitât, soit qu'elle y fût déjà venue souvent — car elle poussa tout droit jusqu'à une tapisserie mobile qui barrait le vestibule et qu'elle écarta avec sa main, cette main qu'elle avait refusée à Paul en le congédiant.

Paul, qui serrait de près sa traîtresse, arriva juste au moment où apparaissait un superbe valet de pied, placé là pour recevoir les visiteurs et pour crier leurs noms.

Ce domestique ne connaissait pas Cormier, mais il connaissait la dame et, comme ils entraient ensemble, il annonça sans hésiter :

— Monsieur le marquis et madame la marquise de Ganges !

Paul avait réussi au-delà de ce qu'il espérait. Il était entré dans la place, avant que la dame se fût aperçue de sa présence. Il venait même d'apprendre son véritable nom qu'elle tenait tant à lui cacher. Mais ces succès inattendus le gênaient énormément.

Il avait deviné sans peine que le valet de pied l'avait pris pour le mari de la femme qu'il avait l'air d'escorter. Il prévoyait donc que cette annonce saugrenue allait faire sourire ceux qui l'avaient entendue et mettre en colère la prétendue Jacqueline, marquise de Ganges.

Il aurait bien voulu battre en retraite, mais il n'était plus temps.

Paul était tombé au beau milieu d'une de ces réunions mondaines que les Anglais appellent : *five o'clock tea*, et ce thé de cinq heures se tenait dans la cour de l'hôtel, une cour pleine de fleurs et couverte d'un *velum* en soie, destiné à préserver les invités des ardeurs du soleil printanier.

Il y avait là une douzaine de visiteurs des deux sexes, groupés autour de la maîtresse du logis qui offrait à la ronde des tasses de thé et tous les yeux étaient braqués sur le couple nouveau venu.

Evidemment, un orage allait tomber sur l'intrus qui se permettait de s'introduire ainsi dans un cercle d'intimes où personne ne le connaissait.

A la grande stupéfaction de Paul, cet orage n'éclata pas.

Il y eut des chuchotements, mais pas la moindre manifestation hostile et les regards fixés sur Paul étaient plutôt bienveillants.

La marquise, seule, rougit et lui lança un coup d'œil, chargé de reproches, mais non pas de menaces.

Elle aussi avait deviné la méprise du domestique et le prodigieux fut qu'elle s'abstint de la rectifier.

Se résignait-elle à en subir les conséquences pour éviter une explication qui n'aurait pas tourné à son avantage, si Paul se fût avisé de raconter comment il se trouvait là, après une course en fiacre ? Il était tenté de le croire et il ne répugnait pas à se prêter à cette comédie de salon, mais il se demandait comment la dame allait se tirer de la situation qu'elle paraissait disposée à accepter.

Les invités qui la connaissaient devaient connaître aussi son mari et probablement ce mari ne ressemblait guère à Paul Cormier, qui n'avait pas du tout, comme on dit au théâtre, le *physique de l'emploi.*

Mais les figures n'exprimaient pas d'autre sentiment que la curiosité — une curiosité décente qui n'avait rien de blessant pour celui qui en était l'objet.

On l'observait à la dérobée, comme on observe un

monsieur dont on a souvent entendu parler et qu'on n'a jamais vu.

La dame qui donnait ce thé vint droit à Paul Cormier et lui dit gracieusement :

— Soyez le bienvenu chez moi, monsieur le marquis. Cette chère Marcelle ne vous attendait que la semaine prochaine. Je la remercie de ne pas avoir perdu un seul jour pour vous amener ici. Vous êtes arrivé, hier, je pense ?

A cette question qu'il aurait dû prévoir, Paul ne sut que répondre et il serait resté bouche bée ; mais la blonde aux yeux noirs se chargea d'y répondre.

— Ce matin, par l'orient-express, dit-elle, en regardant fixement son prétendu mari.

— C'est fort aimable à vous et surtout à M. de Ganges d'être venus, reprit la maîtresse de la maison : car il doit être horriblement fatigué après un si long voyage.

Paul se contenta de sourire. C'était le meilleur moyen de ne pas se compromettre ; mais il ne pourrait pas toujours se tirer d'affaire avec des sourires et il n'imaginait pas comment finirait la scène.

Elle commençait du reste à l'amuser et il reprenait peu à peu son aplomb, fort dérangé au début.

— Permettez-moi, monsieur le marquis, continua la dame, qui était une fort belle personne, un peu mûre, mais d'aspect agréable ; permettez-moi de vous présenter mes amis, après vous avoir présenté à mes amies, qui sont aussi les amies de Marcelle et que vous aurez l'occasion de revoir, puisque vous comptez faire un assez long séjour à Paris.

Cette fois Paul se contenta de s'incliner et les présentations commencèrent.

Ce n'étaient que comtesses et baronnes, marquis et

2.

vicomtes, tout un annuaire de la noblesse où le véritable marquis de Ganges se serait trouvé dans son élément.

La marquise y était certainement. Elle les connaissait tous et toutes. Elle aussi s'était remise d'un trouble passager et elle manœuvrait maintenant avec une aisance parfaite, sur ce terrain devenu difficile pour elle, depuis l'erreur du valet de pied.

— Vous offrirai-je une tasse de thé ?

Et comme l'étudiant, qui trouvait le thé fade, hésitait à accepter :

— Vous n'êtes pas forcé, reprit gaiement la dame qui recevait. Mon thé est laïque et gratuit, mais pas obligatoire. Vous saurez que chez moi la liberté complète est à l'ordre du jour. On n'est même pas tenu de s'occuper des femmes. Nous nous suffisons très bien à nous-mêmes... et vous allez nous permettre d'accaparer cette chère Marcelle pour causer chiffons pendant qu'avec ces messieurs vous parlerez politique, si le cœur vous en dit.

Parler politique, Paul Cormier n'y tenait pas, mais il était enchanté de profiter de la permission de s'éloigner du groupe féminin, en attendant qu'il se présentât une occasion de disparaître à l'anglaise, car pour le moment il ne songeait qu'à couper court à un *imbroglio* des plus scabreux.

Il laissa donc ces dames s'emparer de la marquise et la faire asseoir avec elles autour de la table sur laquelle chantait sa chanson le samovar, cette théière en cuivre que les Russes ont importée à Paris.

Quoiqu'en eût dit la maîtresse de la maison, les messieurs ne paraissaient pas tous disposés à faire bande à part. Madame de Ganges fut très entourée et très complimentée par des cavaliers qui cherchaient certainement à lui plaire.

Paul n'avait pas le droit d'être jaloux, mais il lui passa par l'esprit que sa présence était pour quelque chose dans ces empressements. Ces beaux gentils-hommes avaient l'air de se dire : « Le mari est revenu. La marquise va ouvrir son salon, fermé pour cause de veuvage momentané. C'est le vrai moment de lui faire la cour. »

Ce n'était de la part de Paul qu'une simple conjecture, mais il y voyait déjà un peu plus clair dans la situation où l'avait jeté un engrenage de petits événements, plus bizarres les uns que les autres.

Il savait maintenant que la soi-disant Jacqueline, s'appelait, de son vrai prénom, Marcelle, qu'elle était la femme légitime d'un marquis, que ce mari en voyage, ou plus probablement fixé à l'étranger, était attendu et qu'on ne le connaissait pas encore dans le monde où la marquise vivait à Paris.

Il fallait qu'il fût jeune, ce mari, puisque Paul avait pu être pris pour lui.

Mais, il fallait aussi que sa femme fût bien sûre qu'il ne reviendrait jamais, car s'il avait dû reparaître, elle ne se serait pas résignée, sans la moindre hésitation, à passer pour être la femme d'un autre.

Jusqu'où comptait-elle pousser cette substitution improvisée ? Paul ne s'en doutait pas, mais quoi qu'il advînt, elle serait désormais obligée de compter avec lui. Il était entré dans son jeu, sans sa permission, mais elle l'y avait admis, puisqu'elle n'avait pas réclamé. Au contraire, elle l'avait plutôt encouragé, par un regard qui lui enjoignait d'être discret, et par son silence.

Il espérait bien ne pas s'arrêter en un si beau chemin. Il savait le nom de l'énigmatique blonde du Luxem-bourg ; il ne tarderait guère à savoir où elle demeurait et quand il en serait là, le reste irait tout seul.

Par exemple, il ne devinait encore pas pourquoi elle s'intéressait à Jean de Mirande, mais ce mystère-là finirait bien par être éclairci comme les autres.

Il ne devinait pas non plus ce que pouvait être l'homme décoré et boutonné qui n'avait fait que paraître et disparaître sur la terrasse du Luxembourg. Il avait oublié de s'en informer pendant le voyage en fiacre, mais il comptait bien y revenir, quand il la reverrait, ce qui ne pouvait guère tarder.

Depuis que la marquise était assise, Paul, resté debout, se tenait un peu à l'écart, mais son isolement allait prendre fin, car deux ou trois invités s'approchaient dans l'intention évidente d'entamer avec lui une conversation qu'il redoutait un peu.

— Monsieur de Servon, appela tout à coup la maîtresse de la maison, avouez que vous grillez d'envie de tailler une banque de baccarat.

M. de Servon, qu'elle interpellait ainsi, était un jeune homme qui aurait pu représenter, au naturel, *ce grand flandrin de vicomte,* dont il est question dans une des comédies de Molière.

Vicomte, il l'était, et de plus efflanqué, ravagé, long comme un jour sans pain, vicieux comme pas un et ne s'en cachant pas.

— J'avoue, baronne, j'avoue ! répondit-il gaiement.

— En plein jour !... à la face du soleil !... vous n'avez pas honte ? lui demanda en riant la dame.

Décidément, la maîtresse du logis était une baronne. Encore un renseignement que Paul Cormier attrapait au vol.

— Mais non... nous jouerions à l'ombre, puisqu'il y a un *velum.* Et je parierais volontiers que vous l'avez fait tendre pour me permettre d'abattre *neuf,* sans me gâter le teint.

— Vous avez donc le démon du jeu dans le corps ?

— Moi !... mais je le déteste, le jeu !... seulement je déteste encore plus l'oisiveté. Vous savez qu'elle est la mère de tous les vices, cette coquine d'oisiveté.

— J'ai toujours pensé que vous étiez son fils. Taillez-la donc votre banque ! Vous voyez que la table est mise là-bas... et vous aurez en M. de Ganges un adversaire digne de vous.

— Dites donc que je serai le pot de terre contre le pot de fer... je ne roule pas sur les millions, moi.

— Il paraît que le vrai marquis est fortement million-naire, se disait Paul Cormier ; je puis bien le remplacer auprès de sa femme, mais au jeu !... c'est une autre affaire.

— Faites donc à ce grand fou le plaisir de lui gagner quelques centaines de louis, dit la baronne en s'adres-sant au faux marquis. Marcelle ne vous en voudra pas de nous la laisser.

Marcelle ne dit mot, mais elle fit signe que non, au grand étonnement de Paul, qui se demanda immédiate-ment :

— Pourquoi désire-t-elle que je joue ?

L'idée lui vint aussitôt que c'était pour lui procurer un moyen d'échapper en partie aux embarras de la situation. S'il était resté avec les femmes, il aurait eu à répondre tôt ou tard à des questions gênantes. Moins il parlerait, plus il aurait de chance de ne pas se trahir. Et au baccarat, on ne parle que pour demander : cartes, ou pour annoncer son point.

Il sut gré à la charmante blonde de sa bonne intention, mais il resta perplexe. Il ne haïssait pas le jeu et dans sa vie d'étudiant, il avait gagné ou perdu au rams, au piquet et à l'écarté, beaucoup de *consommations* dans les cafés du Boul'Mich. Il lui était même arrivé de jouer au baccarat, les nuits de folle orgie au quartier, et d'y laisser des pièces blanches. Mais il n'avait jamais risqué de perdre plus qu'il ne possédait. Il préférait garder son argent pour mener joyeuse vie, quand son ami Jean de Mirande qui, lui, était joueur comme les cartes, arrangeait des soupers ou des parties de campagne avec les coryphées du bal Bullier.

Et il n'était pas tenté de lutter contre ce vicomte de Servon qui devait être un vieux routier du baccarat et qui avait sur un pauvre étudiant la première des supériorités au jeu : celle des capitaux.

Paul n'était cependant pas sans argent dans sa poche. Il avait, par hasard, touché, la veille, un mois de la pension maternelle et il n'avait pas eu le temps de l'écorner beaucoup.

Mais les vingt-cinq louis qui lui restaient ne constituaient qu'un maigre contingent pour livrer sur le tapis vert une grosse bataille.

Le vicomte n'en ferait qu'une bouchée de ces vingt-cinq louis sur lesquels Paul comptait pour vivre largement jusqu'au mois prochain.

Et elle s'annonçait comme devant être chaude la bataille, car dès les premiers mots du dialogue qui venait de s'engager entre la baronne et le vicomte, les invités du sexe masculin s'étaient mis à tourner autour de l'aspirant à la banque, comme les papillons tournent autour d'un flambeau dont la flamme va leur brûler les ailes.

Un de ces messieurs profita de l'occasion pour complimenter le faux marquis de Ganges en lui disant :

— Toutes mes félicitations, Monsieur le marquis. A l'âge où d'autres ne songent qu'à leurs plaisirs, vous avez déjà un coup d'œil et une entente des affaires que les financiers les plus exprimentés vous envient. Cette concession en Turquie, nos plus gros capitalistes l'avaient manquée, et pour l'obtenir, vous n'avez eu qu'à vous montrer.

— Quelle concession ? se demandait Paul. Du diable ! si je me doutais qu'on m'avait concédé quelque chose dans les Etats du Sultan !

Et comme il n'avait garde de répondre, le monsieur, qui devait être un gros spéculateur, reprit en souriant :

— Vous avez remporté là une grande victoire, mais il y a temps pour tout et je conçois que vous aimiez à vous distraire au jeu de vos grands travaux. Le jeu c'est encore une affaire... n'est-ce pas, cher vicomte ?

— Plus souvent mauvaise que bonne... pour moi, du moins, gommela M. de Servon. Mais nous perdons notre temps à bavarder... or, à sept heures et demie on viendra annoncer que M^{me} la baronne est servie et on nous mettra poliment à la porte. Donc, si vous m'en croyez, messieurs, nous profiterons sans plus tarder de l'aimable attention qu'a eue M^{me} Dozulé de nous faire dresser une table là-bas.

— Bon ! pensa Paul Cormier que ses interlocuteurs renseignaient progressivement et involontairement ; nous sommes ici chez la Baronne Dozulé. On ne voit pas le baron. Il faut croire qu'elle est veuve.

— Désirez-vous prendre la banque, Monsieur le marquis ? lui demanda l'entêté vicomte qui tenait absolument à cartonner avant dîner.

Le baccarat lui tenait lieu d'apéritif.

— Du tout !... du tout !... s'empressa de répondre Paul, qui n'était pas même décidé à ponter.

— Alors, je vous remercie de me la laisser. Je ne fais que perdre depuis quinze jours et j'ai besoin de me refaire. Venez-vous, messieurs ?

Personne ne répondit, mais tout le monde suivit et l'étudiant fit comme les autres.

L'autel avait été préparé par les soins de la prévoyante baronne Dozulé. Rien n'y manquait : ni les jeux de cartes paquetés, ni les jetons de différentes couleurs, destinés à servir de monnaie fiduciaire, au cas où les pontes voudraient jouer sur parole.

En un clin d'œil, les places furent prises autour de la table, et le vicomte, à qui personne ne disputait la banque, déclara tout d'abord que les fiches représenteraient un louis et les plaques rondes cent francs, attendu qu'il s'agissait d'une toute petite partie.

Paul, qui n'en avait jamais vu de si grosse, fut violemment tenté de se lever. Une fausse honte le retint et aussi le désir de se tenir loin du cercle féminin jusqu'au moment où madame de Ganges prendrait congé. Il comptait que pour jouer son rôle jusqu'au bout, elle n'oserait pas s'en aller sans son mari, qu'ils sortiraient ensemble et qu'une fois dehors, elle ne refuserait pas de lui expliquer ce qu'il ne comprenait pas.

Il resta donc assis et il se trouva placé de telle sorte qu'il lui tournait le dos et que, par conséquent, il ne pouvait pas la voir.

Il ne tarda guère, d'ailleurs, à oublier qu'elle était là.

M. de Servon le pria de lui dire combien il voulait de jetons représentatifs et Paul demanda la permission de jouer or sur table. Elle lui fut gracieusement accordée et il aligna modestement devant lui les vingt-cinq louis qui constituaient toute sa fortune.

— Quand je les aurai perdus, je m'en irai, pensait-il. J'en serai quitte pour demander à maman une avance sur le mois prochain ; et comme ça je ne m'emballerai pas.

Et il fit mentalement le serment de ne pas risquer un sou sur parole.

Cette prudence venait de lui être suggérée par un soupçon qui lui avait traversé l'esprit. Cette maison ouverte à tout venant, cette baronne sans baron, ces gentilshommes qui parlaient de cent louis comme il aurait parlé de cent sous, cette table de baccarat qui se trouvait là comme par hasard; tout ce monde et toute cette mise en scène lui étaient tout à coup devenus suspects.

Il était un peu tard pour s'en aviser et si ses soupçons étaient fondés, la blonde aux yeux noirs devait être une aventurière qui ne l'avait racolé au Luxembourg que pour l'amener dans un tripot.

Il lui répugnait trop de croire cela et d'ailleurs, il avait fait d'avance le sacrifice de la somme qu'il possédait.

Il ne tenait qu'à la faire durer le plus longtemps possible.

C'est pourquoi, au profond étonnement des autres pontes, et surtout du vicomte, il attaqua d'un louis une banque de dix mille francs.

Le vicomte aurait dû s'en féliciter, car il perdit cinq fois de suite et comme Paul retirait un louis à chaque coup :

— A ce jeu-là, vous ne vous ruinerez pas, monsieur le marquis, lui dit ironiquement le financier qui venait de le complimenter sur le succès de ses entreprises en Turquie.

Paul eut honte. Il fit paroli et il gagna encore.

Etait-ce Jacqueline qui lui portait bonheur, cette Jacqueline *emmarquisée*, dont le petit nom, qu'il savait être faux, ne lui sortait pas de la tête? Paul était tenté de le croire.

Il se disait pourtant qu'une petite veine, au début d'une partie, n'est souvent que l'avant-coureur d'un désastre.

Il voulut en avoir le cœur net, au risque d'arriver trop tôt à la fin de son capital, et il laissa ses quatre louis qui furent doublés en un clin d'œil, après un triomphant abatage.

Sa masse grossissait, mais elle n'était pas encore bien menaçante pour le banquier, lequel gagnait d'ailleurs à tous les coups sur l'autre tableau.

Il souriait toujours ce grand flandrin de vicomte et cependant il était préoccupé, non pas d'avoir perdu une dizaine de pièces de vingt francs, mais un de ces pressentiments dont aucun joueur n'est exempt l'avertissait que la chance se dessinait contre lui et que la partie allait mal tourner.

Paul était lancé maintenant et nul ne pouvait prévoir où il s'arrêterait.

Les seize louis se doublèrent, puis les trente-deux. Son gain dépassait déjà le billet de mille.

Et tout cela sur la main du financier complimenteur qui jouait du même côté que Paul Cormier et qui encaissait une part du butin. Il n'avait pas encore perdu un seul coup.

Il n'était plus tenté de rire de la façon de ponter du marquis de Ganges.

Le vicomte non plus ne riait pas. Il devenait même de plus en plus sérieux, surtout quand Paul eut gagné encore le paroli de soixante-quatre louis et, immédiatement après, celui de cent vingt-huit.

Jamais, de mémoire de ponte, pareille série ne s'était vue nulle part. Les coups se suivaient avec une régularité désespérante. Quand le banquier abattait huit, le marquis abattait neuf; quand le marquis avait le point de *un*, le banquier avait baccarat.

Heureusement, Paul ne tenait pas les cartes, car on aurait pu croire qu'il les changeait en les relevant sur le tapis.

On l'aurait soupçonné lui qui tout à l'heure avait un instant soupçonné la baronne et ses invités.

Il avait maintenant plus de cinq mille francs et à la banque aux abois, il restait tout juste de quoi tenir le coup.

— Combien faites-vous, marquis? demanda familièrement Servon, qui avait payé assez cher le droit de ne plus dire : « Monsieur le marquis..»

Paul mourait d'envie de répondre : « Dix louis » et d'empocher les autres. Cinq mille francs! il ne les avait jamais eus à la fois. C'était de quoi faire les frais de la campagne amoureuse qu'il allait ouvrir; c'était aussi de quoi se consoler d'un échec, si la marquise lui échappait.

— Pas plus que la banque, reprit le vicomte.

— Je fais le reste, après ces messieurs, dit Paul, résolu à en finir.

Le banquier donna les cartes, regarda les siennes et annonça qu'il en donnait. Paul s'y tint. Il avait sept et le banquier n'avait que six.

Ce fut le coup de grâce. La banque sautait.

Le vicomte, beau joueur, ne sourcilla point, mais il déclara en avoir assez, et, tirant de sa poche un paquet de dix billets de mille qui répondaient des jetons qu'il avait émis, il invita les pontes à se partager ses dépouilles.

Paul était le plus gros et il lui revenait plus de quatre cents louis qu'il ramassa avec une satisfaction mal dissimulée.

— Il faut convenir, monsieur, que vous êtes heureux
partout, dit le banquier décavé. Vous donnez un démenti
au proverbe.

Ce compliment était à l'adresse de la marquise, mais
Paul ne saisit pas tout d'abord l'allusion au célèbre
dicton : « Heureux au jeu, malheureux en femmes. »
Ce gain lui montait à la tête et c'est tout au plus s'il
se souvenait que Jacqueline était là, derrière lui.

— Moi, c'est tout le contraire, reprit gaiement M. de
Servon ; je suis malheureux partout.

C'était presque dire qu'il avait fait sans succès la
cour à la marquise de Ganges.

Il ajouta presque aussitôt :

— Vous me devez une revanche, monsieur le marquis... et je me sens capable de vous la demander,
séance tenante. Vous plairait-il de me tenir quitte ou
double... quatre cents louis, sur parole ?... un seul
coup, à rouge ou noir ?

Paul aurait volontiers refusé. Il n'osa pas. S'il perdait, après tout, il ne perdrait que son bénéfice et
d'ailleurs, il entendait derrière lui des bruits de chaises
remuées qui lui indiquaient que des invitées de la baronne Dozulé se levaient pour partir.

Il aimait mieux s'en aller les mains vides que de
manquer le départ de Jacqueline qu'il comptait reconduire chez elle.

C'était son droit de mari et il ne supposait pas qu'en
public elle refuserait sa compagnie ; d'autant qu'elle
devait souhaiter, autant que lui, une explication en
tête à tête.

— Je suis à vos ordres, monsieur le vicomte, répondit-il bravement. Je tiens les quatre cents louis... et je
dis : Rouge !

M. de Servon avait déjà la main sur les cartes empilées. Il en tira une au milieu du paquet et en la jetant sur le tapis :

— Le roi de cœur! annonça-t-il. Vous avez gagné, monsieur le marquis. Demain, les huit mille francs que je vous dois seront chez vous.

Paul était si troublé qu'il ne prit pas garde à ce « chez vous » qui, dans la pensée du vicomte ne signifiait pas : chez M. Cormier, étudiant, rue Gay-Lussac, 9. Le vicomte entendait évidemment chez M. de Ganges, mari de madame de Ganges.

Et, alors même qu'il aurait fait attention à ce quiproquo, Paul, sous peine de compliquer encore une situation déjà très compliquée, n'aurait pas pu signaler l'erreur à M. de Servon.

Du reste, il n'eut pas le temps d'y réfléchir, car la baronne Dozulé, qui s'était sournoisement approchée de la table de jeu, se montra tout à coup et dit, en riant, à ces messieurs :

— Ne me prenez pas pour une trouble-fête, je vous prie. Continuez, tant qu'il vous plaira, de faire des parolis et des bancos ; permettez seulement à mes amies et à moi d'aller dîner. Il est l'heure.

— Vous êtes vraiment trop bonne, chère madame, s'écria le financier qui ne demandait qu'à lever la séance, afin d'emporter son bénéfice.

— Mais non. Je me suis fait une règle de ne jamais gêner les plaisirs des autres, reprit madame Dozulé. Et cette chère Marcelle est dans les mêmes principes que moi... elle pousse même le scrupule plus loin que moi, car elle n'a pas voulu déranger son mari pour le prévenir qu'elle s'en allait. Elle craignait de lui couper sa veine.

— Alors, dit gaiment le vicomte, je regrette doublement que madame de Ganges soit partie sans adresser la parole à M. de Ganges.

C'était vrai; la marquise n'était plus là. Cormier n'eut qu'à se retourner pour constater son absence.

— Monsieur le marquis, continua la baronne, Marcelle m'a chargée de vous dire qu'elle rentrait directement chez elle.... et qu'elle vous attendrait.

Paul eut sur les lèvres une question : « Où ça ? » Il se retint à temps, mais il avait failli se trahir et Dieu sait quel effet il aurait produit s'il s'était laissé aller à demander sa propre adresse, — l'adresse de sa femme, ce qui revenait au même.

Il avait évité cette faute, mais il n'en restait pas moins dans un prodigieux embarras. Il sentait le terrain manquer sous ses pieds, et il ne pensait plus qu'à se dérober le plus tôt possible aux interrogations qu'il redoutait.

Que serait-il devenu si son débiteur s'était avisé de lui demander où il demeurait? Il serait resté court et autant aurait valu avouer tout de suite qu'il n'était pas le marquis de Ganges et qu'il connaissait à peine la marquise.

Fort heureusement, le vicomte était renseigné sur ce point, ayant sans doute été reçu chez madame de Ganges qui ne paraissait pas lui être indifférente.

Paul profita de son silence pour prendre congé de la baronne et des joueurs qui semblaient disposés à user de la permission qu'elle leur accordait de reconstituer une partie de baccarat.

Il partit d'autant plus volontiers qu'il lui était venu une idée. Il se disait que madame de Ganges ne pouvait pas l'abandonner dans l'impasse où elle l'avait mis. Au moins fallait-il qu'elle le vît pour lui tracer une ligne de conduite.

Et fort de ce raisonnement, Paul se persuada qu'elle était allée l'attendre quelque part, non loin de l'hôtel de la baronne, avec l'intention de l'arrêter au passage et de conférer avec lui. Mais où s'était-elle embusquée ? Au rond-point, peut-être, à l'endroit où elle avait quitté le fiacre où Paul était monté avec elle devant la grille du Luxembourg. La place est banale, mais à l'heure du dîner, les Champs-Elysées sont presque déserts.

Paul y courut, à ce rond-point, et il n'y trouva point la marquise. Quand et comment la reverrait-il ? En ce moment, pour le savoir, il aurait donné de bon cœur tout l'argent qu'il venait de gagner au jeu.

## II

Le Marais est un honnête quartier et la rue des Tournelles est une honnête rue qu'on peut habiter sans rien perdre de sa *respectabilité*, comme disent les Anglais, même quand on appartient à la bourgeoisie aisée.

Elle n'est pas gaie, cette voie qui ne mène à rien, mais elle a gardé comme un parfum de l'époque lointaine où la place Royale était le centre du Paris mondain. Les voitures n'y passent guère et les boutiques y sont rares, mais les maisons y ont une apparence majestueuse et triste qui fait songer au temps où des présidents au Parlement y logeaient.

Les fenêtres sont ornées de balcons en fer forgé et les portes cochères ont des marteaux.

L'hiver, elle est lugubre, mais dans la belle saison, le soir, les fillettes y jouent au volant et l'emplissent de leurs rires argentins, pendant que les mères tricotent, assises dans de vieux fauteuils de paille.

Madame Cormier, née Julie Desgravettes, y demeurait depuis dix ans qu'elle s'était retirée du commerce avec des capitaux assez ronds.

Elle appartenait à une bonne famille parisienne et elle s'était mésalliée en épousant sur le tard, François Cormier, facteur aux halles et fils de ses œuvres, car il avait commencé sa fortune en déchargeant les voitures de marée.

Ce brave homme, peu lettré, était mort assez jeune, et sa veuve s'était consacrée tout entière à l'éducation de son fils Paul qu'elle adorait et qu'elle gâtait déplorablement.

En dépit des intentions de son père qui le destinait à être son successeur, Paul avait voulu être avocat. Sa mère l'avait laissé faire son droit qu'il ne faisait guère, car au bout de cinq ans, il n'avait pas encore passé sa thèse et elle lui pardonnait ses écarts parce qu'il était resté bon fils. Elle lui pardonnait même d'être allé planter sa tente au quartier Latin qu'elle considérait comme un pays maudit.

Elle espérait toujours qu'il se rangerait et elle rêvait de le marier avantageusement, quand il serait inscrit au barreau et en passe d'acheter une charge de notaire ou d'avoué.

Quoiqu'elle fût du mauvais côté de la cinquantaine, cette mère trop indulgente était encore presque jolie.

Elle avait été charmante et son fils Paul lui ressemblait beaucoup. Mais elle n'avait jamais songé à se remarier et elle s'était complètement retirée du monde commerçant où elle avait vécu lorsqu'elle gouvernait un grand magasin de primeurs et de gibiers à l'enseigne du *Faisan argenté*. Quelque chose comme la boutique de la légendaire madame Bontoux, bien connue des gastronomes d'il y quinze ans.

De tous les amis de son défunt mari, elle ne voyait plus qu'un vieil avocat consultant qui lui avait rendu d'importants services quand elle avait quitté les affaires et réglé ses comptes.

M. Bardin était veuf et, comme elle, il n'avait qu'un fils, beaucoup plus âgé que Paul et beaucoup plus laborieux, car à force de travail et par son seul mérite, il était arrivé à siéger au tribunal civil de la Seine où il occupait les fonctions très enviées de juge d'instruction.

Madame Cormier citait sans cesse l'exemple de ce bon sujet à Paul, lequel n'avait pas manqué de prendre en grippe Charles Bardin qui était pourtant un excellent magistrat et un excellent garçon.

Ce juge, célibataire comme Paul, était trop occupé au Palais pour fréquenter souvent chez la veuve, mais son père y dînait régulièrement, tous les dimanches.

Ces jours-là, c'était fête dans l'appartement que madame Cormier occupait au deuxième étage et sur le devant d'une antique maison où l'escalier était en pierre, et où les plafonds, hauts de quinze pieds, montraient encore quelques traces de dorures.

Paul y apportait un contingent de gaieté juvénile et ne s'y ennuyait pas à écouter la conversation du bonhomme Bardin qui avait beaucoup lu, beaucoup vu, beaucoup retenu, et qui racontait fort bien.

Et le dîner était toujours excellent.

3.

De ses anciennes relations commerciales, la veuve avait gardé des facilités d'approvisionnement dont elle faisait profiter ses convives, en leur servant des produits recherchés. Elle possédait aussi une cave de premier ordre qu'elle ne ménageait pas le dimanche.

On se mettait à table à six heures et demie précises. Quand la demie sonnait à l'horloge de Saint-Paul, M. Bardin dépliait sa serviette, et aux trois quarts, Brigitte, la bonne à tout faire, entrait pour enlever le potage.

Et Paul était d'une exactitude méritoire. Il avait beau percher sur les hauteurs du Panthéon, il apparaissait toujours cinq minutes avant la demie. Il quittait toutes les absinthes et toutes les donzelles de son quartier pour ne pas faire attendre sa mère qui lui en savait gré.

Mais, enfin, tout arrive. Et il arriva que, ce dimanche de mai qui devait marquer dans la vie de Paul, à sept heures, madame Cormier et son ami Bardin étaient encore assis près de la fenêtre de la salle à manger, se faisant vis-à-vis et échangeant par-ci par-là quelques mots en l'air pour tromper leur impatience.

La veuve s'était déjà levée dix fois pour regarder dans la rue. Bardin, qui prisait beaucoup et particulièrement dans les cas embarrassants, Bardin avait presque vidé sa tabatière. Brigitte ne faisait qu'entrer et sortir, en se lamentant sur la destinée du gigot qui serait trop cuit.

— Bardin, dit tout à coup madame Cormier, il faut qu'il lui soit arrivé un accident. Il est peut-être malade. Si j'allais voir rue Gay-Lussac?

— Ce serait ce que vous pourriez faire de pis, répondit sans s'émouvoir le vieil avocat. Vous iriez en voiture et vous vous croiseriez avec lui ; à son âge, on n'est pas retardé que par les accidents.

— Comment ! vous supposez qu'il est en train de s'amuser... un dimanche !... quand je l'attends !

— Bah ! dit Bardin, en haussant les épaules, il faut bien que jeunesse se passe... et, entre nous, elle ne passe que trop vite, la jeunesse... Laissez-le jeter ses gourmes, ce garçon... plus tôt ce sera fait, plus tôt il sera mûr pour le mariage.

— Je sais bien, mon ami, murmura la mère, toujours disposée à excuser son Paul. Mais je me plains qu'il ne mûrit pas vite.

— Bah !... les fruits d'arrière-saison sont les meilleurs. J'ai quelquefois regretté que mon Charles n'ait jamais fait de sottises quand il était jeune.

— Vous dites ça pour me consoler.

— Pas du tout. Je dis ça parce que je crains qu'il n'en fasse quand il sera vieux. J'espère que non, mais n'empêche que «faut de la sagesse, pas trop n'en faut». C'est comme la vertu.

— Taisez-vous, Bardin. Vous finiriez par me faire rire et je n'en ai pas envie.

— Voyons !... voulez-vous que je vous indique le moyen de calmer vos inquiétudes ?

— Je ne demande pas mieux, mais...

— Le moyen, c'est de nous mettre à table. Il n'est rien de tel pour faire arriver les retardataires.

Et comme la bonne dame ne paraissait pas convaincue, son vieil ami s'empressa d'ajouter :

— Si votre fils ne vient pas, je vous promets qu'après dîner, je pousserai jusque chez lui pour prendre de ses nouvelles. Ne me remerciez pas, je m'en fais une fête. Voilà trois jours que je ne sors pas de mon cabinet où je suis plongé dans l'étude d'un dossier qui m'est arrivé de province. Il me semble que je dois exhaler une odeur de paperasse. Une promenade hygiénique me fera du bien. Sans compter que pour moi ce sera une joie de revoir le quartier Latin. Je n'ai plus jamais l'occasion d'y aller. Ça me rappellera ma jeunesse. J'y ai fait mes farces, moi aussi, il y a une quarantaine d'années.

Les farces du bonhomme n'avaient pas dû le mener bien loin, mais c'était une de ses manies de prétendre qu'il avait mené la vie d'étudiant noceur, et madame Cormier, qui connaissait ce travers, s'abstenait de le contredire.

— Eh bien, dit-elle, dînons. Je vais appeler Brigitte pour qu'elle nous serve... et, après le dîner, si je n'ai pas vu mon fils, j'irai avec vous, rue Gay-Lussac.

— Hum ! grommela Bardin, qui aurait préféré y aller tout seul.

— Oui, vous devez mourir de faim. Quelle heure peut-il bien être?

— Pas loin de huit heures, chère amie. Il fait presque nuit et je ne vous cacherai pas que j'ai l'estomac dans les talons.

Bien à regret, car elle se désolait de dîner sans son Paul, la veuve se leva et s'achemina vers la cuisine où Brigitte surveillait le rôti en maugréant contre le gamin qui se permettait de faire attendre sa mère.

Un roulement de voitures monta de la rue, madame Cormier courut au balcon et s'écria joyeusement :

— C'est lui !

— Il arrive en flacre ! dit le vieil avocat en se mettant aussi au balcon. La jeunesse d'à présent ne se refuse rien. De mon temps, elle allait à pied... ou en omnibus.

Paul, en effet, descendait d'une victoria numérotée dont l'entrée dans la rue des Tourelles avait fait sensation. Les concierges sortaient pour la voir et

les enfants avaient cessé leurs jeux pour la laisser
passer.

— Eh ! bien, repritle père Bardin, vous voyez qu'il
ne lui est rien arrivé. Il a oublié l'heure, voilà tout.

— Brigitte !... tu peux servir ! cria madame Cormier,
toute joyeuse.

Paul l'avait oubliée, en effet, l'heure du dîner de sa
mère et il ne s'en était souvenu qu'après avoir cherché
longtemps aux Champs-Elysées la marquise disparue.
Elle ne s'était pas montrée et il avait eu quelque mérite
à se rappeler qu'on l'attendait rue des Tournelles, car
son étrange aventure l'occupait tout entier.

Elle lui apparaissait maintenant sous des aspects
nouveaux et il ne lui déplaisait pas trop d'y être engagé. L'erreur d'un domestique l'avait mis dans une
fausse situation, mais la marquise l'aiderait certainement à en sortir. Elle s'était abstenue de l'attendre aux
environs de l'hôtel de son amie, mais elle ne manquerait pas de lui donner bientôt de ses nouvelles. Tout
s'éclaircirait. Il resterait à Paul l'espoir de lui plaire
et de remplacer effectivement ce mari dont il avait
joué le rôle pendant deux heures. Il lui restait aussi
huit bons billets de mille francs qui gonflaient son
portefeuille, sans compter huit autres que le vicomte
lui devait.

Il les avait loyalement gagnés à un gros joueur qui se
consolerait facilement de les avoir perdus et il n'était
pas fâché de les tenir, mais il faut lui rendre cette justice que ce gain inattendu le touchait moins que la joie
d'avoir fait connaissance avec une femme charmante
qui avait bien l'air d'appartenir au meilleur monde.

Il débarquait, tout plein de son sujet, dans le paisible appartement de la rue des Tournelles et s'il l'eût
osé, il aurait volontiers raconté à sa mère et au vieil

avocat sa bonne fortune. Mais il n'osait pas, sachant qu'il les affligerait tous les deux.

— Te voilà, méchant garçon! lui dit en l'embrassant tendrement madame Cormier. D'où viens-tu?

— J'ai été retardé au dernier moment, balbutia Paul.

— Dis donc que tu piochais ton quatrième examen, lui souffla le père Bardin qui riait sous cape.

— S'il y a du bon sens de dîner à huit heures !... tu t'abîmeras l'estomac.

La bonne dame ne pensait qu'à la santé de ce fils qui venait de les faire souffrir, elle et son vieil ami, accoutumés à la régularité des repas.

— A table !... voici la soupe ! s'écria Bardin.

Il n'y avait qu'à obéir à cette invitation. Paul n'eut même pas la peine d'inventer une excuse.

Les trois convives avaient grand'faim et Paul plus que les deux autres. Rien ne creuse comme les émotions, quand on est jeune. Il n'avait pas encore atteint l'âge où elles coupent l'appétit.

Il en résulta que le commencement du dîner fut silencieux. On n'entendait que le bruit des cuillers heurtant le fond des assiettes.

Après le potage, un verre de vieux Xérès, qui avait mûri dans les caves du *Faisan argenté*, délia la langue de l'avocat, qui se mit à parler de son unique rejeton, son Charles, le magistrat modèle, pour lequel il rêvait une brillante carrière. A ce savant, à ce laborieux, il ne manquait, pour sortir de la foule, que d'être chargé d'instruire une de ces affaires retentissantes qui mettent en lumière les talents d'un juge d'instruction.

Bardin souhaitait à son fils un accusé comme Campi, cet assassin anonyme, dont le procès venait de passionner Paris.

A quoi madame Cormier répondait qu'elle souhaitait qu'il n'y eût jamais de criminels à juger et qu'elle espérait bien que Paul n'aurait jamais à demander la tête de personne, attendu qu'il n'entrerait pas dans la magistrature.

Paul n'avait garde de se prononcer sur ce point, car il n'était pas du tout à la conversation. Son esprit vagabondait à une lieue de la rue des Tournelles et du dîner, auquel, pourtant, il faisait grand honneur, car en dépit de ses préoccupations, il ne perdait pas un coup de dent. Il pensait qu'à cette heure la marquise de Ganges dînait peut-être seule dans le magnifique hôtel qu'elle devait habiter, et que la baronne Dozulé, qui avait des invités ce soir-là, leur parlait peut-être du jeune Monsieur qu'elle avait pris pour le mari de la marquise.

Il s'était acquitté d'un devoir en venant s'asseoir à la table maternelle, mais il méditait de filer après le dîner vers le quartier latin où Jean de Mirande était resté. Il était à peu près sûr de l'y trouver, au bal de la Closerie des Lilas ou à la brasserie de la Source, et il éprouvait le besoin de le revoir ; non pas pour lui raconter son aventure — il avait juré à madame de Ganges de n'en rien dire à son ami — mais pour se retremper au contact de ce joyeux compagnon qui prenait si gaiement l'existence et qui jonglait avec les soucis.

Madame Cormier finit par s'apercevoir que son cher fils n'écoutait pas et Bardin, qui s'en était aperçu depuis longtemps, lui dit en clignant de l'œil :

— Je parie qu'il est amoureux.

Cette fois, Paul entendit et affecta de sourire en haussant les épaules.

— Oh ! ne t'en défends pas ! reprit le vieil avocat. Ça vaut mieux que d'aller au café.

— Oui, s'il était amoureux pour le bon motif, rectifia sagement la mère qui n'aspirait qu'à marier son garçon de bonne heure, pour le mettre à l'abri des dangers du célibat prolongé.

— C'est encore un peu tôt, dit Bardin. Et puis vous savez... pour faire un civet, il faut un lièvre... eh ! bien, pour se marier, il faut une femme... j'entends une femme aussi bien dotée par ses parents que par la nature... et dame !... ces lièvres-là, ça ne court pas les champs... ni même les rues de Paris.

Paul continuait à jouer de la fourchette, sans lever les yeux. Sa mère, qui aurait voulu l'entendre manifester des velléités conjugales, dut se contenter de répondre à Bardin :

— Vous devriez lui trouver ça.

Et Bardin, qui ne restait jamais court, répliqua sans broncher :

— Autrefois, je n'aurais pas dit : non... du temps où je voyais tant de gens défiler dans mon cabinet. Maintenant je ne donne plus de consultations qu'à des amis. J'ai remercié ma clientèle... un peu à contre-cœur... j'y ai renoncé à cause de Charles... le père d'un magistrat ne doit pas recevoir d'honoraires du premier venu.

— Mais vous avez gardé d'excellentes relations avec vos anciens clients et, dans le nombre, il doit s'en trouver qui ont des filles à marier. Paul aura six cent mille francs après moi, et je lui en donnerai la moitié le jour de la signature du contrat.

— Avec ça et ses qualités physiques et morales, il ne tiendra qu'à lui d'épouser une héritière... car il est plein de qualités, ce mauvais garnement...

— Vous êtes bien bon, monsieur Bardin, murmura Paul, en souriant.

— Je te dis tes vérités, voilà tout. Le diable c'est que, pour le moment, je ne connais pas d'héritières...

— Oh ! je ne suis pas pressé.

— Je te crois sans peine, mais ta mère l'est, pressée, et si je pouvais l'aider à te caser avantageusement, je m'y emploierais volontiers,...

Le bonhomme s'arrêta tout à coup, en se frappant le front :

— Mais où ai-je la tête ? s'écria-t-il ; décidément, je vieillis, car je perds la mémoire... à moins que ce ne soit le Xérès de ta maman qui m'obscurcisse les idées... verse m'en tout de même un dernier verre... là ! c'est bien... maintenant, mon garçon, j'ai ton affaire..... une jeune orpheline qui doit avoir tout au plus vingt et un ans et qui est l'unique héritière d'une fortune de six millions.

— C'est superbe ! dit ironiquement Paul, et pour peu qu'avec cela elle soit jolie...

— On dit qu'elle est charmante.

— Comment ! on dit ?... vous ne la connaissez donc pas ?

— Je ne l'ai jamais vue... mais j'ai vu les titres qui établissent son droit à l'héritage en question... je sais où il est, en quoi il consiste et ce qu'il faut faire pour qu'elle soit envoyée en possession.

— Vous êtes admirablement renseigné. Il ne vous reste plus qu'à m'apprendre où se trouve cette merveille.

L'ancien avocat prit un temps, comme on dit au Palais, aussi bien qu'au théâtre et, après cette pause, il répondit gravement :

— Si je le savais, je t'aurais déjà présenté à elle.

Paul, pour le coup, éclata de rire et madame Cormier fit une moue significative. Elle trouvait mauvais que son

vieil ami se permit de plaisanter à propos du mariage
de son fils.

— Ris, mon garçon, reprit Bardin, ris tant que tu
voudras. C'est très sérieux et vous, ma chère Julie,
vous avez tort de vous fâcher. Mon héritière existe.
Voulez-vous que je vous raconte son histoire ?

— Racontez, monsieur Bardin !... racontez !... dit
Paul, toujours pouffant.

— Mon ami, ajouta madame Cormier, vous auriez dû
commencer par là.

— C'est vrai, répondit le vieil avocat, j'ai mis la
péroraison avant l'exorde, mais quand on cause à table,
on ne parle pas comme à l'audience. Je regrette ma
bévue et je vais la réparer. Je la regrette d'autant plus
que je vous ai mis l'eau à la bouche et qu'il faudra en
rabattre...

— Bon ! s'écria Paul, il y a une tare... je vois ça
d'ici... la jeune héritière a commis une faute... et...

— Pour qui me prends-tu ? interrompit sévèrement
Bardin. Est-ce que tu te figures que j'ai vécu soixante
ans de la vie d'un honnête homme pour me charger à
mon âge de trouver un drôle disposé à vendre son nom
en reconnaissant l'enfant d'un autre ?...

— Non, certainement, monsieur Bardin... mais...

— Tu n'es qu'un étourneau... apprends à tenir ta
langue... surtout quand tu parles à un ami de tes parents.

— Excusez-moi... j'avais cru que vous plaisantiez...

— Tais-toi !... pour te punir d'avoir dit une sottise, je
devrais garder pour moi mes renseignements.

— Mon cher Bardin, moi, je ne vous ai pas offensé,
dit doucement madame Cormier.

Il n'en fallut pas davantage pour que le vieillard s'a-
paisât.

— C'est juste, dit-il, et nous ne nous fâcherons pas pour si peu. Voici l'histoire que je vous ai promise. Elle est peut-être invraisemblable, mais elle est vraie. J'ai toutes les preuves entre les mains, certifiées par un homme d'une honorabilité in contestable.

Il y a quatre ans vivait dans un village du département de l'Hérault..., à Fabrègues..., une brave femme que son mari avait abandonnée depuis dix ans... elle était restée sans ressources avec une petite fille et elles seraient peut-être mortes de faim toutes les deux si une demoiselle d'une très bonne famille de Montpellier ne s'était intéressée à elles. Les parents de cette demoiselle avaient, tout près de Fabrègues, un château où ils passaient tous les étés. Ils recueillirent la petite abandonnée et ils la firent élever avec leur fille. On n'avait aucune nouvelle du mari. On savait vaguement qu'il était allé chercher fortune en Californie, mais rien de plus.

— Je devine, s'écria Paul; il l'a trouvée là-bas la fortune... il vient de mourir et alors...

— Alors, quoi ?... ce n'était pas la peine de m'interrompre pour dire ce que n'importe qui aurait deviné comme toi.

Paul, ainsi rabroué, baissa le nez et ne dit plus mot.

— Oui, le père est mort, reprit le vieil avocat, sa succession est liquide et revient tout entière à sa fille unique. La mère aussi est morte, deux ans avant son mari. La fille est donc bien et dûment six fois millionnaire. Seulement...

Et comme Bardin, encore une fois, s'était arrêté au moment le plus intéressant, madame Cormier ne put pas s'empêcher de dire :

— Eh ! bien ?

— Seulement, on ne sait pas où elle est.

— Comment ! que nous dites-vous là !

— La vérité, chère amie. Elle a disparu.

— Elle est peut-être allée en Californie comme son père, ricana l'incorrigible Paul.

— Elle a disparu, quelques jours avant le mariage de sa jeune protectrice qui, elle aussi, avait perdu ses parents et qui l'avait prise chez elle comme lectrice.

— Alors, la protectrice doit savoir où est sa protégée.

— C'est probable, mais la protectrice a quitté le pays pour suivre son mari à l'étranger. Et très probablement aussi, elle ignore que sa protégée a maintenant des millions.

— Vous le lui apprendrez.

— Quand je l'aurai trouvée. Je la cherche.

— Quoi ! elle a disparu aussi celle-là !

— Disparu, n'est pas le mot. Elle n'est pas de celles qui se perdent comme cela arrive à une pauvre fille. Elle est riche par elle-même et elle a fait un grand mariage. Mais elle n'a plus aucune attache dans son pays d'origine et depuis qu'elle l'a quitté, elle n'a fait que voyager avec son mari.

J'ai demandé de plus amples renseignements à la personne qui m'a fourni les premiers. Je les attends et, lorsque je les aurai, le plus fort sera fait. Je me mettrai en relations avec cette dame et il faudra bien qu'elle me dise ce qu'est devenue l'héritière... que je cherche aussi et que je trouverai peut-être, sans que l'autre m'y aide. J'ai quelques raisons de croire qu'elle est à Paris, l'héritière ; et je m'informe. Le diable, c'est qu'elle a dû changer de nom.

— Alors, vous aurez de la peine à la découvrir.

— Mon cher Bardin, dit en souriant madame Cormier, je vous avoue que je commence à me ranger à l'avis de Paul, qui trouvait ce projet de mariage un peu en l'air.

— En l'air, tant que vous voudrez... il est réalisable

et dans des conditions exceptionnelles. Voilà une jeune fille qui a des millions et qui ne sait pas qu'elle les a. Supposez que je la trouve, que je lui présente Paul, que Paul lui plaise et qu'elle plaise à Paul... il y a des chances, car ceux qui l'ont vue, il y a quatre ans, s'accordent à dire qu'elle est ravissante et aussi bonne que belle... ce serait une affaire faite...

— Trop de suppositions, grommela Paul.

— Resterait encore, dit sa mère, à savoir comment elle a vécu, depuis qu'elle a quitté son pays... une enfant de seize ans, livrée à elle-même !

— Ce serait une enquête à faire, répondit Bardin. Je m'en chargerais et je vous réponds qu'elle serait poussée à fond. Vous me connaissez d'assez longue date pour savoir que je ne transige pas sur ce qui touche à l'honneur.

— Je le sais, mon ami, et je me fierais à vous comme à moi-même, mais je crains bien que vous n'ayez jamais l'occasion de me donner votre avis sur cette héritière... introuvable.

Est-il indiscret de vous demander d'où vous sont venus ces renseignements ?

— D'un de mes anciens confrères du barreau de Montpellier avec lequel je suis en correspondance depuis plus de trente ans. Il m'a écrit tout récemment et à plusieurs reprises pour me demander de le seconder dans ses recherches. Il a été jadis l'avocat de la famille de la demoiselle qui s'intéressait à l'orpheline et qui l'a tirée de la misère. Aussi met-il beaucoup d'ardeur à poursuivre cette affaire. Il se propose, si elle n'aboutit pas prochainement, de venir à Paris tout exprès, quoique, à son âge, le voyage l'effraie un peu... Il a soixante-quinze ans, cet excellent Lestrigou. S'il se décide, je vous demanderai la permission de vous le présenter.

— Comment donc !... je compte bien qu'il nous fera le plaisir de dîner chez moi avec vous... et avec Paul qui ce jour-là, je l'espère, ne se fera pas attendre.

— Je jure d'être exact ! dit solennellement Paul.

— Oui, je te connais, beau masque, répliqua le père Bardin. Tu arriveras à l'heure si tes amis et connaissances ne s'arrêtent pas en route. Mais, j'y pense !... tu ne nous a pas dit pourquoi tu as laissé brûler le rôti... Il était bon tout de même, mais il faut convenir qu'il était trop cuit.

Paul n'avait garde de dire la vérité. Il parla vaguement d'amis qui l'avaient retenu et d'une interminable partie de billard qu'il ne pouvait pas quitter parce qu'il gagnait.

Paul savait que Bardin ne haïssait pas le billard et qu'il fulminait volontiers contre le baccarat.

— Gageons, dit le vieil avocat, que tu étais avec ton inséparable... ce grand casseur d'assiettes qui se promène au quartier dans des costumes de carnaval. Mauvaise compagnie, mon garçon !

— Mais, non, je vous assure. Il aime les tenues excentriques, mais il est très comme il faut, quand il veut l'être. Il est noble, du reste, et il pourrait prendre le titre de comte que son père portait. Il s'appelle Jean de Mirande.

— Joli nom, à mettre dans une comédie. Et il fait son droit, ce gentilhomme ? Il veut donc entrer dans la basoche ?

— Je ne crois pas. Il s'est fait étudiant pour s'amuser à sa façon et contre la volonté de tous ses proches. Je crois du reste qu'il commence à en avoir assez et qu'il finira par s'engager dans un régiment d'Afrique. Il est né batailleur et il ira où on se bat.

— Grand bien lui fasse ! De quel pays est-il ?

— Du Languedoc. Son oncle habite un château près du Vigan.

— Ah ! il est du Languedoc. Demande-lui donc, quand tu le verras, s'il connaît la famille de Marsillargues.

— Je n'y manquerai pas. Puis-je savoir en quoi cette famille de Marsillargues vous intéresse ?

— La protectrice dont je viens de te parler était une demoiselle de Marsillargues.

— Quel nom baroque !

— Plus il est baroque, mieux tu le retiendras.

— Mais elle ne le porte plus, puisqu'elle est mariée.

— A un mauvais sujet qui la rend, dit-on, très malheureuse. Lestrigou, dans ses lettres, a oublié de m'apprendre comment s'appelle son mari. Lestrigou me parle toujours d'elle son sous nom de demoiselle. C'est celui-là que ton ami doit connaître, puisqu'il est Landocien. Du reste, dans sa prochaine, mon correspondant m'apprendra l'autre nom et je te le dirai.

— Bon ! vous pouvez compter que votre commission sera faite ce soir.

— Ce soir ?... c'est donc que tu comptes finir ta soirée à Bullier, car un dimanche, ton Mirande ne peut pas passer la sienne ailleurs.

— Mais je vous assure que...

— Oh ! ne t'en défends pas !... j'y ai dansé jadis à Bullier.

— Ça devait être drôle, pensa Paul Cormier qui ne voyait pas bien le vieil avocat exécutant une tulipe orageuse.

Madame Cormier ne soufflait plus mot. Elle rêvait à ce mariage fantastique, mis sur le tapis par un homme en qui elle avait pleine confiance et elle se promettait de ne pas laisser tomber dans l'eau ce projet séduisant. Mais, pour y revenir, elle attendait d'être seule avec

Bardin. Elle voulait en parler à cœur ouvert et la présence de son fils l'aurait gênée.

Bardin, qui devina son intention, lui vint en aide.

Le dîner avait marché plus vite que de coutume. On en était au café qu'on prenait à table, et Paul venait de vider son quatrième verre d'un remarquable cognac, de la même provenance que le vin de Xérès, servi après le potage.

— Tu grilles d'envie de fumer, hein ? lui demanda l'avocat.

— Oh ! je sais que ça gêne maman, dit Paul. Je fumerai dans la rue, en rentrant chez moi.

— Et le plus tôt sera le mieux, n'est-ce pas ?... Eh ! bien, je lis sur la figure de ton indulgente mère qu'elle te permet de lever la séance. Quand tu seras parti, nous ferons tranquillement notre cent de piquet jusqu'à dix heures et je serai encore couché avant toi, car je demeure à deux pas d'ici.

Le bonhomme habitait la rue des Arquebusiers, une rue dont peu de Parisiens connaissent le nom et qui va, en faisant un coude, du boulevard Beaumarchais à la rue Saint-Claude.

— Et d'ici à Bullier, il y a une trotte !... il est vrai que tu vas en carrosse, toi... Dame ! quand on a des amis dans la noblesse !...

Paul s'était levé pour embrasser sa mère et il ne fit pas semblant d'entendre, mais l'impitoyable Bardin, reprit :

— Parions que tu portes toute ta fortune dans ta poche.

— Pourquoi ça ? balbutia Paul, un peu décontenancé, car c'était vrai ; qui vous fait croire ?

— Le geste !... le geste révélateur !

— Quel geste ?

— Pendant tout le dîner, tu n'as fait que tâter avec ta main la poche de poitrine de ta redingote. Je ne m'y trompe jamais à ce geste-là. Ton portefeuille doit être bien garni.

— Maman m'a remis, hier, mon mois. N'est-ce pas, mère ?

La veuve fit signe que : oui, et pendant que M. Bardin riait d'aise d'avoir été si perspicace, le jeune homme s'empressa de lui serrer la main et de partir.

Il en avait assez des malices de ce jurisconsulte en retraite et de ses histoires matrimoniales.

— Décidément, c'est un vieux fou, grommelait Paul en descendant quatre à quatre les marches du large escalier de la maison maternelle. S'il croit que je vais prendre des renseignements sur son orpheline égarée, il se fourre le doigt dans l'œil jusqu'au coude.

L'étudiant reparaissait dans ce langage qu'il n'aurait pas osé tenir chez sa mère, et encore moins chez la baronne Dozulé, où il avait joué le rôle d'un seigneur qu'on attendait.

Et le fait était que Paul se sentait revivre à l'idée de se retrouver sur le sable des allées de la Closerie des Lilas, où il pourrait, à son choix, rêver à Jacqueline, ou bien se distraire en joyeuse compagnie, et où personne ne le prendrait plus pour le marquis de Ganges.

Au bout de la rue des Tournelles, il sauta dans un fiacre découvert, après avoir allumé un cigare, et il se fit conduire au célèbre jardin où tant de générations des Écoles de droit et de médecine ont fait leurs premiers pas.

Il y arriva, juste à l'heure où la fête bat son plein et, comme c'était dimanche, la foule était énorme : une vraie cohue où dominaient les étudiants, mais où il y avait aussi des amateurs venus de la rive droite, en *transfrétant la Séquane,* a écrit le maître Rabelais.

Ceux-là, blasés sur les quadrilles payés que la *Goulue* et *Grille d'égout* dansent tous les soirs au Jardin de Paris, venaient se retremper aux sources du *cancan,* alléchés par l'espoir de voir exécuter, bon jeu bon argent, des pas fantastiques, inventés par la belle jeunesse française.

Il a été de mode, un temps fut, dans les grands clubs, de s'offrir ce divertissement, comme on allait jadis voir la descente de la Courtille.

C'est un genre de sport que messieurs les *Copurchics* se permettent encore quelquefois.

Mais Paul Cormier ne s'attendait guère à rencontrer à Bullier la fine fleur de l'élégance parisienne.

Il venait y chercher Jean de Mirande et sa suite, car il supposait qu'après un plantureux dîner chez Foyot, la bande avait dû éprouver le besoin d'aller gigotter à la Closerie.

Le difficile c'était de les rencontrer, au milieu de ce flot de promeneurs, de danseurs et de consommateurs, car à Bullier tous les plaisirs sont réunis. On circule dans un jardin éclairé au gaz, on danse dans une salle immense, aux sons d'une musique endiablée, on boit sur les longues estrades qui l'entourent en la dominant et aussi dans les bosquets.

Ce soir-là, il y avait du monde partout, et justement une valse échevelée tournoyait d'un bout à l'autre de la salle couverte, refoulant les curieux et bousculant les gêneurs.

Paul, qui ne tenait pas à faire là des études de chorégraphie moderne, se rabattit sur le jardin où il comptait attendre que les évolutions circulaires des valseurs eussent pris fin.

Alors seulement, il pourrait se mettre en quête de Jean, avec quelque chance de le trouver.

Le jardin était fort encombré aussi. On s'y disputait les tables encastrées dans des massifs de verdure et les garçons de café, portant à bout de bras des plateaux chargés de bocks, fendaient impitoyablement les groupes qui se permettaient d'empêcher la circulation en stationnant dans les allées.

Paul, la veille encore, aurait trouvé charmante cette fête dominicale. Maintenant, il la voyait avec d'autres yeux. La joie de ces jeunes gens lui semblait grossière ; les femmes lui semblaient laides et mal habillées.

Et ce n'était pas l'argent gagné au jeu qui changeait ainsi son optique ; c'était l'image de Jacqueline qu'il avait sans cesse devant ses yeux et qui, par l'effet de la comparaison, lui faisait prendre en dégoût les pitoyables drôlesses du quartier.

Il n'était pas l'amant de cette merveilleuse marquise ; et tout au plus espérait-il le devenir ; mais il était déjà son complice, puisqu'il partageait avec elle un secret qu'elle était intéressée à cacher.

C'était assez pour qu'il se crût fait d'un autre bois que les camarades ; Jean de Mirande, excepté.

Celui-là était du même monde que madame de Ganges ; il ne le fréquentait pas, ce monde aristocratique, mais il y était né et quoi qu'il affectât d'en faire fi, il était homme à comprendre certaines nuances qui échappaient complètement aux autres habitués de la Closerie.

Paul le cherchait donc, quoique bien décidé à ne pas lui faire de confidences, et ce ne fut pas lui qu'il rencontra.

Au détour d'une allée, Paul se trouva presque nez à

nez avec un monsieur qui venait en sens inverse et qui
s'écria :

— Vous, ici, monsieur le marquis !

Ce monsieur, c'était le vicomte de Servon, aussi
étonné de la rencontre que Paul Cormier l'était de le
trouver là.

Le vicomte, toujours poli, aborda courtoisement son
heureux adversaire du baccarat, mais sa figure exprima
un autre sentiment que l'étonnement. Ses yeux disaient
clairement : « Eh bien ?... et votre femme? »

Paul comprit. Il y avait dans le regard qui tomba sur
lui toute une série d'interrogations que le vicomte était
trop bien appris pour formuler en paroles.

Il voulait dire, ce regard clair et légèrement ironique :
« Quoi ! vous êtes arrivé ce soir, d'un long voyage ; vous
avez à peine eu le temps de voir votre charmante femme
et au lieu de passer la soirée avec elle, vous venez vous
divertir dans un bal d'étudiants ! »

Paul était même tenté d'y lire quelque chose comme
ceci : « Très bien. On pourra essayer de la consoler
cette belle marquise que vous délaissez ainsi. »

Mais il ne s'agissait pas de deviner les intentions de
M. de Servon ; il s'agissait de se tirer immédiatement
d'une situation plus qu'embarrassante et Paul ne pouvait s'en tirer que par un mensonge.

Il lui en coûtait, car jusqu'alors, il n'avait pas menti,
dans le sens littéral du mot. Il s'était laissé traiter de
marquis de Ganges et présenter comme tel par la
baronne Dozulé, mais il n'avait rien dit qui pût faire
croire que ce nom et ce titre lui appartenaient.

Maintenant, il se trouvait pris dans un engrenage.
Sous peine de passer pour l'amant de Jacqueline, il
fallait mentir, non plus en se taisant, mais en inventant
une explication de sa présence à Bullier.

Le diable s'en mêlait. Il maudissait ce vicomte qui s'était avisé de traverser les ponts au lieu de chercher à se refaire en taillant un baccarat dans les salons de son club. Mais il était obligé de répondre, et il répondit, en allant au-devant des questions qu'il prévoyait.

— Vous ne vous attendiez pas à me rencontrer ici, surtout ce soir, n'est-ce pas, monsieur ? commença-t-il d'un ton dégagé. Je pourrais vous dire, comme le doge de Gênes, à Versailles... ce qui m'étonne le plus, c'est de m'y voir. Figurez-vous que ma femme, qui ne savait pas que j'arriverais à Paris aujourd'hui, avait accepté une invitation à dîner chez une de ses amies. Elle voulait lui écrire pour se dégager. J'ai exigé qu'elle y allât. Elle y passera la soirée. J'ai dîné seul... au restaurant... et ne sachant que faire après, je suis venu, en me promenant et en fumant d'innombrables cigares, jusque dans ce quartier excentrique. J'ai entendu la musique de ce bal et l'envie m'a pris d'y entrer. Je crois que je n'y resterai pas longtemps.

Pour une explication improvisée, celle-là n'était pas trop mauvaise, et Paul s'empressa d'essayer d'une diversion.

— Mais vous-même, monsieur, reprit-il, par quel hasard ?...

— Mon Dieu ! c'est bien simple, dit le vicomte ; j'ai dîné au club... j'espérais y trouver une partie, mais il fait si beau que tous les dîneurs ont pris leur volée en sortant de table... nous nous sommes trouvés trois à fumer sur le balcon... pas moyen seulement d'organiser un whist à quatre et je n'aime pas à jouer le *mort...* nous avons décidé, d'un commun accord, de fréter un cab et de nous faire conduire à la Closerie des Lilas. C'est assez canaille, ce bastringue, mais on y découvre quelquefois des femmes nouvelles...

4.

— Pas souvent, murmura Paul qui savait à quoi s'en tenir sur ce point.

— Je vois, monsieur le marquis, que vous connaissez l'établissement...

— J'y suis venu autrefois, comme tout le monde.

— Oh ! je pense bien que vous ne le fréquentez plus. Madame de Ganges s'y opposerait et... vous perdriez trop au change. Moi qui n'ai pas le bonheur d'être marié à une femme charmante, j'y viens de temps à autre avec des amis... et il m'est arrivé d'y faire des trouvailles... il y a encore ici quelques jolies filles qui ont sur les horizontales de la rive droite l'avantage d'être jeunes... on en est quitte pour les décrasser avant de les lancer.

Cormier s'apercevait que le vicomte était un viveur à outrance et il s'en réjouissait, parce qu'il espérait que ce chercheur de débutantes allait bientôt le quitter pour se mettre en chasse.

— Je viens d'en suivre une qui en valait la peine, reprit M. de Servon. Elle m'a planté là pour se pendre au bras d'un grand diable qui porte des bottes molles, un pantalon collant et un chapeau pointu. Il paraît qu'ici c'est le suprême *chic*.

Paul était sur les épines, car à ce signalement, il avait reconnu son ami Jean et il tremblait que Jean ne vînt déranger son colloque avec le vicomte et patauger à travers son marquisat de carton, comme un éléphant dans un magasin de porcelaines.

Mais Jean était sans doute occupé à abreuver dans la salle couverte ses invitées de chez Foyot, et M. de Servon continua ainsi :

— Mes deux amis du club sont partis sur une autre piste. Je ne sais s'ils auront plus de chance que moi,

mais je les attends ici et je serai bien heureux, monsieur
le marquis, de vous les présenter.

Cela ne faisait pas du tout l'affaire de Paul Cormier
qui balbutia :

— Je serais charmé, moi aussi, de connaître ces
messieurs, mais...

— Eux, vous connaissent de réputation. Ils savent
qu'après avoir mené la grande vie, vous avez abordé
les affaires à l'âge où d'autres perdent encore leur
temps au club et au foyer de la danse. Et les grandes
affaires vous ont réussi, comme elles réussissent toujours aux hommes intelligents et hardis. Vous pouvez
songer maintenant à jouir de vos succès... votre place
est marquée dans notre monde parisien où jusqu'à présent vous vous êtes peu répandu, je crois.

— Oh ! très peu ! dit vivement Paul, enchanté du
prétexte que lui fournissait le vicomte pour expliquer
son ignorance des hommes de ce monde-là.

— J'ai bien vu, chez la baronne, que vous vous trou-
viez sur un terrain nouveau pour vous, reprit obli-
geamment le vicomte. Vous ne la connaissiez pas, je
crois, cette chère baronne ?

— Pas du tout, et elle m'a accueilli comme si j'étais
de ses amis.

— Oh ! c'est une excellente femme, et d'ailleurs elle
est liée avec madame de Ganges que tout le monde
aime et respecte.

Paul s'inclina par politesse, mais au fond, il n'était
pas fâché d'apprendre qu'on respectait sa Jacqueline.

— Quand vous connaîtrez madame Dozulé, vous
verrez qu'elle n'a pas sa pareille pour former un salon...
car madame de Ganges, qui s'abstenait de recevoir pendant que vous étiez loin de Paris, va certainement

ouvrir sa maison, l'hiver prochain. J'avoue que nous y
comptons un peu... et ce serait vraiment dommage de
ne pas utiliser votre bel hôtel de l'avenue Montaigne,
qui semble avoir été construit tout exprès pour y
donner des fêtes.

— Il paraît que j'ai un hôtel, avenue Montaigne, se
dit Paul, c'est bon à savoir. Je ne serai plus embarrassé
pour retrouver Jacqueline, si elle ne me donne pas de
ses nouvelles.

— Voici mes amis du club, dit tout à coup M. de
Servon. Ils reviennent bredouille, je crois... Mais non,
ma foi !... ils sont suivis de près par deux jeunes personnes qui m'ont tout l'air d'avoir accepté un souper
au café Anglais.

— Ça les changera... mais je me reprocherais de
vous retenir...

— Oh ! je serai de la fête... le temps de vous mettre
en relations avec ces messieurs et je vous demanderai
la permission de vous quitter. Voulez-vous seulement
venir avec moi à leur rencontre ?

Paul, qui voyait avec joie arriver le moment de la
séparation, suivit le vicomte, qui l'amena en face des
deux clubmen et procéda immédiatement aux présentations, en commençant par ses amis :

— Monsieur le comte de Carolles !... Monsieur Henri
de Baffé !...

Puis, presque aussitôt :

— Monsieur le marquis de Ganges, reprit-il en éle-
vant la voix, comme pour mieux marquer l'importance
du personnage.

Cette cérémonie, assez inusitée au bal Bullier, se
passait non loin de l'entrée de la salle couverte et tout
près d'une espèce de tonnelle de feuillage où étaient
attablés un monsieur et trois femmes qui, à en juger

par leur tenue et leurs allures, devaient être des dévergondées de la pire espèce.

Le monsieur, au contraire, avait l'air d'un homme du monde, mais il était complètement ivre.

La table, couverte de bouteilles vides, attestait qu'il ne s'était pas grisé seulement de paroles et de bruit.

Au moment où M. de Servon venait de présenter le faux marquis, ce monsieur se leva, en montrant le poing au groupe des clubmen. Une de ses tristes invitées le força à se rasseoir en le tirant par le pan de sa redingote, mais il continua de gesticuler en criant :

— Qu'est-ce qu'il dit ? Est-ce à moi qu'il en a ?

Le présenteur et les présentés ne firent aucune attention à ce pochard qui, à la Closerie, n'était pas seul de son espèce. Ils échangèrent de brèves politesses avant de se séparer et le vicomte prit congé de Paul en lui disant :

— A l'honneur de vous revoir, monsieur le marquis.

Ces messieurs venaient de s'éloigner avec leurs deux recrues féminines, lorsque Jean de Mirande déboucha de la salle de bal, en nombreuse compagnie.

Tout tournait au gré des désirs de Paul qui ne craignait rien tant que de se trouver pris entre son vieil ami du quartier et ses nouveaux amis du club.

— Marquis ! persistait à grommeler l'ivrogne ; je vais t'en donner, moi, du marquis de Ganges !

Paul Cormier n'entendit pas cette menace qui se confondit avec un grognement et il ne se douta nullement qu'elle s'adressait à lui.

Il était tout à la joie d'avoir évité l'explication qui eût été la conséquence forcée de la rencontre avec Jean, si Jean était survenu une minute plus tôt.

Il arrivait, ce brave Jean, escorté de ce qu'il appelait sa maison civile et militaire, c'est-à-dire des quatre donzelles qu'il venait de régaler chez Foyot et d'une demi-douzaine d'étudiants recrutés dans le bal et largement abreuvés à ses frais.

Lui aussi, il était non pas ivre, car il portait le vin comme pas un, mais outrageusement gris. Il marchait encore droit, et il avait toujours la parole facile ; seulement les yeux lui sortaient de la tête, et Paul, qui le connaissait bien, vit tout de suite qu'il était très surexcité.

Et quand cela lui arrivait, il était capable de toutes sortes d'extravagances. Paul le savait et bénissait d'autant plus le ciel qui avait inspiré au vicomte de Servon l'idée d'emmener ses amis.

— Te voilà, joli lâcheur, lui cria Mirande, du plus loin qu'il l'aperçut. Était-elle bonne la soupe de ta maman ? Et le bouilli ? Et le petit *ginglet* pour arroser tout ça ? Si tu étais venu avec nous, tu aurais mangé de la bisque et bu du Clicquot. Demande plutôt à ces dames. Mais je te tiens, maintenant, et tu vas finir ta nuit avec nous... nous souperons chez Baratte, aux Halles.

Cormier admirait à part lui les effets du vin de Champagne qui inspirait de tels projets au dernier rejeton d'une famille de la vieille-roche et il était assez disposé à prendre la chose gaiement. Mirande, ce soir-là, ne pouvait lui être bon à rien et Paul n'était pas pressé de s'acquitter de la commission dont l'avait chargé le père Bardin, emporté par son zèle matrimonial.

Il craignait seulement que le bal ne finît pas sans bataille. Mirande, quand il se mettait dans ces états-là, avait le louis facile et le coup de poing aussi. Pour peu qu'on l'agaçât, il en venait aux voies de fait et il arrivait que la fête se terminait au violon.

Paul, qui n'avait pas envie de l'y suivre, méditait

déjà de le calmer et de le ramener tout doucement à son domicile du boulevard Saint-Germain où il pourrait se coucher et cuver son vin jusqu'au lendemain.

Le diable c'était que le reste de la bande avait perdu toute notion du respect qu'on doit à l'autorité qui veille sur la tranquillité des bals publics. Ces dames avaient déjà failli se faire mettre à la porte en levant la jambe plus haut que le casque du municipal de service. Véra, la nihiliste, poussait des cris séditieux. Il est vrai qu'elle les poussait en russe et que personne ne les comprenait, mais les étudiants qui complétaient le cortège de Jean bousculaient tout le monde et faisaient un tapage infernal.

Paul, malgré tout, espérait encore que la soirée s'achèverait pacifiquement. Il comptait sans le pochard qui l'avait déjà interpellé du fond de la tonnelle qu'il occupait avec trois créatures. Elles avaient essayé de le contenir, mais il s'était arraché de leurs pattes et il vint se planter devant Paul Cormier, les bras croisés, le chapeau rejeté sur la nuque et les cheveux en coup de vent.

— D'où sort-il celui-là ? grommela Mirande en toisant l'intrus qui lui dit brusquement :

— Ce n'est pas à vous que j'ai affaire... c'est à celui-ci.

— A moi ? demanda Paul, stupéfait.

— Oui, à vous. Pourquoi vous faites-vous appeler le marquis de Ganges ?

Paul pâlit et ne répondit pas. Il comprenait que cet homme avait entendu les présentations, mais il ne devinait pas en quoi elles pouvaient l'avoir offensé.

— Etes-vous fou ? demanda Mirande à l'ivrogne, dont l'attitude agressive commençait à l'irriter.

— Je ne suis pas fou et je suis parfaitement sûr

d'avoir bien entendu. Encore une fois, pourquoi, vous, le petit blond, pourquoi avez-vous pris un nom qui ne vous appartient pas?

Etes-vous le marquis de Ganges, oui ou non?

— Qu'est-ce que ça vous fait? riposta Mirande, exaspéré par cette insistance tenace qui est particulière aux gens ivres.

— Ce que ça me fait? Vous voulez le savoir? C'est moi qui suis le marquis de Ganges.

— Possible! ricana Jean. Vous n'en avez pas l'air.

— Je ne vous parle pas. Je parle à cet homme qui s'obstine à ne pas me répondre... et je lui répète qu'il s'est permis de prendre mon nom, que je veux savoir pourquoi et que s'il persiste à refuser de me le dire, je vais le souffleter.

Paul leva le bras, pour prendre les devants, mais Mirande fut plus prompt que lui.

— Après moi, s'il en reste, cria-t-il en appliquant sur la joue du réclamant une maîtresse gifle.

Ce fut le signal d'un tumulte effroyable. Les filles qui buvaient tout à l'heure avec le souffleté s'enfuirent en criant comme si elles avaient reçu le soufflet. Les amis et les amies de Jean arrivèrent pour lui prêter main-forte au cas où le battu essaierait de rendre coup pour coup. Jean s'était mis en posture de boxer et tout faisait prévoir qu'un combat acharné allait s'engager entre ces deux hommes, ivres tous les deux et aussi furieux l'un que l'autre.

On accourait de tous les côtés du jardin et il y avait déjà des gens qui montaient sur des chaises pour mieux voir. Pour un peu ils auraient fait : Kss!... kss!...

Le plus ennuyé de tous les acteurs de cette scène, c'était Paul Cormier, qui était la cause de la querelle et qui, faute de présence d'esprit, avait laissé son ami usurper le premier rôle, un rôle qui pouvait le mener sur le terrain.

Mais ceux qui comptaient sur le spectacle d'une belle lutte à coups de poing furent complètement volés.

Soit que le souffleté vît qu'il ne serait pas le plus fort, soit qu'il trouvât au-dessous de sa dignité d'engager un pugilat, il s'abstint de se jeter sur son adversaire, et il lui dit avec un sang-froid surprenant :

— Maintenant, monsieur, ce n'est plus à votre ami que j'ai à faire, c'est à vous et vous me rendrez raison de l'outrage.

Le soufflet l'avait non seulement dégrisé, mais transfiguré. L'ivrogne avait maintenant l'attitude et le ton d'un gentleman, brutalement offensé.

— Quand il vous plaira, répliqua Mirande. Je vais vous donner ma carte.

— Pas ici, je vous prie. Voici les sergents de ville qui arrivent. Je ne veux pas être mis au poste et je suppose que vous tenez aussi à éviter ce dénouement ridicule. Veuillez sortir avec moi et vos amis... y compris monsieur... — le souffleté désignait Paul — j'ai un autre compte à régler avec lui. Mais venez avant qu'on nous entoure... nous nous expliquerons dehors.

— Je ne demande pas mieux.

Trois des étudiants qui escortaient Mirande s'esquivèrent. Ceux-là, comme Panurge, craignaient les coups naturellement. Les trois autres restèrent. Les femmes s'étaient perdues dans la foule, aussitôt après la gifle. Mirande ouvrit la marche et on lui fit place. Son encolure et ses biceps imposaient le respect aux curieux et les sergents de ville, enchantés de n'avoir pas à intervenir, laissèrent passer le groupe, subitement apaisé.

Une paix provisoire ou plutôt une trêve, commandée

par la crainte de la police, qui n'est pas tendre aux
étudiants.

Le Monsieur, dégrisé, était un homme jeune et élégamment tourné, dont les traits distingués semblaient
avoir été altérés par des débauches prolongées. L'i-
vresse habituelle y avait mis sa marque. Ce n'était pas
la physionomie d'un raffiné de vices comme le vicomte
de Servon. Il y avait de cela avec un peu d'abrutissement
en plus. Paul se représentait ainsi le *pâle Rolla* d'Alfred
de Musset, ce Rolla qui n'était autre que le poète lui-
même.

D'où venait cet homme, évidemment tombé de haut
dans de crapuleuses habitudes ? Qu'était-il venu faire
à ce bal avec des filles de bas étage? Et quel vertige
l'avait poussé à planter là des créatures pour apostropher Paul, à propos d'un nom prononcé, un nom qui
ne devait jouir d'aucune notoriété à la Closerie des Lilas ?

Avait-il été pris subitement d'un accès de folie ? Mirande en était convaincu et il le lui avait dit.

Paul aurait voulu le croire, mais tout en se demandant avec inquiétude comment cette nouvelle aventure
allait finir, il ne pouvait pas s'empêcher de douter que
cet homme fût fou, et il se disait :

— Si pourtant c'était le vrai marquis de Ganges !

Cette idée ne fit que traverser le cerveau de Paul
Cormier et tout semblait indiquer qu'elle ne valait pas
la peine qu'il s'y arrêtât.

Quelle apparence en effet que le marquis de Ganges,
au retour d'un long voyage, s'en allât *faire la noce* —
c'était le vrai mot — au bal Bullier, avec des créatures,
au lieu de débarquer dans son hôtel de la rue Montaigne où sa charmante femme l'attendait?

Si bas tombé que soit un gentilhomme, il ne s'affiche
pas ainsi et d'ailleurs Cormier n'avait aucune raison de

croire que le mari de Jacqueline fût un marquis déchu.
Au contraire, on parlait de ses succès financiers, des
grandes entreprises qui venaient d'augmenter sa fortune déjà considérable.

Donc, ce pochard subitement dégrisé n'était pas, ne
pouvait pas être le marquis de Ganges.

Alors, pourquoi s'était-il fâché quand il avait entendu
donner ce nom et ce titre à un monsieur qui passait ?

C'était à n'y rien comprendre et Paul Cormier y re-
nonça. Mirande, lui, ne se creusait pas la tête à deviner
cette énigme. Il avait souffleté un insolent qui menaçait son ami. Il lui devait une réparation et il ne demandait pas mieux que de la lui accorder. Un soufflet vaut un coup d'épée, c'était une de ses maximes
favorites. Et il ne sortait pas de là.

Il y avait longtemps qu'il n'était allé sur le terrain et
il n'était pas homme à manquer une si belle occasion
de se refaire la main.

Les trois étudiants qui l'avaient suivi étaient trois
bons jeunes gens qui ne s'étaient de leur vie battus qu'à
coups de poing et qui n'avaient jamais mis les pieds
dans une salle d'armes. Ils suivaient Mirande, parce
que Mirande était le chef incontesté des tapageurs du
quartier et ils étaient bien persuadés que l'affaire se
terminerait autour d'un bol de punch.

Le groupe sortit sans autre incident de cette Closerie
où on échange plus de horions qu'on n'y cueille de
lilas.

L'orchestre venait de donner le signal d'un nouveau
quadrille ; danseurs et danseuses y couraient, sans plus
s'occuper des suites d'une dispute, comme on en voit
à Bullier, à peu près tous les soirs.

Le problématique marquis marchait en tête, comme
de juste, puisque c'était lui qui avait proposé de sortir

pour régler cette affaire d'honneur, où l'honneur n'était pas en cause, car il s'agissait d'une querelle entre deux ivrognes, dont l'un avait eu la main trop leste.

Ce giflé susceptible emmena les autres, sous les arbres, beaucoup plus loin que la statue du maréchal Ney, au milieu d'un carrefour désert, où ces messieurs pouvaient conférer tout à leur aise, sans craindre d'être dérangés.

Paul Cormier qui ne souhaitait la mort de personne, prit le premier la parole et ce fut pour prêcher la conciliation.

— Messieurs, dit-il, il n'y a dans tout cela qu'un malentendu.... dont j'ai été la cause, bien involontairement... et tout peut s'arranger.

— Plus maintenant, interrompit le soi-disant marquis.

— Pourquoi donc pas ?... J'exprime tout haut et devant témoins le regret d'avoir été l'occasion d'une querelle sans motif sérieux. Entre honnêtes gens, on ne se coupe pas la gorge pour un mot dit en l'air.

— Et le soufflet ?... Il n'était pas en l'air, le soufflet. Il est encore marqué sur ma joue.

— Un mouvement de vivacité... que mon ami regrette, j'en suis sûr.

Mirande s'abstint de confirmer cette appréciation de Paul et son air disait assez qu'il ne se repentait pas du tout de ce qu'il avait fait.

— Bien obligé ! répondit l'offensé. Demandez-lui donc s'il veut tendre la joue pour que je lui rende ce qu'il m'a donné.

— Je ne vous conseille pas d'essayer, ricana Mirande.

— Soyez tranquille !... je veux autre chose... je veux vous tuer...

— Comme ça !... tout de suite !... vous attendrez

bien jusqu'à demain... et d'abord, je ne me bats pas en duel avec le premier venu. Commencez par me dire qui vous êtes.

— Je vous l'ai déjà dit. Je suis le marquis de Ganges... et il est probable que je vous ferai beaucoup d'honneur, en croisant le fer avec vous, car je ne vous connais pas et...

— C'est mon nom qu'il vous faut?... Je m'appelle Jean de Mirande et je descends des comtes de Toulouse. Ça vous suffit-il?

— Je m'en contenterai. Je serais mal fondé à vous demander de me montrer vos titres, car je suppose que vous ne les avez pas dans votre poche.

— Je les montrerai demain aux témoins que vous m'enverrez.

— Demain! s'écria le souffleté. Vous voulez rire, je pense!... Alors, vous croyez que je garderai ma gifle jusqu'à demain? Rayez cela de votre programme, monsieur le descendant des comtes de Toulouse. C'est la première que je reçois de ma vie. Je ne veux pas aller me coucher avec. Il n'y a que les lâches qui renvoient un duel au lendemain, quand l'offense ne peut se laver qu'avec du sang.

— Parbleu! je ne demande qu'à m'aligner, mais je ne peux pourtant pas m'aligner, séance tenante, sous un bec de gaz. D'abord, pour se battre, il faut des témoins et des épées.

— Des témoins? deux de ces messieurs m'en serviront.

— Bon!... et des armes?

— Vous devez avoir dans ce quartier un ami qui possède une paire de fleurets. Nous en serons quittes pour les démoucheter.

— J'ai chez moi des épées de combat, s'empressa

de dire un des étudiants, un imberbe qui en était à sa première année de droit.

Cet âge ne rêve que plaies et bosses.

— Et je demeure à deux pas d'ici... faubourg Saint-Jacques... en face du Val-de-Grâce.

— Merci, monsieur, dit gravement le marquis.

A son attitude et à son langage, Cormier commençait à croire qu'il l'était tout de bon, marquis, et s'il était vraiment le mari de madame de Ganges, cela compliquait beaucoup la situation.

— Il ne nous reste plus qu'à trouver un terrain propice, reprit ce gentilhomme entêté.

— Et à attendre qu'il soit jour, dit ironiquement Mirande.

— Pourquoi ?... Il fait un clair de lune superbe.

— Le duel pourrait avoir lieu dans ma chambre, proposa le jeune étudiant, altéré du sang... des autres.

— Je ne dis pas non, répliqua l'offensé irréconciliable.

— Voyons ! voyons, messieurs ! s'écria Paul Cormier, tout cela, je pense, n'est pas sérieux; vous n'allez pas, de gaîté de cœur, vous exposer à passer en cour d'assises, si cette rencontre absurde se terminait par la mort d'un des deux adversaires. Battez-vous, si vous y tenez, mais battez-vous régulièrement. Je vous déclare, pour ma part, que je refuse d'être témoin dans un duel entre quatre murs et même dans un combat de nuit.

— Eh bien ! nous nous contenterons de trois témoins. Deux suffiraient à la rigueur.

— Ah ! ça, vous êtes donc enragé, vous, dit Paul.

Pour toute réponse, le giflé mit son doigt sur sa joue.

Et Paul comprit qu'il ne ferait pas entendre raison à ce diable d'homme.

Marquis ou non, ce pochard, complètement et subitement dégrisé, savait très bien ce qu'il disait et surtout ce qu'il voulait.

Et Mirande, toujours surexcité, n'était pas disposé à faire cause commune avec son ami pour empêcher la rencontre. Elle lui plaisait par son étrangeté même ; il pensait à la première scène du roman de Dumas où les trois mousquetaires vont ferrailler derrière le Luxembourg et il se faisait une fête de mettre flamberge au vent, comme eux, pour vider au pied levé, une querelle ramassée par hasard.

Paul, qui ne renonçait pas encore à l'espoir de faire avorter le duel, chercha un biais et crut l'avoir trouvé.

Il pensait que s'il pouvait seulement gagner du temps, les têtes finiraient peut-être par se calmer et il dit au marquis :

— Vous ne voulez absolument pas attendre jusqu'à demain la réparation que monsieur vous doit et qu'il ne refuse pas de vous accorder?

— Non... et s'il persistait à demander un délai, je le tiendrais pour un lâche.

— Pas d'injures, monsieur !... et faites-moi la grâce de m'écouter, ou bien je croirai qu'en nous imposant des conditions inacceptables, vous cherchez à éviter ce duel.

L'offensé protesta d'un geste, mais il écouta. Et Paul reprit :

— Nous y sommes, à demain... attendu qu'il est minuit. Et nous sommes à la fin de mai. A trois heures, il fera jour ou du moins on y verra assez clair pour échanger des bottes sans s'éborgner. Vous pouvez bien attendre trois heures.

— Tiens! c'est une idée! s'écria Mirande qui se laissait toujours séduire par l'imprévu.

— Trois heures, c'est long, grommela le marquis. Et puis, je prétends ne pas quitter monsieur, jusqu'à ce qu'il m'ait rendu raison.

— Et qui vous parle de le quitter? Je compte bien que nous ne nous séparerons pas jusqu'au lever de l'aurore, dit Paul Cormier.

— Originale, ton idée, dit Mirande; mais nous ne pouvons pas battre le pavé de Paris, pendant trois heures.

— Nous monterons chez moi et nous ferons du punch au kirsch, s'écria l'étudiant de première année.

— Pourquoi ne proposes-tu pas, pendant que tu y es, d'aller souper tous ensemble? demanda Paul en haussant les épaules. Il ne s'agit pas d'un de ces duels qui ne sont que des prétextes à godaille. Tu vas monter chez toi, tout seul, tu y prendras tes épées de combat... elles ne t'ont jamais servi, je suppose.

— Elles sont toutes neuves. C'est un cadeau que m'a fait mon cousin qui est sous-lieutenant de dragons?

— Très bien! C'est ce qu'il nous faut. Tu les apporteras dans leur enveloppe et nous nous acheminerons tout doucement vers les fortifications. Je connais un endroit où nous ne serons pas dérangés... sur le boulevard Jourdan, à gauche de la porte d'Orléans.

— Mais nous y serons dans trois quarts d'heure, à la porte d'Orléans, grommela Mirande, et s'il faut battre la semelle sur le chemin de ronde, en attendant le jour, je n'en suis pas.

— Je sais dans ces parages un cabaret qui reste ouvert toute la nuit. On y vend la goutte aux maraîchers en route pour les halles.

— Et on nous la vendra aussi, n'est-ce pas? Merci! On nous prendrait pour ce que nous sommes... des gens qui viennent se rafraîchir d'un coup de pointe... et le cabaretier irait prévenir les sergents de ville. Je n'ai pas envie de me déranger pour rien.

— Ni moi non plus, dit le souffleté.

— J'aime encore mieux fumer des pipes sur un bastion, reprit Mirande. Il ne fait pas froid et je n'ai pas envie de dormir.

— Je me range à l'avis de mon adversaire, appuya le marquis.

Les trois autres témoins opinèrent dans le même sens et l'un d'eux qui étudiait la médecine eut soin d'ajouter, assez mal à propos, qu'il avait dans sa poche sa trousse de chirurgie.

Toute cette jeunesse était prête à aller là comme à une partie de plaisir. Le marquis restait résolu à en finir le plus tôt possible et Mirande, maintenant, se montrait aussi impatient que lui. Paul Cormier se trouvait être le seul homme raisonnable de la bande, lui qui d'ordinaire ne brillait pas par la prudence.

Le sort en était jeté. On allait se battre dans des conditions extravagantes et il n'y avait guère que Paul qui se préoccupât des conséquences de ce duel insensé.

On s'achemina vers le faubourg Saint-Jacques, deux à deux, le souffleté en tête avec l'étudiant aux épées.

Mirande s'arrangea pour rester en serre-file avec son ami Paul qu'il n'avait pu interroger en tête à tête depuis le commencement de la querelle et qui ne lui en laissa pas le temps, car il lui dit aussitôt :

— Mon cher, je ne te comprends pas. Quelle lubie t'a pris de frapper cet homme qui ne s'adressait pas à toi? Nous voilà tous embarqués dans une sotte affaire...

— Ah! parbleu! s'écria Jean, tu me la bailles belle! C'est toi qui t'es pris de bec avec ce pochard et tu viens

me reprocher de t'avoir évité le soufflet qu'il te destinait !

— Je ne te reproche pas cela. Je te reproche de lui
en avoir donné un qui a rendu le duel inévitable.

— Et puis, qu'est-ce que c'est que cette histoire ?...
Ce marquis de Ganges qui prétend que tu lui as volé
son nom ?... Est-ce vrai ?

— Pas du tout. Il a entendu de travers.

— Et tu ne le connais pas ?...

— Je ne l'ai jamais vu, quand il s'est levé pour
m'interpeller grossièrement. Je l'ai pris d'abord pour
un fou.

— Moi aussi, mais je me suis aperçu qu'il ne l'est
pas. Je commence même à croire qu'il est bien marquis, quoi qu'il n'en ait pas l'air. Il y a là dessous quelque chose que je ne comprends pas. Ma foi ! Tant
pis pour lui, si je l'embroche. Il n'avait qu'à se tenir en
repos.

— Je te conseille de le ménager, sur le terrain. Si
tu le tuais, nous nous trouverions tous dans un très
mauvais cas.

— Oh ! je ne tiens qu'à lui donner une leçon. Il est
brave, après tout. Un autre aurait reculé devant une
rencontre où il n'a personne pour l'assister et c'est lui
qui l'a exigée. Ce marquis doit avoir beaucoup roulé.
Il n'y a que les déclassés pour se jeter tête baissée
dans une aventure pareille.

— Toi qui connais le monde de la noblesse, puisque
tu en es, avais-tu déjà entendu parler d'un marquis de
Ganges ?

— Jamais... j'ai bien lu autrefois, dans un recueil de
causes célèbres, l'histoire d'une marquise de Ganges,
qui fut assassinée, si je ne me trompe, par ses beaux-
frères et par son mari... mais ça s'est passé du temps

de Louis XIV. Cet ivrogne est-il de la même famille? Je
n'en sais rien et je m'en moque comme d'une guigne.
J'aurais préféré ne pas le rencontrer, mais maintenant
que le vin est tiré, il faut le boire... et puisque je me
bats, je veux que les choses se passent convenablement
sur le terrain et même avant d'y arriver. Ainsi, je pense
que nous ne devons pas le laisser faire le chemin avec
ce blanc-bec pour unique compagnie. Nous en avons
pour deux heures de faction, avant le point du jour.
Je ne peux pas me charger de causer avec lui, en
attendant le moment d'en découdre... il y a un soufflet
entre nous deux... toi qui ne l'as ni donné, ni reçu, ce
soufflet, rien ne t'empêche de distraire ce monsieur en
lui parlant de n'importe quoi.

— Tu as raison ! ce sera convenable... et d'ailleurs,
je ne serais pas fâché de savoir au juste à qui nous
avons affaire. Je vais m'y mettre, pendant que le petit
montera chercher les épées. Nous voici devant sa porte.
C'est le moment de m'accointer de notre homme. Ne
t'occupe plus de moi.

Mirande se le tint pour dit et aborda les deux étudiants restés sur le trottoir du faubourg Saint-Jacques
devant l'allée où leur camarade venait d'entrer.

Le marquis s'était isolé d'eux et on eût dit qu'il avait
deviné l'intention de Paul Cormier, car il vint à lui, et
quand Paul lui proposa de faire route à côté l'un de
l'autre, il répondit :

— J'allais vous le demander.

Un dialogue ainsi entamé devait aller tout seul et
Paul vit aussitôt qu'il n'aurait pas de peine à en venir
à ses fins, c'est-à-dire à se renseigner sur un homme
qui pouvait bien être, en dépit des apparences, le mari
de Jacqueline, et qui ajouta :

— Je suis content d'avoir un autre adversaire que

vous, car je ne vous en veux plus. Et puisque nous ne nous battrons pas, voulez-vous que nous causions à cœur ouvert du point de départ de cette querelle?

— Très volontiers.

— Eh bien, je vous prie de me dire pourquoi un monsieur que je ne connais pas vous a présenté à deux autres messieurs, sous un nom et sous un tire qui m'appartiennent. J'ai retenu les leurs... M. le comte de Carolles... M. de Baffé... Je ne les connais pas, mais je pourrai les retrouver et les interroger plus tard... Je ne doute donc pas que vous ne répondiez franchement à la question que je vous pose.

— Moi, non plus, je ne connaissais pas ces messieurs.

— Mais vous connaissiez l'autre... celui qui vous à présenté.

— Fort peu. Je l'ai rencontré dans un salon, où je mettais les pieds ce jour-là pour la première fois et où j'ai échangé quelques mots avec lui. En me retrouvant à la Closerie des Lilas, il s'est rappelé ma figure et il m'a abordé, mais je suppose qu'il m'aura pris pour un autre.

— Pour moi, alors, puisque je suis le marquis de Ganges... le vrai..., le seul. Nous ne nous ressemblons pourtant guère.

— Pas du tout, et je ne m'explique pas la méprise de ce monsieur. Il ne savait pas mon vrai nom et il ne le sait pas encore. Mais je tiens à vous l'apprendre. Je m'appelle Paul Cormier et j'achève mon droit. Vous voyez qu'il n'aurait pas dû confondre.

Et comme l'offensé paraissait accepter cette explication :

— Maintenant, reprit Paul, me permettrez vous d'ajouter que, si vous m'aviez interrogé tranquillement, au lieu de vous emporter comme vous l'avez fait... nous n'en serions pas où nous en sommes.

— Certainement, non... et je reconnais que j'ai eu tort... mais avouez que je suis excusable. J'arrive à Paris, après une très longue absence... à Paris où personne ne m'attendait... du moins, pas si tôt... Pour des raisons qu'il est inutile de vous dire, parce qu'elles ne vous intéresseraient pas, je m'étais décidé à ne pas descendre chez moi sans m'y faire annoncer... j'aurais pu, j'en conviens, mieux employer ma soirée, mais j'ai voulu la passer dans ce bal où je me croyais sûr de ne pas rencontrer de gens de ma connaissance... jugez de ce que j'ai dû éprouver quand j'ai entendu un monsieur vous appeler par mon nom... si je vous disais que j'ai cru entendre aussi qu'il parlait de la marquise de Ganges.

— De la marquise de Ganges, répéta Paul ; non, je ne crois pas qu'il ait parlé d'elle, mais... excusez mon indiscrétion... vous êtes donc marié ?

— Mon Dieu, oui, répondit le souffleté. Ça vous étonne, parce que vous venez de me retrouver à Bullier, buvant avec des drôlesses. Ça vous étonnerait moins si vous connaissiez mon histoire.

Paul grillait d'envie de répondre : racontez-la moi ; mais ç'eût été un peu prématuré, au début d'une conversation qui devait se prolonger puisqu'ils allaient faire route ensemble jusqu'au lieu du combat.

D'ailleurs, l'étudiant de première année venait de reparaître, portant sous son bras les épées enveloppées de serge verte et tout fier de ce fardeau.

— Quand il vous plaira, messieurs, dit Jean de Mirande. Je prends les devants avec nos camarades... Toi, Paul, tu connais le chemin et tu n'as qu'à nous suivre en tenant compagnie à monsieur.

Cet arrangement était accepté d'avance, et on s'achemina, dans l'ordre indiqué, vers les fortifications, par l'interminable rue du Faubourg-Saint-Jacques.

Le marquis et Paul formaient l'arrière-garde, et ils n'eurent pas plutôt fait cent pas côte à côte que le marquis reprit, en haussant les épaules :

— Au fait !... pourquoi ne vous la dirais-je pas, mon histoire ? Je n'ai rien contre vous, après tout... Vous me plaisez, même, et je veux vous prouver que je ne suis pas simplement une brute avinée, comme vous avez pu le croire.

— Je suis déjà convaincu du contraire, dit Paul et je suis très flatté de la confiance que vous m'accordez, mais je n'ai aucun droit à recevoir des confidences que vous pourriez plus tard regretter de m'avoir faites.

— Non, car vous n'en abuserez pas, j'en suis sûr. J'ai vu tout de suite que vous étiez un galant homme et de plus, vous n'êtes pas du monde où je suis né. Je n'ai donc pas d'indiscrétions à redouter de votre part et... pourquoi ne vous le dirais-je pas ? J'ai un certain intérêt à vous renseigner sur ma personne et sur mon passé.

Et comme Paul le regardait d'un air étonné, M. de Ganges reprit :

— Voici pourquoi. Je suis de première force à l'épée et j'espère bien tuer votre camarade... je ne vous cacherai pas que je le souhaite... mais enfin, tout arrive et je puis être tué, moi aussi En prévision de ce cas, je tiens à vous apprendre certaines choses, à seule fin de ne pas disparaître comme un chien errant qu'on tue derrière une haie.

— Je ne puis pas, monsieur le marquis, refuser de vous entendre, mais vous voudrez bien vous souvenir que je ne vous ai rien demandé.

— Je le sais et je commence. Je suis bien le marquis

de Ganges, vous n'en doutez plus, et j'ai sur moi des papiers qui le prouvent.

J'ai été riche et j'ai épousé, étant très jeune, une femme encore plus riche que moi. Je m'étais marié en province et j'aurais pu y tenir mon rang, mais j'ai préféré mener la grande vie à Paris et dans d'autres capitales... Je m'y suis ruiné complètement. Je n'ai pas pu ruiner ma femme parce que ses biens étaient sous le régime dotal... et je me suis relevé plus d'une fois par des spéculations heureuses... ainsi, tenez!... il n'y a pas huit jours, j'avais refait un million... mais j'en voulais trois... et vous devinez le reste.

Paul commençait à comprendre pourquoi ce mari n'était pas allé tout droit chez sa femme. En rapprochant ce récit des propos qu'il avait entendus chez la baronne Dozulé, Paul s'expliquait comment s'était propagé le bruit des succès financiers du marquis de Ganges à l'étranger, succès qui avaient été suivis d'un désastre. Il n'apercevait pas encore ce qu'il allait résulter, pour la marquise, de cette catastrophe qui ne le touchait qu'à cause d'elle.

— Je n'avais plus de quoi faire la guerre à la fortune, reprit M. de Ganges ; je me suis décidé brusquement à revenir à Paris où on ne m'a pas vu depuis longtemps et j'y suis arrivé nu comme un petit Saint-Jean. Vous allez rire quand vous saurez que j'ai dû laisser mes malles en gage dans le pays où j'étais et qu'il ne me reste pas cinq louis dans ma poche. Aussi ne suis-je pas descendu à l'auberge... je comptais passer ma nuit au bal et dans quelque restaurant... j'aurais pu descendre chez moi... c'est-à-dire chez ma femme, mais je ne l'avais pas prévenue de mon arrivée... j'ai préféré remettre ma visite à demain... non pas, comme vous pourriez le croire, parce que je craignais de mal tomber... ma femme est cuirassée de vertu... sans compter qu'elle a un garde du corps en la personne d'un vieux soldat que sa famille a comblé de bienfaits et qui veille sur elle comme sur un trésor...

— Bon ! se dit Paul, c'est l'homme du Luxembourg... celui qui s'est interposé quand Mirande l'a abordée.

— Non, continua le marquis, je n'ai pas fait le mari prudent... j'étais bien sûr de ne pas déranger cette pauvre Marcelle qui vit comme une sainte... mais j'ai de si gros aveux à lui faire que j'ai voulu réfléchir avant de la voir.

— Aurait-il quelque crime ou quelque vilenie sur la conscience ? se demandait l'étudiant.

— S'il ne s'agissait que de ma ruine totale, ce ne serait rien... je me suis déjà ruiné trois ou quatre fois... elle y est accoutumée... et puis elle est si bonne !... mais j'ai aggravé mes torts en lui écrivant que j'étais en passe de faire une immense fortune, avec une concession de chemins de fer que j'avais obtenue en Turquie... où entre nous, je n'ai jamais mis les pieds... elle me croyait à Constantinople, tandis que j'étais...

Paul n'osa pas demander : où, mais ses yeux interrogèrent M. de Ganges qui lui dit brusquement :

— Etes-vous joueur ?

— Je l'ai été, répondit évasivement Paul qui n'avait garde de parler des huit mille francs gagnés au baccarat, presque sous les yeux de la marquise.

— Si vous ne l'êtes plus, je vous en félicite, mais puisque vous l'avez été, vous allez me comprendre... et m'excuser.

J'étais à Monaco.

— Oh ! murmura Paul.

— Oui, à Monaco... au trente et quarante... et j'ai cru plus d'une fois la tenir cette fortune que j'annonçais à ma femme. J'étais en pleine veine... le diable s'est mis de la partie et j'ai tout perdu. Cette fois, c'est la fin finale... non seulement parce que je n'ai plus un sou, mais parce que je suis las de la vie que je mène depuis quatre ans. S'il m'était resté seulement de quoi payer mon passage, je me serais embarqué pour l'Australie et ma femme n'aurait plus entendu parler de moi. Je vais la revoir, mais ce sera pour lui faire mes adieux... et pour lui conseiller de demander le divorce... j'ai peur qu'elle n'entende pas de cette oreille-là, car elle a tous les préjugés de sa caste... mieux vaudrait pour elle que je fusse mort et ma foi ! si votre ami me tuait, ça liquiderait une situation inextricable.

Paul comprenait maintenant le caractère du marquis de Ganges et il ne pouvait se défendre d'une certaine sympathie pour ce gentilhomme dévoyé qui n'avait pas perdu tout sentiment de l'honneur et de l'équité, puisqu'il risquait gaiement sa vie pour venger un outrage reçu et puisqu'il rendait justice à sa femme.

Paul devinait aussi l'existence de sacrifices et de dévouement de cette marquise blonde qu'il avait prise d'abord pour une coquette et qui méritait si bien d'être aimée et respectée.

— Oui, reprit M. de Ganges, je suis un homme fini. Autant vaut que je crève tout de suite. Mais j'aime mieux que ce ne soit pas de votre main, car je suis bien persuadé maintenant que je n'ai aucun sujet de vous en vouloir. Ce n'est pas votre faute si je ne sais quel écervelé a cru faire une jolie plaisanterie en vous appelant par mon nom. Il était écrit que je me battrais cette nuit... c'est fatal, ces choses-là, comme le retour du zéro à la roulette. Il en arrivera ce qu'il pourra. Je me défendrai de mon mieux et j'espère ne pas laisser ma peau sur l'herbe des fortifications, mais enfin, si j'y restais, j'ai un devoir à remplir. Ma femme deviendrait veuve et ce serait fort heureux pour elle. Encore faudrait-il qu'elle le sût. Voudriez-vous, le cas échéant, vous charger de le lui annoncer?

— Moi!... vous n'y songez pas, monsieur!

— J'y songe si bien que je vais vous remettre des papiers que j'ai sur moi et qui serviront à faire constater authentiquement le décès de Pierre-Constantin, marquis de Ganges et seigneur de divers autres lieux où je ne possède plus un arpent. Je tiens beaucoup à ne pas être jeté à la fosse commune.

C'est une faiblesse, je le sais. Je ne devrais pas m'inquiéter de ce que deviendra ma carcasse. Si je m'étais brûlé la cervelle à Monte-Carlo, on ne m'aurait pas consacré un monument... ni même une plaque commémorative sur la façade du Casino. Mais si je meurs à Paris, je voudrais que cette pauvre Marcelle vînt de temps en temps voir ma tombe... je suis sûr que, malgré tout le mal que je lui ai fait, elle y apporterait des fleurs... C'est bête, ce que je vous dis là, mais que voulez-vous!... on n'est pas parfait.

Paul se sentait ému d'entendre ce marquis déchu parler avec tant de désinvolture de sa mort prochaine et il se surprenait à souhaiter de tout son cœur qu'il revînt vivant du combat où il allait si gaiement.

Et pourtant, l'amoureux Paul ne pouvait pas s'empêcher de penser aux conséquences de cette mort qui ferait libre une femme malheureuse, touchante victime d'un mariage mal assorti avec un débauché, lequel se rendait justice en déclarant qu'il n'avait plus qu'à quitter ce monde où il n'avait fait que du mal.

S'il survivait à la rencontre, ses bonnes résolutions s'évanouiraient bien vite et Marcelle n'aurait plus qu'à se résigner, à souffrir encore, à souffrir toujours.

S'il y succombait, l'avenir était à elle et à Paul qui ne demandait qu'à l'aimer... qui l'aimait déjà.

— Il me reste, reprit M. de Ganges, à vous indiquer ce que vous aurez à faire pour remplir la mission que, je l'espère, vous voudrez bien accepter. Madame la marquise de Ganges habite avenue Montaigne, 22, un hôtel qui lui appartient. Vous vous y présenterez de ma part et elle vous recevra certainement. Je n'ai pas à vous dicter ce que vous lui direz pour lui annoncer la nouvelle de ma mort. Je suis sûr que vous y mettrez tous les ménagements possibles. Je me fie pour cela à votre tact. Le point essentiel, c'est que vous lui remettiez ce portefeuille. Elle y trouvera tout ce qu'il faut pour établir mon identité. Elle se chargera de faire le reste.

Le marquis l'avait tiré de sa poche et le tendait à Paul qui se défendit de le prendre, en disant:

— Il m'en coûte, monsieur, de vous refuser, mais vous me demandez là un service si délicat que j'hésiterais à le rendre à un ami intime.

— Et vous ne me connaissez pas du tout, je le sais, mais l'aventure où nous nous trouvons engrenés sort tellement de l'ordinaire, que vous pouvez bien faire une exception en ma faveur.

Prenez, je vous en prie. Je vois là-bas vos amis qui se sont arrêtés pour nous attendre et il est inutile qu'ils sachent que je vous ai chargé d'aller voir ma femme.

Si, comme j'y compte bien, je reviens sans accroc de cette promenade aux remparts, vous me rendrez mon portefeuille et tout sera dit.

Ce dernier argument décida Paul, qui, très à contre-cœur, empocha l'objet.

Jean de Mirande et les trois étudiants qui lui faisaient cortège étaient arrivés au rond-point où était jadis la barrière Saint-Jacques, et où on a exécuté de 1832 à 1851 les condamnés à mort, qu'on guillotine maintenant sur la place de la Roquette.

Là s'arrêtaient les connaissances topographiques de Jean qui ne poussait guère ses excursions plus loin que l'Observatoire et il attendait Cormier pour lui demander le chemin du boulevard Jourdan, où se trouvait la place indiquée comme devant leur fournir un terrain excellent.

Paul dit qu'on n'avait qu'à prendre la rue de la Tombe-Issoire qui fait suite au faubourg Saint-Jacques et qui aboutit directement aux fortifications.

On la prit, en se rapprochant les uns des autres, sans cependant que les deux groupes se fondissent en un seul, mais assez pour faire cesser les apartés.

Le marquis, du reste, ne tenait plus à continuer la conversation avec Paul. Il lui avait dit tout ce qu'il avait à lui dire et de son côté, Paul aimait mieux réfléchir que de parler.

Mirande continuait à blaguer, à haute voix, sur tous les sujets qui lui passaient par la tête, mais ses compagnons lui donnaient peu la réplique.

Ces messieurs commençaient à regretter de s'être embarqués dans une affaire qui pouvait très mal finir.

A la chaude, après la dispute, et encouragés par l'attitude agressive de Mirande, champion des Écoles, ils avaient été tout feu, tout flammes, et s'il l'avaient pu, ils auraient pris pour champ-clos un des quinconces plantés devant la porte la Closerie.

La marche les avait calmés peu à peu, et maintenant

ils pensaient moins à la gloriole d'être témoins dans un duel sérieux qu'aux suites menaçantes de ce duel improvisé.

Cela pouvait les mener devant la justice et les faire expulser, l'un de l'Ecole de médecine, et les deux autres de l'Ecole de droit.

Ils n'osaient pas déserter en route, mais ils en avaient bonne envie, et Cormier, qui s'en aperçut, se promit d'utiliser sur le terrain leurs dispositions pacifiques, c'est-à-dire d'en profiter pour empêcher le combat ou tout au moins pour le renvoyer à une heure moins nocturne.

Et Paul avait quelque mérite à souhaiter un arrangement, car tout valait mieux pour lui que de rester dans la situation où il s'était mis vis-à-vis du mari de Jacqueline.

On allait lentement, très lentement, afin d'employer le temps jusqu'au petit jour et ce piétinement sur un chemin désert n'avait rien de récréatif.

Mirande en avait assez quand on déboucha sur le chemin de ronde, plus désert encore que la rue qu'ils venaient de suivre dans toute sa longueur, et il demanda brusquement à Paul :

— Où se trouve-t-il donc, ton fameux terrain?

— A deux cents pas d'ici, répondit Paul. Vois-tu là-bas, cette butte qui fait bosse au milieu d'un bastion?

— Bon!... et après?... Tu ne vas pas, je suppose, nous proposer de monter dessus pour nous battre?

— Non, mais entre la butte et le rempart, il y a une place excellente... assez d'espace pour rompre... un sol ferme sous le gazon sec... on est là comme chez soi, et personne ne peut vous voir... Le cavalier sert d'écran...

— Ça s'appelle un cavalier, cette espèce de monticule ?

— Oui, et ça servait pendant le siège contre les obus.

— Le lieu me paraît très bien choisi, dit le marquis.

— Alors, allons-y ! conclut Jean.

Et on y alla.

On n'avait pas marché vite et, à la montre de Paul Cormier, il était deux heures passées. Il faisait encore pleine nuit, mais l'attente ne serait pas longue, car le ciel blanchissait déjà du côté de l'est.

Ces messieurs commencèrent par prendre position dans le coin signalé par Paul et accepté à l'unanimité.

Tout le monde était fatigué et chacun s'assit par terre, les uns au pied du rempart, les autres au pied de la butte.

Le marquis fit mieux, il se coucha sur la pente gazonnée du cavalier, en disant à Paul :

— Ces messieurs m'excuseront. J'ai passé la nuit dernière en wagon et j'ai plus marché ce soir que je n'avais marché pendant toute cette année. Je tombe de sommeil. Il ne fera pas jour avant trois quarts d'heure. Je demande qu'il me soit permis de dormir, et je compte que vous voudrez bien me réveiller aussitôt qu'on y verra clair.

— Je vous le promets, monsieur, dit Paul, tout étonné.

Il ne songeait guère à dormir, ni Mirande non plus, et sans se le dire, ils admiraient ce gentilhomme qui, au moment de jouer sa vie dans un duel, imitait le grand Condé, lequel, comme chacun sait, ne fit qu'un somme pendant toute la nuit, la veille de la bataille de Rocroy.

Et ce n'était pas de la pose car, au bout d'une minute, il ronflait déjà comme un tuyau d'orgue.

Les petits étudiants étaient bien trop notionnés pour en faire autant, quoique leurs précieuses personnes ne courussent aucun danger. Ils se repentaient d'être venus et ils auraient bien voulu s'en aller.

L'un d'eux osa même dire à l'oreille de Mirande qu'une très jolie farce ce serait de décamper et de laisser le dormeur se réveiller tout seul. Sur quoi, Mirande le tança vertement et déclara que le premier qui filerait aurait affaire à lui.

La proposition du jouvenceau n'était pas héroïque, mais elle était sage. Aussi n'avait-elle aucune chance d'être adoptée.

Paul, lui-même, la repoussa, mais pas pour le même motif que son ami Jean.

Jean de Mirande tenait à se battre, pour l'honneur du quartier latin, surtout, car il n'avait pas d'outrage personnel à venger, et il était incontestablement l'offenseur.

Paul, qui se serait très bien contenté d'un arrangement, ne pouvait pas accepter cette façon d'éviter le combat, depuis qu'il s'était chargé, un peu malgré lui, du portefeuille de M. de Ganges. Et, d'ailleurs, l'expédient proposé n'aurait pas amélioré la situation. Le duel eût été retardé, sinon évité, mais le marquis aurait pris ces messieurs pour des drôles, et il n'aurait pas manqué de raconter l'histoire à sa femme, en nommant Paul Cormier, qui aimait mieux tout que cette honte.

Il soutint donc avec Mirande qu'il fallait attendre le réveil du dormeur, et il ne fut plus question de l'idée saugrenue de l'étudiant de première année.

Le jour ne venait pas vite, et le froid du matin se faisait sentir. On alluma des pipes et on piétina pour se réchauffer. L'excitation était tombée. Chacun raisonnait à part soi et on n'échangeait plus de réflexions.

Les instants qui précèdent une bataille sont toujours silencieux; les braves se recueillent, les autres cherchent à se monter la tête pour faire bonne figure quand le combat s'engagera. Mais tous trouvent le temps long.

Cette veillée des armes prit fin à la voix de Mirande.

— Allons ! dit-il, on y voit maintenant bien assez clair pour se tailler réciproquement des boutonnières dans le casaquin.

A toi, Paul, l'honneur de réveiller M. le marquis ! Mets-y des égards.

Paul ne pouvait pas décliner cette mission qui lui revenait de droit, puisqu'il devait être le second de M. de Ganges.

Il se baissa et poussa doucement par l'épaule le dormeur, qui se redressa, en disant vivement :

— Je fais le *maximum* à rouge.

Le ponte incorrigible croyait être attablé au trente-et-quarante, et il se hâtait d'annoncer sa mise, de peur de manquer la série.

En toute autre circonstance, Paul aurait ri de la méprise, mais il n'avait pas le cœur à la joie et il tendit la main à M. de Ganges pour l'aider à se remettre sur pied.

Dès qu'il y fut, ce singulier marquis se frotta les yeux, se secoua comme un braque mouillé par la rosée dans un champ de luzerne qu'il vient de battre, s'étira les bras et reprit en saluant à la ronde :

— Je vous demande pardon, Messieurs, si je vous ai fait attendre. J'étais tellement éreinté, que j'aurais dormi vingt-quatre heures, si on avait oublié de me réveiller.

Mirande eut un bon mouvement:

— Si vous êtes éreinté, la partie ne serait pas égale

et nous pourrions la remettre pour vous laisser le temps de vous reposer.

— Du tout ! du tout ! j'ai fait un somme qui m'a délassé... vous êtes trop bon... mais je ne veux pas de remise. Ma joue ne peut pas attendre.

Ce diable d'homme en revenait toujours au soufflet et Paul vit bien qu'il serait inutile d'insister.

— Alors, finissons-en, dit Mirande et dépêchons-nous, car il fait *frisquet* ici... sans compter que si nous traînions, nous pourrions être dérangés.

Jules, les épées !

L'étudiant imberbe défit le paquet et mit au clair deux lames fourbies de frais, qui n'avaient encore jamais brillé sur le terrain.

— M. Cormier va être l'un de vos témoins. Veuillez choisir l'autre.

Le marquis désigna au hasard l'étudiant en médecine. Ces jeunes gens se valaient tous, car aucun d'eux n'avait jamais assisté à une affaire sérieuse.

Mais Paul était là et il s'était déjà battu. Il prit donc la direction du duel et personne ne s'avisa de la lui disputer.

La place était marquée d'avance. Le choix des armes n'était pas en question, puisqu'on n'avait qu'une paire d'épées.

Paul n'eut qu'à les mesurer pour s'assurer qu'elles étaient de même longueur.

Les deux adversaires mirent habit bas. Il ne restait plus qu'à les armer, à engager les fers et à donner le signal.

Le marquis s'approcha de Paul et lui dit à demi-voix :

— Savez-vous l'anglais ?

— Un peu, murmura Paul, qui ne s'attendait guère à pareille question.

6

— Ça sufût. Je n'ai qu'un mot à vous dire... *Remember!*

Paul le comprit ce mot, le dernier que Charles Stuart, roi d'Angleterre, ait prononcé sur l'échafaud, ce mot qui veut dire : « souviens-toi ! » et il comprit aussi à quoi le marquis faisait allusion.

Il s'agissait du portefeuille à remettre à la marquise et pour que M. de Ganges y pensât dans un pareil moment, il fallait qu'il tînt beaucoup à ce que Paul s'acquittât de la commission.

Et Paul, bien résolu à tenir sa promesse, vit comme un présage sinistre dans cette réminiscence très imprévue de la dernière parole d'un roi qui allait mourir.

Mais Paul n'eut pas le loisir de philosopher sur ce rapprochement entre un monarque condamné à mort par ses sujets révoltés et un déraillé de la vie qui tenait à ne pas quitter ce monde sans en informer sa femme.

Les combattants étaient face à face, les épées étaient croisées.

— Allez, messieurs, prononça Cormier, en se reculant un peu pour laisser le champ libre.

Ils avaient tous les deux très bonne mine sous les armes. Mirande, académiquement posé et ferme comme un roc sur ses grandes jambes ; le marquis ramassé sur lui-même, le corps bien effacé, avait pris d'emblée une garde savante et se préparait à attaquer.

Rien qu'à son attitude on voyait qu'il était de première force. Il attaqua en effet, après quelques feintes, et avec une vivacité inquiétante pour Jean de Mirande qui eut fort à faire pour parer une série de coups très bien calculés et magistralement exécutés.

Il était moins leste et moins prompt que le marquis, mais il le tenait à distance, grâce à la portée de son bras, se bornant à lui présenter la pointe de son fer et, sous la menace incessante d'un coup d'allonge, le marquis n'avait pas encore trouvé le joint pour risquer une botte décisive.

Il le trouva enfin, après un dégagement trop large qui fit dévier de la ligne droite l'épée de son adversaire, et il en profita pour charger à fond, avec une telle furie que Mirande dut rompre en parant de son mieux, sans riposter. Le marquis ne lui en laissait pas le temps.

Le combat, mené de la sorte, ne pouvait pas se prolonger beaucoup et tout annonçait qu'il allait se terminer par une catastrophe. Ce n'était pas un de ces duels pour rire où les combattants cherchent à en finir par une piqûre à l'avant-bras. Le marquis tirait au corps et il tirait si bien que c'était un miracle que Jean n'eût pas encore été embroché.

Paul Cormier faisait maintenant des vœux sincères pour son ami et tremblait d'avoir à le ramasser, transpercé d'outre en outre.

Il était si ému qu'il ne pensait plus du tout à madame de Ganges.

En revanche, il pensait beaucoup à la responsabilité qui retomberait sur lui, en cas de malheur, car les autres témoins n'étaient là que des comparses, absolument incapables de le seconder.

Mirande était serré de si près que, pour empêcher un corps à corps, Paul allait prendre sur lui d'arrêter l'engagement.

Il n'eut pas besoin d'intervenir.

Le marquis, en se fendant à fond, mit le pied sur un caillou roulant qui le fit trébucher. Son épée dévia un instant de la ligne droite et il vint s'enferrer sur celle de Mirande qui lui troua profondément la poitrine.

Il lâcha la sienne, appuya ses deux mains sur sa blessure et dit avec effort :

— Toujours la série à rouge !... j'avais trente et un à noire... j'avais gagné... et voilà que j'attrape un *refait*.

Les assistants auraient pu ajouter, à l'instar des croupiers de Monte-Carlo : — « Rien ne va plus », car le marquis tomba comme une masse et ne se releva pas.

Tout cela s'était passé si vite que Mirande ne comprenait pas encore. Il resta en garde et il fallut que Paul lui criât de jeter son épée.

Les trois autres témoins avaient perdu la tête à ce point qu'ils se seraient enfuis, si Paul n'avait pas pris au collet l'étudiant en médecine pour le contraindre à examiner le corps étendu sur l'herbe ensanglantée.

Ils auraient été tous encore plus effrayés s'ils avaient levé les yeux vers le sommet de la butte au pied de laquelle on s'était battu.

Ils y auraient aperçu un homme qui s'était sans doute endormi là, que le bruit avait réveillé et qui avait dû tout voir.

La présence de ce témoin imprévu les aurait d'autant plus inquiétés qu'au lieu de dégringoler de là haut pour leur offrir ses services, après la catastrophe, il cherchait évidemment à se cacher, car il s'était couché à plat-ventre et il ne montrait guère que sa tête.

Ces messieurs avaient pour le moment d'autres soucis que celui de s'assurer que personne n'avait assisté au duel sans leur permission.

Il s'agissait avant tout de savoir si M. de Ganges était mort et le docteur en médecine déclara, après l'avoir examiné, qu'il avait été tué raide.

L'épée avait dû trancher l'artère aorte ; l'hémorrhagie s'était faite en dedans et le sang l'avait étouffé. L'étudiant ne comprenait pas qu'il eût encore pu prononcer quelques mots avant de tomber.

Le malheureux marquis n'était plus qu'un cadavre et

tous les soins du monde ne l'auraient pas rappelé à la vie.

Il fallait maintenant prendre un parti : aller chercher des sergents de ville au poste le plus rapproché ou s'esquiver sans bruit.

Les trois jeunes témoins n'hésitèrent pas. Celui qui avait fourni les armes ramassa prestement les épées que lui avait prêtées son cousin le sous-lieutenant de dragons, et fila comme un lièvre. Les deux autres en firent autant et les deux amis restèrent seuls auprès du mort, sous les yeux de l'homme qui continuait à les espionner du haut de la butte.

Très émus tous les deux et très perplexes.

— Qu'allons-nous faire ? demanda Mirande.

— Tout plutôt que d'attendre qu'on nous surprenne, répondit Paul Cormier. Un passant du chemin de ronde qui aurait l'idée de tourner la butte nous trouverait près d'un mort et nous aurions beau dire qu'il a été tué en duel, on nous prendrait pour des assassins.

— D'autant plus que ces clampins qui viennent de se sauver ont emporté les épées, grommela Mirande, en endossant son justaucorps qu'il avait ôté avant le combat. Mais nous ne pouvons pas en rester là. Il y a eu mort d'homme. Tout le quartier des Ecoles saura l'histoire... ils vont la colporter ce soir dans les cafés du boul' Mich'... il faut absolument que je fasse ma déclaration au commissaire de police.

— Moi aussi. Seulement, il vaut mieux nous adresser à celui de notre quartier, où on nous connaît. Dans les parages où nous sommes en ce moment, on commencerait par nous arrêter. Mon avis est donc que nous rentrions d'abord chez nous.

— C'est aussi le mien. En route !

Ils partirent, non sans remords d'abandonner ce

6.

cadavre, que le premier venu allait découvrir et qu'on ne manquerait de porter à la Morgue.

Ils se trouvaient dans un de ces mauvais cas où on se tire d'affaire comme on peut, et ce n'était pas le moment de faire du sentiment.

Ils reprirent le chemin par lequel ils étaient venus et ne s'aperçurent pas que l'homme couché sur le sommet de la butte artificielle se leva tout doucement, descendit de son observatoire et se mit à les suivre de loin.

Le voyage à pied était forcé, car au petit jour les fiacres ne circulent pas encore, et il n'était pas court, mais il n'y avait pas moyen de faire autrement.

Paul d'ailleurs n'était pas très pressé de passer au commissariat. Il préférait même n'y aller qu'après s'être acquitté de la mission que l'infortuné marquis lui avait confiée et il ne pouvait pas décemment aller réveiller la marquise à cinq heures du matin.

Il se proposait pourtant de s'y présenter vers midi, après avoir pris un peu de repos dont il avait grand besoin, et il tenait à commencer par cette visite.

Il ne pouvait pas parler de ses projets à son ami qui ne savait pas le premier mot de la vraie situation, car non seulement Mirande n'avait pas vu le marquis remettre son portefeuille à Paul, mais il en était encore à croire que la querelle avait eu pour point de départ un malentendu.

Et Paul n'avait garde de le détromper.

Il avait du cœur ce grand fou de Mirande et, en dépit de l'affectation qu'il mettait à paraître impassible, il sentait très vivement le regret de s'être mis sur la conscience la mort d'un homme.

Ce n'était pas qu'il redoutât beaucoup les suites fâcheuses que pouvait avoir pour lui ce tragique événement.

Le duel, après tout, avait été loyal. Il se trouverait des gens pour attester que l'affaire s'était engagée à Bullier et que la victime de cette rencontre improvisée avait eu les premiers torts.

Et, en définitive, Mirande qui avait de sa main tué le marquis était moins préoccupé des conséquences de cette mort que Paul Cormier qui n'avait fait qu'assister au combat.

Mirande pensait avoir eu pour adversaire un aventurier sans attaches mondaines, et même sans relations à Paris.

Il ne se trompait qu'à moitié, mais il ne croyait pas avoir eu à faire à un gentilhomme dont la race valait la sienne.

Les deux amis n'étaient ni l'un ni l'autre en train de parler et ils cheminaient côte à côte depuis plus d'une demi-heure, lorsque Paul dit :

— J'ai réfléchi et avant de rien faire, je voudrais consulter le père Bardin.

— Qu'est-ce que c'est que le père Bardin ? demanda Jean.

— Un vieil avocat qui était l'ami et le conseil de mon père. Je croyais t'avoir déjà parlé de lui.

— C'est possible, mais je l'ai oublié. A quoi peut-il nous être bon ?

— Il connaît comme pas un le Code, la procédure et tout ce qui s'ensuit. Je vais lui exposer notre cas, et il m'indiquera la marche à suivre. Il a, d'ailleurs, un fils qui est magistrat et qui, s'il le fallait, répondrait de nous.

— Tu as raison. Il faut que tu le voies, le plus tôt possible.

— Aujourd'hui, parbleu !... j'ai dîné, hier, avec lui chez ma mère. Il m'a même parlé de toi.

— A propos de quoi?

— Oh! rien... un renseignement qu'il m'a prié de te demander. Il sait que tu es du Midi et il voudrait savoir si tu as connu dans ta province une famille de... le nom m'échappe... un nom bizarre... ah! j'y suis!... de Marsillargues...

— Oui, j'ai entendu parler de ces gens-là... autrefois, car il y a beau temps que je l'ai lâchée, ma province... ils étaient très riches... et l'unique héritière de la fortune était une toute jeune fille, très jolie, qui avait je ne sais plus quelle infirmité... manchotte, je crois... ou paralysée d'une main... Moi, je ne l'ai jamais vue et je crois bien qu'elle est morte. Toute cette famille a disparu. Pourquoi Bardin te parlait-il d'elle?

— Ce serait trop long à t'expliquer et ça ne t'intéresserait pas. Revenons à notre affaire. Me donnes-tu carte blanche jusqu'à ce soir?

— Oh! très volontiers. Je vais me coucher en rentrant chez moi, car je ne tiens plus sur mes jambes. Tu me trouveras au lit quand tu viendras. Et tout ce que ton homme t'aura conseillé de faire, nous le ferons de concert. Ce sera mieux que si nous agissions séparément.

— Beaucoup mieux. C'est convenu.

Paul se disait :

— D'ici, à ce soir, j'aurai vu la marquise.

Ils étaient arrivés à la hauteur de l'Observatoire, lorsque Mirande avisa un fiacre qui revenait à vide de quelque gare où il était allé attendre inutilement les voyageurs d'un train de nuit.

Mirande l'appela et voulut y faire monter Paul avec lui, mais Paul refusa. Il n'était plus très loin de la rue Gay-Lussac et la marche lui faisait du bien.

Il n'était pas fâché d'ailleurs de se retrouver seul, pour tâcher de remettre un peu d'ordre dans ses idées.

Les deux amis se séparèrent donc. Un magistrat aurait dit : les deux complices, puisqu'ils pouvaient être impliqués tous les deux dans une affaire qui se dénouerait peut-être en Cour d'assises.

Jean se fit voiturer au boulevard Saint-Germain où il avait son domicile. Paul continua de cheminer à pied vers la rue Gay-Lussac.

L'homme qui les avait épiés du haut de la butte les avait filés à distance sans qu'ils s'en fussent aperçus.

Il les filait, dans un but qui ne pouvait pas être de leur rendre service, car il se dissimulait en rasant les maisons et on ne se cache que pour mal faire.

Quand ces messieurs se quittèrent, il dut forcément lâcher une des deux pistes pour s'attacher à l'autre, et il n'avait pas le choix, car les chevaux du fiacre où Mirande était monté allaient plus vite que lui.

Il se rabattit donc sur Paul Cormier qui s'en allait pédestrement et qui ne s'avisa pas une seule fois de se retourner, car il ne se doutait pas qu'un curieux mal intentionné était à ses trousses.

Ce suspect individu suivit Paul jusqu'à la porte de la maison qu'il habitait.

Il ne poussa pas l'audace jusqu'à y entrer sur ses talons, comme Paul était entré, la veille, chez la baronne Dozulé, en même temps que la marquise de Ganges. Mais il n'abandonna pas la partie et Paul s'aperçut, dès le lendemain, qu'il aurait désormais à compter avec un dangereux drôle.

## III

Quoique ses moyens le lui permissent, Paul Cormier ne s'était pas encore mis dans ses meubles, comme son ami Jean de Mirande qui s'était payé une installation superbe.

Il ne vivait pas non plus dans un hôtel garni, comme un simple étudiant, pourvu d'une maigre pension.

Il avait loué, dans une honnête maison, un joli appartement meublé, composé de quatre pièces, au premier sur le devant, et n'eût été l'écriteau jaune pendu à la porte de la rue, les personnes qui venaient le voir pouvaient croire qu'il était là chez lui.

Une femme comme il faut pouvait y entrer sans se compromettre.

En fait de domestiques, il se contentait d'une femme de ménage, évitant ainsi la dépense obligatoire d'une tenue de maison, afin de garder plus d'argent de poche, le seul qu'il appréciât.

Il avait un certain mérite à se gouverner de la sorte, car madame Cormier, la mère, était restée usufruitière de toute la fortune; et son fils, qui aurait pu exiger sa part de l'héritage, ne l'avait jamais réclamée.

Depuis qu'il avait gagné huit mille francs au vicomte de Servon, il s'était déjà demandé s'il ne les emploierait pas à se créer un intérieur confortable où il pour-

rait, sans rougir de la mesquinerie de son ameuble-
ment, recevoir un jour ou l'autre la marquise de
Ganges.

Mais depuis la mort tragique du mari, il pensait
beaucoup moins à la jolie somme qui gonflait son portefeuille qu'à un autre portefeuille qu'il s'était chargé
de remettre à la veuve du marquis.

Celui-là lui pesait cent livres sur la poitrine et quand
il le retira de sa poche en se déshabillant, c'est à peine
s'il osa y toucher.

Il fut pourtant violemment tenté de l'ouvrir.

M. de Ganges, en lui recommandant de le porter à
sa femme, ne lui avait pas défendu d'en examiner le
contenu, et il y trouverait peut-être d'autres secrets
que celui de la personnalité du défunt.

Il ne savait presque rien de la marquise et il ne
tenait peut-être qu'à lui de tout savoir.

Mais il lui répugnait de fouiller dans les papiers d'un
mort et après avoir un peu trop hésité, il sut résister
à la tentation.

Il le serra avec ses billets de banque dans l'armoire
à glace qui lui servait de coffre-fort et il se mit au lit
où il dormit d'un sommeil très agité, jusqu'à l'heure
où sa femme de ménage le réveilla pour lui apporter
son chocolat, c'est-à-dire à midi précis.

Paul se hâta de se lever et d'expédier ce frugal
déjeuner. Il lui tardait de courir à l'avenue Montaigne
et il avait encore à faire une toilette plus soignée que
de coutume, avant de se présenter chez la marquise.

Le noir était indiqué, puisqu'il avait à remplir le
pénible rôle du page de la chanson de Marlborough.

« La nouvelle que j'apporte fera vos yeux pleurer. »

Encore fallait-il que les vêtements de deuil qu'il allait
mettre fussent neufs et coupés par un bon tailleur.

Il était content du sien qui n'habillait que des messieurs élégants et il choisit une tenue appropriée à la circonstance.

S'il l'eût osé, il aurait mis un crêpe à son chapeau.

Et il n'eut pas de peine à prendre la figure que doit avoir un homme chargé d'annoncer une catastrophe, car il n'avait pas le cœur à la joie. Il commençait à se préoccuper fortement des conséquences du drame nocturne auquel il avait pris une trop large part. Il se demandait ce qu'il était advenu du cadavre abandonné sur le talus des fortifications et si l'on n'avait pas trouvé sur le mort des preuves de son identité ; toutes n'étaient peut-être pas dans son portefeuille. Et dans ce cas, la police arriverait bien vite à découvrir qu'il existait à Paris une marquise de Ganges ayant des relations dans le beau monde et pignon sur rue, ou plutôt sur avenue, ce qui est encore mieux.

Donc, Paul Cormier devait se hâter, s'il voulait avoir tout le bénéfice de la mission qu'il avait acceptée ; mission délicate, s'il en fut, puisqu'il était la cause involontaire de la mort du marquis. Il est vrai que la marquise partageait ce tort avec lui, puisqu'elle s'était tacitement prêtée à la confusion de personnes qui avait amené la malencontreuse présentation au bal de la Closerie des Lilas. Et Paul espérait que cette complicité passive lui vaudrait quelque indulgence de la part de la veuve. Elle l'avait laissé se mettre dans son jeu ; après la scène qu'il allait avoir avec elle, en s'acquittant du message que le mort lui avait confié, il ne pouvait pas manquer d'y entrer plus avant et il y comptait bien.

Non pas certes qu'il songeât à se prévaloir de la situation pour lui imposer son intimité, mais elle aurait forcément besoin de lui et elle ne pourrait pas moins faire que de le revoir.

Il avait renvoyé sa femme de ménage et il allait sortir quand il avisa sur sa table de nuit une lettre qu'elle y avait posée en entrant, comme elle avait coutume de le faire chaque matin, lorsqu'elle apportait le courrier.

Peu s'en fallut qu'il ne l'y laissât sans l'ouvrir. Il n'avait ni affaires, ni créanciers, et les femmes qui lui écrivaient de temps à autre lui étaient maintenant complètement indifférentes.

Il la décacheta cependant, pour l'acquit de sa conscience et il ne fut pas peu surpris de ce qu'il y lut.

On lui écrivait ceci :

« J'ai vu tout ce qui s'est passé, ce matin, au petit jour, sur un bastion du boulevard Jourdan. Vous avez tué un homme et vous étiez deux contre un. C'est bel et bien un assassinat et vous savez où ça mène. Je n'ai qu'un mot à dire pour vous faire arrêter. Mais je suis bon enfant et je ne demande qu'à m'entendre avec vous. Le silence est d'or, à ce qu'on dit. J'estime que le mien vaut au moins dix mille francs. Si vous êtes disposé à me les donner, vous me trouverez, de midi à deux heures, dans le jardin des Thermes de Cluny, au coin du boulevard Saint-Germain et du boulevard Saint-Michel. Si vous n'y venez pas, vous coucherez ce soir au dépôt de la Préfecture. Ce sera vous qui l'aurez voulu. »

Cette aimable épître n'était pas signée, mais elle était très correctement rédigée, sans la moindre faute d'orthographe ni de français et parfaitement adressée à M. Paul Cormier.

Elle n'était pas signée, — on ne signe pas ces choses-là, — mais il y avait un post-scriptum ainsi conçu :

« Je m'adresse à vous de préférence, parce que c'est vous que j'ai sous la main, mais je saurai retrouver

7

votre complice et il ne perdra rien pour avoir attendu. »

C'était clair et net. Il s'agissait d'un chantage.

Le maître-chanteur se trompait, peut-être volontairement, quand il disait que Paul avait tué un homme, puisque Paul n'avait été qu'un des témoins du duel.

Il s'adressait à celui-là parce qu'il ne connaissait pas encore l'adresse de l'autre, mais la menace d'une dénonciation n'en était pas moins redoutable.

Evidemment, ce drôle s'était renseigné chez le portier du numéro 9 de la rue Gay-Lussac sur son locataire, et il n'avait qu'à signaler M. Cormier au commissaire de police pour qu'on l'envoyât chercher à domicile par deux agents.

C'était ce que Paul redoutait par-dessus tout, car s'il se flattait de fournir à ce commissaire des explications satisfaisantes, il tenait absolument à pouvoir disposer de sa journée, d'abord pour aller voir la marquise de Ganges et ensuite pour aller consulter le vieil ami de sa mère, l'avocat Bardin.

Quant à acheter le silence du gredin qui le menaçait de le dénoncer, Paul n'y songea pas un seul instant; non qu'il n'eût volontiers donné de l'argent pour que ce drôle le laissât en repos, mais c'eût été se mettre à sa merci, car il n'aurait pas manqué de recommencer.

C'est le système de tous les maîtres-chanteurs. Plus l'homme qu'ils exploitent les paie, plus croissent leurs exigences. Ils ne le lâchent qu'après l'avoir ruiné et lorsqu'il en est là, ils le dénoncent quand même.

Paul savait cela et d'ailleurs, au fond, il ne demandait qu'à être appelé à s'expliquer devant un magistrat sur ce duel malheureux. Il faudrait bien en venir là tôt ou tard, mais il préférait que ce ne fût pas immédiatement.

Comment ce misérable était-il si bien informé ? Paul

ne s'en doutait pas. Et c'était d'autant plus incompréhensible pour lui que, à en juger par le style et l'orthographe de la lettre, il n'avait pas affaire à un rôdeur
de barrières. Mais Paul n'avait pas le loisir de chercher
le mot de cette énigme, et sa résolution fut bientôt
prise.

Le chanteur ne l'attendait pas dans la rue, devant sa
maison, puisqu'il annonçait que de midi à deux heures
il se tiendrait dans le jardin du musée de Cluny. Paul
n'avait qu'à le laisser s'y morfondre et à prendre un
fiacre pour se faire conduire avenue Montaigne.

Après son entrevue avec madame de Ganges, il comptait aller chez Bardin, puis chez Mirande, que très
probablement, il trouverait encore au lit, et, quand il
se serait entendu avec lui, alors il serait temps d'a-
viser.

Il sortit donc et en sortant, il eut soin de donner un
coup d'œil à droite et à gauche : il ne vit personne. La
rue Gay-Lussac n'est pas très fréquentée et dans le voi-
sinage du numéro 9, il n'y avait aucun de ces établis-
sements où on vend à boire et à manger et où on peut
s'installer pour espionner à travers les vitres de la de-
vanture.

Cormier aurait bien pu interroger son portier pour
savoir qui avait apporté la lettre et si quelqu'un était
venu demander des renseignements. Mais c'eût été
laisser voir qu'il craignait d'être surveillé et il préféra
s'abstenir.

Il passa donc devant la loge sans s'y arrêter et tournant à gauche, il déboucha sur le boulevard Saint-Michel,
tout près de la station où il avait pris la veille la voiture
qui l'avait mené avec madame de Ganges, au rond-point
des Champs-Élysées.

Avant d'y arriver, il en vit une arrêtée au coin de la

rue Gay-Lussac, mais elle devait être occupée, car les
stores étaient baissés et il lui fallut pousser jusqu'à la
station de la rue de Médicis.

Cette fois aucune femme ne monta dans le fiacre
qu'il choisit.

Ces aventures-là n'arrivent pas tous les jours.

Paul, bien entendu, n'avait pas oublié de se munir
du portefeuille à lui confié par le pauvre marquis et il
n'avait pas non plus laissé le sien dans son armoire à
glace où ses billets de banque n'auraient pas été en sûreté.

Le voyage ne lui parut pas long, car il l'employa à se
préparer à paraître devant la marquise, et plus le moment solennel approchait, moins il se sentait rassuré
sur le résultat de la démarche qu'il allait tenter, démarche scabreuse s'il en fut.

D'abord, madame de Ganges consentirait-elle à le
recevoir ? Il commençait à en douter.

Sous quel prétexte et sous quel nom se présenterait-
il ? Elle savait qu'il s'appelait Paul Cormier. Il le lui
avait dit. Peut-être était-ce une raison pour qu'elle lui
fermât sa porte, si elle reconnaissait ce nom sur la carte
qu'il remettrait au domestique chargé de répondre aux
visiteurs.

Mieux valait sans doute se faire annoncer sous un
nom inconnu d'elle, en ajoutant qu'il avait absolument
besoin de l'entretenir d'affaires graves et urgentes.

Paul payait assez de mine pour ne pas avoir à craindre
d'être pris pour un mendiant ni même pour un commis-
voyageur qui vient offrir à domicile des vins de propriétaire.

Une fois qu'il serait en présence de la marquise, le
reste irait tout seul. Elle n'aurait garde de le renvoyer
car, après ce qui s'était passé chez la baronne Dozulé,

elle devait souhaiter autant que lui une explication en
tête à tête.

La seule difficulté était donc d'arriver jusqu'à elle.
Après réflexion, il résolut de s'inspirer des circonstances et il descendit de son fiacre, un peu avant le numéro 22, à seule fin de se donner le temps d'examiner
l'extérieur de la place, avant d'essayer d'y pénétrer par
surprise.

En s'approchant, il vit un grand et bel hôtel dont la
façade à deux étages était imposante. On devinait tout
de suite qu'il n'avait pas été construit pour abriter une
de ces horizontales enrichies qui peuplent l'avenue de
Villiers et les rues adjacentes.

L'hôtel de la marquise était un hôtel sérieux comme
on n'en bâtit guère pour ces demoiselles.

Il avait même l'air un peu triste avec ses hautes fenêtres closes et sa majestueuse porte cochère dont les
deux battants étaient fermés.

On n'entrait pas là comme chez la baronne de l'a-
venue d'Antin qui laissait libre l'accès du sien, les jours
où elle recevait ses nombreux amis.

Chez madame de Ganges, il fallait montrer patte
blanche et son salon n'était pas ouvert à tout venant.

Paul, un instant intimidé par l'aspect de ce logis
seigneurial, doutait de plus en plus d'y être admis.

Il se décida pourtant à sonner et le cordon fut tiré
immédiatement.

Il poussa le battant mobile et se trouva dans un
large vestibule aboutissant à un jardin qui semblait
s'étendre très loin.

Un valet en livrée de couleur sombre vint à la rencontre du visiteur et lui demanda son nom, ce qui
semblait indiquer que madame de Ganges était chez
elle.

Paul, pris de court, allait donner sa carte, lorsqu'il aperçut à l'entrée du jardin un homme vêtu de noir qu'il reconnut aussitôt pour l'avoir déjà vu la veille au Luxembourg, sur la terrasse.

Cet homme, c'était celui qui avait eu maille à partir avec Jean de Mirande, à propos de la chaise occupée si cavalièrement par cet audacieux étudiant et que Mirande avait traité du haut en bas.

La rencontre était fâcheuse. Ce personnage qui gardait si bien la marquise hors de chez elle, devait se tenir là pour la protéger à domicile contre les importuns et contre les indiscrets.

— S'il allait me reconnaître pour m'avoir vu hier avec Jean? se disait Paul, de moins en moins rassuré.

Il oubliait qu'il s'était tenu à distance pendant l'altercation et que ce chevalier de la marquise n'avait pas pu le remarquer.

Il eut bientôt la preuve qu'il avait tort de s'alarmer, car ce grave personnage s'approcha et lui dit très poliment que madame de Ganges, un peu souffrante, ne recevait personne.

Paul ne se tint pas pour battu et parlant d'abondance, il dit qu'il n'avait pas l'honneur d'être connu de madame la marquise, mais qu'il était chargé de lui faire une communication importante.

L'homme l'interrompit pour lui demander brusquement :

— De la part de qui?

Paul ne pouvait pas répondre : de la mienne, après avoir dit que madame de Ganges ne le connaissait pas.

On l'aurait évidemment mis à la porte.

Il eut une idée qui aurait pu lui venir plus tôt, et qu'il crut bonne, car il n'hésita pas une seconde à dire :

— De la part de M. le marquis de Ganges.

En parlant ainsi, Paul Cormier ne mentait pas, puisque le malheureux marquis l'avait expressément chargé d'aller remettre son portefeuille à sa femme et c'était bien le seul moyen qui lui restât d'arriver jusqu'à madame de Ganges. Mais il avait oublié de se demander comment le chevalier noir allait prendre cette déclaration qui devait l'étonner beaucoup, pour peu qu'il fût au courant des affaires de ménage de la noble dame dont il semblait s'être constitué le garde du corps.

— C'est impossible, dit brutalement ce personnage rébarbatif, M. le marquis n'est pas à Paris.

C'était bel et bien un démenti. En toute autre occasion, Paul l'aurait vertement relevé, mais il dut filer doux, sous peine de manquer son but en se faisant expulser, et il se contenta de répondre :

— Tout ce que je puis vous dire, c'est que je l'ai vu et qu'il m'a confié une mission que je tiens à remplir consciencieusement. Or, je ne puis m'en acquitter que si madame me fait l'honneur de me recevoir, car j'ai promis à monsieur de ne remettre qu'à elle seule un objet qu'il m'a chargé de lui apporter.

Ce fut dit d'un ton ferme qui parut faire impression sur le fidèle gardien de la marquise. Peut-être crut-il que ce messager inattendu arrivait d'un pays étranger où il avait rencontré M. de Ganges. Paul, en affirmant qu'il l'avait vu, s'était bien gardé de dire où. Et il se pouvait que madame de Ganges eût intérêt à recevoir le message.

— Je veux bien lui répéter ce que vous venez de me déclarer, et prendre ses ordres, grommela le serviteur récalcitrant. Elle est au fond du jardin ; je vais lui demander si elle veut vous recevoir. Si elle y consent, je viendrai vous chercher. Attendez-moi ici.

Paul n'avait qu'à obéir sans élever d'objections, trop heureux d'avoir décidé ce cerbère à consulter sa maîtresse.

Ainsi fit-il. Bien persuadé d'ailleurs que, dans la situation d'esprit où elle devait être depuis la veille, elle ne refuserait pas de voir un monsieur qui lui apportait des nouvelles de son mari.

Il resta à la place où le colloque venait d'avoir lieu et il attendit, sous l'œil du valet en livrée qui l'observait de loin.

L'homme noir revint au bout de quelques minutes et il lui dit :

— Allez ! elle est seule maintenant.

— Je l'espère bien qu'elle est seule, pensa Paul qui tenait absolument au tête-à-tête et qui ne savait pas que la marquise venait de renvoyer une de ses amies pour le recevoir.

Il prit l'allée que l'homme lui indiqua. Au premier tournant, il croisa l'amie, et il la salua en passant.

Cette amie était une très jeune femme, modestement habillée, dont l'éclatante beauté l'éblouit : une brune au teint clair, avec des yeux qui n'en finissaient pas et un air de tristesse qui ne faisait que l'embellir encore.

Sans doute, une amie malheureuse, une amie d'enfance, à laquelle madame de Ganges s'intéressait.

Paul avait autre chose en tête que de chercher à deviner qui elle était. Il cherchait des yeux la marquise et il l'aperçut, assise au pied d'un acacia, sur un banc rustique.

Elle aussi l'aperçut et se leva vivement pour venir à sa rencontre.

— Vous ici, monsieur ! s'écria-t-elle. Et vous osez vous y présenter sous prétexte de me remettre un message de mon mari ! Est-ce ainsi que vous tenez votre

parole ? Vous m'aviez promis de ne pas chercher à me
connaître. Vous aviez déjà manqué à votre promesse
en me suivant jusque chez madame Dozulé... et Dieu
sait dans quels embarras vous m'avez mise ! Vous
m'avez donc encore une fois épiée, puisque vous êtes
parvenu à savoir où je demeurais ?

— Non, madame !... je vous jure que non, s'écria
Paul.

— Alors, comment avez-vous appris mon adresse ?
Vous n'avez pas eu, je suppose, l'audace de la demander, après mon départ, aux personnes qui avaient
entendu le domestique de la baronne vous annoncer
sous le nom que je porte !

— Je m'en serais bien gardé... quelqu'un a dit devant moi que votre hôtel était situé avenue Montaigne.

— Soit ! je veux bien vous croire... et alors vous
n'avez rien eu de plus pressé que de vous présenter
ici. Qu'espériez-vous donc ? Vous êtes-vous imaginé
que je continuerais à me prêter à une confusion de personnes que je n'ai pas eu la présence d'esprit d'empêcher, en déclarant tout haut que je ne vous connaissais
pas.

— Je ne l'espérais pas... mais je le désirais de tout
mon cœur.

— Vous saviez bien que c'était impossible. Ni mon
amie, ni les personnes qui se trouvaient chez elle, hier,
ne connaissent mon mari ; mes gens ne le connaissent
pas non plus. Mais il y a ici quelqu'un qui le connaît.

— Oui... votre intendant, n'est-ce pas ?... cet homme
qui, hier, vous gardait au Luxembourg et que je viens de
retrouver...

— M. Coussergues n'est pas mon intendant. C'est
un ancien officier qui fut l'ami de mon père et qui est
resté le mien.

7.

— Il connaît M. de Ganges, mais il ne sait pas qu'on m'a pris pour lui. Donc pour le présent, vous n'avez pas à craindre que l'erreur soit découverte.

— Elle le sera forcément quand mon mari reviendra.

C'était le cas ou jamais de répondre : il ne reviendra jamais. Paul ne le fit pas. Avant d'en venir là, il voulait voir un peu plus clair dans les sentiments intimes de la marquise et il lui dit:

— Oserai-je vous demander ce que vous ferez quand reparaîtra M. de Ganges?

— Je n'en sais rien encore, murmura madame de Ganges. Je crois bien que je lui dirai la vérité. Le mensonge me répugne. Et du reste, je n'ai à me reprocher qu'une légèreté que mon mari excusera quand je lui aurai dit le motif qui m'a poussée à la commettre.

— C'est son affaire, répliqua peu poliment Paul, piqué d'entendre cette marquise parler de ses relations avec lui comme d'une aventure sans conséquence. Mais vos amies et vos amis... la baronne Dozulé... le vicomte de Servon... et les autres... comment leur expliquerez-vous que vous n'avez pas protesté contre l'erreur de ce valet qui m'a annoncé devant dix personnes sous le nom de M. de Ganges?

— Je n'aurai rien à expliquer, car aussitôt que mon mari sera de retour, je quitterai avec lui Paris et la France.

— Mais vous y reviendrez.

— Je ne crois pas.

— Quoi ! vous expatrier pour toujours !

— Vous y aurez contribué, en me plaçant dans une situation insoutenable.

— J'ai eu tort, je l'avoue... mais vous, madame, n'avez-vous donc rien à vous reprocher? Je ne vous connaissais pas quand je vous ai vue au Luxembourg et

vous me rendrez cette justice que je me suis pas permis
de vous aborder... c'est vous qui...

— Brisons là! monsieur, interrompit sèchement la
marquise. Je regrette beaucoup ce que j'ai fait... Si vous
saviez ce qui m'a déterminée à agir ainsi, vous excuse-
riez mon imprudence... et ce n'est pas à vous de me
la reprocher. J'en supporterai les conséquences et je
vous prie de ne plus vous occuper de moi.

— Ainsi, vous me défendez de vous revoir?

— Vous revoir! Je le voudrais que je ne le pourrais
pas, vous devez le comprendre. Et si, comme je le crois,
vous êtes un galant homme, vous ne chercherez pas à
prolonger une fiction qui finirait par me compromettre
gravement, et que la très prochaine arrivée de M. de
Ganges va percer à jour. Je vous pardonne d'avoir cru
que je n'y mettrais pas fin. Vous pensiez sans doute que
j'étais libre. Vous savez maintenant que je ne le suis
pas, puisque je suis mariée.

— Vous vous trompez, madame, répliqua Paul Cormier, vous êtes veuve.

Paul, emporté par un élan de passion, avait parlé trop
vite et il se repentait d'avoir lancé cette grosse nouvelle
qu'il comptait réserver pour le moment où il aurait
suffisamment préparé madame de Ganges à la recevoir.

Il n'avait pas pris le temps de se préparer à l'expliquer et à tirer parti de l'effet qu'elle allait produire.

Il venait de mettre, comme on dit, les pieds dans le
plat.

— L'effet, d'ailleurs, ne fut pas celui qu'il prévoyait,
car la marquise répondit dédaigneusement:

— Vous vous permettez, monsieur, une plaisanterie
très déplacée, souffrez que je vous le dise et que j'ar-
rête-là cet entretien.

— A Dieu ne plaise que je plaisante après un pareil

événement, s'écria Paul. Je vous répète que vous êtes
veuve, madame... je vous le jure sur mon honneur !

— Vous ne prenez pas garde que vous êtes en contra-
diction avec vous-même, dit froidement madame de
Ganges. Vous vous êtes introduit chez moi en prétextant
que vous aviez à me remettre un message de mon mari et
vous venez me dire maintenant qu'il est mort. L'une de
vos deux déclarations est fausse.

— Elles sont vraies toutes les deux.

— Ah ! c'est trop fort !.., et vous me permettrez, monsieur, de n'en pas entendre davantage.

— Je vous supplie de m'écouter jusqu'au bout,
Après... vous ne douterez plus.

Ce fut dit avec tant de fermeté que madame de Ganges
resta et attendit la suite.

— J'ai vu votre mari, cette nuit, reprit Paul.

— C'est impossible. Mon mari n'est pas à Paris.

— Il y est arrivé, hier... je l'ai rencontré... malheureusement.

— Comment avez-vous pu le reconnaître ?... vous ne
l'aviez jamais vu.

— C'est lui qui m'a abordé. Il a entendu M. le vicomte
de Servon me présenter à un de ses amis en m'appelant :
M. le marquis de Ganges. Alors, il est intervenu... il m'a
demandé des explications que je n'avais garde de lui
fournir.

— Où s'est passé cette scène ? demanda la marquise,
déjà mise en éveil par cet exposé inattendu.

— Dans un bal public, répondit Paul, après avoir un
peu hésité.

— On vous a trompé, monsieur... quelqu'un aura
trouvé drôle de se faire passer pour le marquis de
Ganges qu'il avait peut-être vu autrefois et dont vous
usurpiez le nom et le titre...

— J'aurais pu croire cela, si l'affaire n'avait pas eu de suites.

— Quelles suites ?

— Il m'en coûte de vous le dire... mais il faut que vous sachiez tout... j'ai juré, et je dois tenir ma parole... une querelle s'est engagée.

— Entre mon mari et M. de Servon ?

— Non, madame... M. de Servon n'était plus là... un de mes amis est survenu, au moment où M. de Ganges me menaçait de me souffleter... mon ami, qui est très violent, a pris les devants et l'a frappé au visage...

— Ce n'est pas vrai !... M. de Ganges n'est pas un lâche.

— Non, certes... Il ne l'a que trop prouvé... mais il a été surpris par cet acte de brutalité. Il ne lui restait qu'à demander raison à l'agresseur. C'est ce qu'il a fait.

— Et il en résultera un duel ? demanda anxieusement la marquise.

— Le duel a eu lieu, madame, répondit Paul en baissant les yeux.

— Quand ?... on ne se bat pas la nuit.

— Ils ont attendu que le jour commençât à poindre. Dieu m'est témoin que j'ai fait tout ce que j'ai pu pour empêcher la rencontre... ou pour la retarder. Tous mes efforts ont été inutiles... et...

— Achevez !...

— On s'est battu à l'épée... et M. de Ganges, frappé en pleine poitrine... est mort en brave...

— Mort !.... Non, ce n'est pas possible !...

— J'y étais, madame... Je l'ai vu tomber...

— Ah !.... je comprends, s'écria la marquise. C'est vous qui l'avez tué !.... et vous osez vous présenter devant moi couvert du sang de mon mari !....

— Non, madame. Je n'étais pas son adversaire... j'ai

été un de ses témoins... et c'est lui-même qui m'a choisi. Il ne nous connaissait ni les uns, ni les autres... il a eu confiance en ma loyauté et je l'ai assisté de mon mieux.

La marquise, pâle et tremblante, se taisait parce qu'elle n'avait plus la force de parler.

— Si vous en doutez, reprit Paul, je puis vous prouver que je ne dis que l'exacte vérité. Je suis venu chez vous parce que M. de Ganges m'y a envoyé. Comment aurais-je su votre adresse, s'il ne me l'avait pas donnée? Je n'ai pas pu la demander à M. de Servon, qui me prenait et qui me prend encore pour votre mari.

— Mort!... il est mort!... murmura la marquise en cachant son visage dans ses mains gantées.

— M. de Ganges a fait plus que de m'envoyer à vous. Il m'a raconté sa vie.

— Que dites-vous? demanda madame de Ganges stupéfaite.

— Toujours la vérité, madame. La querelle a commencé dans un bal, près du carrefour de l'Observatoire, et s'est vidée aux fortifications. J'ai fait ce long trajet à côté de M. de Ganges et en causant avec lui. C'est ainsi que j'ai reçu de lui des confidences que je n'avais pas provoquées.

— Comment a-t-il pu vous choisir pour les entendre, vous qui vous étiez emparé de son nom?

— Je lui ai dit qu'on m'avait fait la sotte plaisanterie de me le donner, et que je n'y étais pour rien. En vérité, je ne mentais pas. Il m'a cru, et, s'il n'y avait pas eu le soufflet, l'affaire se serait probablement arrangée... et j'aurais eu quelque mérite à pousser, comme je l'ai fait, à un accommodement, puisque sans ce duel fatal, vous ne seriez pas...

— Que vous a-t-il dit? interrompit la marquise.

— Son récit n'a été qu'une longue confession de ses

torts envers vous. Il m'a dit qu'il s'était ruiné plusieurs fois, et qu'il avait abusé de votre bonté, sans jamais la lasser. Il m'a dit que depuis un an il n'a pas cessé de vous tromper en vous écrivant qu'il était en train de refaire sa fortune dans de grandes entreprises financières. C'était faux. Il était en dernier lieu à Monaco où il jouait et où, après avoir gagné une somme énorme, il a perdu jusqu'à son dernier louis. Il arrivait à Paris sans argent, et c'est la honte de vous avouer ce qu'il avait fait qui l'a empêché de se présenter, hier, à votre hôtel.

— Ah ! c'est le coup de grâce ! murmura madame de Ganges.

— Je dois ajouter, reprit Paul, qu'il se repentait de vous avoir offensée et qu'il m'a chargé de vous demander de lui pardonner le mal qu'il vous a fait. C'était là une mission qui ne me plaisait pas, vous le croirez sans peine, mais je ne pouvais pas refuser de l'accepter... et je m'en acquitte.

Abîmée dans sa douleur, ou tout au moins dans son émotion, la marquise semblait avoir été changée en statue. Pâle, immobile, le regard fixe, elle ne trouvait pas une parole à adresser à Paul Cormier, qui attendait.

— Qui donc l'a tué ? demanda-t-elle lentement, comme si elle sortait d'un rêve.

— Un homme que vous connaissez, madame, répondit Paul. Il était avec moi, hier, au Luxembourg, quand je vous ai vue pour la première fois... et il a osé vous parler...

— Jean de Mirande ! s'écria la marquise ; lui, toujours lui !... c'était donc écrit qu'il troublerait encore une fois ma vie !

— Que voulez-vous dire, madame ? demanda vivement Paul Cormier. Que vous a donc fait Mirande, avant de...

— A moi, rien, murmura la marquise ; mais il a fait le malheur de... d'une personne à laquelle je m'intéresse... et vous venez m'apprendre qu'il a tué mon mari !...

— Qu'il ne connaissait pas, même de nom. Je l'ai interrogé après le duel et il m'a affirmé qu'il n'avait jamais entendu parler de M. de Ganges.

Cette assurance ne parut pas déplaire à la marquise et Paul reprit vivement :

— Vous le voyez, madame... c'est la fatalité qui a tout fait... et dans ce malheur, vous pouvez du moins vous dire que vous ne serez pas compromise, car personne ne sait que l'homme qui a succombé dans ce duel était votre mari.

— On le saura... on trouvera sur lui des papiers... des cartes de visite... que sais-je ?

— Rien, madame. M. de Ganges, avant le duel, m'a remis son portefeuille... Le voici, dit Paul, en le tirant de sa poche, pour le présenter à la marquise. Il porte une couronne et des armes gravées sur le cuir. Les reconnaissez-vous ?

— Oui... ce sont les siennes, balbutia madame de Ganges.

— Ai-je besoin de vous jurer que je ne l'ai pas ouvert ?

— Non... je vous crois... mais que va-t-il arriver, mon Dieu !... La justice poursuit les duellistes, quand le duel a causé la mort de l'un des combattants... vous serez interrogés... vous et votre ami... que direz-vous ? La vérité, n'est-ce pas ?... On vous demandera pourquoi vous aviez pris ce nom qui ne vous appartenait pas... et vous ne pourrez pas cacher ce qui s'est passé hier, chez mon amie, madame Dozulé... Ah ! je suis perdue !

— Si on m'interroge, je ne parlerai pas de vous... Mirande non plus... par une excellente raison, c'est

qu'il ignore que vous existez. Les trois autres témoins
sont trois étudiants qui n'étaient pas présents au moment où M. de Ganges m'a grossièrement reproché de
lui avoir volé son nom... Ils savent que ces messieurs
se sont battus à propos d'un soufflet... Ils ne savent
pas pourquoi ce soufflet a été donné. Ce n'est pas moi
qui le leur apprendrai... et, d'ailleurs il n'est pas certain qu'on nous interrogera... personne ne nous a vus
sur le terrain.

Paul oubliait, peut-être volontairement, la lettre du
maître-chanteur, qui menaçait de le dénoncer. Il ne
pensait qu'à rassurer la marquise et à tirer parti, pour
entrer dans son intimité, de la bizarre situation que le
plus étrange des hasards venait de leur créer.

Il sentait très bien que le moment eût été mal choisi
pour lui parler encore de son amour, comme il n'avait
pas craint de le faire avant de lui annoncer qu'elle était
veuve, mais il constatait déjà que si la nouvelle de la
mort tragique de M. de Ganges avait bouleversé la
marquise, elle ne l'avait pas affligée outre mesure, car
elle n'avait pas versé de larmes.

Et il lui savait gré de ne pas feindre une douleur
que ne pouvait guère lui causer la lamentable fin d'un
homme qui s'était presque vanté, avant de mourir,
d'avoir été le plus détestable des maris.

Il espérait qu'une fois remise de l'émotion bien naturelle qu'elle venait d'éprouver, cette victime d'une
union mal assortie comprendrait qu'elle aurait tort de
faire un éclat et il se préparait à lui proposer, en temps
et lieu, le *modus vivendi* que lui avait suggéré sa cervelle d'amoureux.

Il attendait toujours qu'elle prît ce portefeuille qui,
à vrai dire, lui brûlait les doigts.

On a beau ne pas être sentimental à l'excès, on ne

garde pas volontiers sur soi les reliques d'un homme qu'on a vu tomber, frappé à mort, dans un duel dont on a été la cause première.

Et, de son côté, la marquise répugnait évidemment à toucher ce legs de son indigne mari.

Paul Cormier se décida enfin à le placer sur le banc où elle était assise quand il avait paru dans le jardin.

Il pensait bien qu'elle ne l'y laisserait pas et il tenait à s'en débarrasser le plus tôt possible.

— Vous ne m'accuserez plus de mentir, dit-il doucement, et maintenant que j'ai rempli la pénible mission qui m'a été imposée, je vous supplie, madame, de me faire connaître votre volonté. A tout ce que vous me commanderez, j'obéirai, quoi qu'il m'en puisse coûter. Dans la situation où les événements nous ont placés, c'est à vous de donner des ordres. Et je vous demande en grâce de ne penser qu'à vous en prenant une décision. Peu importe ce qu'il m'arrivera, pourvu que vous n'ayez pas à souffrir des conséquences de ce duel.

— Souffrir ! répéta tristement la marquise, voilà des années que je souffre... il ne peut rien m'arriver de pis que de vivre comme j'ai vécu depuis que je me suis mariée. Si vous saviez !...

— Je sais. Croyez-vous donc que je ne devine pas qu'on vous a sacrifiée à un homme que vous n'aimiez pas et qui a fait de vous une martyre... s'il ne me l'a pas dit, il m'en a dit assez pour que je ne le plaigne pas... c'est Dieu qui l'a puni... et c'est vous que je plains... vous pour qui je mourrais avec joie, si ma mort pouvait vous épargner un chagrin... vous que...

La marquise arrêta d'un geste la déclaration brûlante que Paul avait sur les lèvres.

— Pas un mot de plus, lui dit-elle d'une voix ferme. Je vous crois, mais je ne dois pas vous écouter. Je

subirai mon sort sans murmurer... et je compte que
vous n'aurez pas moins de courage que moi.

— Est-ce à dire que vous persistez à me défendre de
vous revoir ?

Et comme madame de Ganges se taisait :

— C'est impossible ! s'écria Paul. Comment feriez-
vous ? Que diriez-vous à vos amies... à vos amis... à ce
monde où vous vivez et où j'ai été présenté sous le nom
de votre mari ? Espérez-vous leur persuader que je suis
retourné à l'étranger ?... Ils s'apercevraient bien vite
que je n'ai pas quitté Paris... je me suis déjà trouvé
face à face avec M. de Servon dans un lieu où je ne devais pas m'attendre à le rencontrer...

— C'est moi qui partirai... je m'éloignerai de la
France... je vous l'ai déjà dit.

— Mais j'y resterai, moi. Que dirai-je à ceux qui me
parleront de vous ? Faudra-t-il que j'échafaude des
mensonges pour tâcher de leur expliquer ce chassé-
croisé du marquis et de la marquise de Ganges ? Ils ne
me croiraient pas... ils sauraient bientôt la vérité... on
dirait partout que j'ai été votre amant... et que nous
avons à nous deux, inventé cette supercherie... ils ne
vous pardonneraient pas de vous être moquée d'eux.

— Pourquoi ne leur diriez-vous pas tout simplement
la vérité ?... que vous m'avez suivie, que vous êtes
entré chez madame Dozulé, en même temps que moi
qui ne vous avais pas vu... et que l'erreur d'un valet
de pied a fait tout le mal...

— Ils me croiraient encore moins.

— Mais rien ne vous oblige à les voir, vous n'avez
qu'à reprendre la vie que vous avez toujours menée.
Pour eux, le quartier que vous habitez est aussi loin
que la Chine. Vous y avez rencontré M. de Servon
par un de ces hasards qui n'arrivent pas deux fois.

— J'avais bien compris... vous ne voulez plus me connaître... je vous gêne, murmura Paul Cormier.

— Je n'ai pas dit cela, répliqua vivement la marquise.

— Vrai ?... vous ne me chassez pas ? merci !... oh ! merci !... alors, il n'y a qu'un moyen... un seul... c'est de rester comme nous sommes.

— Je ne comprends pas.

— Pourquoi ne continuerais-je pas à passer pour votre mari ? demanda Paul, emporté par son ardeur amoureuse, au point de ne pas s'apercevoir de l'énormité de la proposition qu'il osait faire à la marquise.

— D'abord, parce que c'est impossible. A la rigueur, mes amis pourraient s'y laisser prendre ; mais les vôtres ?... mais votre mère ?... car vous avez encore votre mère, vous me l'avez dit... Comment leur persuaderez-vous que vous n'êtes plus vous-même ?... Cesserez-vous de les voir ?...

— Non... Mais je les verrai moins souvent... Je ne dîne chez ma mère qu'une fois par semaine... le dimanche... elle ne vient presque jamais chez moi... et elle ne me demande pas de lui rendre compte de ce que je fais.

— Encore votre mère, reprit la marquise, serait-elle bien étonnée et probablement très affligée si elle venait à apprendre que son fils va dans le monde sous un faux nom et porte un titre qui ne lui appartient pas. J'admets qu'elle n'en saura rien, mais M. de Mirande, votre ami intime, comment pourrait-il ignorer que vous vivez en partie double ?... Etudiant sur la rive gauche et marquis sur la rive droite...

— Paris est si grand ! murmura Paul, à bout d'arguments.

— Oui, Paris est immense, mais tout y arrive... vous en avez eu la preuve hier, puisque vous avez trouvé sur

votre chemin M. de Servon. Et si vos camarades venaient à découvrir que vous vous faites passer pour le
marquis de Ganges, de quoi ne vous accuseraient-ils
pas !... Convenez donc, monsieur, que votre projet est
fou, si tant est que vous l'ayez conçu sérieusement.

Paul baissa la tête et ne trouva rien à répondre.

— Ce n'est pas tout, reprit madame de Ganges ; alors
même qu'il serait praticable, je ne me prêterais pas
à une impostur e... je ne trouve pas d'autre mot pour
qualifier le plan de conduite que vous me proposez
d'adopter.

— Vous préférez me désespérer !

— Non, monsieur. Seulement, je veux rester maîtresse de mes actions. Je ne sais ce que vous pensez de
moi, mais je vous prie de croire que j'ai toujours été
irréprochable.

Mon mari, lui-même, mon mari qui m'a fait tant de
peines, me rendrait cette justice, s'il vivait encore.

— Il me l'a dit avant de mourir.

— Vous devez donc comprendre que je ne puis ni ne
dois rester avec vous dans les termes où nous a mis la
méprise d'un domestique. Je suis décidée à dire la vérité à mon amie madame Dozulé. Elle a assisté à la
scène et je lui expliquerai qu'un manque de présence
d'esprit m'a empêchée de rectifier immédiatement l'erreur.

Elle rira de l'aventure et elle se chargera de la présenter sous son véritable jour à ses invités d'hier.

— Dieu sait ce qu'ils penseront de moi, murmura
l'étudiant. Qu'importe ?... tout ce que vous ferez sera
bien fait, madame.

— Je serais désolée que vous eussiez à souffrir de ma
franchise, mais je ne puis agir autrement. Je ferai,
d'ailleurs, en sorte de prendre sur moi la responsabilité

de ce désastreux malentendu. Personne n'aura rien à vous reprocher. Il aura, du reste, duré si peu de temps qu'il ne saurait avoir de bien graves conséquences.

— S'il en a, je les suppporterai, quelles qu'elles soient... pourvu que vous ne me défendiez pas de vous revoir.

— Plus tard, peut-être... mais vous sentez comme moi que pendant un temps nos relations doivent cesser.

— Si j'étais sûr qu'elles ne seront qu'interrompues?...

— Je ne puis rien vous promettre. La catastrophe que vous venez de m'annoncer va bouleverser ma vie et je ne sais pas encore quel parti je prendrai... je n'ai même pas la certitude que je suis veuve...

— Si vous ne l'étiez pas, je ne vous aurais pas parlé comme je viens de le faire... Mais M. de Ganges est tombé sous mes yeux et je vous ai apporté la preuve qu'il est mort, dit Paul Cormier, en montrant du doigt le portefeuille auquel la marquise n'avait pas encore osé toucher.

Il était resté sur le banc ce portefeuille armorié et elle ne pouvait pas douter qu'il eût appartenu à son mari.

— Ouvrez-le, madame, reprit Paul, vous y trouverez certainement des papiers qui ne vous laisseront pas de doutes.

La marquise ne semblait pas pressée de suivre le conseil que lui donnait l'amoureux qui aspirait à remplacer son mari. Peut-être s'y serait-elle décidée, mais son garde du corps se montra tout à coup. Au lieu de prendre l'objet, elle se plaça de façon à l'empêcher de le voir et elle l'interrogea des yeux.

L'homme noir comprit la signification du regard.

qu'elle lui lança, car il répondit comme si elle lui eût adressé la parole :

— C'est le valet de chambre de M. de Servon qui apporte une lettre pour M. de Ganges. J'ai eu beau lui dire que M. de Ganges n'est pas encore arrivé. Il prétend que son maître l'a vu hier.

La marquise changea de visage, et Paul Cormier comprit.

Le vicomte envoyait les huit mille francs qu'il avait perdus sur parole à M. de Ganges qui les lui avait gagnés.

— Il paraît que la lettre contient de l'argent, reprit le chevalier noir et que c'est très pressé.

La situation se corsait encore. Le domestique de M. de Servon attendait une réponse et ce n'était pas à Paul Cormier de la lui donner. La marquise ne pouvait pas faire moins que de s'en charger.

— Dites-lui que M. de Ganges n'est pas là et que je ne reçois pas les lettres adressées à mon mari, répondit-elle, après un silence.

— Bien. Je vais le congédier, dit l'impassible personnage.

Et il tourna les talons en pivotant tout d'une pièce, militairement, comme un soldat qui vient de faire son rapport à son supérieur.

Paul le laissa s'éloigner avant de dire à demi-voix :

— C'est à moi que cette lettre était destinée.

— A vous ! s'écria la marquise.

— Oui, madame. Depuis la partie de baccarat chez madame Dozulé, M. de Servon est mon débiteur.

— Et c'est chez moi qu'il envoie la somme qu'il vous doit !

— Naturellement, puisqu'il croit la devoir à M. de Ganges.

La marquise tressaillit. C'était le premier effet de l'erreur du valet de pied de madame Dozulé et elle pouvait maintenant mesurer ce que cette fatale méprise allait lui coûter.

— Il reviendra l'apporter lui-même, cette somme, continua avec intention Paul Cormier qui ne désespérait pas encore d'amener la marquise à accepter son projet de rester dans le *statu quo*; et vous en verrez bien d'autres. C'est la conséquence forcée de ce qui s'est passé chez votre amie.

— Vous avez raison, monsieur, dit-elle; la situation où nous nous trouvons tous les deux est intolérable. Je n'ai que deux partis à prendre : ou dire la vérité, ou quitter Paris et n'y jamais revenir. J'ai besoin de réfléchir avant de me décider, et je désire être seule.

C'était un congé en bonne forme, et la marquise le signifia d'un ton si ferme que son amoureux comprit qu'il n'avait qu'à se retirer.

— Je vous obéis, madame, dit-il tristement.

Il se flattait que pour adoucir cette injonction, elle allait lui tendre la main, mais elle ne la lui offrit pas plus que la veille, au moment où il l'avait quittée tout près du rond-point des Champs-Elysées.

Elle la retira même, comme si elle eût craint qu'il ne la prît, sans sa permission.

Décidément, cette marquise n'aimait pas les contacts, même du bout des doigts.

Après ce refus, presque décourageant, Paul Cormier n'avait plus qu'à s'en aller, sans ajouter un mot à ce qu'il avait dit.

Ainsi fit-il, très mortifié et très mécontent du résultat de sa première visite à la marquise de Ganges.

En traversant la cour qui précédait le jardin, il y retrouva l'homme habillé de noir, cet étrange personnage qui se tenait à l'écart pour apparaître de temps en temps comme la statue du Commandeur.

Paul savait maintenant que ce garde du corps n'était pas un simple domestique, mais il n'eut pas la moindre envie de le saluer en passant et il crut voir que ce chevalier de la dame de l'avenue Montaigne le regardait d'un air soupçonneux.

Il se demandait sans doute ce que ce jeune homme était venu faire chez madame de Ganges, et c'était bien la preuve qu'elle n'avait pas jugé à propos de lui parler de ses aventures à la sortie du Luxembourg et chez la baronne Dozulé.

Peu importait du reste à Paul Cormier, mais il ne fut pas plutôt hors de l'hôtel, qu'il lui arriva, comme la veille, en descendant de voiture aux Champs-Elysées, d'envisager la situation sous un tout autre aspect.

La veille, après le voyage en fiacre, il s'était repenti de s'être laissé trop facilement éconduire et maintenant il apercevait dans le langage et dans l'attitude de la marquise des côtés qui le choquaient.

— Elle n'a pas sourcillé quand je lui ai annoncé que son mari avait été tué, cette nuit, se disait-il en s'acheminant vers le véhicule numéroté qui l'attendait à vingt pas de la porte de l'hôtel; je sais bien que ce mari était un chenapan et que sa mort la débarrasse de lui. J'ai trouvé tout naturel qu'elle ne jouât pas la comédie en faisant semblant de se désoler, mais à défaut de larmes, elle aurait pu montrer de l'émotion, ne fût-ce que par convenance... et c'est tout au plus si elle a été troublée un instant. Elle s'est mise tout de suite à examiner avec moi les conséquences de cette mort... en ce qui la touche personnellement, car elle ne s'est pas beaucoup inquiétée de savoir comment j'allais me tirer de ce mauvais pas. Et pourtant, si on poursuit les acteurs du duel, c'est Mirande et moi qui paierons les pots cassés.

Cette marquise ne s'est pas seulement informée de ce qu'était devenu le corps du malheureux que nous avons laissé étendu sur l'herbe d'un bastion du boulevard Jourdan. Je commence à croire qu'elle n'a pas de cœur.

Il était temps du reste que Paul pensât à ses propres affaires qui pouvaient très mal tourner, surtout depuis qu'il avait reçu la lettre anonyme où un gredin le menaçait de le dénoncer à la Justice.

Il y allait de son repos; presque de son honneur, car un duel nocturne, suivi de l'abandon du cadavre, devait forcément donner lieu à une instruction criminelle, et quoiqu'il ne fût pas le plus compromis, il risquait certainement de passer en cour d'assises ou en police correctionnelle, ce qui eût été bien pis, car les jurés acquittent presque toujours les duellistes que les magistrats condamnent très volontiers.

Et ne sachant pas du tout comment il fallait s'y prendre pour parer à ce danger ou tout au moins pour l'atténuer, il ne pouvait mieux faire que d'aller prendre l'avis de son ami Bardin.

Il dit donc au cocher qui l'avait amené, avenue Montaigne, de le conduire au boulevard Beaumarchais, au coin de la rue Saint-Claude, où s'embranche la rue des Arquebusiers.

Il aurait bien pu profiter de l'occasion pour aller voir sa mère, puisque la rue des Tournelle est à deux pas, mais il craignait qu'elle ne remarquât l'état d'agitation où l'avaient mis les événements qui venaient de se succéder, événements dont l'entretien avec madame de Ganges n'était pas le moins troublant.

Il était donc décidé à ne voir, ce jour-là, que le vieil

avocat, et pendant le trajet, il prépara la consultation
qu'il allait chercher au Marais.

Il ne se souciait pas de dire du premier coup toute la
vérité à Bardin. Il voulait d'abord tater le terrain en lui
demandant ce qu'il penserait d'un cas analogue au
sien ; s'il conseillerait à un homme compromis, en pareille occasion, de se tenir coi ou d'aller, au contraire
au-devant de l'action judiciaire, en déclarant spontanément qu'il avait pris part à la rencontre et quelle
part il y avait prise.

Il ne pouvait guère en dire davantage, car il n'était
pas en cette affaire le principal intéressé.

Mirande était plus exposé que lui puisqu'il avait tué
de sa main le marquis de Ganges. Paul n'avait donc
pas le droit de prendre un parti sans l'approbation
préalable de son ami, lequel, à l'heure qu'il était, devait dormir encore.

Paul projetait de se transporter chez lui, après avoir
recueilli l'opinion du père Bardin et de décider d'un
commun accord avec Jean ce qu'il convenait de faire
dans le cas épineux où ils s'étaient mis.

Les trois autres étudiants ne comptaient pas : des gamins qui avaient assisté à la rencontre, par hasard, et
auxquels on ne pouvait reprocher que d'avoir agi comme
des étourneaux.

Le projet était sage, mais entre la conception et
l'exécution, il y a toujours, place pour des incidents
imprévus.

En descendant de voiture, rue Saint-Claude, Paul se
trouva nez à nez avec l'avocat qui trottinait, à pas pres-
sés, et qui lui dit :

— Comment ! c'est encore toi !... dans mon quartier
à l'heure de ton cours de droit administratif !... et puis,
tu ne vas donc plus qu'en carrosse maintenant ?...

— J'allais chez vous... pour vous parler d'une affaire... balbutia Paul, assez contrarié.

— Tu m'en parleras une autre fois... aujourd'hui, je n'ai pas de temps à perdre et je ne vais pas remonter mes trois étages pour t'entendre...

— C'est que... je ne puis pas remettre à un autre jour...

— Je n'imagine pas ce que tu peux avoir à me dire de si urgent, mais puisque tu tiens tant à causer avec moi, tu n'as qu'à m'accompagner ; nous causerons en marchant.

— Qu'à cela ne tienne, mon cher monsieur Bardin. Je ne vous demande qu'une minute pour renvoyer mon fiacre.

Paul, paya au cocher le double de ce qu'il lui devait, pour se dispenser d'attendre qu'il lui rendît la monnaie, et revint dire au vieil ami de sa mère :

— Maintenant, me voilà prêt à vous suivre où il vous plaira de me mener pourvu que vous m'écoutiez. Où allez-vous ?

— Au Palais de Justice.

— Bon ! ce n'est pas tout près d'ici ; j'aurai le temps de vous conter ce qui m'amène.

— N'importe !... sois bref !... et surtout sois clair !... mais avant de commencer, laisse-moi t'apprendre une nouvelle qui te fera plaisir.

— Tout ce que vous voudrez, monsieur Bardin.

— Il s'agit de mon fils. Je t'ai dit souvent qu'il ne lui fallait qu'un beau crime à instruire pour se faire connaître... pour sortir du rang... un de ces crimes dont tous les journaux s'occupent et qui mettent en lumière les talents d'un juge...

— Parfaitement... et j'ai toujours pensé que cette chance lui viendrait tôt ou tard.

— Hum !... elle s'est fait attendre... et l'avancement
de ce pauvre Charles s'en est ressenti... si on ne regardait qu'au mérite, il devrait être déjà conseiller à la
cour... mais enfin, il tient son crime.

— Bravo ! dit Paul, qui souriait sous sa moustache
de l'enthousiasme paternel du vieil avocat. Alors, il est
corsé, ce crime ?

Combien de cadavres ?

— Un seul, répondit Bardin sans s'apercevoir que
l'étudiant se moquait un peu de lui ; mais la victime
appartient aux classes élevées de la société... et le vol
n'y est pour rien, car on a trouvé de l'argent dans les
poches du mort.

— Une vengeance, alors ?

— Probablement... et apprends pour ta gouverne que
ces crimes-là passionnent toujours le public parisien...
d'abord, parce qu'ils sont plus rares... et puis, parce
qu'on cherche la femme.

— Ah ! il y a une femme dans l'affaire ?

— Je le parierais, mais je n'en sais rien encore.
Charles vient de m'écrire un mot pour m'annoncer
qu'on venait de le charger d'instruire et qu'il courait au
Palais... Il ne me donne pas de détails... mais j'en
aurai... j'ai pensé tout de suite à aller le trouver dans
son cabinet pour lui faire mon compliment, et j'y vais
de ce pas.

— Il est donc tout récent, ce crime ?... Les journaux
n'en disent rien.

— Il est de cette nuit.

— Ah ! murmura Paul, à qui cette indication mettait
déjà, comme on dit, la puce à l'oreille.

— Oui... le corps de l'homme assassiné a été trouvé,
vers cinq heures du matin, par des maraîchers qui con-
duisaient leurs charrettes aux Halles.

8.

— Dans quel quartier ? demanda vivement Cormier.

— Charles ne me le dit pas Je suppose que c'est près d'une des barrières de Paris... sur le chemin des voitures qui viennent de la banlieue?... quelle banlieue?... je l'ignore et ça m'est égal... à toi aussi, je suppose.

— Oh ! complètement égal, s'empressa de répondre Cormier qui ne disait pas ce qu'il pensait, car cet exposé incomplet commençait à l'inquiéter sérieusement.

— L'important, c'est que l'affaire profite à l'avancement de Charles et je suis sûr qu'il l'éclaircira, quoiqu'elle soit, paraît-il, très mystérieuse. Mais en voilà assez là-dessus... Expose-moi la tienne... De quoi s'agit-il?

Paul n'était pas pressé de s'expliquer. Avant ce dialogue où le vieil avocat avait eu la parole presque tout le temps, il ne se serait pas fait prier. Il aurait abordé tout droit la question et il n'aurait pas été embarrassé pour la présenter de façon à ne pas éveiller l'attention de cet excellent Bardin. Maintenant, il ne savait plus comment s'y prendre, car il entrevoyait que le beau crime sur lequel le bonhomme fondait l'espoir de la fortune judiciaire de son fils pouvait bien n'être que le meurtre du marquis.

Consulter le père du juge d'instruction, c'était pour ainsi dire, se jeter dans la gueule du loup.

Il fallait pourtant parler, sans quoi Bardin se serait figuré que Paul avait voulu le mystifier et il aurait mal pris la chose.

L'ami de Jean de Mirande espéra s'en tirer en se tenant dans les généralités d'une consultation vague.

— Voici, dit-il, en cherchant à prendre un ton dégagé. Un de mes camarades s'est trouvé fourré dans

une bagarre où on s'est fortement cogné. On a échangé
des horions...

— Ils vont bien, tes camarades ! Ça se passait, naturellement, au quartier Latin ?

— Mon Dieu, oui. Les batailles n'y sont pas rares...
mais celle-là a mal fini. Il y a eu des éclopés. Il paraît
même qu'un des combattants est resté sur le carreau.

— C'est joli !... et sans doute, c'est un de tes amis
qui a fait ce coup?

— Il le craint.

— Comment, il le craint !... il a donc assommé un
homme sans s'en apercevoir ?

— Dame !... vous comprenez .. dans une mêlée...

— Tu me la bailles belle avec ta mêlée ! Enfin,
qu'est-ce que tu veux de moi?... ce n'est pas pour me
raconter cette équipée que tu t'es fait conduire dare-
dare rue des Arquebusiers.

— Mais, si. Je voulais vous demander un conseil.

— Tu en étais donc, de la rixe ?

— J'y ai assisté, comme beaucoup d'autres.

— Et après... quand il y a eu un mort et des blessés,
tout le monde s'est sauvé... tous ceux qui ont pu, s'en-
tend.

— C'est à peu près cela. On n'a arrêté personne. Et
je venais vous consulter, cher monsieur.

— Sur quoi !... ce cas ne me paraît pas rentrer dans
ma spécialité.

— Mais, si... puisqu'il s'agit de faits qui pourraient
donner lieu à des poursuites.

— Au lieu d'employer le conditionnel, tu devrais
dire : *qui donneront lieu*. Il y a eu mort d'homme. L'affaire ne peut pas en rester là. Mon fils, depuis qu'il
est juge, en a instruit vingt de la même catégorie. Elles
ne sont pas très graves, mais elles aboutissent toujours

à des mois ou à des années de prison. Ton doux ami peut s'attendre à en goûter, s'il est pris.

— Il ne l'est pas, jusqu'à présent... et c'est précisément sur ce point que je voudrais avoir votre avis. Doit-il se présenter chez le commissaire du quartier et lui raconter, pour sa justification, comment cette querelle s'est engagée... ou bien laisser la police chercher les coupables ?...

— C'est sérieusement que me tu poses cette question ?

— Mais, oui. C'est un cas de conscience que je vous soumets.

— Va te promener avec ton cas de conscience et médite sur le fameux mot du président de Harlay : « Si on m'accusait d'avoir volé les cloches de Notre-Dame, je commencerais par me mettre à l'abri... »

— Vous ne conseillez pas à mon ami de se sauver à l'étranger, je suppose ?

— Non, mais je lui conseille de se tenir tranquille. On n'est pas forcé de se dénoncer soi-même, et les juges ne doivent pas s'en rapporter à la déclaration de celui qui se dénonce. C'est un axiome du droit criminel que tu devrais connaître... *nemo creditur...*

— Je sais le reste. Alors, vous êtes d'avis que mon ami aurait tort de se livrer ?

— Il faudrait qu'il fût fou... et tu peux lui signifier de ma part qu'il fera très bien de faire le mort... d'autant que s'il se déclarait, tu serais compromis très probablement... C'est ta maman qui ne serait pas contente !

Au fond, Paul était bien de l'avis du vieil avocat et il n'était pas fâché de l'entendre lui conseiller de s'abstenir.

Il crut pourtant devoir insister en disant :

— Alors, décidément, vous, jurisconsulte émérite, vous pensez qu'il vaut mieux laisser aller les choses ?

— Ce n'est pas le jurisconsulte qui te parle, c'est l'ami de ta mère... et tout homme de bon sens te parlera comme moi. Si tu en doutes, il y a un moyen de t'assurer que je suis dans le vrai.

— Lequel ?

— Consulte un magistrat.

— Y pensez-vous ?

— Un magistrat qui te connaît et qui te croit incapable d'une vilaine action. Je vais au Palais voir mon Charles. Profite de l'occasion. Monte avec moi jusqu'à son cabinet.

— Comment ! s'écria Paul, vous me proposez d'aller consulter votre fils sur une affaire qu'il pourrait avoir à instruire ! Jamais de la vie ! Il croirait que je me moque de lui, et il me mettrait à la porte.

— Non, puisque je serai avec toi, dit Bardin. Charles sera au contraire très sensible à une marque de déférence de ta part... d'autant plus que tu n'as pas toujours été bien pour lui... tu évites de le rencontrer et quand tu te trouves avec lui, tu affectes de ne lui parler que par ricochet... de bricole, comme on dit au billard.

— C'est par respect... vous comprenez... il est magistrat... juge au tribunal de la Seine... et je ne suis qu'un pauvre diable d'étudiant...

— Pas si pauvre, puisque ta mère te laissera six cent mille francs... tandis que moi, je ne laisserai pas grand'chose à Charles. Mais la question n'est pas là. Tu me donnes de mauvaises raisons et tu ferais mieux de me dire la vérité. Charles ne te va pas parce qu'il est trop sérieux et trop sage pour plaire à un garnement de ton espèce. Tu te figures sans doute que l'antipathie est réciproque. Tu te trompes absolument. Il ne m'a jamais dit que du bien de toi et je sais qu'il apprécie fort ton esprit et ta gaîté.

— Je ne l'aurais pas cru, mais je suis ravi de l'apprendre. Si je ne le recherche pas beaucoup, c'est à cause de la différence d'âge et de situation. Et, pour l'affaire en question, je craindrais, en la lui soumettant, de le mettre dans un terrible embarras... pensez donc, !.... demander à un juge si je ferais bien de me soustraire à l'action de la justice !... ce serait raide.

— Tu ne t'adresseras pas au juge ; tu t'adresseras à l'homme. Il te donnera son avis tout comme s'il n'avait jamais porté la robe et je ne doute pas que cet avis soit conforme au mien. Je t'autorise du reste à le lui répéter ce que je viens de te dire sur ton cas et je le lui répéterai moi-même. Allons ! viens ! Ça me fera plaisir de te voir échanger une poignée de mains avec Charles et je suppose que tu tiens à être agréable au plus ancien ami de ta mère.

Paul protesta d'un geste, et le vieil avocat reprit malicieusement :

— D'abord, tu as intérêt à me ménager... à cause de l'héritière...

— Quelle héritière ?

— La fille aux six millions ? As-tu déjà oublié l'histoire que j'ai racontée hier en dînant ?

— Non... mais je n'y pensais plus.

— Il faut y penser. Je me suis mis en tête de te faire épouser cette orpheline.

— Pourquoi pas plutôt à votre fils ?

— Parce qu'elle n'a pas vingt ans et que Charles en aura bientôt quarante. Elle ne voudrait pas de lui... et d'ailleurs, mon fils n'a pas besoin d'une femme six fois millionnaire. Il ne saurait que faire de tant d'argent, tandis que toi, avec les goûts que je te connais, tu ne trouverais pas que c'est trop.

— Je ne suis pas si ambitieux.

— Peut-être, mais tu es si dépensier!... bref, tu as tort de ne pas prendre au sérieux le projet dont je t'ai parlé. Tiens! je parie que tu n'as seulement pas songé à prier ton ami de te renseigner sur la famille dont je t'ai cité le nom.

— Un nom que je n'ai pas retenu...

— Un nom de ce pays là... un nom qui rime avec Camargue...

—Bon! Je me souviens... Marsillargues... j'avoue que je ne me suis pas rappelé la recommandation que vous m'aviez faite.

— Tu as pourtant, je suppose, vu hier soir ton camarade ?

— Je l'ai rencontré à la Closerie des Lilas, mais...

—Vous avez eu autre chose à faire que de causer du Languedoc, je le pense bien... et à propos de ce Mirande, est-ce que?... mais oui, parbleu!... c'est lui, n'est-ce pas, qui s'est mis dans ce joli pétrin?... et c'est pour lui que tu es venu me consulter?... l'assommeur, c'est lui.

— Je vous assure que non, répondit vivement Cormier.

Bardin en pensa ce qu'il voulut et n'insista pas. Il avait pris le bras de son jeune ami et il comptait ne pas le lâcher avant de l'avoir mis en présence de son fils, à seule fin de les raccommoder.

Paul se laissait emmener et il était très perplexe. Il regrettait fort de s'être tant avancé, mais il sentait qu'il ne pouvait plus reculer, sous peine de gâter son affaire. Bardin aurait pu croire qu'il avait sur la conscience un véritable crime et Bardin, vexé, aurait très bien pu faire

part à son fils des confidences incomplètes que Paul
Cormier lui avait faites, pendant le trajet de la rue des
Arquebusiers au boulevard du Palais où ils arrivaient
en ce moment.

Paul se disait aussi qu'il ne risquait pas grand'chose
à accompagner Bardin père jusque dans le cabinet de
Bardin fils qui était certainement un galant homme,
incapable d'abuser de la situation. Paul pensait même
qu'il y pourrait gagner de savoir à quoi s'en tenir sur
l'affaire criminelle que ce juge était chargé d'instruire.
Le père ne manquerait pas d'en parler au fils, en
présence de Paul, et le fils se laisserait aller à donner
des détails. Paul, renseigné, pourrait arrêter un plan de
conduite en connaissance de cause et dût-il se décider
plus tard à confesser la part qu'il avait prise à la mort
du marquis, rien ne l'obligerait à déclarer la vérité avant
de s'être consulté avec Jean de Mirande.

— Nous y voilà, dit le vieil avocat, en poussant
Cormier sous une voûte qui aboutit à une cour. Nous
n'avons plus qu'à monter deux étages. Tu n'es jamais
entré dans un cabinet de juge instructeur?

— Jamais, Dieu merci!

— Pourquoi, Dieu merci?... Les plus honnêtes gens
peuvent y être appelés comme témoins et même comme
prévenus, quoique ce soit plus fâcheux. Tous les prévenus ne sont pas des coupables. Tu vas voir que ça
t'amusera... nous allons rencontrer dans les couloirs
des types curieux et des figures cocasses.

— Quoi! voilà que maintenant vous blaguez la magistrature!

— Tu ne comprends pas. Je parle des gens appelés à
déposer. On en voit de toutes les couleurs, sans parler
des avocats qui rôdent par les corridors. Il y en a qui
ont de bonnes têtes.

Montons! Charles doit être arrivé. Tâchons de le voir avant qu'il ait commencé à entendre les témoignages. Si nous tardions, nous pourrions le déranger.

Paul Cormier se laissa guider par le père Bardin, à travers un dédale d'escaliers et de couloirs où stationnaient des Gardes de Paris, et où passaient des individus des deux sexes qui ne payaient pas de mine.

Il y en avait d'assis sur des bancs fixés au mur, attendant leur tour de comparaître devant le juge qui les avait fait citer.

Maître Bardin connaissait tous les détours de ce labyrinthe et il conduisit tout droit son jeune ami à la porte du cabinet de son fils, gardée par un planton, auquel il donna sa carte en le priant de la remettre immédiatement au juge d'instruction.

Pendant que le soldat la portait, Paul eut le temps de remarquer, parmi quelques autres témoins qui faisaient antichambre, un homme assez convenablement vêtu qui le regardait beaucoup, comme s'il eût été surpris de le voir là.

— Sois gentil avec Charles, dit à demi-voix le père Bardin, quand le planton revint les chercher pour les introduire dans le cabinet du juge.

Le vieil avocat entra le premier. Son fils, en le voyant, vint à lui, les deux mains tendues, laissant là un monsieur avec lequel il causait, debout. Sa figure rayonnait, à ce magistrat. Elle se rembrunit un peu, quand il aperçut Paul Cormier, mais il ne reçut pas mal ce visiteur inattendu.

Le juge lui demanda affectueusement des nouvelles de sa mère et le pria de s'asseoir, en attendant qu'il eût fini avec le monsieur qui les avait précédés dans le cabinet.

Ce ne fut pas long. Il emmena son interlocuteur dans un coin, échangea avec lui quelques mots à voix basse et le reconduisit jusqu'à la porte.

Puis, revenant à son père, il lui dit joyeusement :

— Vous venez me féliciter, n'est-ce pas ?... je crois que je tiens une affaire intéressante. Et vous avez bien fait de venir de bonne heure... j'ai je ne sais combien de témoins à entendre, et mon greffier n'est pas encore arrivé... nous avons donc le temps de causer un peu, avant que j'entame les interrogatoires.

Et vous, mon cher Paul, par quel heureux hasard avez-vous accompagné mon père ? Venez-vous aussi me complimenter ? demanda en souriant le juge d'instruction.

Charles Baudin avait l'air sévère qui convient à un magistrat, mais sa voix était sympathique comme sa physionomie.

— Ce n'est pas tout à fait ça, dit en riant le vieil avocat. Je l'ai rencontré à ma porte comme je sortais pour venir te voir. Il avait une consultation à me demander. Je l'ai emmené avec moi, je la lui ai donnée en chemin et j'y ai ajouté un conseil qu'il hésite à suivre. Alors, je l'ai décidé à en appeler du père au fils... tu vas juger en dernier ressort.

— C'est bien de l'honneur que vous me faites. De quoi s'agit-il ?

— En deux mots, voilà : hier soir, au quartier, grande bataille à la sortie de Bullier. Paul en était. On s'est fort assommé et il y a peut-être eu un tué.

— Diable !

— Ce serait grave, mais il n'est pas certain qu'il y ait eu mort d'homme. Les batailleurs se sont dispersés après la bataille. Paul a fait comme les autres. Il paraît qu'on n'a arrêté personne. Il n'aurait donc qu'à se tenir coi pour ne pas être inquiété. Mais il a été pris d'un scrupule et il est venu me soumettre son cas. Doit-il se présenter chez le commissaire de police et lui déclarer spontanément qu'il a pris part à cette rixe qui a si mal fini ? Je lui ai conseillé de se tenir tranquille et je pense que tu es de mon avis.

— Comme magistrat, je me récuse, dit presque gaiement Charles.

— Ça va de soi... mais comme ami c'est une autre affaire, n'est-ce pas ?... Note bien que si un des combattants est resté sur la place, ce n'est pas la faute de Paul qui est parfaitement sûr de n'avoir tué personne. Il craint que ce coup malheureux n'ait été porté par un de ses camarades... c'est très regrettable, mais je déclare en mon âme et conscience que Paul n'est pas tenu de dénoncer ce garçon.

— Ce qu'il y a de certain, c'est que les lois qui punissent la non-révélation ont été abrogées, répondit évasivement Charles Bardin.

— Et il faut voir les choses comme elles sont, reprit Bardin père ; s'il s'agissait d'un assassinat... comme, par exemple, celui sur lequel on t'a chargé d'instruire... Paul aurait le devoir d'éclairer la justice ; mais il s'agit d'une rixe entre ivrognes, ce qui est tout différent... coups et blessures ayant occasionné la mort sans intention de la donner... c'est l'affaire de la police de chercher les coupables.

— Mon cher père, vous plaidez si bien que je me rallie à votre opinion.

— Tu entends, Paul ?... tu n'as qu'à ne pas bouger.

— C'est ce que je ferai, dit l'étudiant.

— Tâche surtout que ta mère ne sache rien. Si elle se doutait que tu t'es compromis dans une pareille bagarre, elle en ferait une maladie, la pauvre femme.

Ah! ça, j'espère bien que ton ami l'assommeur se
tiendra coi aussi... et que s'il était arrêté, il ne s'avise_
rait pas de parler de toi.

— Je réponds que non.

— Alors, tu peux dormir sur tes deux oreilles.

— Je suis étonné de n'avoir pas entendu parler de
cette affaire, dit Charles, moins optimiste que son père.
Je sors du parquet et j'ai causé avec ces messieurs qui
m'en auraient probablement dit un mot, s'ils l'avaient
connue.

— Sans doute, ils n'ont pas encore reçu le rapport
de la police. Ça s'est passé, hier soir... et ça n'a pas
une grande importance en comparaison de l'autre...
celle qu'on vient de te confier. Elle est grosse celle-là,
hein ? mon garçon.

— Très grosse et surtout très mystérieuse, Jusqu'à
présent, nous n'avons pas un indice qui puisse nous
mettre sur la trace de l'assassin. Vous m'avez trouvé
tout à l'heure causant avec le chef de la Sûreté. Il venait m'annoncer que le corps vient d'être exposé à la
Morgue.

— Ah ! dit Paul, ce monsieur qui était là... c'est...

— Le chef de la Sûreté et il pense comme moi que le
crime n'a pas été commis par un de ces bandits qui at-
taquent, pour les voler, les passants attardés dans les
quartiers éloignés du centre. Le mort n'a pas été déva-
lisé... On a trouvé sur lui quelques pièces d'or. Ceux
qui l'ont tué... car ils devaient être plusieurs... se sont
contentés de le déshabiller... à moitié...

— Comment, à moitié ? s'écria le vieil avocat.

— Ils ne lui ont laissé que son pantalon... le gilet et
la redingote étaient jetés à côté du cadavre...

— C'est singulier. Les assassins n'ont pas coutume

de perdre leur temps à débarrasser leurs victimes des vêtements qui les gênent. Pourquoi ceux-là ont-ils pris cette précaution ?

— Je crois que j'ai trouvé l'explication du fait, dit Charles Bardin. Ils les ont enlevés pour les fouiller tout à leur aise. Ce n'était pas de l'argent qu'ils cherchaient; c'étaient des papiers... et ils les ont pris... la poche de la poitrine de la redingote avait évidemment contenu un portefeuille... ça se voyait aux plis de la doublure, m'a dit l'agent qui l'a examinée... elle bâillait, parce qu'elle était vide... et le portefeuille devait être gros.

— Bravo ! s'écria le père. J'admire ta perspicacité.

Paul ne l'admirait guère. Il pensait au portefeuille que M. de Ganges lui avait confié avant le duel et il lui passait des frissons dans le dos.

— Alors, reprit le vieil avocat, tu supposes que ce malheureux avait sur lui des valeurs... des titres ?...

— Ou des lettres compromettantes pour quelqu'un. On l'a tué pour les lui reprendre.

— Et il n'avait rien sur lui qui pût servir à le faire reconnaître ? Par une carte de visite ?

— Il en avait peut-être. Les assassins les ont fait disparaître, et ça se comprend. Si on savait qui il est, on parviendrait à savoir qui avait intérêt à le supprimer et on arriverait jusqu'à eux.

J'espère bien que j'y arriverai quand même. Ils n'ont pas pensé à emporter le chapeau. Or, sur la coiffe, il y a l'adresse du chapelier qui l'a vendu et une couronne de marquis.

Depuis que le juge avait commencé à exposer, avec une visible satisfaction, les précieux indices notés par les agents, Paul Cormier était sur des charbons ardents.

Tous les détails que donnait si complaisamment Charles Bardin se rapportaient si bien à l'affaire du duel nocturne que Paul ne doutait presque plus d'être tombé dans un guêpier en se laissant aller à consulter précisément le magistrat désigné pour l'instruction qui venait de s'ouvrir sur un meurtre encore inexpliqué. Mais enfin il n'en était pas sûr et il s'efforçait encore de se persuader à lui-même qu'il n'y avait là qu'une coïncidence fortuite.

Maintenant, il ne pouvait plus se faire la moindre illusion. C'était bien de la mort de M. de Ganges qu'il s'agissait. C'était même un plaisir que d'entendre ce grave magistrat, réputé comme habile, déraisonner à bouche que veux-tu, et prendre un duel pour un assassinat. Mais ces grosses erreurs n'empêcheraient pas qu'on parvînt à connaître la véritable personnalité du marquis de Ganges. L'adresse de son chapelier y suffirait.

— Le chapeau a été acheté à Nice, reprit le juge.

— Il l'a acheté en allant à Monte-Carlo, pensa Cormier, consterné.

Et cette histoire du portefeuille disparu achevait de le troubler. Sur ce point unique, Charles Bardin et le chef de la Sûreté avaient entrevu non pas la vérité, mais une partie de la vérité. Paul savait où il était ce portefeuille qu'il venait de remettre à la marquise et il envisageait avec effroi les conséquences possibles de ce commencement de découvertes.

Il en était à se demander s'il ne ferait pas bien de parer au danger en disant tout de suite la vérité. Raconter le duel et le rôle qu'il y avait joué, c'eût été faire la part du feu. Il lui en coûterait de gros désagréments, mais, du moins, il n'aurait plus à redouter d'être accusé d'avoir commis un assassinat.

Il se serait peut-être décidé à entrer, comme on dit
en style judiciaire, dans la voie des aveux — une voie
semée d'épines et qui ne conduit pas toujours au salut
ceux qui s'y engagent ; — mais en se dénonçant, il
eût été amené à dénoncer Mirande, et l'amitié lui fermait la bouche.

Il ne pensa plus qu'à mettre fin au supplice qu'il en-
durait, c'est-à-dire à prendre congé de ce juge qui, sans
s'en douter, jouait avec le fils de la vieille amie de son
père, comme un chat joue avec une souris.

Assurément, Charles Bardin n'essaierait pas de le retenir, car il devait avoir hâte de se mettre à sa besogne
d'instructeur, et il avait donné son opinion sur le cas
de l'étudiant.

Paul comptait sans le père Bardin, qui n'était pas
encore las d'admirer la sagacité de son fils et qui l'aurait volontiers questionné deux heures durant, pour lui
procurer de nouvelles occasions de mettre en évidence
ses incomparables mérites.

— Mon cher enfant, lui dit-il avec effusion, tu seras
conseiller, l'année prochaine. Maintenant, nous allons
te laisser. Tu as déjà perdu assez de temps à m'é-
couter.

— Oh! il n'y a pas de mal... mon vieux greffier est
en retard, comme toujours... je me propose même de
lui déclarer que s'il continue à être inexact, je demanderai sa mise à la retraite. Et je ne sais pas encore si tous les témoins que je dois interroger sont arrivés.

— Quels témoins ?... Personne n'a assisté au crime.

— Non, malheureusement. Je vais entendre les maraîchers qui ont trouvé le corps sur le boulevard
Jourdan.

Cette indication aurait levé les derniers doutes de

Paul Cormier, s'il lui était resté l'ombre d'un doute.

— Où ça se trouve-t-il ce boulevard-là?

— Aux fortifications, près de la porte de Montrouge. C'est tout bonnement le chemin de ronde auquel on a donné un nom de Maréchal de France. Et ce qu'il y a de curieux, c'est que l'homme a été tué, non pas sur le chemin, mais derrière une butte en terre qui se trouve au milieu d'un bastion. Sous quel prétexte a-t-on pu l'attirer là?

— Je me le demande, murmura le père Bardin.

Paul aurait pu renseigner le père et le fils, mais il n'avait garde. Seulement, leur aveuglement l'étonnait et il lui prenait des envies de leur crier : Comment ne devinez-vous pas qu'il a été tué en duel?... ce n'est pourtant pas la première fois qu'on se bat à Paris derrière un *cavalier*. On y est mieux caché qu'au bois de Vincennes.

— Du reste, reprit Charles Bardin, aujourd'hui, je ne ferai pas grand'chose. Cette première séance ne sera qu'un prologue... mon instruction ne se corsera qu'après que le cadavre aura été reconnu à la Morgue.

— Diable!... mais... s'il ne l'était pas?

— Il le sera. Il n'y a que les malheureux qui n'avaient ni feu ni lieu de leur vivant qu'on ne reconnaît pas sur les dalles de la Morgue. Ce mort devait avoir des amis... on a toujours quand on n'est pas dans la misère... et d'ailleurs le chapelier de Nice qui lui a vendu son chapeau me renseignera. Mais... permettez que je sonne pour savoir si mes maraîchers sont là.

— A ton aise, mon cher Charles... nous partons.

La porte du cabinet s'ouvrit; un garçon entra, appelé par le coup de sonnette, et répondit à l'interrogation du juge que les maraîchers en question attendaient depuis dix minutes.

Il ajouta qu'il y avait aussi là un homme qui n'avait pas reçu d'assignation, et qui demandait à être entendu, ayant, prétendait-il, à faire au magistrat instructeur une communication très importante et très urgente.

— Qu'il me la fasse par écrit, dit M. Charles Bardin. Quand j'en aurai pris connaissance, je verrai si je dois le recevoir, mais je vais d'abord entendre les témoins que j'ai fait citer.

— Voilà ce qu'il vient d'écrire au crayon, dit le garçon de bureau, en présentant au juge un bout de papier sale et froissé qui paraissait être une feuille arrachée d'un carnet de poche.

Charles Bardin y jeta les yeux et fit un haut-le-corps, comme s'il y avait lu quelque chose d'inattendu et de prodigieux. Il ouvrit même la bouche pour dire ce que c'était, mais il ne le dit pas et il demanda au messager qui venait d'apporter cet étrange billet :

— Quel homme est-ce ?

— Un homme comme tout le monde, monsieur. Il n'est pas trop mal habillé. Il a une redingote. Il dit qu'il est allé d'abord au Parquet où on n'a pas voulu le recevoir et que les huissiers l'ont envoyé ici. Il y a trois quarts d'heure qu'il attend dans le corridor. Il y était déjà quand ces messieurs sont arrivés.

Le juge semblait hésiter. Il regardait son père, comme s'il eût voulu lui demander ce qu'il pensait de cette visite.

Le vieil avocat s'y trompa et dit avec empressement :

— Cette fois, mon cher Charles, je m'en vais pour tout de bon et j'emmène Paul. Reçois ce *quidam*, comme disaient les magistrats du bon vieux temps. Il t'apporte peut-être le mot de l'énigme.

Et nous serions de trop. Bonne chance et à ce soir, si tu as le temps de passer chez moi.

9.

— Non, mon père, non..... restez, je vous prie.....
restez tous les deux, dit vivement Charles Bardin.

Et s'adressant au garçon de bureau :

— Faites entrer cet homme !

— Mais nous allons te gêner, dit le père Bardin. Cet
homme est sans doute un témoin. Tu ne peux pas l'entendre pendant que nous sommes là, Paul et moi.

— C'est lui qui le demande, répondit le fils en regardant fixement Paul Cormier.

— Comment!... qu'est-ce que tu nous racontes?...
il nous connaît donc?

— Peut-être... je vais le mettre en demeure de
s'expliquer, mais je ne peux pas me dispenser de le
recevoir.

— Je ne comprends toujours pas.

— Vous allez comprendre, mon cher père... et je
suis certain que vous m'approuverez...

Paul ne comprenait pas non plus, et pourtant il était
sur les épines. Une idée lui était venue tout à coup et
il craignait d'avoir deviné pourquoi le juge d'instruction le retenait.

Il se rassura en voyant qu'il ne connaissait pas du tout
l'individu qui entra, poussé par le garçon de bureau.

La physionomie de ce personnage ne prévenait pas
en sa faveur et quoiqu'il ne fût pas mal vêtu, il ne
paraissait pas faire partie de ce qu'on appelait autrefois les honnêtes gens, c'est-à-dire les gens du monde.

Il avait plutôt l'air d'un marchand de contremarques
qui aurait connu de meilleurs jours avant de tomber
si bas.

Le teint était plombé, la bouche crapuleuse et les
yeux fureteurs avaient une mobilité inquiétante.

— Qui êtes-vous? lui demanda sévèrement le magistrat.

— Mon nom ne vous apprendra rien, répondit
l'homme. Je m'appelle Brunachon... Jules Brunachon...
ma profession? je suis sans place pour le moment...
mais, j'ai été employé dans un cercle.

— Avez-vous un domicile?

— J'en change souvent... mais vous pouvez faire
demander mon dossier... il n'y a rien contre moi.....
S'il y avait quelque chose, je n'aurais pas été assez
bête pour venir vous voir.

Le père Bardin se demandait si son Charles avait
perdu l'esprit de le garder pour interroger devant lui
ce vagabond sur son état civil et sur ses antécédents.

— Qu'avez-vous à me dire? interrompit le juge d'instruction.

— Vous le savez bien, puisque je vous l'ai écrit sur
ce bout de papier que vous tenez encore dans votre
main.

— Ainsi, vous venez m'apporter des renseignements
sur le meurtre qui a été commis, ce matin, aux fortifications.... boulevard Jourdan?

— Sur ceux qui ont fait le coup.... oui, monsieur.

— Et vous n'avez pas pu l'empêcher?

— Non.... il était trop tard... et j'ai eu de la chance
qu'ils ne m'ont pas vu, car...

— Vous auriez pu du moins faire votre déclaration,
immédiatement après le crime.

— Je n'étais pas pressé.... quand on n'est qu'un
pauvre diable comme moi, on y regarde à deux fois
avant de se mêler de ces affaires-là.... pourtant, je me
suis décidé.... et j'y ai mis de la bonne volonté, car j'ai
couru tout le Palais avant de trouver quelqu'un qui
voulût bien recevoir ma déposition. Enfin, on m'a
indiqué votre cabinet et j'ai joliment bien fait de m'y

présenter, puisque pendant que je posais à votre porte dans le corridor, j'ai vu....

— Commencez par me dire ce que vous avez vu, là-bas... sur le chemin de ronde...

— Voilà. Je m'étais attardé hier soir, à Montrouge, avec des camarades, dans une brasserie. Quand on a fermé l'établissement, ils m'ont lâché aux fortifications. Je ne connaissais pas de garni dans ce quartier-là et je ne crains pas de coucher en plein vent quand il fait beau... j'ai trouvé un endroit qui me bottait pour dormir... une butte en terre, dans un bastion. Je suis monté dessus. Je me suis allongé sur l'herbe et je n'ai fait qu'un somme. Je pionçais comme une bûche, quand j'ai été réveillé par des cris. Je me suis dit : méfiance ! et au lieu de me lever, je me suis traîné à plat ventre jusqu'au bord de la butte et j'ai regardé... il y avait en bas, étendu par terre, un homme en bras de chemise... et deux autres qui ont filé sans demander leur reste... le compte du bourgeois qu'ils avaient refroidi était réglé, ils ne se doutaient pas que j'étais là... s'ils s'en étaient aperçus, j'aurais passé un mauvais quart d'heure... vous pensez bien que je n'ai pas couru après eux.

— C'est pourtant ce que vous auriez dû faire.

— Pour qu'ils *m'estourbissent* comme ils ont *estourbi* l'autre ?... Merci ! Je les ai laissés aller et quand ils ont été loin, je me suis *cavalé*...

— Sans vous occuper du malheureux qu'ils avaient tué ?

— Ça n'aurait servi à rien. Du haut de ma butte, je voyais bien qu'il avait *dévissé son billard*. Et puis, si je m'étais amusé à le tâter pour savoir s'il était mort et qu'on m'eût trouvé là, je n'aurais pas été blanc... on aurait dit que c'était moi qui lui avais fait passer le goût du pain.

— Enfin, vous n'avez pas assisté à l'assassinat, puisque vous dormiez.

— Non, mais j'ai vu les assassins, comme je vous vois, monsieur le juge... et c'est pour ça que tout à l'heure...

— Quelle heure était-il quand vous les avez vus? interrompit Charles Bardin.

— Je ne pourrais pas vous dire au juste, vu que je n'ai pas de montre; ce qu'il y a de sûr, c'est qu'il était à peine jour.

— Qu'avez-vous fait depuis ce moment-là?

— J'ai descendu tout doucement le faubourg Saint-Jacques... J'ai bu une bouteille de vin blanc chez un mastroquet de la rue des Écoles, pour tuer le ver, et après, je suis entré dans une crémerie de la rue de la Huchette où j'ai cassé une croûte... mais ça n'a pas passé... l'affaire du boulevard Jourdan m'était restée sur l'estomac... je me disais que je devrais la dénoncer et j'avais peur que ça m'attire des embêtements... alors, je me suis *baladé* par les rues en me demandant ce que j'allais faire... A force de *trauller* dans le quartier, je me suis trouvé sur le boulevard du Palais... et je me suis dit : tant pis! faut que j'aille conter cette histoire-là à un *curieux*... pardon, monsieur le juge! à un magistrat. Ça m'a pris tout d'un coup et je suis entré.

Le père Bardin n'avait pas écouté ce fastidieux récit, sans donner des signes marqués d'impatience et, n'y tenant plus, il dit à son fils :

— Tu n'as plus besoin de nous, je m'en vais. Viens, Paul.

Paul ne demandait pas mieux, car il prévoyait la fin et il allait suivre le vieil avocat qui se rapprochait de la porte.

Un geste du juge d'instruction les retint et ce juge dit brusquement :

— Alors, vous reconnaîtriez les assassins, si on vous les montrait?

— C'est fait... pour un des deux, répondit le nommé Brunachon. Et je suis sûr que je reconnaîtrais l'autre, si je le rencontrais.

— Comment, c'est fait? grommela le père Bardin. Il ne lui manque plus que de dire que c'est moi.

— Ainsi, reprit Bardin fils, vous persistez, à affirmer que tout à l'heure, dans le corridor où vous attendiez...

— J'ai vu passer un des deux gredins qui ont saigné l'homme là-bas... il est entré dans votre cabinet... et le voilà, dit le témoin en désignant du doigt Paul Cormier.

Un obus éclatant au beau milieu du cabinet n'aurait pas beaucoup plus stupéfié les assistants que ne le fit cette déclaration.

Le moins étonné de tous ce fut Paul Cormier qui, depuis quelques instants, commençait à la prévoir, mais il ne l'entendit pas sans se troubler et il se rappela très bien avoir vu, en arrivant avec le vieil avocat dans le corridor, cet homme assis sur un banc.

Le père Bardin interpella son fils.

— Voilà donc pourquoi tu nous as retenus! lui cria-t-il. Tu crois à la dénonciation absurde de ce vagabond?

— Dites donc, vous! lui cria Brunachon, pourquoi vous permettez-vous de m'insulter?...

Le juge le fit taire. Il ne pouvait pas tolérer qu'une discussion, assaisonnée d'injures, s'engageât dans son cabinet et il savait que son père était très capable de riposter. Mais les choses ne pouvaient pas en rester là et il dit à ce témoin tombé des nues:

— Alors, décidément, vous reconnaissez Monsieur?

— Ah! je crois bien que je le reconnais! répliqua l'homme.

— Prenez garde !... vous parlez à un magistrat dans l'exercice de ses fonctions ; si vous mentez, c'est un faux témoignage... il y va pour vous des travaux forcés.

— Je le sais, mais ce n'est pas encore cette fois-ci qu'on m'enverra à la Nouvelle. Je suis sûr de ne pas me tromper. C'est bien lui que j'ai vu là-bas... et si vous en doutez, vous n'avez qu'à regarder sa figure...

Cormier était très pâle et le père Bardin qui l'observait n'était plus très éloigné de le croire coupable. Il attendait qu'il se justifiât ; Cormier restait muet, et ce silence ne rassurait pas du tout l'avocat.

Son fils fit la seule chose qu'il pût faire pour mettre fin à une situation terriblement tendue.

Il sonna et au garçon qui entra, il donna l'ordre de conduire l'homme dans la chambre des témoins.

— Je vous ferai appeler tout à l'heure, dit-il au dénonciateur qui sortit sans réclamer.

Et lorsque le Brunachon eut passé la porte, Charles Bardin reprit :

— Vous avez entendu, mon cher Paul ?...

— Moi aussi, j'ai entendu, s'écria le père Bardin, et j'espère bien que tu ne vas pas tenir compte des propos d'un ivrogne.

— Je suis tout disposé à n'y pas croire, mais je voudrais que notre ami m'expliquât...

— Et que voulez-vous que je vous explique ! interrompit Cormier. Je ne puis vous répondre qu'en vous posant une question... Me croyez-vous capable d'assassiner ?

— Je n'hésite pas à dire : non. Mais je ne puis pas m'empêcher d'être frappé d'une coïncidence... singulière. Vous avez appris à mon père que vous vous êtes trouvé mêlé, hier, à une querelle où il y a eu mort d'homme...

— Une bataille à la sortie de Bullier, ça n'a aucun rapport avec un meurtre commis aux fortifications, interrompit le père Bardin, toujours disposé à défendre le fils de sa vieille amie.

— Certainement non, dit le juge ; mais les choses ont pu ne pas se passer comme le prétend cet homme dont le témoignage ne me paraît pas... *à priori*... mériter grande confiance. Je ne demande à Paul que de se justifier en me disant tout simplement la vérité sur cette rixe qui aurait eu lieu, si j'ai bien compris, près de la Closerie des Lilas... Paul, ce me semble, n'a pas précisé.

Cormier voyait très bien que Charles Bardin lui tendait la perche et il ne pouvait que lui savoir gré de l'intention, mais il n'en était pas moins perplexe. S'il eût été seul en cause, il aurait profité de la bienveillance évidente du juge pour raconter ce qui s'était passé pendant cette malencontreuse nuit, mais il lui en coûtait horriblement de compromettre son ami Jean, sans compter madame de Ganges qui pourrait bien être touchée par l'instruction, si on venait à découvrir que l'homme tué était son mari. Et, d'autre part, Cormier répugnait à s'empêtrer dans des mensonges qu'il de se sentait pas le courage de soutenir indéfiniment.

— Autre singularité, reprit Charles Bardin. Je viens de causer longuement avec le chef de la Sûreté... il était encore ici quand vous êtes arrivés... il ne m'a pas dit un mot d'une bataille engagée près de Bullier, dans laquelle un des combattants aurait été assommé... il a pourtant lu ce matin les rapports de ses agents et si on avait ramassé un cadavre autre part qu'au boulevard Jourdan, il m'en aurait parlé.

Bardin père écoutait sans mot dire les sages discours
de son cher fils et il se ralliait peu à peu à son avis ;
les déclarations de Paul ne lui semblaient plus suffisamment nettes, et il commençait à trouver, lui aussi,
qu'il fallait que Paul s'expliquât.

— Voyons ! lui dit-il en lui mettant la main sur l'é-
paule, il ne s'agit pas de faire l'enfant. Je suis bien
convaincu... et Charles aussi... que tu n'as assassiné
personne, mais... ce conte que tu m'as fait d'un étudiant
resté sur le carreau... cet individu qui te reconnaît... il
y a quelque chose là-dessous... dis-nous quoi.

— Je jure sur ma parole d'honneur que je viens de
voir pour la première fois ce drôle qui prétend me
reconnaître.

— Voilà ce que j'appelle une parole évasive. Tu ne
l'as jamais vu, soit !... mais le récit qu'il vient de nous
faire explique très bien comment il a pu te voir sans
que tu le voies.

— Alors, vous aussi, vous croyez à cette butte où il
était monté...

— Pourquoi pas ? Je ne connais pas celle du boulevard Jourdan, mais j'en connais d'autres... je vais
quelquefois me promener aux fortifications... et j'ai
souvent pensé que derrière une de ces mottes de terre,
on serait très bien pour se battre en duel.

A ce mot de duel, Paul tressaillit. Le père Bardin
avait touché juste avec sa finesse de vieil avocat.

— Allons donc ! s'écria le bonhomme, en se frottant
les mains ; nous y voilà !... *hic jacet lepus !* comme
disait mon professeur de septième, quand il confisquait
des hannetons dans mon pupitre. La bataille en question
s'est terminée par un duel.

— Et quand vous auriez deviné ! dit Paul avec
humeur.

— Le cas ne serait pas pendable... si le duel a été loyal... et je suppose que sans cela tu ne t'en serais pas mêlé.

— Je vous prie de le croire.

— Alors, demanda le juge, l'homme dont on a trouvé le corps...

— A été tué d'un coup d'épée... oui, Monsieur.

— Mais le témoin que vous venez d'entendre n'a pas parlé d'un duel.

— Il vient de vous dire lui-même que tout était fini quand il s'est réveillé. Il a vu deux hommes debout et un cadavre étendu sur l'herbe du bastion.

— Et l'un de ces deux hommes, c'était vous ?

— Oui... mais ce n'est pas moi qui me suis battu.

— Alors, c'est l'autre ?

— Oui. Nous étions quatre témoins. Trois étaient déjà partis, quand ce rôdeur nous a vus... il a eu soin de ne pas se montrer et nous ne nous sommes pas doutés qu'il était là.

— Et cet autre... celui qui a tué... c'est... un de vos amis ?

Paul ne répondit pas.

— Enfin, reprit le juge, vous le connaissiez, puisque vous lui avez servi de témoin.

Paul fut tenté de dire que, s'étant trouvé par hasard assister à une querelle entre des étudiants qu'il n'avait jamais vus, il avait consenti par crânerie à les assister sur le terrain, mais c'eût été trop invraisemblable et d'ailleurs, il était las de mentir.

Après avoir un peu hésité, il répondit :

— C'est vrai. Je le connais.

— Alors, nommez-le moi ?

— Je ne puis pas.

— Et pourquoi, je vous prie ?

— Parce que je ne suis pas tenu de le dénoncer.
C'est l'opinion de votre père qui connaît à fond les lois.
Je veux bien avouer que j'ai pris part au duel. En
avouant cela, je ne m'expose qu'à me nuire à moi-
même. Je n'ai pas le droit de nuire à un camarade.

— Vous exprimez là un sentiment généreux, mais
je ne saurais admettre que vous refusiez d'éclairer
la justice, et vous devez désirer que la lumière se
fasse.

— D'autant que je me charge de la faire, moi, la lumière, dit le père Bardin. Je vois qui c'est, ton camarade. Je l'ai deviné en venant ici, quand tu m'as raconté qu'on s'était cogné à la porte de Bullier. Il est
assez connu au quartier. Charles n'aura pas de peine
à le trouver.

— Qu'il le cherche ! je n'ai pas le pouvoir de l'en empêcher. S'il le trouve, je n'aurai rien à me reprocher.
Je n'aurai dénoncé personne.

A cette fière réplique, le juge se tut. Il sentait qu'il
s'était placé sur un mauvais terrain.

— Soit ! dit-il, je chercherai. Je ne peux pas vous
contraindre à dire ce que vous avez résolu de taire...
mais je peux vous interroger sur d'autres points et je
compte que vous ne refuserez pas de me répondre.
Vous connaissiez aussi le malheureux qui a été tué...

— Pas du tout. Je l'ai vu pour la première fois au
moment où la querelle s'est engagée...

— Mais avant de se battre, il a dû dire son nom.

— La dispute a commencé au bal. Mon camarade
a eu le tort de riposter par un soufflet à un propos
un peu vif...

— Ah ! il a été l'agresseur !... il ne lui manquait que
cela.

— Il a eu tous les torts... j'en conviens et il en convient lui-même. Sa seule excuse c'est qu'il était à peu près ivre. Son adversaire n'était pas non plus de sang-froid..

— Mais, toi, interrompit le vieil avocat ; tu n'avais pas bu... je puis le certifier, puisque nous avons dîné ensemble chez ta mère. Comment n'as-tu pas mis le holà ?

— J'ai essayé. On ne m'a pas écouté. Si j'ai consenti à être témoin, c'est que j'espérais arranger l'affaire.

— Et tu n'y a pas réussi !... Vous étiez donc tous enragés !... je comprends que le malheureux qui avait été giflé tînt à se battre. Je comprends même à la rigueur que ton ami ne pouvait pas lui refuser une réparation, mais les autres... on n'a jamais vu de témoins comme ça... où les aviez-vous pêchés ?

— A Bullier. Ils avaient vu donner le soufflet, et quand nous sommes sortis du bal, ils nous ont suivis.

— Des étudiants, alors ?

— Oui... des étudiants de première année... des enfants...

— Jolie compagnie pour aller se couper la gorge !... Sais-tu leurs noms seulement ?

— Je les saurais que je ne les dirais pas... mais je ne les sais pas.

— Qu'est-ce qu'ils sont devenus, ceux-là, après l'affaire ?

— Ils ont eu peur et ils se sont sauvés... nous plantant là mon camarade et moi... et emportant les épées.

— Ah ! oui, au fait, les épées !... on ne les a pas trouvées sur le terrain.

— Malheureusement, car si elles y étaient restées, on n'aurait pas cru à un assassinat. Du reste, je ne comprends pas qu'on s'y soit trompé. Le mort avait ôté son habit et la blessure faite par un coup de pointe ne ressemble pas à celle que fait un couteau.

— Je n'ai pas encore reçu le rapport des médecins désignés pour examiner le corps, dit le juge qui sentait la justesse de l'observation.

— Bon ! s'écria le père Bardin. S'ils concluent que la mort a été donnée par un coup d'épée, ça prouvera que Paul vient de te dire la vérité.

Et l'affaire changera de face. Je savais bien que le fils de ma vieille amie n'avait assassiné personne.

— Je n'ai pas cru cela un seul instant, dit le juge d'instruction, et je ne doute pas que Paul ne dise la vérité... maintenant. Il aurait mieux fait de la dire tout de suite.

— J'ai eu tort, je le confesse, murmura Cormier. Que voulez-vous !... j'étais fort embarrassé... Je ne m'attendais pas à voir ici cet homme... et il me répugnait de m'expliquer devant lui. Si j'avais su que je trouverais en vous un magistrat indulgent, je n'aurais pas hésité...

— Je ne suis pas indulgent, dit vivement Charles Bardin, un peu froissé de la qualification ; j'ai la prétention de n'être que juste et je reconnais que l'affaire est beaucoup moins grave, puisqu'il ne s'agit que d'un duel... mais elle aura des suites. Je me félicite qu'elle m'ait été confiée et je l'instruirai... vous sentez bien que j'ai le devoir de l'éclaircir complètement. Il faut que j'interroge tous ceux qui y ont pris part. Je n'insisterai pas pour que vous me disiez le nom de votre ami qui a eu le malheur de tuer un homme. La police le trouvera... mais je compte que vous lui conseillerez de se présenter spontanément à mon cabinet. Je lui saurai gré de cette démarche.

— Je vous promets de l'engager à la faire... et je ne doute pas de l'y décider.

— C'est dans son intérêt... et je suis sûr que c'est l'avis de mon père.

— Maintenant, oui, dit le vieil avocat. Tant que j'ai cru qu'il s'agissait d'une rixe, j'ai pensé au contraire que ces garnements feraient mieux ne ne pas se dénoncer, mais depuis que je sais qu'il s'agit d'un duel, et que ce duel a eu pour résultat la mort d'un des combattants, j'appuie énergiquement ton opinion.

Paul, mon cher garçon, il faut que tu reviennes ici avec ton ami... faute de quoi, tu gâterais ton affaire... et, entre nous, tu sais bien qu'il ne tiendrait qu'à moi de le désigner à Charles, ce fâcheux ami... Il y a beau temps que j'ai deviné qui c'est.

— Laissez-lui le mérite de venir sans qu'on l'envoie chercher.

— Je l'attendrai, dit le fils Bardin.

— Remarque aussi, mon cher Paul, reprit le père, qu'un autre juge d'instruction qui ne te connaîtrait pas comme Charles te connaît ne te laisserait probablement pas en liberté, après la confrontation à laquelle je viens d'assister.

— Je ne sais pas ce que ferait un de mes collègues, s'il était à ma place, dit simplement le juge d'instruction, mais je suis sûr que je n'aurai pas à regretter de m'être fié à la parole de M. Cormier.

Paul, très touché de cette déclaration, tendit la main à Charles Bardin, qui la serra cordialement.

Et le vieil avocat s'empressa d'ajouter :

— Maintenant, filons. Mon petit Charles n'a pas de temps à perdre... ni toi non plus.

D'ailleurs, le greffier va arriver, et il est inutile

qu'il entende ce que nous aurions encore à nous dire.

Paul ne tenait pas du tout à prolonger la séance, et il suivit très volontiers l'avocat qui avait si bien plaidé pour lui.

Le dernier mot du juge à son père fut :

— Je passerai chez vous ce soir, et, d'ici là, j'aurai du nouveau. J'ai télégraphié à Nice, pour savoir à quel marquis a été vendu le chapeau trouvé à côté du mort, et j'espère que la réponse ne se fera pas attendre.

— Tant mieux ! c'est très important et tu feras bien aussi de garder sous ta main ce Brunachon zélé qui est venu te renseigner *proprio motu*. Il n'a pas menti, puisque Paul reconnaît que cet homme a pu le voir, mais il ne m'inspire pas beaucoup de confiance.

— Il ne m'en inspire pas plus qu'à vous, mon cher père. Je vais l'interroger encore et après, je le ferai surveiller.

— Et bien tu feras. A ce soir, mon garçon.

L'avocat et l'étudiant sortirent ensemble et ils ne rencontrèrent pas dans les corridors le dénonciateur, relégué dans la chambre des témoins, par ordre du juge d'instruction.

Bardin ne dit rien, tant qu'ils furent dans l'enceinte du Palais de Justice, mais sur le boulevard, il éclata :

— Je viens d'en apprendre de belles ! s'écria-t-il. Tu as donc juré de faire mourir de chagrin ta pauvre mère !

— J'espère bien qu'elle ne saura pas ce qui m'arrive, dit vivement Paul.

— Ce n'est pas moi qui l'en informerai. Mais si tu crois que les gazettes vont se taire, tu te trompes, mon bonhomme. Demain on ne parlera que de ça dans tout Paris et ta mère lira dans le *Petit Journal* l'affaire du boulevard Jourdan.

— Elle n'y lira pas mon non... grâce à votre cher fils qui vient de me montrer tant de bienveillance.

— Parbleu ! il en est plein de bienveillance à ton égard... il vient presque de se compromettre en te laissant partir... car il aurait parfaitement pu t'envoyer au Dépôt. Mais la suite ne dépend pas de lui. Le parquet poursuivra, c'est sûr... un duel, la nuit, ça relève de la justice... on te laissera peut-être en liberté provisoire, mais ton chenapan d'ami passera en cour d'assises et tu l'y suivras, mon garçon ! ça t'apprendra à cultiver de mauvaises connaissances. Enfin, j'espère qu'on vous acquittera toi et les autres fous qui ont participé à cette belle équipée. Ta mère n'en aura pas moins reçu le coup. Ce n'est pas toi que je plains, c'est elle.

— Vous avez raison, et je suis impardonnable, murmura Paul, très sincèrement ému.

— Oui, repens-toi, va !... seulement ça ne répare rien, le repentir. Tâche au moins de marcher droit, maintenant. File chez... tu sais qui... ce n'est pas loin d'ici... et ne te couche pas sans avoir ramené à Charles ce maudit bretteur... il est né pour ta perdition, cet être là, et il faut qu'il ait le diable dans le corps... se battre au clair de la lune, sur un boulevard de Paris !... on n'a pas idée de ça... !

— Pas au clair de la lune... au petit jour... et aux fortifications... dans un endroit désert.

— Pas si désert, puisque ce drôle vous a vus... tiens ! tu m'agaces... va de ton côté... moi du mien... je ne renonce pas à te défendre, mais laisse-moi en repos.

Sur cette conclusion, le vieil avocat tourna le dos à son protégé, qui ne songea point à courir après lui.

Paul s'achemina vers la rive gauche en réfléchissant à sa situation qui se compliquait de plus en plus. La fatalité s'en mêlait et il regrettait amèrement de s'être

laissé entraîner dans le cabinet du juge d'instruction.
Mais il ne comprenait pas comment cet homme qui
avait essayé de le faire chanter s'était décidé si vite à
aller raconter au juge ce qu'il avait vu au boulevard
Jourdan. La rencontre dans un des corridors du Palais
était certainement l'effet du hasard, car le drôle ne pouvait pas prévoir que Paul Cormier passerait par là. Il
était donc venu pour exécuter, sans profit pour lui, la
menace écrite dans sa lettre; et pourquoi, lorsqu'on
l'avait mis en face de Paul, s'était-il abstenu de l'appeler
par son nom qu'il connaissait fort bien puisqu'il s'était
renseigné le matin chez le portier de la rue Gay-Lussac?
Pourquoi s'était-il désarmé en le dénonçant, au lieu de
renouveler, avant d'agir, sa première tentative de chantage? Etait-ce donc qu'il n'avait pas dit tout ce qu'il
savait et qu'il tenait en réserve une autre menace plus
inquiétante que la première? Paul penchait à le croire.

Il venait de se souvenir tout à coup d'un fiacre qu'il
avait remarqué au coin de la rue Gay-Lussac, au moment où il en cherchait un pour se faire conduire avenue Montaigne : un fiacre qui devait être occupé puisque
les stores étaient baissés.

Et Paul se disait que le maître chanteur avait bien
pu s'y cacher, au lieu d'aller l'attendre au square de
Cluny, guetter sa sortie et après avoir vu que Paul ne
se dirigeait pas vers le lieu du rendez-vous, le suivre en
voiture jusqu'à la porte de l'hôtel de madame de Ganges.

Là, pendant que Paul était chez la marquise, cet
homme avait pu se renseigner, comme il l'avait déjà fait
rue Gay-Lussac, sur la personne qui habitait ce bel
hôtel. Il y a plus d'un moyen pour cela et on n'a que
l'embarras du choix. Et, une fois informé, le drôle
devait être assez fin pour avoir deviné qu'il y avait entre
cette marquise et cet étudiant un secret qu'il pénétrerait

plus tard et qu'il serait toujours temps d'exploiter.

D'autre part, il ne pouvait pas différer beaucoup de faire sa déposition, sous peine de paraître suspect.

Il avait donc pris le parti de se rendre immédiatement au Palais dans la louable intention de dénoncer Paul Cormier, à tout hasard, sauf à utiliser, quand le moment lui semblerait propice, la découverte qu'il venait de faire des relations de Paul Cormier avec une grande dame de l'avenue Montaigne.

La rencontre du corridor avait pu modifier ses projets. Il avait dû remarquer que Paul Cormier et le vieillard qui l'accompagnait étaient reçus immédiatement, que le juge d'instruction ne leur faisait pas faire antichambre et en conclure qu'ils connaissaient déjà ce magistrat.

En suite de quoi, il s'était borné à accuser Paul sans le nommer, en disant qu'il était venu faire sa déposition sur l'affaire du boulevard Jourdan, sans se douter qu'il rencontrait à la porte du juge un des coupables.

Et si le juge laissait Paul en liberté, l'aimable Brunachon se proposait de le menacer en temps et lieu de mettre en cause une femme qui devait le toucher de près.

Etait-il sincère en l'accusant d'assassinat ? A la rigueur, on pouvait croire à l'exactitude de son récit, quoi qu'il semblât bien invraisemblable qu'il se fût réveillé sur sa butte, juste au moment où le duel venait de se terminer par la mort de M. de Ganges.

Peu importait d'ailleurs à Paul Cormier qui, dans aucun cas, ne serait embarrassé pour rétablir la vérité des faits, et il n'aurait tenu qu'à lui de confondre cet impudent chanteur, puisqu'il avait en poche la lettre où le coquin mettait son silence au prix de dix mille francs.

Si Cormier ne l'avait pas exhibée, c'était parce qu'il
n'y avait pas pensé pendant la confrontation et maintenant qu'il y pensait, il n'était pas fâché d'avoir gardé
une arme pour se défendre contre une nouvelle et plus
dangereuse attaque qu'il commençait à prévoir.

Ces réflexions ne l'occupèrent pas longtemps. Il
n'avait pas le loisir de s'y attarder, car il lui fallait
aviser à sortir de la situation où l'avait mis sa visite au
juge. Et pour en sortir, il fallait avant tout voir Jean
de Mirande.

Il savait gré au père Bardin de ne pas l'avoir
nommé, mais il sentait bien que le vieil avocat ne tairait
pas toujours ce nom qu'il n'avait pas eu de peine à deviner, sachant à quel point le fils de sa vieille amie était
lié avec ce batailleur.

Paul comptait même se servir de cet argument pour
décider Mirande à se présenter au Palais de Justice, s'il
s'avisait de faire des difficultés, et il espérait le trouver
encore au lit.

En le quittant, le matin, Mirande lui avait déclaré
qu'il resterait couché toute la journée pour se reposer
des fatigues de la nuit et Paul le savait assez cheva-
leresque pour être sûr qu'il ne songerait pas à se dérober, alors que son ami, moins compromis que lui,
était peut-être aux prises avec le juge d'instruction.

En arrivant à la maison de Jean, boulevard Saint-Germain, Paul eut une grosse déception.

Mirande venait de sortir et, selon sa coutume, il n'a-
vait dit ni où il allait, ni à quelle heure il rentrerait.

Paul supposa qu'il n'avait pas quitté le quartier et
qu'il le trouverait attablé devant un des cafés que fré-
quentent les étudiants. Mais lequel? Mirande pour va-
rier ses plaisirs et pour distribuer également l'honneur
de sa présence, se montrait tantôt à l'un, tantôt à

l'autre, matin et soir, aux heures de l'absinthe. Paul résolut de les passer tous en revue, jusqu'à ce qu'il l'eût découvert, et s'il y était, ce ne serait pas difficile, car grâce à sa haute taille et à ses allures bruyantes, on le voyait et on l'entendait de très loin.

Paul se dirigea donc vers le boulevard Saint-Michel et le remonta jusqu'à la rue de Médicis, sans apercevoir Mirande.

Il inspecta ensuite les cafés de la rue Soufflot et il ne l'aperçut pas davantage.

Seulement, au coin de la place du Panthéon, il rencontra les trois étudiants qui avaient assisté au duel et il crut remarquer qu'ils cherchaient à l'éviter. Mais il les aborda et il commença par les malmener à propos de leur conduite après l'affaire. Ils le laissèrent dire et il ne tarda guère à constater que la peur qui les avait pris au moment où le marquis était tombé les tenait encore. Ils le supplièrent en chœur de parler moins haut et ils lui apprirent, en baissant la voix, que le bruit courait déjà, au quartier latin, que la querelle engagée à la Closerie avait fini tragiquement. On avait vu des agents de la police secrète rôder sur le Boul'Mich et les trois témoins s'étaient juré de ne rien dire de leur aventure nocturne, à personne, pas même à leurs étudiantes.

Paul les aurait voulus un peu plus crânes, mais il leur conseilla de persister à se taire et il leur demanda s'ils avaient rencontré Mirande.

Ils répondirent que, depuis le duel, Mirande n'avait paru nulle part et que sans doute il se cachait.

Sur quoi, Paul Cormier, voyant bien qu'il ne tirerait rien de ces jeunes effrayés, les planta là et se remit en quête.

Il y passa deux heures sans plus de succès et il en arriva peu à peu à s'inquiéter sérieusement de cette disparition subite d'un garçon que d'ordinaire on voyait partout.

Impossible de supposer que l'insouciant Mirande, pris tout à coup d'un remords, s'était enfui à la Trappe ou à la Grande-Chartreuse pour y faire pénitence. Il était bien plutôt capable de s'être enfermé chez quelque farceuse du quartier, Maria l'apprentie sage-femme ou Véra la nihiliste, ses deux préférées.

Et Paul ne se sentait pas d'humeur à aller le relancer chez ces dames.

Il avait fait de son mieux et à l'impossible nul n'est tenu.

S'il ne parvenait pas à mettre la main sur son introuvable camarade, Paul irait le lendemain conter sa déconvenue au père Bardin, et même s'il le fallait, au fils qui aviserait et qui était trop bien disposé pour le rendre responsable de l'inexplicable absence de son ami.

Paul avait un autre devoir à remplir : celui d'informer madame de Ganges de ce qui se passait et il ne savait comment s'y prendre pour s'acquitter de ce devoir sans s'exposer à la compromettre.

La journée avait été rude, mais il n'était pas au bout de ses peines.


## IV


Les grands cercles à Paris ne sont pas tous, comme les grands clubs anglais, propriétaires de l'immeuble qu'ils occupent, mais ils sont presque tous situés dans le quartier de la Madeleine qui correspond à peu près au *West End* de Londres.

Beaucoup ont des fenêtres sur le boulevard ; quelques-uns ont un balcon.

L'ancien cercle Impérial avait même une terrasse qui dominait la place de la Concorde.

Terrasses et balcons sont fréquentés par les clubmen, à certaines heures, pendant la belle saison.

Ces messieurs s'y montrent volontiers à la fin d'une chaude journée de printemps, pour prendre l'air et aussi un peu pour se faire voir, quand le cercle est de ceux où on n'est admis que très difficilement.

Lorsqu'on fait partie de l'*Union* ou du *Jockey*, on n'est pas fâché d'exciter l'admiration et l'envie de certains passants qui n'y seront jamais reçus, en dépit de leurs millions, et qui donneraient de jolies sommes pour avoir le droit de s'exhiber sur ce perchoir privilégié.

Après le Grand-Prix, on n'y voit plus personne, mais au mois de mai, avant et après l'heure du dîner, ce ne sont que fumeurs accoudés sur la balustrade, et on y échange de joyeux propos, agrémentés de quelques médisances.

Le lendemain du jour où Paul Cormier s'était fourvoyé dans le cabinet du juge d'instruction, les gentilshommes qui l'avaient rencontré, le dimanche soir, à la Closerie des Lilas, s'étaient établis sur le balcon de leur club pour causer au frais.

Ils étaient trois, comme les Mousquetaires d'Alexandre Dumas, trois inséparables, le vicomte de Servon, le comte de Carolles et le capitaine Henri de Baffé ; tous les trois bien posés, bien apparentés et suffisamment riches pour faire bonne figure à Paris.

Ils ne devisaient pas de faits de guerre et d'amour, comme La Môle et Coconnas dans un autre roman du même Dumas ; ils parlaient du Derby anglais qu'on venait de courir à Epsom, des derniers vainqueurs de Chantilly et de la grosse partie où Servon ne faisait que perdre tous les soirs.

Cette causerie à bâtons rompus avait l'air de les intéresser, car elle ne languissait pas, mais au fond ils s'ennuyaient ferme et chacun d'eux se demandait à part soi ce qu'il allait faire de sa soirée quand il aurait dîné au club.

Grave question à résoudre et en attendant qu'elle fût tranchée, ils baillaient à qui mieux mieux.

— Décidément, Paris est assommant, dit M. de Carolles ; toujours le Cirque et le Jardin de Paris... Jamais rien de neuf...

— Il vous faut du nouveau, interrompit le vicomte de Servon ; je vais vous en servir. Ecoutez ce qui m'advint hier et dites-moi s'il vous est jamais rien arrivé de pareil. Moi, c'est la première fois de ma vie que je vois ça.

— Quoi donc ? demandèrent à la fois les deux amis du vicomte.

— Un monsieur qui a gagné huit mille francs au baccarat et qui refuse de les recevoir.

— C'est rare, en effet, dit le capitaine Henri de Baffé, mais ça prouve tout bonnement que ce monsieur n'est pas à court d'argent...

— Ou que ce monsieur est un impertinent. Voici ce qui s'est passé : Avant-hier, dimanche, dans une maison où je vais quelquefois prendre une tasse de thé, parce qu'on y rencontre de jolies femmes, je m'avise de proposer un bac... entre hommes, bien entendu... je taille une banque, je saute de quatre cents louis que j'avais sur moi et comme la partie finissait, je les joue quitte ou double, à rouge ou noir...

— Tu les perds ?

— Naturellement. Je ne fais que ça depuis un mois, et si mon histoire s'arrêtait là, je ne vous la raconterais pas. Mais savez-vous de qui je suis resté le débiteur ?...

— Dis-nous le tout de suite, au lieu de prendre des temps, comme un acteur en scène.

— Du marquis de Ganges.

— Celui que tu nous a présenté, hier, à Bullier? Ça ne m'étonne pas. Il a l'air d'un veinard, ce marquis... et sa femme est si jolie, que sa veine s'explique peut-être.

— Ce qui ne s'explique pas, c'est que, hier... les dettes de jeu se paient dans les vingt-quatre heures... j'étais en règle, puisque la partie ne s'était terminée que la veille à sept heures... donc, hier, j'envoie mon valet de chambre porter, avenue Montaigne, 22, les huit billets de mille sous enveloppe, à l'adresse de M. de Ganges...

— Et ce monsieur n'a pas voulu les prendre ?

— Mon domestique ne l'a pas vu. Il a eu à faire à une espèce de majordome qui lui a répondu que M. le marquis n'était pas à Paris... je l'y avais vu la veille et vous l'y avez vu comme moi...

— Il y est peut-être incognito... un seigneur qui passe sa soirée à Bullier !...

— J'ai eu la même idée que toi, mais mon valet de chambre a voulu laisser la lettre. Le majordome est allé consulter madame qui était à la maison, elle, et qui a fait dire qu'elle ne recevait pas les lettres adressées à son mari.

— Je comprends ça... c'est pour que le mari ne reçoive pas celles qu'on lui adresse à elle.

— Bref, François a dû me rapporter la mienne avec les billets de mille que j'y avais insérés.

— Tu en seras quitte pour les réexpédier à ton insaisissable créancier... par la poste... en chargeant le paquet... c'est un procédé dont on n'use guère pour s'acquitter d'une dette de jeu... mais quand on n'a que ce moyen-là...

— Non. J'irai moi-même. Il y a là quelque chose qui m'intrigue et je veux en avoir le cœur net. Si je ne trouve pas le marquis, je trouverai la marquise et j'aurai une explication avec elle.

— Bon ! tu veux profiter de l'occasion pour te pousser dans son intimité. Tu espères qu'elle se plaindra à toi de la conduite de son mari et qu'elle t'autorisera à la consoler, dit en riant le capitaine.

— Qu'est-ce que c'est au fond que ces gens-là ? demanda M. de Carolles. Ganges, c'est un nom du Languedoc, je crois ?

— Oui... un nom très ancien... et la marquise appartient à une vieille famille de ce pays-là... bonne noblesse de robe, m'a-t-on dit... je ne les connais pas autrement. Ils n'habitaient pas Paris il y a quelques années et depuis que la marquise y a acheté un hôtel, elle a très peu vu le monde.

— Et le marquis n'a guère fait que voyager à ce qu'il paraît, pour organiser à l'étranger de grandes affaires financières... c'est drôle !... il n'a pas du tout le physique de l'emploi. Je l'ai à peine entrevu à cette Closerie des Lilas, mais avant que tu l'aies nommé, je le prenais pour un étudiant... Il a l'air si jeune !... quel âge a donc sa femme ?

— Ma foi ! mon cher, je n'en sais rien et je n'ai pas l'intention de le lui demander. Je me contenterai de lui parler de son mari et je saurai ce qu'elle en pense. Je verrai aussi cette excellente baronne Dozulé qui est très bien avec elle...

— Où a-t-elle pris sa baronnie celle-là ? demanda

M. de Carolles qui se piquait de connaître toute la noblesse française.

— Oh! elle ne date pas des Croisades. Son mari était le fils d'un général du premier Empire.... Mais elle reçoit très bonne compagnie et c'est une femme sûre... on peut s'en rapporter à elle... et elle ne refusera pas de me renseigner sur M. de Ganges... mais je tiens à m'adresser d'abord à la marquise elle-même et je vais pousser, tout à l'heure, jusqu'à l'avenue Montaigne...

— Tu feras bien de te dépêcher, si tu tiens à ne pas tomber chez elle à l'heure du dîner.

— J'y tiens, au contraire, car je suppose qu'elle ne dîne pas tous les jours sans son mari et s'il est là, il faudra bien qu'il me reçoive. Quand j'aurai vu sur quel pied ils vivent ensemble, je saurai à quoi m'en tenir sur bien des choses.

— Il doit être fort riche, puisqu'il est à la tête de grandes entreprises, dans je ne sais quel pays. Ce serait une bonne recrue pour la grosse partie. Tu devrais le présenter au club.

— J'attendrai qu'il me demande d'être un de ses parrains... et je ne lui en servirai qu'à bon escient... lorsque je connaîtrai à fond sa biographie... ses antécédents, comme on dit au Palais de Justice.

— Et tu n'auras pas tort. Le marquisat ne fait pas le marquis et on a vu des gens entrer dans la peau d'un autre.

— Je crois que ce n'est pas le cas, mais il vaut toujours mieux prendre ses précautions. J'imagine d'ailleurs que si M. de Ganges se présentait, il courrait grand risque d'être black-boulé.

— Pourquoi donc ? Il est dans les meilleures conditions pour être admis, puisque personne ne le connaît. On n'aura rien à dire contre lui.

— Qui sait ?... Mais je doute qu'il songe·à être des nôtres et peu m'importe qu'il en soit ou non. Ce qui me préoccupe, pour le moment, c'est de lui payer ce que je lui dois et il est temps que je me dirige vers l'avenue Montaigne.

— A pied ?

— Oui, j'éprouve le besoin de marcher... et ce n'est pas si loin, l'hôtel de la marquise. J'espère qu'elle y recevra, maintenant que son mari est rentré à Paris.

— Elle est jolie, hein ? demanda Henri de Baffé.

— Ravissante, mon cher, adorable... blonde comme les blés... avec les yeux et le teint d'une Andalouse de Séville.

— Tu me feras inviter chez elle, interrompit gaiement le capitaine.

— Je ne dis pas non, mais nous n'en sommes pas là.

— Oh ! s'écria tout à coup le comte de Carolles, un revenant !...

— Où ça ?... De qui parles-tu ?

— Là... sur le trottoir, cet homme qui regarde le balcon du club... vous ne le reconnaissez-pas, vous autres ?

— Ma foi ! non.

— Il vous a pourtant prêté plus d'une fois de l'argent à tous les deux... dans le temps où vous alliez ponter au cercle des *Moucherons* où il y avait une si belle partie.

— Il me semble, en effet, que j'ai déjà vu cette tête-là, murmura le vicomte de Servon.

— C'est l'ancien garçon du jeu du Cercle des *Moucherons*, parbleu ! dit M. de Carolles. Je m'étonne que tu ne l'aies par reconnu tout de suite.

— Si tu t'imagines que je fais attention à la figure

de ces gens-là... il y a beau temps que j'ai oublié la sienne.

— J'ai plus de mémoire que toi, car je me rappelle même son nom... il est vrai qu'il a un de ces noms qu'on retient parce qu'ils sont ridicules... Brunachon.

— Pourquoi pas Patachon, comme dans les deux aveugles d'Offenbach? gouailla le capitaine.

— Oui, je me souviens, maintenant, dit Servon. Il prêtait aux décavés... à de jolis intérêts... un louis par jour pour cinquante louis qu'il avançait. Il a dû faire une jolie fortune.

— On ne le dirait pas, à sa tenue. Et ça s'explique ; on l'a chassé des *Moucherons* à la suite d'une très vilaine histoire...

— Bon! j'y suis!... l'affaire des cartes marquées à coups d'ongle... il a été fortement soupçonné de les avoir introduites... et si on a étouffé l'affaire, c'est qu'on craignait qu'il ne compromît des membres du Cercle... il avait certainement des complices parmi les joueurs, puisqu'il ne pouvait pas jouer lui-même... on s'est contenté de le renvoyer et Dieu sait de quoi il a vécu depuis qu'on l'a mis à la porte.

— De chantage, très probablement. Il avait déjà essayé d'en faire au moment où le scandale éclata.

— Ça ne paraît pas lui avoir réussi.

— Vas-tu pas le plaindre!

— Non, mais je suis sûr qu'on le regrette aux *Moucherons*. C'était si commode de trouver immédiatement un billet de mille quand on était à sec. Je me rappelle qu'une fois, après avoir pris une culotte énorme, je me suis refait, séance tenante, avec cinquante louis qu'il m'a prêtés...

— A cent pour cent.

— Non, à cinquante pour cent... par nuit. Je lui ai

rendu quinze cents francs avant d'aller me coucher.

— Il a gardé un bon souvenir de toi; c'est pour ça qu'il s'est arrêté à te contempler. Il espère que tu vas descendre pour lui faire l'aumône, en mémoire de ses bons procédés.

— Tu vois bien qu'il s'en va.

— Oui... le voilà qui file vers la Madeleine... il va probablement faire un tour aux Champs-Elysées, dans l'espoir d'y rencontrer quelque ancien client comme toi qui aura le louis facile.

— Ma foi! je ne le lui refuserais pas, s'il me le demandait, le louis.

— Dis donc, Servon! s'écria le capitaine, si tu tiens à l'obliger, tu pourrais le charger de te renseigner sur le marquis de Ganges. Brunachon ferait aussi bien de l'espionnage que du chantage.

— Pour qui me prends-tu?

— Je te prends pour un amoureux... et quand on est amoureux, on n'y regarde pas de si près. La marquise vaut bien qu'on emploie tous les moyens pour savoir au juste à quoi s'en tenir sur elle et sur son mari... retour de l'Inde... ou de Turquie, puisque le bruit court qu'il a triplé sa fortune dans les Etats du sultan.

— Tu es fou. Il n'y a pas moyen de causer sérieusement avec toi. J'en ai assez et je m'en vais.

— Chez elle?.. Bonne chance, mon cher! Carolles et moi, nous allons faire un rubicon à cent sous le point. Avec bien du malheur, le perdant y sera d'un millier de points. Ce sera peut-être moins cher que de courir après la marquise.

Servon haussa les épaules et entra dans le salon pour sortir du club.

— Ouvre l'œil, si tu tiens à ne pas rencontrer Brunachon, lui cria Henri de Raffé, avant qu'il fût hors de vue.

Il exagérait, ce capitaine, en disant que son ami était amoureux de madame de Ganges.

Le vicomte la trouvait charmante et ne demandait qu'à s'assurer ses entrées chez elle, mais dans ce désir de rapprochement il y avait autant de curiosité que de passion.

Il voulait surtout se renseigner sur le mari, qui lui avait gagné son argent et qui commençait presque à lui paraître suspect.

Il espérait y parvenir en s'expliquant avec la femme qu'il comptait bien trouver chez elle et s'il n'y réussissait pas, il se sentait capable de recourir à d'autres procédés, en dépit des protestations qu'il venait de formuler énergiquement.

Il s'en allait donc, au pas accéléré, en se demandant si la marquise consentirait à le recevoir et quel parti il pourrait tirer de cette première visite.

Il y faudrait beaucoup d'adresse et de tact, mais l'habitude qu'il avait du monde lui permettait de tenter l'aventure avec de grandes chances de succès.

La journée était superbe et c'était l'heure où on revient du Bois. La grande avenue des Champs-Elysées regorgeait de beaux équipages et les promeneurs élégants encombraient les deux allées qui bordent la chaussée, à droite et à gauche.

Le vicomte, ennuyé d'être coudoyé, obliqua vers le Palais de l'Industrie, dont les abords étaient moins encombrés.

Ce chemin, d'ailleurs, était le plus court pour gagner l'avenue Montaigne et il lui tardait d'arriver chez madame de Ganges.

Il allait droit devant lui sans se retourner et sans regarder personne, préoccupé qu'il était de ce qu'il allait dire à la marquise.

Il y a de ce côté, derrière la rotonde du Panorama, des quinconces arrangés comme un square, où on ne rencontre guère que des enfants avec leurs bonnes et quelquefois des amoureux cherchant la solitude.

Servon ne s'occupait pas de ces promeneurs, mais, en avançant, il aperçut, assis côte à côte sur un banc, deux messieurs qui attirèrent aussitôt son attention.

Ils se touchaient presque et ils se tenaient courbés comme des gens qui causent à voix basse, de bouche à oreille.

Le plus grand des deux tenait à la main une canne avec le bout de laquelle il traçait distraitement des cercles sur le sable de l'allée, ce qui est un signe de préoccupation très caractérisé.

Le vicomte ne voyait pas leurs figures, mais sans pouvoir s'expliquer pourquoi, il eut l'impression qu'il les avait déjà rencontrés ailleurs et, instinctivement, il ralentit le pas pour se donner le temps de les observer.

Bientôt, celui qui se servait de son bâton pour dessiner des figures de géométrie, releva la tête et ôta son chapeau qui le gênait sans doute : un feutre pointu comme on n'en porte guère pour se promener aux Champs-Elysées.

M. de Servon reconnut ce bizarre couvre-chef plus vite qu'il ne reconnut l'homme ; mais en l'examinant, il se souvint de l'avoir aperçu de loin, l'avant-veille, à la Closerie des Lilas où il dirigeait les évolutions d'une bande turbulente composée d'étudiants et d'étudiantes.

Un peu surpris de retrouver si loin du bal Bullier cet élégant du quartier Latin, Servon ne se serait pas arrêté à le regarder, si l'autre causeur en se redressant aussi, ne lui avait pas montré son visage.

Celui-là, c'était son créancier de la partie chez la baronne.

Il serait difficile de dire lequel des deux fut le plus étonné du vicomte ou de Paul Cormier qu'il prenait pour le marquis de Ganges.

Seulement, le vicomte se réjouissait de la rencontre qui, tout au contraire, consternait Paul Cormier.

Le vicomte ne pouvait rien souhaiter de mieux que de trouver tout près de l'avenue Montaigne le mari qu'il cherchait et qui n'oserait certainement pas refuser de le conduire chez sa femme, logée à deux pas de là.

Paul, surpris en flagrant délit de causerie intime avec Jean de Mirande par un monsieur du monde de madame de Ganges, par celui de tous auquel il tenait le plus à cacher son véritable nom, Paul aurait voulu rentrer sous terre.

Il ne pouvait pas songer à fuir. Le vicomte l'avait vu et lui souriait déjà. Encore moins pouvait-il espérer continuer à faire le marquis, Mirande étant présent. Mirande, au premier mot équivoque, aurait demandé des explications et culbuté tous ses mensonges; Mirande qu'il avait eu tant de peine à retrouver, et qu'il venait de décider à aller dire la vérité au juge d'instruction.

Ce fut pourtant Mirande qui le tira d'embarras, sans le vouloir et sans le savoir. Il n'avait pas remarqué M. de Servon à la Closerie des Lilas et quand il se trouvait tout à coup face à face avec des gens qu'il ne connaissait pas, son premier mouvement était toujours de leur tourner le dos et de prendre le large.

Il n'y manqua pas en voyant que le vicomte allait aborder Paul. Il fila sans saluer ce gêneur qui s'avisait de les déranger et en criant à son ami :

— J'y vais, puisque tu le veux. Va m'attendre au café Soufflot. J'y serai dans deux heures.

Paul se serait bien passé d'être interpellé de la sorte, à portée des oreilles de M. de Servon qui n'était plus qu'à deux pas, mais le mal était fait et il ne lui restait qu'à tâcher de pallier le fâcheux effet de cette étrange invitation.

Un marquis avait pu se montrer un soir à la Closerie des Lilas, mais qu'il se montrât en plein jour au café Soufflot, c'était invraisemblable.

Et, pour comble de malechance, Mirande venait de le tutoyer à haute et intelligible voix.

Le pauvre Paul regrettait amèrement d'avoir accepté le rendez-vous que ce grand fou de Jean lui avait donné.

Jean qu'il avait tant cherché, la veille, au quartier Latin, Jean s'était laissé enlever par une ancienne maîtresse qui était venue le réveiller et qui l'avait emmené rue Jean-Goujon où elle possédait un joli petit hôtel; il l'avait connue figurante au théâtre de Cluny; elle était passée grande cocotte, et elle tenait à lui montrer les splendeurs de sa nouvelle installation; il n'avait pas refusé de l'accompagner chez elle et il s'y était oublié pendant vingt-quatre heures.

Pris du remords d'avoir oublié Paul Cormier dans un moment si critique, il lui avait écrit pour lui expliquer son cas et pour le prier de venir le rejoindre aux Champs-Elysées, derrière la rotonde du Panorama. Et Paul était venu. Depuis une heure, il le prêchait pour qu'il allât se déclarer et il n'avait pas encore pu l'y décider, quand l'apparition du vicomte avait coupé court au tête-à-tête.

Qu'il allât ou non au Palais de Justice, comme il venait de l'annoncer, Mirande était parti. Il s'agissait maintenant pour Paul de se préparer à répondre aux question

que M. de Servon n'allait pas manquer de lui adresser
et, payant d'audace, Paul n'attendit pas que M. de Servon l'abordât.

Il se leva, il vint à lui et il cherchait une phrase polie
pour entamer l'entretien, lorsque le vicomte s'écria
gaiement :

— Enfin, je tiens mon créancier !

Paul était si troublé, qu'il ne se souvenait plus des
huit mille francs gagnés chez la baronne, et comme il
avait l'air de ne pas comprendre :

— Ce n'est pas ma faute si je suis encore votre débiteur, reprit M. de Servon. J'ai envoyé chez vous, hier...
vous étiez sorti... personne n'a voulu de mon argent,
et mon valet de chambre a dû me le rapporter.
J'allais de ce pas avenue Montaigne, mais puisque j'ai
la chance de vous rencontrer, permettez que je m'acquitte.

Paul hésita un instant à prendre les billets de mille
que le vicomte lui présentait. Il se faisait presque scrupule de les recevoir. Le vicomte croyait les devoir au
marquis de Ganges, et il semblait à Paul qu'il n'avait
pas le droit d'y toucher. Il s'y résigna pourtant, car il
ne pouvait pas les refuser, à moins d'avouer tout, sans
que madame de Ganges l'y eût autorisé.

Encore M. de Servon, en parfait gentleman, aurait-il
insisté pour qu'il les acceptât, et Paul aurait dû en passer par là.

— Maintenant que me voilà en règle vis-à-vis de vous,
reprit le vicomte, il faut que je m'excuse de vous avoir
interrompu. Vous étiez en conférence avec un jeune
homme qu'il m'a semblé reconnaître... n'était-il pas
dimanche soir à ce bal où mes amis et moi nous vous
avons rencontré ?

— Peut-être bien, balbutia Paul. Il y va très souvent.

Il fait son droit à Paris... mais il est du même pays que moi et je connais beaucoup sa famille...

— C'est ce que je pensais... et il est tout naturel qu'i vous tutoie...

— Il a été mon camarade de collège.

Et comme la figure de Servon exprimait un certain étonnement, Paul s'empressa d'ajouter :

— Je me suis marié très jeune.

— Je suis sûr que vous n'avez jamais regretté de n'être pas resté garçon, dit poliment le vicomte. Puis-je vous demander des nouvelles de madame de Ganges ?

Paul fit un effort pour répondre :

— Elle va très bien... je vous remercie.

Quand il était obligé de parler d'elle comme s'il eût été son mari, les mots lui restaient dans la gorge.

— Je ne vous cacherai pas qu'en allant vous voir, j'espérais la trouver chez elle et si, comme je le suppose, vous rentrez à l'hôtel...

— Au contraire !... j'en sors, dit vivement Cormier.

Il mentait, car il se proposait de courir à l'avenue Montaigne dès qu'il aurait fini avec Mirande, et il y aurait couru si le vicomte n'était pas survenu.

Il fallait bien maintenant renvoyer à une meilleure occasion cette visite urgente, car il voulait éviter à tout prix d'accompagner M. de Servon chez la marquise.

Et de peur M. de Servon n'eût l'idée d'y aller sans lui, Paul s'empressa d'ajouter :

— Madame de Ganges est sortie aussi... elle doit dîner en ville... et je dois aller la rejoindre... je suis même déjà en retard...

— Oh ! alors, je me reprocherais de vous retenir. J'aurai l'honneur de vous revoir très prochainement... dès que madame de Ganges aura choisi un jour de réception et, dans tous les cas, dimanche, j'espère, chez madame Dozulé.

— Je l'espère aussi... mais...

— Je compte même que vous voudrez bien être des nôtres, au club dont nous faisons partie Carolles, Baffé et moi. Je vous ai l'autre soir présenté ces messieurs... ils souhaitent vivement de n'en pas rester là et je tiens beaucoup à vous présenter au cercle où nous pourrons nous rencontrer tous les jours.

Si le vicomte avait eu l'intention de mettre Paul Cormier à la torture, il n'aurait pas parlé autrement. Chaque mot qu'il disait équivalait à un coup d'épingle et l'offre obligeante de son parrainage au club mettait le comble au douloureux embarras du faux marquis de Ganges.

Et le pauvre Paul ne pensait qu'à se dérober le plus tôt possible au supplice que M. de Servon lui infligeait, avec ou sans intention.

— Je remercie beaucoup ces messieurs de leur bonne volonté, dit-il précipitamment, et je vous suis très obligé, mais je ne sais pas encore si je me fixerai à Paris... quand j'aurai l'honneur de vous revoir, nous reparlerons de ce projet, mais en ce moment...

— Vous êtes pressé, je le sais, cher monsieur, et je ne vous retiens plus... ah! encore un mot pourtant... vous avez un intendant qui exécute trop bien les consignes qu'on lui donne... hier, vous lui aviez dit de ne recevoir personne...

— Pas moi... madame de Ganges sans doute...

— Eh! bien, il a exécuté l'ordre, mais il y a ajouté une explication de son cru... il a déclaré à mon valet de chambre que vous étiez encore en voyage... « Monsieur n'y est pas », c'est admis qu'un domestique réponde cela quand son maître tient à fermer sa porte;

mais répondre : « Monsieur est en voyage » quand tout le monde sait que monsieur vient d'arriver à Paris... c'est maladroit. Je me permets de vous signaler le fait pour que vous laviez la tête à ce serviteur trop zélé.

Paul le connaissait depuis vingt-quatre heures, le fait, puisque, la veille, il était chez la marquise, au moment où le valet de chambre s'était présenté pour remettre une lettre. Le vicomte ne lui apprenait donc rien de nouveau, mais Paul ne pouvait plus espérer que la situation se prolongerait. Elle était trop tendue et le moindre incident ferait éclater la vérité.

Et il n'en était que plus pressé de fuir M. de Servon qui, d'explications en explications, aurait fini par la découvrir.

Tout en causant, ces messieurs s'étaient avancés, sous les arbres, jusqu'au bord de l'avenue d'Antin, qu'il faut traverser pour arriver à l'avenue Montaigne.

Un fiacre passait au pas. Paul fit signe au cocher d'arrêter et dit vivement à M. de Servon :

— Excusez-moi, monsieur... je suis si en retard que vous me permettrez de vous quitter... Merci du bon avis que vous venez de me donner, et au revoir !

Il sauta dans la voiture qui fila aussitôt vers le quai.

Ce brusque départ ressemblait tant à une fuite, que le vicomte en demeura stupéfait.

Il lui était déjà venu à l'esprit qu'il y avait un mystère dans la vie de ce noble ménage ; maintenant, il n'en doutait plus, et il se promettait de manœuvrer en conséquence.

De quelle espèce était ce mystère ? Quel secret cachaient les allures bizarres du marquis ? Peu importait à Servon, qui n'avait pas d'autre but que de s'insinuer chez la marquise et de tâcher de s'y implanter.

Mais, avant d'essayer, il tenait à être mieux renseigné et il ne savait comment s'y prendre.

Devait-il se présenter tout seul chez madame de Ganges, sous un prétexte qui restait à trouver, ou bien essayer de faire parler la baronne Dozulé? Elle lui voulait du bien cette baronne et elle devait savoir beaucoup de choses. D'autre part, l'hôtel de la marquise était à deux pas et le vicomte soupçonnait M. de Ganges d'avoir menti en disant que sa femme dînait en ville et qu'il allait la rejoindre. Si elle était restée chez elle, l'occasion était tentante pour risquer la démarche. Toute la question était de savoir si elle consentirait à le recevoir. Si elle le recevait, il saurait bien mener sa barque de façon à s'ancrer dans la maison.

Il allait se décider à courir cette aventure, lorsqu'il avisa sur le trottoir, de l'autre côté de l'avenue, un homme qui semblait hésiter à venir à lui.

Servon aurait pu l'apercevoir plus tôt, car il y avait bien deux minutes qu'il avait débouché de l'avenue Montaigne, juste au moment où Paul Cormier montait en voiture.

Cet homme n'avait rien qui put attirer l'attention, mais il regardait le vicomte avec tant de persistance que le vicomte le regarda aussi et le reconnut.

C'était l'individu qui, une heure auparavant, s'était arrêté sous le balcon du Club et que Servon avait signalé à ses amis.

C'était l'ancien garçon de jeu du Cercle des *Moucherons*, renvoyé pour cause de suspicion légitime et regretté des pontes qu'il obligeait jadis à des taux ultra-usuraires.

Il ne paraissait pas qu'il eût prospéré depuis qu'il avait changé d'état. Il avait le teint hâve d'un homme qui a souffert et ses vêtements n'étaient pas neufs, mais il n'en était pas à montrer la corde et, à la rigueur, un gentleman pouvait, sans se trop compromettre, lui parler dans la rue.

La veille encore, Servon, s'il l'eût rencontré, aurait très probablement fait semblant de ne pas le voir, mais dans les dispositions d'esprit où était en ce moment le vicomte, il n'en allait plus de même.

Il y a des services qu'on ne peut demander qu'à un déclassé et Servon se trouvait justement dans le cas d'avoir besoin d'un moins scrupuleux que soi.

Il ne fit pas la moitié du chemin, mais il attendit l'homme qui s'était décidé à s'approcher et qui lui dit en soulevant son chapeau, sans l'ôter — le salut d'un homme déchu qui ne sait pas comment on prendra sa politesse :

— Je vois que monsieur le vicomte veut bien me reconnaître. Monsieur le vicomte est bien bon.

— Je vous reconnais d'autant mieux que je vous ai déjà vu passer tantôt sur le boulevard, répondit Servon.

— Monsieur le vicomte était au club avec ses amis... M. le comte de Carolles... M. le capitaine de Baffé... Ces messieurs se souviennent de moi, quand j'étais aux *Moucherons*... C'était le bon temps...

— Oui... on vous à mis à pied, je crois...

— Sous prétexte que j'avais introduit au Cercle des cartes marquées. Il n'aurait tenu qu'à moi de me justifier... mais il aurait fallu nommer le vrai coupable et j'ai mieux aimé perdre ma place que de dénoncer un gentilhomme. La preuve que je n'étais pas coupable, c'est qu'on ne m'a pas poursuivi.

— Comment vivez-vous, maintenant?

— Je vis... mal.

— Vous aviez pourtant, je suppose, amassé un capital...

— Assez rond... c'est vrai... Je l'ai laissé à Monte-
Carlo.

— Vous êtes joueur, vous !... ah ! parbleu, c'est trop
fort... après avoir vu où le jeu a mené tant de gens qui
vous empruntaient de l'argent !...

— La passion ne raisonne pas... et c'est ma passion,
le jeu... mais j'en suis bien revenu, et maintenant, je
cherche à faire des affaires.

— Des affaires, de quel genre ?

— Je n'ai pas de préférences. Cependant, si je
pouvais monter une agence de renseignements, je
crois que je ferais ma fortune... Recherches dans l'intérêt des familles... surveillances discrètes...

— Je comprends. Vous voudriez faire de la police au
service des particuliers.

— Justement. Je m'essaie déjà, et si je pouvais être
utile à monsieur le vicomte...

De ce ci-devant garçon de jeu au vicomte de Servon
la proposition était impertinente et le gentilhomme auquel ce drôle osait la faire eut sur les lèvres une verte
réplique. Mais si le premier mouvement est le bon,
comme on le prétend, il arrive souvent que le second
ne vaut pas le premier.

Servon, indigné tout d'abord, se dit très vite que
cette ouverture n'était pas à dédaigner. Il avait à cœur
de savoir à quoi s'en tenir sur les époux de Ganges ;
qui veut la fin veut les moyens et ce n'était pas le cas
de se montrer difficile sur le choix de l'agent qui se
chargerait de le renseigner.

On ne fait pas la cuisine avec des gants blancs et
pour les basses besognes on n'emploie pas de gentle-
men.

— Vous vous essayez, dit-vous ? demanda Servon.

— Mon Dieu, oui, répondit modestement Brunachon; quand on a été sept ans employé dans un grand cercle on connaît tout Paris... le Paris mondain... et on sait beaucoup de choses. Depuis que je cherche à travailler dans la partie des renseignements, j'en ai déjà ramassé pas mal et j'ai fait quelques nouvelles connaissances. S'il plaisait, un jour ou l'autre, à monsieur le vicomte de mettre mes talents à l'épreuve, je me flatte que monsieur le vicomte serait satisfait de moi.

— Alors, pour le moment, vous faites de la police, en amateur?

— Pour me faire la main.

— C'est à peu près la même chose. Et vous vous exercez sur le premier venu?

— Oui... quand ça se trouve... et puis j'ai gardé des amis parmi mes anciens camarades... ils me renseignent à l'occasion... et je n'oublie jamais rien... j'ai une mémoire excellente...

— Vous avez aussi de bon yeux pour m'avoir reconnu au balcon.

— Je reconnaîtrais de beaucoup plus loin monsieur le vicomte, dit respectueusement Brunachon. Monsieur le vicomte ne ressemble pas à tout le monde.

— Alors, je dois être facile à... comment dites-vous cela?... à *filer*, je crois ?

— *Filer*, c'est bien le mot technique.

Ce terme et le langage correct de l'ancien croupier auraient bien étonné Bardin père et fils qui l'avaient entendu la veille, dans le cabinet du juge, s'exprimer comme un rôdeur de barrières. Ils ne connaissaient pas le personnage. Brunachon parlait argot, quand il lui convenait de le parler, mais il savait aussi à l'occasion prendre le ton d'un homme bien élevé.

— Est-ce que vous venez de me *filer*, moi? lui demanda tout à coup M. de Servon.

— Oh! monsieur!... je ne me serais pas permis...

— Pourtant, ça m'en a tout l'air. Je vous ai vu arrêté, tantôt, sous le balcon du club... et je vous retrouve, une heure après, dans ce coin des Champs-Elysées.

— J'y suis arrivé bien avant monsieur le vicomte et j'y suis venu pour une affaire dont je commence à m'occuper. Si je viens de rencontrer monsieur le vicomte, c'est tout à fait par hasard. Je sortais de l'avenue Montaigne quand je l'ai aperçu... Monsieur le vicomte a dû voir que je n'osais pas l'aborder... et d'ailleurs, si je m'étais permis de le suivre, j'aurai eu soin de ne pas me montrer.

— Alors, vous cherchez quelqu'un, avenue Montaigne?

— Je cherchais... des informations. J'étais venu en reconnaissance... comme à la guerre... explorer le terrain et surveiller les mouvements de l'ennemi... j'ai perdu mes peines.

Tout cela n'était pas clair et ces réponses entortillées ne faisaient qu'aiguillonner la curiosité de M. Servon qui, lui aussi, avait des renseignements à prendre et qui songeait à charger Brunachon de les prendre pour lui.

— Vous qui prétendez connaître tant de gens, lui demanda-t-il, tout à coup, connaissez-vous un certain marquis de Ganges?

— De vue... oui... parfaitement, répondit Brunachon, déjà sur ses gardes.

— Où l'avez-vous vu?... et quand?

— A Monte-Carlo, cet hiver.

— Je le croyais en Turquie.

— Je ne sais pas s'il y est allé, mais je sais qu'il était encore à Nice, il y a huit jours.

— Mais, depuis, il est rentré à Paris.

— C'est possible. Sa femme y habite... tout près d'ici, dans un très bel hôtel qui lui appartient. On disait là-bas que le marquis ne vivait pas avec elle... ils ont pu se raccommoder... mais j'en doute...

— Pourquoi en doutez-vous ?

— Puisque monsieur le vicomte me fait l'honneur de m'interroger, je dois dire à monsieur le vicomte que cette dame a un amant. Ce n'est pas une raison pour qu'elle ne se remette pas avec son mari...

— Enfin, vous persistez à affirmer que, si vous rencontriez le marquis de Ganges, vous le reconnaîtriez ?

— A l'instant même.

— Eh ! bien, vous vous vantez, car vous venez de le voir.

— Où donc ?

— Je causais avec lui quand vous êtes arrivé.

— Quoi ! ce jeune homme qui est monté en voiture...

— Précisément. Ce jeune homme, c'est monsieur de Ganges que vous prétendez connaître.

— Ça, le marquis ! s'écria Brunachon. Ah ! mais non ! Il ne lui ressemble même pas... et le marquis a au moins cinq ans de plus.

— Il faut donc qu'il y ait deux marquis de Ganges, car celui que vous venez de voir porte ce nom et ce titre et il va dans le monde avec la marquise. Je les y ai rencontrés ensemble.

Brunachon eut un hochement de tête qui devait signifier : « tout s'explique », mais il ne dit mot.

Il n'était pas encore décidé à mettre le vicomte dans son jeu.

Brunachon, après avoir manqué sa première tentative de chantage, en préparait une autre, depuis qu'il
était sorti du cabinet de monsieur Bardin. Il savait que
Paul Cormier n'avait pas été arrêté, et il commençait à
prévoir que l'affaire du boulevard Jourdan n'aurait pas
de suites graves. Un duel n'est pas un assassinat.
D'ailleurs, Paul Cormier, après avoir comparu devant
le juge d'instruction, ne redoutait plus d'être dénoncé.
Brunachon avait donc changé ses batteries. C'était
maintenant la marquise de Ganges qu'il espérait faire
chanter. Il y avait songé dès le premier jour, car,
comme l'avait soupçonné Paul, il s'était caché dans un
fiacre pour le suivre depuis la rue Gay-Lussac jusqu'à
l'avenue Montaigne ; il savait chez qui Paul était allé,
— il l'avait su en faisant causer les marchands du voi-
sinage, tous fournisseurs de l'hôtel, — et il s'était promis d'exploiter madame de Ganges aussitôt qu'il serait
complètement renseigné sur la nature des relations
que cette grande dame entretenait avec un étudiant.

Il était revenu le lendemain aux informations. Il en
arrivait, et il s'en était fallu de peu qu'il surprît, causant avec Paul Cormier, Jean de Mirande, qu'il aurait
pu exploiter aussi. Il n'avait fait qu'entrevoir Paul qui
ne l'avait pas vu, mais M. de Servon venait de lui apprendre tout ce qu'il ne savait pas, — hors une seule
chose que Servon ignorait lui-même, puisqu'il ne connaissait pas l'histoire du duel ; — le nom de l'homme
que Mirande avait tué.

Brunachon ne mentait pas en disant qu'il connaissait
le marquis de Ganges pour l'avoir rencontré aux tables
de jeu de Monte-Carlo ; et Brunachon n'avait pas
menti non plus, en disant au juge d'instruction qu'il ne
s'était réveillé qu'au moment où le duel sur le bastion
venait de finir.

Il avait vu d'en haut un mort couché sur l'herbe, la face contre terre. Il ne s'était pas douté que ce mort était le marquis et il ne s'en doutait pas encore.

— Eh! bien, lui dit M. de Servon en haussant les épaules, vous voyez qu'il vous arrive de vous tromper tout comme un autre.

— Je ne me trompe pas, murmura l'ancien garçon de jeu. Ce monsieur se fait passer pour le marquis de Ganges, mais il ment.

— Alors, il est d'accord avec la marquise?

— Evidemment, puisqu'il l'accompagne dans le monde.

— C'est donc qu'il est son amant?

— Je le supposais, avant d'avoir entendu M. le vicomte. Maintenant, je n'en doute plus.

— Bon! mais qui est-il?

— Ah!... voilà!...

— Vous devez le savoir.

— Si je le savais, monsieur le vicomte comprendra que je ne devrais pas le dire. En affaires, la discrétion est indispensable pour réussir.

— En affaires?... comment? Ah! oui, j'entends... les affaires de l'agence que vous voulez monter, dit Servon avec une légère grimace de dégoût. Vous ferez commerce de renseignements et vous ne les donnerez pas pour rien.

— Monsieur le vicomte devine tout.

— Eh! bien... j'ai l'habitude de payer ce que j'achète. Faites votre prix.

— Oh! je m'en rapporterai toujours à la générosité de monsieur le vicomte... et du reste, pour le moment, j'ai si peu de chose à lui vendre que ce n'est pas la peine de traiter.

Le drôle disait : *traiter*, comme s'il se fût agi de si-
gner une convention diplomatique.

— Si monsieur le vicomte avait intérêt à être renseigné sur ce faux marquis et sur ses rapports avec madame de Ganges, je me mettrais en campagne et je me
ferais fort de lui procurer toutes les informations dont
il aurait besoin.

— Très bien. Je vous rémunérerai largement.

Le vicomte était déjà revenu de ses répugnances à
recourir aux vils offices d'un espion.

— Alors, je puis marcher. Une parole de monsieur le
vicomte vaut de l'or.

Brunachon changeait, comme on dit, son fusil d'é-
paule. Brunachon n'était pas homme à refuser les offres
de M. de Servon ; d'autant que tout en le servant, il
pourrait à l'occasion faire chanter la marquise.

C'était même sur elle qu'il fondait ses plus grosses
espérances de bénéfices. Le vicomte se lasserait vite
d'acheter des renseignements, et Paul Cormier n'était
pas en état de payer bien cher un silence dont il pourrait bientôt se passer ; mais la marquise était riche et
elle avait sa réputation à préserver.

— Eh ! bien ?... le nom de cet homme ? demanda
M. de Servon.

— Il s'appelle Paul Cormier... et il est étudiant... il
fait son droit.

— Je m'en doutais. Où demeure-t-il ?

— Au quartier Latin. Rue Gay-Lussac, numéro 9.

— Cela doit être vrai, murmura le vicomte. Mais
comment cet étudiant connaît-il la marquise de
Ganges ?

— Voilà, monsieur le vicomte, ce que j'ignore absolument, mais je m'engage à le savoir d'ici à très peu
de jours. Tout ce que je puis vous dire aujourd'hui,

c'est que, hier, il s'est faire conduire en voiture à la porte de l'hôtel de cette dame, avenue Montaigne, qu'elle l'a reçu et qu'il est resté plus d'une heure chez elle. Je pourrais faire le mystérieux et vous laisser croire que j'en sais beaucoup plus long. J'aime mieux vous dire la vérité.

— Et il la connaît de longue date, reprit Servon qui suivait son idée. Dimanche, ils se sont présentés ensemble dans une maison où je me trouvais... on a annoncé M. le marquis et madame la marquise de Ganges... et il a raconté, lui, qu'il était arrivé le matin d'un grand voyage... ils s'étaient entendus à l'avance, car elle ne l'a pas démenti... donc, ils étaient d'accord.

— C'est évident.

— Il n'y a qu'une chose que je ne m'explique pas, c'est qu'ils aient pu croire que personne ne s'apercevrait de la substitution... le vrai marquis n'aurait qu'à reparaître..., et il reparaîtra certainement... il ne restera pas toute sa vie à Monte-Carlo.

— A moins qu'il ne se soient entendus avec lui... il y a des maris avec lesquels on peut entrer en accommodement... et il n'a pas trop bonne réputation, ce marquis.

— On finirait toujours par savoir à Paris qu'il existe... sa femme risquerait trop en mettant son amant à la place de son mari... il doit y avoir autre chose...

— C'est ce que je me dis aussi,.. mais, quoi ?...

— Peut-être que le vrai marquis de Ganges est mort récemment à Monaco... il est joueur... il a bien pu se tuer... Peut-être que sa femme le sait et qu'elle a imaginé de le remplacer, parce qu'elle est bien sûre qu'il ne viendra pas réclamer...

— Je n'avais pas pensé à ça, murmura Brunachon, que cette idée parut frapper.

Puis, se reprenant :

— Mais, non... s'il s'était brûlé la cervelle là-bas, les journaux l'auraient annoncé... il faudrait donc supposer qu'il est mort incognito et que sa veuve espère qu'on ne saura jamais qu'il est mort.

Le vicomte réfléchissait et ne trouvait pas d'explication satisfaisante.

— Au fait !... pourquoi pas ? dit entre ses dents Brunachon.

— Je vois, reprit Servon impatienté, que vous ne devinez pas mieux que moi. Quand vous aurez trouvé, vous me le ferez savoir. Mais notre entretien a assez duré... et comme toute peine mérite salaire...

Il allait mettre la main à la poche, quand Brunachon lui dit vivement :

— Pas encore, monsieur le vicomte. Laissez-moi gagner mon argent. Pouvez-vous disposer d'une heure ?

— Oui... mais pourquoi ?

— Je viens d'avoir une idée et si je ne me trompe pas, avant une heure, vous serez fixé sur le point principal... le reste viendra ensuite, très facilement...

— Voilà bien des promesses ! que faut-il que je fasse pour arriver à ce résultat ?

— Une course en voiture... avec moi.

— J'aime mieux : pas avec vous, dit le vicomte qui ne tenait pas à se montrer dans les rues du Paris en compagnie de cet homme.

C'était bien assez d'avoir causé avec lui dans un coin écarté.

— Bon ! je comprends, dit cyniquement Brunachon. Il y a moyen de s'arranger. Je vais monter dans le premier sapin découvert qui va passer, vous monterez dans un autre. Vous direz à votre cocher de suivre le mien et d'arrêter quand il arrêtera. Chacun descendra de son côté et là où vous me verrez entrer, vous entrerez derrière moi, sans avoir l'air de me connaître.

Vous pourrez même, si vous le préférez, m'attendre à la porte.

— C'est bien compliqué ce que vous me proposez là, dit le vicomte, qui avait bonne envie d'envoyer au diable ce chercheur de pistes.

— Mais, non... c'est tout simple, au contraire, répondit Brunachon, et Monsieur le vicomte ne risquera pas de se compromettre, puisque je ne lui parlerai pas... c'est à-dire... je lui parlerai... après... et dans un endroit où personne ne nous remarquera...

— Comment, après ?... après quoi ?

— Après que j'aurai su ce que je vais savoir... et ce ne sera pas long... une demi-heure de trajet en voiture... et même moins, si nous tombons sur de bons cochers... cinq minutes de... de vérification... et je serai fixé. Je rejoindrai alors monsieur le vicomte et je lui ferai mon rapport.

— Dans la rue ?

— Dans un square où on ne rencontre que des troupiers et des bonnes d'enfants.

— Que de mystères ! vous pouvez bien me dire où vous voulez me conduire.

— Monsieur le vicomte ne viendrait pas, si je le lui disais.

— Alors, je refuse.

— Monsieur le vicomte aurait bien tort. Je lui rendrais compte tout de même... je lui écrirais... mais nous perdrions du temps... et dans ces sortes d'affaires, il ne faut pas traîner... tandis que si Monsieur le vicomte veut bien venir, il saura tout de suite à quoi s'en tenir sur la véritable situation de cette dame...

— De la marquise de Ganges ?

— Mais oui, Monsieur. N'est ce pas précisément le point sur lequel vous désirez être renseigné avant tout ?

— Sans doute, mais...

— Eh ! bien, quand vous le serez, vous me direz ce que j'aurai à faire pour vous servir et je le ferai.

Burnachon parlait déjà comme s'il eût été chargé d'une mission par M. de Servon qui hésitait encore à l'employer.

Il y répugnait même, car il était d'un monde où on ne se commet pas volontiers avec des gens de cette sorte, mais d'autre part il désirait tant éclaircir le mystère qui enveloppait la vie de madame de Ganges qu'il devait finir par se décider à accepter la proposition de l'ignoble Brunachon.

Que risquerait-il, après tout ?... Rien que de faire en voiture une course inutile. C'était peu de chose en comparaison du résultat que l'espion lui promettait.

— Je me permettrai de faire observer à Monsieur le vicomte qu'il est temps de partir, reprit cet homme. Si nous différions davantage, nous arriverions trop tard.

Il ne disait toujours pas où il s'agissait d'arriver et Servon sentait bien qu'il ne le dirait pas. Mais peu importait, au fond. Servon serait toujours libre de ne pas le suivre jusqu'au bout, s'il s'apercevait qu'on le menait là où il ne voulait pas aller. Peut-être même valait-il mieux qu'il l'ignorât ; car si ce voyage devait avoir des suites fâcheuses pour quelqu'un, sa responsabilité serait moins engagée.

Le hasard — un hasard facile à prévoir — mit fin aux incertitudes du vicomte.

En cette saison, à l'heure où on revient du Bois, les voitures vides et les cochers cherchant pratique foisonnent aux Champs-Élysées.

Deux victorias libres passaient en ce moment à la file, marchant au pas vers la place de la Concorde en rasant le trottoir de la contre-allée.

Brunachon interrogea d'un coup d'œil le clubman qui répondit par un signe affirmatif et sans attendre un ordre plus formel, Brunachon sauta dans la première.

Le sort en était jeté. Servon monta dans la seconde qui n'était pas loin et dit à son cocher de suivre.

Brunachon avait rapidement donné ses instructions au sien qui mit son cheval au trot.

Le vicomte n'avait plus qu'à se laisser aller au courant de cette curieuse aventure et il commençait à y prendre un certain plaisir. L'attrait de l'inconnu. Il lui était arrivé assez souvent de suivre une jolie femme, sans savoir où elle le conduirait. C'est un sport amusant pour un désœuvré qui se console facilement d'être distancé en route. Cette fois, il était sûr que pareille déconvenue ne lui arriverait pas et l'intérêt était plus vif, car il ne pouvait pas deviner le dénouement.

Brunachon avait refusé de dire où il allait et il s'é-tait abstenu de donner la moindre indication sur la direction qu'il comptait faire prendre à sa victoria.

Elle descendait l'avenue des Champs-Elysées, et cela prouvait seulement que Brunachon ne se dirigeait pas vers les excentriques et élégants quartiers de l'Ouest : Passy, l'Etoile, le faubourg Saint-Honoré. Brunachon se dirigeait vers le Paris central.

En débouchant sur la place de la Concorde, la victoria qui le portait obliqua à droite et enfila le pont.

Servon était fixé. On allait sur la rive gauche.

Et une idée lui vint tout naturellement. Brunachon lui avait appris que l'amant de la marquise habitait le quartier latin. Servon ne douta pas que Brunachon ne le conduisît chez cet étudiant, auquel il se proposait de faire subir un interrogatoire en présence du vicomte, qui n'y tenait pas du tout, car il n'aurait rien gagné à mettre Paul Cormier au pied du mur.

Ce garçon, s'il fallait en croire Brunachon, demeurait rue Gay-Lussac. Le vicomte se promit de laisser Brunachon monter tout seul chez le faux marquis, si la victoria s'arrêtait à la porte du numéro 9.

Pour le moment, elle suivait le quai d'Orsay, et c'était à peu près le chemin de la rue Gay-Lussac.

Après le quai d'Orsay, elle prit le quai Voltaire, mais au lieu de tourner par la rue des Saints-Pères, pour arriver presque directement au Luxembourg, elle continua par le quai Malaquais, et par le quai Conti, en passant devant l'Institut et devant la Monnaie, puis laissant le Pont-Neuf à gauche, elle se lança sur la pente du quai des Augustins.

— Bon ! se dit Servon, toujours imbu de l'idée qu'on allait chez Cormier, il va prendre le boulevard Saint-Michel... ce cocher n'a pas le sentiment de la ligne droite, mais c'est le chemin tout de même. Je me laisse faire ; seulement, je lâcherai ce drôle à la porte. Il faut en vérité qu'il soit stupide pour s'imaginer que je vais me présenter avec lui chez ce jeune homme.

La résolution était louable, mais le vicomte n'eut pas besoin d'y persévérer.

Arrivée à la place Saint-Michel, au lieu de remonter le boulevard, la voiture qui portait Brunachon s'engagea sur le pont qui aboutit dans la Cité.

— C'est inouï ! grommela Servon ; le voilà qui revient sur ses pas à présent. Ce n'était pas la peine de passer la Seine au pont de la Concorde pour la repasser dix minutes après.

Où diable me mène ce Brunachon ? Est-ce qu'il se moque de moi et a-t-il le projet de me traîner à sa

suite à travers tout Paris ?... non, il n'oserait pas...
mais où allons-nous ?... cette rue qui traverse l'île,
c'est le boulevard du Palais...

Et voici le Palais lui-même. J'aime à croire qu'il n'a
pas l'intention d'y entrer pour avertir la justice.

Le vicomte n'avait assurément rien à démêler avec la
justice de son pays, mais s'il avait su que le nommé
Brunachon avait passé toute l'après-midi, la veille,
dans le cabinet d'un juge d'instruction, il se serait
arrêté plus longtemps à l'idée singulière qui lui était
venue.

Du reste, il n'y avait pas lieu, car la victoria tourna
vivement à droite, pour traverser le parvis Notre-
Dame.

Cela devenait incompréhensible et l'aventure tournait
presque au comique.

Il n'y a sur le Parvis que Notre-Dame et l'Hôtel-Dieu
— une église et un hôpital.

On ne pouvait pas supposer que Brunachon allait vi-
siter un malade ou allumer un cierge devant l'autel de
la Vierge.

Où allait s'arrêter cette promenade ? Le vicomte ne
cessait de se le demander, mais il ne songeait plus à
abandonner la partie, car il supposait qu'on approchait
du but.

Le parvis ne mène à rien qu'à l'île Saint-Louis, et
Servon ne se figurait pas que son étrange guide pût
aller dans ce paisible quartier chercher des renseignements sur l'excentrique marquis de Ganges.

Brunachon avait pourtant l'air de savoir parfaitement
ce qu'il faisait. Depuis qu'on roulait, il s'était retourné
plus d'une fois pour s'assurer que la voiture du vicomte
suivait et la dernière fois, en arrivant sur la place
Notre-Dame, il avait adressé de loin au persévérant

12

clubman, un signe qui signifiait, sans aucun doute :
« Ne vous impatientez pas. Nous y sommes. »

Et Servon, quoique vexé d'être véhiculé de la sorte,
lui savait gré d'observer les conventions en s'abste-
nant de communiquer avec lui autrement que par
gestes.

Mais il ne devinait toujours pas où on allait.

La victoria de Brunachon s'engagea dans une rue
sombre que domine à droite la masse colossale de
la cathédrale : la rue du Cloître, qui n'est ni large ni
longue, et où, de sa vie, le vicomte n'avait passé.

Il ne cherchait plus à se rendre compte des chemins
qu'on lui faisait prendre, et il lui arrivait de se demander ce que les deux cochers devaient penser de cette
course à la queue leu-leu de deux messieurs qui se
connaissaient évidemment et qui avaient éprouvé le besoin de prendre deux voitures au lieu d'une seule.

Au bout de la rue du Cloître, celle qui marchait en
tête s'arrêta et M. de Servon dit aussitôt à son cocher
d'en faire autant.

Brunachon descendit et M. de Servon s'empressa de
descendre aussi.

C'était le moment décisif. Brunachon allait-il aborder le vicomte et lui expliquer pourquoi il l'avait amené
là ?

Pas du tout. Brunachon, fidèle à sa promesse, se contenta de lui montrer du doigt la grille le long de laquelle les deux victorias étaient rangées, à dix pas d'in-
tervalle.

Cette grille entourait une manière de square, planté
d'arbres rabougris et garni de bancs vermoulus, un
square pauvre où jouaient des enfants malingres et où
de vieilles loqueteuses se chauffaient au soleil.

C'était bien là l'endroit désigné par Brunachon, qui

avait engagé le vicomte à l'y attendre, pendant qu'il irait, lui, se renseigner sur la vraie situation de madame de Ganges.

Se renseigner où et près de qui? il ne l'avait pas dit et Servon, qui n'en avait pas la plus légère idée, le vit entrer avec d'autres personnes dans un bâtiment adossé au parapet du quai, à la pointe de la Cité, et d'assez triste apparence.

Cela ressemblait à l'une de ces constructions qu'on voit de distance en distance sur les bords de la Seine, depuis le pont de Bercy jusqu'au viaduc d'Auteuil, et où sont les bureaux des employés de la navigation.

Servon ne s'inquiéta point de savoir ce que c'était et ne fut pas tenté d'y entrer à la suite de Brunachon.

Servon appartenait à cette catégorie de Parisiens qui ne connaissent de Paris que les quartiers habités par les heureux de ce monde. Il pouvait se vanter de n'avoir jamais mis les pieds dans les parages où logent les déshérités, car il ne les avait traversés qu'en voiture, en se rendant à quelque gare de chemin de fer.

Il n'était pas entré au Jardin des Plantes depuis son enfance, et s'il avait aperçu les tours de Notre-Dame, c'était de loin et pour ainsi dire malgré lui, car il ne s'était jamais arrêté pour les admirer.

Il savait donc à peine où il était, et il n'avait pas, comme les étrangers qui visitent pour la première fois la grande ville, un guide du voyageur dans sa poche, à seule fin de ne pas s'égarer et de se renseigner sur la destination des monuments.

Peu lui importait d'ailleurs, pourvu que Brunachon revînt promptement mettre fin à ses incertitudes.

Il entra dans le square et, n'ayant garde de s'asseoir sur des sièges publics d'une solidité et d'une propreté douteuses, il se mit à se promener par les allées, après avoir allumé un cigare.

Il remarqua bientôt que beaucoup de gens qui passaient sur le quai se détournaient de leur chemin pour entrer, comme Brunachon, dans le petit édifice long et bas qui faisait face à l'entrée du square. D'autres en sortaient. C'était un va-et-vient continuel.

De cette affluence, le vicomte conclut judicieusement qu'il y avait là dedans une succursale du Mont de Piété et se demanda derechef ce que l'ancien garçon de jeu était allé chercher là.

Il commençait d'ailleurs à en avoir assez de cette énigmatique expédition et il se promettait de planter là Brunachon, pour peu qu'il tardât à reparaître.

Il se trouvait même un peu ridicule de s'être laissé embarquer par ce drôle dans cette campagne policière et il jurait bien qu'on ne l'y reprendrait plus, quel qu'en fût le résultat.

Il n'attendit pas trop longtemps.

Au bout de dix minutes, il vit Brunachon descendre les marches qui précèdent la maisonnette où il était entré et impatient de l'interroger, il fit quelques pas pour se porter à sa rencontre, mais il se ravisa en voyant Brunachon lui indiquer d'un signe de tête le fond du square où il n'y avait absolument personne et où ils pourraient causer sans attirer l'attention.

Brunachon donnait au vicomte une leçon de prudence et le vicomte s'y conforma.

Il lui sut même gré de sa discrétion, car l'affaire semblait se corser et M. de Servon tenait de plus en plus à ne pas être vu conférant avec ce suspect personnage.

Brunachon passa, sans lui dire un seul mot, tout près du clubman qu'il avait promptement rattrapé et alla s'embusquer dans un coin du terrain qui s'étend au delà du square, entre les hauts contre-forts de Notre-Dame et le parapet du quai de l'Archevêché.

Servon vint l'y rejoindre, un peu étonné de le voir prendre tant de précautions, et l'interrogea des yeux.

— Monsieur le vicomte avait deviné, lui dit Brunachon. Moi, je n'y voulais pas croire.

— Croire à quoi ?... Expliquez-vous, clairement, sacrebleu !

— Madame la marquise de Ganges est veuve.

— Veuve ! s'écria le vicomte. Qu'en savez-vous?

— Je viens de m'en assurer, répondit tranquillement Brunachon.

— Comment ? Est-ce à dire que vous venez de voir l'acte de décès de son mari ? C'est donc une mairie ce vilain petit monument?

— Non... ce n'est pas une mairie, dit l'ancien garçon avec un sourire qui ressemblait à une grimace.

— Alors, qu'est-ce que c'est ?

— Monsieur le vicomte plaisante... Monsieur le vicomte n'ignore pas...

— Je vous dis que je n'en sais rien. C'est la première fois de ma vie que je viens ici et si vous croyez que je me suis amusé à interroger les gens déguenillés que j'ai vus dans le square...

— Oh ! je pense bien que non... Mais, je croyais... enfin, je n'ai plus qu'une prière à adresser à Monsieur le vicomte...

— S'il s'agit de rouler encore à travers Paris, je vous préviens que je n'en suis plus.

— Non... non... j'attendrai ici et Monsieur le vicomte n'a qu'à entrer.

— Où ça?

— Dans le bâtiment d'où je sors. Monsieur le vicomte

12.

verra par lui-même... et après, si Monsieur le vicomte veut bien venir me rejoindre, je lui expliquerai ce qu'il n'aura pas compris.

— Soit ! dit Servon, agacé. J'y vais... mais je vous préviens que si je m'aperçois que vous vous êtes moqué de moi, vous vous en repentirez.

Et pendant que Brunachon protestait contre cette supposition, le vicomte traversa le square presque en courant et monta vivement les marches qui précédaient une espèce de péristyle au delà duquel s'étendait comme un paravent un mur qui masquait l'intérieur de l'édifice.

Pour entrer, il fallait tourner par la droite ou par la gauche ce mur ouvert aux deux bouts.

Ainsi fit-il et il se trouva dans une vaste salle carrée dont les parois en stuc poli étaient couvertes de longues inscriptions qu'ils ne prit pas la peine de lire.

Eclairé par en haut, ce *hall* ressemblait vaguement au vestibule d'un musée.

Le vicomte continuait à ne pas comprendre.

Il remarqua pourtant que les gens qui entraient se dirigeaient tous vers un vitrage qui barrait le fond de la salle et défilaient devant cette clôture en verre, comme on passe devant les étalages d'un bazar.

Ils ne s'arrêtaient qu'au bout, mais là, un groupe s'était formé et deux sergents de ville de service veillaient à ce que les curieux ne stationnassent pas trop longtemps.

« Circulez, messieurs !... circulez ! » cet avertissement souvent répété accélérait le défilé.

Dans ce coin, évidement, se trouvait ce que les Anglais appellent *the great attraction*, mais du diable si Servon devinait ce qu'on montrait là qui pût intéresser cette foule empressée.

Afin de le savoir, il se mit à la queue comme les autres et en s'approchant, il vit derrière la victrine une double rangée de tables de marbre dont deux étaient occupées par deux cadavres de noyés, verts, bleus, violets, hideux.

Cette fois, Servon fut fixé sur la destination de l'édifice.

— Ce drôle m'a amené à la Morgue, dit-il, entre ses dents. Il m'a fait une farce funèbre, mais il me la paiera.

Il allait battre en retraite, car il n'avait aucun goût pour les spectacles lugubres, mais il se ravisa.

— Non, reprit-il en se parlant à lui-même, il n'aurait pas osé me berner de la sorte. En me poussant à entrer, il a eu un but. Lequel ? Est-ce que le marquis de Ganges ?... Mais oui... c'est cela... cet homme vient de le reconnaître, couché sur une des dalles noires... je serais bien empêché de le reconnaître, moi qui ne l'ai jamais vu vivant... et alors même que je l'aurais vu, je ne le reconnaîtrais pas davantage, s'il est dans le même état que ces deux corps qui n'ont plus figure humaine.

Servon s'aperçut bientôt qu'il y en avait un troisième, celui qui attirait le public, celui qui faisait recette comme disent les habitués de l'établissement.

Il suivit le mouvement et il vit que ce mort était beaucoup mieux conservé que les deux noyés.

Il était exposé au premier rang, tout près du vitrage et on ne l'avait pas déshabillé.

Il était vêtu d'un pantalon de fantaisie et d'une chemise fine avec, aux poignets, des boutons de manchettes en or.

On avait enlevé la cravate et ouvert la chemise, afin qu'on pût voir à nu la poitrine trouée au-dessous du sein droit.

Il avait dû mourir très vite, et sans souffrir, car la figure était calme.

On aurait dit qu'il dormait.

Celui-là, certainement, n'appartenait pas à la même catégorie sociale que les malheureux qui figurent ordinairement à la Morgue, et autour du vicomte, tout étonné, les commentaires pleuvaient : « — En v'là un qui ne s'est pas *suriné* l'estomac parce qu'il n'avait plus de quoi *béquiller*. — Non. C'est un *rupin*... il n'aurait eu qu'à porter ses boutons chez *ma tante*; on lui aurait prêté dessus au moins trente *balles*, à moins qu'ils ne *soillent* en *toc*. — Pas de danger !... c'est un *zig* de la *haute*, que je te dis. — Et c'est pas lui qui *s'a suriné*. C'est des *escarpes*... là bas, du côté de la porte de Montrouge. »

— Circulez, Messieurs !... circulez !... cria un des sergents de ville.

Le vicomte, qui en avait assez vu, circula, mais il ne se pressa pas trop de sortir.

Il était fixé maintenant. Ce mort, c'était le marquis de Ganges, que Brunachon avait cru reconnaître, et si Brunachon ne s'était pas trompé, il était jusqu'à présent le seul qui l'eût reconnu, puisque le corps restait exposé.

Les morts reconnus sont enlevés immédiatement. A Paris, chacun sait cela, et Servon l'avait entendu dire, comme tout le monde.

Comment ce mari de la marquise, le vrai, était-il venu se faire assassiner à Paris, en arrivant de Monte-Carlo, s'il fallait en croire l'ancien garçon de jeu qui disait l'y avoir vu ?

Servon ne le devinait pas, et ce n'était pas ce côté de la question qui le préoccupait le plus.

Pour le moment, il ne pouvait mieux faire que d'aller retrouver l'homme qui l'attendait et de lui demander des explications supplémentaires

Brunachon était à son poste, et il accueillit le clubman
par un : « Eh ! bien, monsieur le vicomte a vu ? » qui
poussa Servon à répondre :

— J'ai vu un homme qui a été tué d'un coup de couteau dans la poitrine, oui. Alors, vous prétendez que cet
homme est M. de Ganges ?

— Je l'affirme, parce que j'en suis sûr. Et s'il y avait
ici n'importe quel croupier de Monte-Carlo, il le recon-
naîtrait, car il n'est pas changé du tout. Il a sa figure
de là-bas, quand il fermait les yeux pendant que la bille
tournait dans le cylindre. On dirait qu'il va les rouvrir
pour dire : moitié à la masse !

Pauvre marquis !... il était beau joueur, tout de même,
et il ne regardait pas à l'argent quand il gagnait. Et pas
fier, avec ça... il m'a plus d'une fois donné un louis,
quand j'étais à la côte, conclut Brunachon en guise
d'oraison funèbre.

— Si vous êtes sûr que c'est lui, pourquoi n'êtes-vous
pas entré avec moi à la Morgue ? demanda M. de Servon pour mettre fin à des discours qui l'ennuyaient.

— Mais... parce que j'en sortais, répondit Brunachon. Si j'y étais rentré immédiatement, on m'aurait
remarqué et on m'aurait peut-être *filé*. C'est plein d'a-
gents de police, là-dedans... ils remarquent les figures...
et je ne tenais pas à leur montrer la mienne deux fois
en dix minutes.

L'explication parut singulière au vicomte qui ne savait
pas que l'ancien garçon de jeu avait eu et aurait probablement affaire encore au juge d'instruction à propos
de la mort tragique du marquis de Ganges, Mais il ne
perdit pas son temps à demander des éclaircissements.

— Puisque vous l'avez reconnu, dit-il sèchement, il
faut faire votre déclaration à la police.

— Je préférerais que monsieur le vicomte s'en chargeât.

— Moi !... êtes-vous fou ?... comment pourrais-je dire que je le reconnais ?... c'est la première fois que je le vois.

— Oh ! je comprends que monsieur le vicomte ne veuille pas se mêler d'une histoire où la justice a mis le nez.

— On croit donc à un crime ?

— Et on a raison d'y croire. Ce pauvre marquis a été trouvé mort sur le talus des fortifications... il a dû être tué le jour de son arrivée à Paris. L'instruction est ouverte... seulement, le juge ne sait pas encore son nom... il paraît qu'il n'avait pas de papiers sur lui... et comme il n'habitait plus la France depuis des années, ceux qui l'y ont connu autrefois l'ont oublié.

— Raison de plus pour que vous avertissiez la police.

— C'est l'avis de monsieur le vicomte ?

— Sans doute. Pourquoi cette question ?

— Parce que... il me semblait... je me figurais que monsieur le vicomte préfèrerait commencer par se renseigner sur ce jeune homme que j'ai vu avec lui aux Champs-Elysées... et qui a pris le nom et le titre du marquis de Ganges.

Servon ne répondit pas, mais l'objection le frappa.

— Si j'allais dire à la police tout ce que je sais, je pourrais sans le vouloir compromettre des personnes honorables, continua Brunachon, et les pauvres diables comme moi doivent y regarder à deux fois avant de se mêler de ce qui ne les regarde pas. C'est pourquoi j'aime mieux me taire. Ça ne veut pas dire que je ne reste pas à la disposition de monsieur le vicomte. Tout ce qu'il me commandera de faire, je le ferai.

— Je n'ai pas d'ordres à vous donner, répliqua dédaigneusement Servon.

— Mais monsieur le vicomte peut avoir besoin de

renseignements sur... sur n'importe quoi et n'importe qui... plus tard, comme maintenant, monsieur le vicomte me trouvera toujours prêt à le servir.

Servon commençait à se dire que le cas pourrait bien se présenter, avant peu, car il n'en avait pas fini avec l'étrange aventure où le hasard l'avait jeté.

— C'est bien, dit-il, je verrai. Où demeurez-vous?

— Pour le moment, je ne demeure nulle part, répondit modestement Brunachon ; et quand j'aurai un domicile, ce qui ne tardera pas, il serait peu convenable que monsieur le vicomte se dérangeât.

— Je pourrais vous écrire.

— Si monsieur le vicomte le permet, je lui écrirai d'abord, pour lui donner mon adresse. J'adresserai ma lettre au cercle, et d'ailleurs, à partir de demain, je passerai tous les jours sur le boulevard, vers cinq heures, comme aujourd'hui. Monsieur le vicomte, s'il désire me parler, n'aura qu'à me faire signe... j'irai l'attendre derrière la Madeleine.

Tout cela était clair, précis, et bien combiné. On pouvait mépriser Brunachon, mais on ne pouvait pas lui contester le mérite d'être un agent plein de ressources et de zèle.

Il ajouta :

— Maintenant, je vais quitter monsieur le Vicomte. j'espère qu'il voudra bien m'excuser de l'avoir amené ici. Je tenais à lui prouver que cet étudiant n'était pas le marquis de Ganges et pour cela, je devais m'assurer que le véritable marquis était mort.

— Vous saviez donc que son corps était à la Morgue? demanda brusquement le vicomte.

— Non, répondit Brunachon, avec un peu d'embarras, mais je m'en suis douté quand j'ai lu ce matin dans les journaux qu'on avait ramassé près de la porte de Mont-

rouge le cadavre d'un monsieur bien habillé. L'idée
m'est venue, je ne sais comment, que c'était le cadavre
de M. de Ganges... une vraie inspiration, cette idée-là,
puisque maintenant je suis sûr que c'est lui qu'on a
tué. On n'a qu'à faire venir des témoins de Monte-Carlo;
on pourra dresser l'acte de décès. Sa veuve ne serait
peut-être pas fâchée qu'on le dressât.

Et comme M. de Servon se taisait :

— Peut-être aussi aime-t-elle autant que les choses
restent comme elles sont, reprit Brunachon, en le regardant fixement. C'est une question que je ne suis pas
en mesure de décider et alors... je m'applique le proverbe : Dans le doute, abstiens-toi.

Ces réflexions à haute voix agacèrent Servon, précisément parce qu'elles étaient assez justes, et pour y
couper court, il tira de son portefeuille deux billets de
de cent francs qu'il remit à Brunachon, en lui disant :

— Prenez ceci pour payer le cocher qui vous a amené.

— Pas celui qui a amené monsieur le vicomte? demanda l'impudent coquin en empochant la gratification
comme il empochait jadis au cercle des *Moucherons* les
pourboires des joueurs.

— Non. Je garde la voiture. Maintenant, partez!
notre colloque en plein air a assez duré.

Brunachon ne se le fit pas dire deux fois. Il fila sans
ajouter un mot. Qu'aurait-il ajouté? Son travail était
fait. Il avait semé dans l'esprit du vicomte des idées qui
ne manqueraient pas de germer et dont il espérait bien
tirer quelque profit. Il ne s'était pas compromis et il
restait libre de faire chanter ou Paul Cormier, ou la
marquise de Ganges, ou même M. de Servon, — à son
choix. Cela dépendrait de la tournure que prendrait
l'instruction confiée à Charles Bardin.

M. de Servon était beaucoup moins satisfait de son expédition, et il regrettait de s'y être engagé.

Tant qu'il s'était agi de s'introduire chez la marquise, il aurait tout fait pour forcer son intimité, eût-il dû même abuser un peu de la situation, mais il entrevoyait maintenant que derrière cette situation il y avait un drame, et même un drame assez corsé, puisqu'il venait de se dénouer, — ou de s'engager, — par un meurtre.

Et dans la vie que menait Servon, il n'y avait pas de place pour les drames.

Il tenait à sa tranquillité autant qu'à ses plaisirs, et il se demandait déjà comment il allait s'y prendre pour se tirer à l'écart d'une affaire qui pouvait se terminer devant une cour d'assises.

Il lui en coûtait pourtant de se désintéresser des malheurs qui menaçaient la marquise et de renoncer à pénétrer le mystère de l'existence en partie double du soi-disant marquis Paul Cormier.

Le vicomte ne savait vraiment que penser de cet étudiant qui jouait, et pas trop mal, le rôle d'un marquis de la vieille roche.

Etudiant, il l'était, le vicomte n'en doutait pas depuis qu'il l'avait surpris aux Champs-Elysées causant familièrement sur un banc avec un grand gaillard à chapeau pointu qui, l'avant-veille, menait le branle des pochards à la Closerie des Lilas.

Brunachon, d'ailleurs, affirmait le fait, et Brunachon devait le savoir, quoiqu'il se fût dispensé de dire comment il le savait.

Cet étudiant était-il l'amant de madame de Ganges?.. Tout semblait l'indiquer.

M. de Servon l'avait vu arriver avec elle chez la baronne Dozulé, il l'avait entendu annoncer sous le nom

du marquis et elle s'était prêtée à cette supercherie,
puisqu'elle n'avait pas réclamé.

Fallait-il donc supposer qu'elle espérait le faire passer indéfiniment pour son véritable mari, à peu près
inconnu à Paris ?

Cela pouvait être — certaines femmes ont toutes les
audaces — mais alors il fallait supposer aussi qu'elle
savait que le vrai marquis ne reparaîtrait jamais.

Et de là à conclure qu'elle l'avait fait tuer par son
amant, il n'y avait qu'un pas.

Le vicomte hésitait à la tirer, cette terrible conclusion. Ni madame de Ganges, ni Paul Cormier ne lui re-
présentaient un de ces couples adultères qui cherchent
le bonheur dans le crime et qui l'y trouvent. Ceux-là
sont rares et ils s'y prennent plus adroitement.

Ils n'agissent pas comme des enfants, ils ne se mettent
pas à la merci d'un hasard, ils ne s'exposent pas à être
rencontrés par un ami, ou même par une simple connaissance du mari supprimé.

Et puis, cet amant et cette maîtresse n'avaient pas
du tout l'air de criminels. La marquise était douce et
gaie ; Paul Cormier, moins expansif, avait une physionomie ouverte qui inspirait la sympathie.

Servon le trouvait à son gré et il aurait eu quelque
remords de le tromper avec sa femme, au temps où il le
croyait marié.

Il était donc très porté à croire que ce garçon n'avait
pas le moindre assassinat sur la conscience, mais après
le voyage à la Morgue, il ne pouvait absolument pas en
rester là.

Il ne voulait pas se mêler de leurs affaires, mais il
voulait connaître la vérité.

A qui s'adresser pour la connaître ?

Il regrettait déjà d'avoir congédié Brunachon qui en

savait probablement plus long qu'il n'en avait dit. Il était un peu tard pour courir après lui et d'ailleurs il y aurait regardé à deux fois avant d'interroger sur la marquise un pareil drôle.

L'interroger elle-même, en abordant carrément la question délicate, c'eût été plus loyal et plus digne. Mais le difficile, c'était d'arriver jusqu'à elle. Madame de Ganges avait refusé la veille de recevoir une lettre du vicomte de Servon ; à plus forte raison refuserait-elle de recevoir le vicomte lui-même

A force de se creuser la tête, il finit par en faire jaillir une idée. Il lui vint à l'esprit que le moyen le plus simple et le plus honnête de se renseigner, c'était de demander à Paul Cormier de lui apprendre tout ce qu'il pouvait lui apprendre sans compromettre madame de Ganges ; de le lui demander poliment, doucement, après lui avoir exposé l'embarras où il était, depuis que le nommé Brunachon lui avait montré le cadavre du marquis, et en lui proposant de le servir, s'il pouvait lui être utile en cette grave circonstance.

Paul Cormier, si le vicomte l'avait bien jugé, ne repousserait pas ces ouvertures courtoises. Peut-être même, les accueillerait-il avec un certain plaisir.

Il devait être embarrassé de sa situation, ce brave étudiant, et très désireux d'en sortir.

M. de Servon, en le prenant par la douceur, obtiendrait de lui bien des choses : un aveu d'abord qui ne serait pas par trop pénible, car un jeune homme peut bien jouer, dans une comédie mondaine et passagère, un rôle imposé par une femme qui lui plaît. Une fois entré dans cette voie, Paul Cormier pourrait bien en venir à se fier à un homme plus expérimenté que ne pouvait l'être un étudiant et à lui demander des conseils, sauf à ne pas les suivre.

Et si l'entrevue tournait à la conciliation, Servon se sentait très capable de lui en donner d'excellents, voir même de désintéressés.

Servon n'était pas irréprochable, il se permettait une foule de licences de conduite, mais, en dépit de la vie à outrance qu'il menait, Servon avait gardé les sentiments d'un gentilhomme et il était incapable d'abuser de la confiance d'un rival.

Et d'ailleurs, il n'avait pas pour madame de Ganges une de ces violentes passions qui font capituler la conscience d'un amoureux. Ce n'était qu'un goût très vif, aiguisé par la difficulté. En s'occupant d'elle, il ne cherchait qu'une liaison agréable, comme il en avait eu quelques-unes dans le monde où il vivait.

Toutes réflexions faites, il se décida à s'aboucher, le plus tôt qu'il pourrait, avec Paul Cormier.

Il n'espérait plus le rencontrer dans la rue. Les hasards comme celui qui venait de les mettre en présence l'un de l'autre n'arrivent pas tous les jours. Le vicomte n'avait donc qu'un moyen de voir le faux marquis, c'était d'aller chez lui, à l'adresse indiquée par Brunachon.

Servon était persuadé qu'il l'y trouverait. Cormier, en le quittant, lui avait dit qu'il allait rejoindre sa femme qui dînait en ville. Evidemment il avait menti, puisqu'il n'était pas le mari de madame de Ganges, et il avait dû rentrer à son domicile de la rue Gay-Lussac.

Servon s'y fit conduire dans la victoria qui l'avait amené à la Morgue et qu'il renvoya en arrivant rue Gay-Lussac.

Il était las de rouler en fiacre et il prévoyait qu'il éprouverait le besoin de marcher, après l'explication qui serait peut-être longue.

Malheureusement, le portier du numéro 9 lui dit que
M. Cormier n'était pas rentré, et au ton de la réponse,
Servon vit bien qu'il ne mentait pas, par ordre de son
locataire.

Assez ennuyé de ce contre-temps, le vicomte dut se
résigner à regagner la rive droite, à pied, puisqu'il avait
lâché sa victoria.

Il se mit donc à descendre le boulevard Saint-Michel,
dans le très vague espoir d'y croiser son homme, mais
en lisant sur une maison d'angle le nom de la large rue
qui va du Luxembourg au Panthéon, il se rappela tout
à coup que l'étudiant au chapeau pointu avait crié à
son camarade, resté sur le banc, aux Champs-Elysées :
« Va m'attendre au café Soufflot ; j'y serai dans deux
heures. »

Les deux heures étaient presque écoulées et Paul
Cormier n'avait pas dû manquer au rendez-vous.

Il ne s'agissait plus que de trouver le café Soufflot
et ce n'était pas difficile. Il devait être situé dans la rue
du même nom, devant laquelle Servon passait en ce
moment. Et Servon, tournant à droite, s'y engagea immédiatement, sans trop savoir comment il allait s'y
prendre pour y découvrir l'étudiant qui se tenait peut-
être au fond de quelque salle avec des camarades.

Il eut la chance de l'apercevoir attablé à l'extérieur,
tout seul en face d'un verre de vermouth, et absorbé
dans la lecture d'un journal du soir.

On dîne de bonne heure au quartier latin, surtout
l'été, afin d'avoir le temps d'aller au Luxembourg, en
sortant de table.

La terrasse du café s'était vidée peu à peu et il n'y
restait guère que Paul Cormier attendant son ami,
et se tourmentant de ne pas le voir arriver.

Pour tromper son impatience, il s'était mis à lire un

journal. Il y avait trouvé un long article de reportage
où il était question de l'affaire du boulevard Jourdan,
assez mal exposée et présentée comme un assassinat.

Paul, que ce fait-divers intéressait particulièrement,
y apportait tant d'attention qu'il ne vit pas venir
M. de Servon, qui put prendre place à la table voisine,
sans que le liseur levât les yeux.

— Bonjour, Monsieur ! c'est encore moi, dit presque
gaiement le vicomte. La journée m'est heureuse à vous
rencontrer.

— En effet, balbutia l'étudiant, je ne m'attendais
pas...

— A me revoir si tôt ! Et vous devez être étonné de
me trouver si souvent sur votre chemin. Cette fois, le
hasard y est encore pour quelque chose, mais le hasard
n'a pas tout fait, car... pourquoi vous le cacherais-je ?
je viens de chez vous, je ne vous y ai pas trouvé, et je
vous cherchais...

— De chez moi ? murmura Cormier, qui en était
encore à croire que M. de Servon le prenait toujours
pour le marquis de Ganges.

— Mon Dieu, oui, dit le vicomte de l'air le plus naturel du monde ; je suis allé vous demander rue Gay-
Lussac, et votre portier m'ayant répondu que vous
n'étiez pas rentré, j'ai pensé que je vous rencontrerais
peut-être dans ce quartier.

Paul ouvrit la bouche pour nier ; mais il lut sur la
figure de M. de Servon que ce serait inutile, et il attendit la suite.

— C'est vous dire, cher monsieur, reprit le vicomte,
que je sais qui vous êtes... et je m'empresse d'ajouter
que je ne viens pas vous chercher querelle à propos
de... l'erreur où je suis tombé... je ne viens pas même

vous demander des explications... dans le sens que le plus souvent on attache à ce mot-là...

— Alors, monsieur, je ne vois pas...

— Laissez-moi achever, je vous prie. Vous n'avez pas plus que moi oublié ce qui s'est passé dimanche chez madame Dozulé, ni notre rencontre, le soir de ce dimanche, à la Closerie des Lilas. Tout à l'heure, quand je vous ai revu aux Champs-Elysées, j'en étais encore au même point... pas tout à fait, cependant, car je vous ai trouvé causant avec un jeune homme que j'avais remarqué au bal de Bullier et qui ne peut être qu'un étudiant. Maintenant que je suis mieux renseigné, je ne tiens à l'être davantage que sur un seul point.

J'ai souvent rencontré dans le monde madame la marquise de Ganges. J'ai pour elle le plus profond respect, et Dieu me garde de rien faire ou dire qui puisse nuire à sa réputation. Mais ce que je viens d'apprendre, par hasard, d'autres que moi peuvent l'apprendre aussi. Vous avez des camarades qui savent que vous n'êtes pas le marquis de Ganges... si l'un d'eux, à ce bal, dimanche, m'avait entendu vous donner ce titre, vous vous seriez trouvé dans une situation très difficile.

Le vicomte ne croyait pas si bien dire, car il n'avait pas vu s'engager la querelle avec le vrai marquis.

— A cela, reprit-il, il n'y aurait encore que demi-mal ; mais qu'un homme reçu dans les salons où va madame de Ganges vienne à connaître votre véritable nom, qu'arrivera-t-il? De quoi ne l'accuserait-on pas?... Eh bien ! Monsieur, je suis venu vous dire que je serais prêt à la défendre... mais pour que je puisse la défendre utilement, il faut que je sache ce qui s'est passé, et c'est à vous que je m'adresse pour le savoir.

Paul fit un haut-le-corps, et peu s'en fallut qu'il ne

s'écriât : Pour qui me prenez-vous ? Mais le vicomte
s'empressa d'ajouter :

— Ne vous méprenez pas sur mes intentions. Je ne
cherche pas à surprendre le secret de vos relations avec
elle, mais si, comme j'en suis convaincu, madame de
Ganges n'a rien à se reprocher, je voudrais être renseigné afin d'être en mesure de faire cesser les propos
malveillants. En un mot, monsieur, je viens vous
demander ce que je devrais répondre si on l'accusait en
ma présence. Ma démarche vous semble peut-être
étrange, mais si vous voulez prendre la peine de réfléchir, vous y verrez une preuve du cas que je fais de
vous et de la sympathie que vous m'inspirez.

Ce fut si bien dit que Paul Cormier s'abandonna au
mouvement qui le poussait à se confier au gentilhomme
qui lui tenait ce langage chaleureux et persuatif.

— Monsieur, commença-t-il avec émotion, je vous
crois et je vais vous confesser la vérité. C'est moi qui
suis cause de tout ce qui est arrivé. J'ai rencontré,
dimanche, madame de Ganges, dont j'ignorais le nom
et que je n'avais jamais vue. Sa beauté m'a frappé et je
me suis permis de la suivre.

— Suivre une jolie femme dans la rue, ce n'est pas
un cas pendable, dit en souriant le vicomte, qui était
coutumier du fait.

— Je l'ai suivie dans les Champs-Elysées, jusqu'à
l'avenue d'Antin, où elle allait et, là... quand elle
est entrée, sans s'apercevoir que j'étais presque sur ses
talons, dans l'hôtel de cette madame Dozulé, j'y suis
entré avec elle... le domestique qui annonçait ne connaissait pas M. de Ganges...

— Et il a annoncé monsieur le marquis et madame
la marquise !... C'est très drôle et ce serait charmant au
théâtre.

— Vous ne me croyez pas ?

— Mais si... je vous déclare même que l'idée m'était venue... pas ce jour-là, mais depuis... qu'il n'y avait dans tout cela qu'une méprise. Je m'étonne seulement que madame de Ganges n'ait rien dit...

— Elle a perdu la tête... elle comptait que j'allais me retirer après m'être excusé, et c'est ce que j'aurais dû faire. Lorsqu'elle a vu que je restais et que j'acceptais les félicitations que la baronne adressait au marquis de Ganges, elle a continué à se taire.

— Je comprends maintenant pourquoi elle s'est éclipsée avant la fin de notre partie de baccarat. Vous avez dû être bien embarrassé.

— Pas trop. J'espérais ne jamais revoir les personnes qui se trouvaient chez madame Dozulé.

— Vous deviez bien penser cependant que je vous enverrais, avenue Montaigne, la somme que je croyais avoir perdue contre le marquis.

— Je vous jure, monsieur, que je n'y avais pas songé, et tout à l'heure, quand vous me l'avez remise, j'ai été sur le point de la refuser.

— Je l'ai bien vu, mais quand vous m'avez rencontré, dimanche soir, à la Closerie des Lilas, vous avez dû me maudire.

— J'en conviens... et tout à l'heure encore, en vous voyant paraître...

— Vous m'avez donné à tous les diables. J'espère que vous voilà rassuré sur mes intentions. Maintenant, me permettez-vous de vous demander si vous avez revu madame de Ganges ?... je me hâte d'ajouter que vous n'êtes pas obligé de me le dire.

— Pourquoi m'en cacherais-je ? Je l'ai revue une seule fois... hier, chez elle.

— Elle vous avait donc donné son adresse ?

13.

Paul ne s'attendait pas à cette question et il aurait
bien pu rester court, mais il eut la présence d'esprit de
répondre :

— Je savais son nom... je n'ai pas eu de peine à trouver
son adresse... je n'ai eu qu'à feuilleter le *Tout-Paris.*

L'explication venait à propos, car pour en fournir
une autre, Paul Cormier eût été obligé de dire que c'é-
tait le marquis lui-même qui lui avait donné l'adresse
de sa femme, et il comptait que cet entretien plein de
périls allait en rester là.

Paul Cormier n'avait garde de parler de la mort tragique de M. de Ganges. Il croyait avoir fait la part du
feu en avouant qu'il s'était laissé donner un nom et un
titre qui ne lui appartenaient pas et il avait eu soin de
passer sous silence le commencement de l'aventure —
— la rencontre au Luxembourg et le voyage en flacre
du Luxembourg au rond-point des Champs-Élysées —
épisodes compromettants pour la marquise.

Il espérait bien qu'il n'en serait plus question, et
que M. de Servon ne tarderait pas à lever la séance.

Pour l'y décider, il lui dit chaleureusement :

— Monsieur, je me défiais de vous parce que je ne
vous connaissais pas. Maintenant, je n'ai plus qu'à vous
remercier de tout mon cœur de m'avoir mis à même
de justifier madame de Ganges et j'ai le devoir de vous
apprendre qu'elle ne me retrouvera pas sur son chemin.
Je suis rentré dans ma peau d'étudiant et je n'en sor-
tirai plus.

— Vous aurez du mérite à disparaître ainsi, car elle
est charmante, la marquise... et vous auriez bien pu
aspirer à lui plaire.

Est-elle informée de votre résolution ?

— Oui... et elle l'approuve...

— Je comprends... elle est mariée... Peut-être changerait-elle d'avis, si elle venait à perdre son mari.

Cormier ne dit mot. Il se demandait déjà pourquoi le vicomte lui posait cette question.

— C'est une éventualité à prévoir, reprit M. de Servon et si madame de Ganges était veuve, vous pourriez l'épouser.

— En admettant qu'elle voulût de moi.

— Pourquoi pas? les femmes aiment les audacieux. Je parierais bien qu'elle vous a su bon gré de l'avoir suivie jusque dans le *hall* de la baronne.

— Elle me l'a très amèrement reproché.

— En pareil cas, les femmes disent toujours le contraire de ce qu'elles pensent. Si j'étais à votre place, cher monsieur, je profiterais de mes avantages pour me faire agréer.

Vous ne savez peut-être pas qu'elle est fort riche?

— Je le crois et peu m'importe, répliqua l'étudiant un peu piqué. Je ne suis pas sans fortune et je ne cherche pas à faire un mariage d'argent.

— Si je me risque à vous indiquer celui-là, c'est que je viens d'apprendre une chose que certainement vous ignorez et qu'il est bon que vous sachiez.

M. de Ganges est mort.

— Qui vous l'a dit? demanda étourdiment Paul Cormier.

— Vous le saviez donc? riposta le vicomte.

— Non... c'est-à-dire... je supposais...

— Eh ! bien, moi, je n'en aurais rien su, si un homme qui a connu M. de Ganges ne m'avait pas montré son cadavre.

— Son cadavre ! répéta Paul Cormier qui pâlissait à vue d'œil.

— Oui, cher monsieur ; à la Morgue où il est exposé.

Le marquis est mort de mort violente. On croit qu'il a été assassiné.

Paul eut un geste de dénégation.

— Qu'il l'ait été ou non, madame de Ganges a un gros intérêt à être informé de cet événement... ne fût-ce que pour faire constater le décès qui la rend libre... à moins qu'elle n'aime mieux, par des raisons que j'ignore, rester dans le *statu quo*.

— Mais il me semble qu'elle n'a pas le choix. L'homme qui a reconnu le corps a dû aller faire sa déclaration.

— Pas encore. Il n'y a pas de temps perdu, car la reconnaissance vient seulement d'avoir lieu. J'y étais.

— Vous, monsieur !

— Oui, et c'est ce qui m'a déterminé à me mettre immédiatement à votre recherche. J'ai cru que mon devoir, en cette triste circonstance, était de renseigner madame de Ganges. Je serais allé chez elle, si je n'avais craint de n'être pas reçu.

— Je ne le serais pas plus que vous, dit Paul en secouant la tête.

Il ne regrettait guère qu'on n'annonçât pas à la marquise un événement qu'elle connaissait déjà depuis vingt-quatre heures.

— Vous pouvez du moins lui écrire... si vous ne le faisiez pas, je le ferais, car il y a urgence.

— Pourquoi? Les mauvaises nouvelles arrivent toujours assez tôt, murmura Paul qui ne disait pas le véritable motif de la tiédeur qu'il mettait à entrer dans les vues de M. de Servon.

— Bon! s'il ne s'agissait que d'une mauvaise nouvelle que madame de Ganges connaîtra tôt ou tard. Mais un danger la menace.

— Quel danger? demanda l'étudiant.

— Je ne vous ai pas dit par qui le corps du marquis vient d'être reconnu.

— Par un de vos amis, je crois.

— Non pas. Aucun de mes amis ne connaissait M. de Ganges quand il vivait. L'homme dont je vous ai parlé est un mauvais drôle qui a fait toutes sortes de vilains métiers et qui a beaucoup vu le marquis à Monaco où il jouait encore tout récemment. Vous allez me demander comment j'ai connu, moi, un individu de cette espèce. C'est bien simple. Il a été jadis garçon dans un cercle où j'allais quelquefois. Je l'ai rencontré, un instant après vous avoir quitté, il m'a abordé pour me demander un secours que je ne lui ai pas refusé et, sans doute pour me remercier, il m'a appris qu'il venait de voir à la Morgue le corps du marquis. Comment sait-il que je connais la marquise ?... je l'ignore, mais il le sait. Comme je n'avais pas l'air de croire beaucoup à la nouvelle qu'il m'apprenait, il m'a proposé d'y aller voir... et par curiosité, j'y suis allé... pas dans la même voiture que lui, je vous prie de le croire... et il m'a montré sur les dalles de la Morgue... un cadavre. Il m'a affirmé que c'était celui du marquis et je ne doute pas que ce soit vrai. Je ne vois pas ce qu'il gagnerait à mentir, tandis que je vois très bien ce qu'il gagnera à exploiter le secret qu'il a découvert.

— L'exploiter !... comment ?

— En faisant chanter madame de Ganges. En la menaçant, par exemple, de la dénoncer comme ayant fait assassiner son mari.

Paul Cormier fit le mouvement d'un homme qui voit tout à coup s'ouvrir à ses pieds un précipice sans fond.

Il avait bien eu déjà de vagues inquiétudes. Il s'était demandé si on ne le soupçonnerait pas d'avoir trempé dans un complot organisé pour supprimer un mari gênant. Mais ce malheur était si peu probable qu'il ne s'en était pas beaucoup préoccupé.

Et voilà que ces craintes prenaient un corps, il existait un misérable qui se préparait à menacer madame de Ganges, en lui proposant de lui vendre très cher son silence, comme un autre coquin avait essayé, la veille, de l'intimider, lui, Paul Cormier, simple témoin du duel où le marquis était resté sur le carreau.

Il y avait de quoi s'effrayer... et se renseigner afin de se préparer à se défendre.

— Vous venez de m'apprendre d'où sort ce venimeux gredin, dit-il, et je vous en remercie... mais je voudrais bien savoir son nom...

— Il s'appelle Brunachon, répondit sans hésiter, le vicomte.

Brunachon, c'était le chenapan qui, dans le cabinet du juge d'instruction, avait désigné Paul Cormier comme ayant pris part au meurtre commis sur le boulevard Jourdan.

Et ce même coquin avait découvert que Paul Cormier était en relations avec madame de Ganges, Paul Cormier qui avait refusé de donner dix mille francs pour obliger le drôle à se taire.

C'était un comble : le comble du malheur, ou plutôt de la déveine, car il aurait fallu que la justice eût sur les yeux trois bandeaux, au lieu d'un, pour qu'elle en vînt à condamner des innocents, mais c'était beaucoup trop qu'elle les soupçonnât.

— Est-ce que vous connaissez cet homme-là ? demanda M. de Servon.

— Non, articula péniblement l'étudiant, mais il se peut qu'il me connaisse... il me fait l'effet de connaître tout le monde...

— C'est un peu ça et il a une rude mémoire... j'en ai eu la preuve à la Morgue.

— Que me conseillez-vous? demanda tout à coup Paul Cormier.

— Puisque vous me consultez, je vous conseille de prendre les devants... c'est-à-dire d'aller trouver le juge d'instruction qui est chargé de cette affaire... d'y aller, après vous êtes concerté avec madame de Ganges... qui est toujours la principale intéressée.

Le conseil était peut-être excellent, mais il venait trop tard, puisque Paul Cormier avait été interrogé la veille.

Jean de Mirande devait l'être au moment où le vicomte parlait et son camarade s'inquiétait déjà de ne pas le voir arriver. Que faire en attendant qu'il reparût? Comment différer encore de donner une réponse catégorique à M. de Servon qui, tout en affectant de se désintéresser de la situation, insistait pour tâcher d'en savoir plus long que Cormier ne voulait lui en dire?

— Je ne puis rien faire avant d'avoir revu mon camarade, répondit enfin Paul.

— Bon ! mais quand le reverrez-vous ?

— Il ne peut pas tarder beaucoup maintenant.

— J'ai entendu ce qu'il a dit tantôt, en vous quittant aux Champs-Élysées... qu'il serait au café Soufflot dans deux heures. C'est même ce qui m'a donné l'idée de vous y chercher. Mais il se peut qu'on le retienne plus longtemps qu'il ne pensait. Dans ce cas, je serais obligé de vous quitter.

Cormier devina que si le vicomte levait la séance, ce serait pour courir chez la marquise, afin de se donner le mérite de la renseigner le premier sur la tournure que semblaient prendre les événements.

Et, quoi qu'il en eût dit, Cormier n'était pas du tout

disposé à se désintéresser des affaires de madame de Ganges.

D'un autre côté, il craignait de mettre le feu aux poudres en abouchant le vicomte avec Mirande qui était discret comme un coup de canon

— Mais, le voici, votre camarade, s'écria M. de Servon. Je vois poindre là-bas l'étonnant chapeau pointu qu'il a l'habitude de porter.

La question était tranchée. L'explication à deux allait se continuer par une explication à trois, car c'était bien Jean de Mirande qui montait la rue Soufflot, en se balançant sur ses hanches comme un tambour-major d'autrefois.

Et grâce à sa taille de cinq pieds dix pouces, on l'apercevait d'aussi loin que s'il eût porté au haut de son feutre un plumet gigantesque.

— Eh! bien, monsieur, s'empressa de dire Paul Cormier, je vais me concerter avec lui, et si vous voulez bien me faire savoir où je pourrai vous rejoindre ce soir, dans une heure...

— A quoi bon perdre du temps? répliqua le vicomte. Présentez-moi ce jeune homme... ou présentez-moi à lui... comme il vous plaira... nous nous communiquerons les renseignements que chacun de nous a pu recueillir sur cette singulière affaire et après, nous délibérerons en connaissance de cause.

C'est un homme comme il faut, n'est-ce pas ?

— Très comme il faut, mais...

— C'est bien. Je vais me présenter moi-même.

Ayant dit, le vicomte se leva, Paul se leva aussi et tout surpris de cet accueil cérémonieux, Mirande qui n'était plus qu'à deux pas ne put moins faire que de lever son chapeau en lançant à Cormier un regard qui signifiait évidemment :

— Qu'est-ce qu'il nous veut encore cet animal-là ?...
Et pourquoi est-ce que je le trouve sans cesse sur tes
talons ?

Paul jugea prudent de laisser M. de Servon s'expliquer, et M. de Servon commença par une explication
qui ne fit qu'embrouiller la situation déjà fort em-
brouillée :

— Monsieur, dit-il, je n'ai pas encore l'honneur
d'être connu de vous, mais vous savez comment j'ai
connu votre ami, M. Cormier.

— Moi !... je ne m'en doute pas, répliqua sèchement
Mirande.

— Nous nous sommes rencontrés, dimanche dernier,
chez la baronne Dozulé, qui recevait ce jour-là quelques dames... entre autres madame la marquise de
Ganges.

— Je n'en savais absolument rien, et il m'est tout à
fait indifférent de l'apprendre.

— Alors, vous ne connaissez pas du tout cette marquise ?

— De nom seulement... Ganges est un nom du Languedoc et j'en suis du Languedoc. J'ai vu aussi... dimanche soir... un monsieur qui prétendait être le marquis de Ganges... seulement, mes relations avec lui
n'ont pas été de longue durée.

Mirande répondait avec une douceur et une prudence
qu'on n'aurait guère attendues de lui.

Paul Cormier n'en revenait pas.

— Maintenant, reprit Mirande sans élever la voix,
j'ai répondu, monsieur, à toutes les questions que vous
m'avez posées. Il me semble que c'est à mon tour de
vous demander : de quel droit m'interrogez-vous?...

— J'aurais dû, je le reconnais, commencer par vous

le dire, puisque votre ami a oublié de me nommer à vous.

Je m'appelle le vicomte de Servon.

Et vous, monsieur?

— Moi, je suis Jean de Mirande, et je crois que mon nom vaut le vôtre. J'ignore quelles affaires vous pouvez avoir avec Cormier et je ne tiens pas à le savoir, mais je veux savoir ce que vous me voulez.

— Je suis venu renseigner votre ami et vous renseigner, vous aussi, monsieur.

— Sur quoi, je vous prie ?

— Sur la mort de ce marquis de Ganges dont vous venez de parler... et cela dans votre intérêt comme dans l'intérêt de M. Cormier.

— Vous êtes vraiment trop bon, dit l'étudiant avec une grimace ironique, mais je n'ai que faire de vos renseignements, ni lui non plus, car je lui en rapporte... j'en ai les mains pleines de renseignements...

Et comme Paul lui lançait des regards pour le prier de se taire :

— Tant pis pour toi, mon cher ! si tu m'avais prévenu qu'il y avait là-dessous je ne sais quelles histoires que je ne connais pas, je ne marcherais pas sur tes plates-bandes. Au contraire, tu m'as poussé à aller voir le juge d'instruction... eh ! bien, j'en sors de son cabinet, après une séance de deux heures, et je lui ai tout dit. Il sait maintenant que c'est moi qui ai tué l'homme.

Jean de Mirande n'y allait plus, comme on dit, par quatre chemins. Il commençait par dire devant M. de Servon: « J'ai tué l'homme » et M. de Servon était déjà bien assez renseigné pour deviner que l'homme, c'était le marquis de Ganges.

Cette déclaration avait au moins l'avantage de simplifier la situation, en rendant inutiles les feintes et les réticences.

Il ne restait plus à Paul Cormier qu'à confesser franchement au vicomte le rôle qu'il avait joué dans cette affaire du duel.

Paul avait eu le tort de s'en tenir avec ce gentilhomme à des demi-confidences. Il aurait cent fois mieux fait de tout dire dès le commencement.

A Jean de Mirande non plus, il n'avait pas tout dit, puisqu'il lui avait caché son aventure du Luxembourg et les suites qu'elle avait eues.

De là, l'imbroglio inextricable où ils s'agitaient tous les trois. Il était temps que la brusque franchise de l'ami Jean y mît fin.

Maintenant qu'il était lancé, il ne s'arrêterait pas en si beau chemin.

Et du reste, ni le vicomte, ni l'étudiant n'avaient envie d'arrêter ce saint Jean Bouche d'or qui allait très probablement, si on le laissait continuer, leur épargner de longues explications.

— Oui, reprit-il, je lui ai dit que c'est moi qui me suis battu et que tu n'as fait que me servir de témoin. J'ai même commencé par là, sans attendre qu'il m'interrogeât. Et je n'ai pas oublié de parler du soufflet que j'ai campé à cet homme et qui a rendu le duel inévitable. Je me suis, comme tu vois, donné tous les torts... et j'ai bien fait, car il a pris assez tranquillement la chose.

Ça m'a l'air d'un brave garçon, ce fils de ce vieil avocat dont tu m'as tant rebattu les oreilles.

— Nous lui devons, toi et moi, une fière reconnaissance, dit Paul. Si nous avions eu à faire à un autre magistrat, nous ne causerions pas en ce moment devant ce café.

— Je crois qu'il a eu bonne envie de m'envoyer en prison, mais il est revenu de cette idée en causant avec moi. Je vais avoir à consigner vingt-cinq mille francs dont le dépôt garantira que je ne brûlerai pas la politesse à la justice de mon pays. C'est bête le Code!... comme si ça m'empêcherait de décamper, si je me croyais coupable!

Il paraît que de toi on n'exigera pas de caution... ni des trois farceurs qui nous ont si bien lâchés après le duel.

— Est-ce que tu les lui a nommés?

— Non... la police les a dénichés ce matin. Il n'ont pas pu se tenir de raconter l'affaire à d'autres gamins... tout le quartier la connaît. On les a priés de passer au Palais et quand je suis sorti du cabinet de ton M. Bardin, il les y attendait. J'aime autant ne pas les y avoir rencontrés, car je n'aurais pas pu m'empêcher de leur dire ce que je pense d'eux.

Voilà où nous en sommes. Quant à la suite, je ne sais rien, je ne prévois rien. Ça peut finir par une ordonnance de non-lieu... mais ça finira plus probablement devant la Cour d'assises... où nous serons acquittés haut la main.

— Alors, l'accusation d'assassinat...

— Il n'en est plus question. Ça ne tenait pas debout. Te voilà rassuré, je crois.

Ah! j'oubliais!... il paraît que, décidément, c'est le marquis de Ganges que j'ai tué,.. le juge a reçu un télégramme de Nice qui ne laisse aucun doute... je suppose d'ailleurs que tu savais déjà à quoi t'en tenir puisque tu connais sa femme... c'est-à-dire sa veuve.

Quand il te plaira de me mettre au courant de tes relations avec elle, je t'écouterai volontiers.

Maintenant que j'ai parlé devant monsieur, comme si monsieur était un de tes plus anciens amis, devant monsieur que je n'avais jamais vu...

— Vous ne vous en souvenez pas, mais nous nous sommes déjà rencontrés, interrompit doucement le vicomte...

— Où donc?

— D'abord, à la Closerie des Lilas, dimanche dernier. Je causais avec M. Cormier, et je venais de le quitter quand vous l'avez rejoint...

— Alors, vous avez dû assister à la querelle ?

— Non, pas même au commencement. Et aujourd'hui, je vous ai revu près du rond-point des Champs-Elysées. Vous étiez assis sur un banc, à côté de votre ami...

— Oui, et quand je me suis aperçu que vous alliez aborder Cormier, j'ai filé sans vous regarder... mais je vous reconnais... et je ne mets pas en doute que vous soyez lié avec Paul. C'est pour cela que j'ai parlé devant vous de ma visite au juge d'instruction. Il me semble que le moment serait venu pour vous de me renseigner un peu... sur...

— Sur tout ce que vous voudrez, monsieur, dit avec empressement le vicomte, ou, pour mieux dire, sur tout ce qui peut vous intéresser. Je vous ai dit qui j'étais et où j'avais rencontré M. Cormier. Il me reste à vous expliquer les suites de cette rencontre et le rôle que madame de Ganges y a joué.

— Précisément.

— Mon rôle, à moi, a été très effacé et je ne l'ai pas cherché. Votre ami le sait bien. Et je tiens à le consulter avant de vous répondre au sujet de la marquise. M'engage-t-il à vous raconter des faits qu'il connaît aussi bien que moi ou bien préfère-t-il vous les raconter lui-même ? Je m'en rapporte entièrement à sa décision.

— Il vaut mieux que ce soit moi, dit Paul sans hésiter.

— C'est aussi mon avis. Je laisserai donc M. Cormier vous éclairer sur une situation très délicate pour lui... pour madame de Ganges et pour moi, si je m'en mêlais, ce qu'à Dieu ne plaise.

Je n'en reste pas moins à votre disposition, messieurs. Vous me trouverez toujours prêt à vous servir.

Le vicomte n'alla pas jusqu'à la poignée de mains que Mirande aurait peut-être refusée. Il salua poliment et il s'en alla par le boulevard Saint-Michel.

Mirande le laissa filer avant de dire rageusement à Cormier :

— Ah ! tu as un drôle d'ami, toi !... et tu t'y es si bien pris que si nous ne sommes pas tous coffrés, ce n'est pas ta faute. Comment ! tu m'envoies chez le juge d'instruction, en me pressant de me déclarer et tu me caches les dessous de l'affaire !... tu me laisses croire que tu ne connaissais pas ce marquis de Ganges... et voilà que j'apprends que tu es au mieux avec sa femme... tu aurais dû au moins m'avertir. Et tu me permettras d'ajouter que puisque tu es son amant, c'était à toi de te battre.

— Je ne suis pas son amant et je te somme de m'écouter, au lieu de t'emporter et de m'adresser des reproches que je ne mérite pas.

— Soit !... qu'as-tu à me dire ?

— Ici, rien. Tu vas me faire le plaisir de venir avec moi au Luxembourg. Nous causerons en nous promenant sous les arbres. Ce sera long et je ne veux pas qu'on nous dérange.

Mirande criait toujours plus fort que son ami Paul,

mais toujours aussi, il finissait par se ranger à son avis.

Il se tut donc et il le suivit jusqu'au jardin qui, dans la saison où on était, reste ouvert très tard.

Paul lui fit traverser les allées qui entourent le bassin entre les deux terrasses. Il s'était mis en tête de lui raconter ses aventures avec la marquise à l'endroit où elles avaient commencé.

Le décor n'avait pas changé depuis le mémorable dimanche où Paul Cormier, sans songer à mal, avait fait la connaissance d'une marquise.

Les grands marronniers de la Terrasse avaient toujours leurs panaches blancs et le soleil à son déclin éclairait obliquement la longue allée de l'Observatoire.

Seulement, il était tard et les promeneurs étaient moins nombreux. Les bourgeoises assises en famille avaient quitté le jardin et les étudiantes n'étaient pas encore en nombre.

C'est le chemin qu'elles préfèrent pour aller à Bullier, mais le bal ne commence guère avant dix heures et ces dames achevaient leurs cigarettes devant les cafés du Boul'Mich.

Les deux amis ne pensaient guère en ce moment aux plaisirs du quartier. Paul, fort ému et assez inquiet, cherchait un moyen de sortir des terribles embarras où il s'était mis et Jean, très rogue et très mal disposé, attendait des explications que son ami ne se pressait pas de lui fournir.

— Voyons, dit-il en s'arrêtant tout à coup, te décideras-tu à parler, oui ou non ? J'en ai assez de rôder sur cette terrasse et je te prie de m'apprendre enfin ce que c'est que cette marquise de Ganges dont tout le monde me rabat les oreilles.

— Tu la connais, répondit Cormier.

— Moi !... allons !.., pas de blagues !... je n'ai pas envie de rire.

— Je te répète très sérieusement que tu as vu la marquise de Ganges et que tu lui as parlé.

— Où ?... quand ?... vociféra Mirande, dont la voix avait l'éclat des cymbales.

— Pas si haut, je te prie. Il est au moins inutile que les promeneurs nous remarquent... et il peut y avoir des mouchards, ici comme ailleurs.

— C'est bon. Je me tais... mais explique-toi...

— Tu as vu madame de Ganges, dimanche dernier, pendant la musique, au Luxembourg. Elle était assise là-bas, au pied de cette statue...

— Comment ! la pimbêche blonde qui m'a si bien blackboulé...

— C'était la marquise.

— Alors, parbleu ! toi qui la connaissais, tu aurais dû m'avertir qu'elle était si farouche.

— J'ai fait tout ce que j'ai pu pour t'empêcher de l'aborder. Tu n'as pas voulu m'écouter. Mais, à ce moment-là, je ne la connaissais pas du tout. C'est après... bien après... quand tu étais déjà parti avec tes noceuses. C'est alors seulement que je l'ai revue et que j'ai eu avec elle une conversation...

— Ah ! je te reconnais bien !... tu fais tes coups à la sourdine, toi... tu as attendu que je ne sois plus là pour me couper l'herbe sous le pied... je m'en moque, mais je tiens à te dire qu'on ne se conduit pas comme ça quand on pose pour le parfait gentleman.

— Laisse-moi donc parler... Je ne songeais pas à te supplanter.

— Mais tu y es arrivé tout de même... sans t'en douder... je comprends que tu te sois laissé aller... Une marquise, c'est ton rêve depuis que je te connais... et la première que tu as trouvée par hasard, tu ne l'as pas manquée.

— Tu raisonnes à faux, car au moment où elle m'a adressé la parole, je ne me doutais pas du tout qu'elle était marquise. Je la prenais même pour une grande cocotte.

— Et c'est une illumination d'en haut qui t'a fait apercevoir sous son chapeau une couronne de marquise !

— C'est plus tard que j'ai su qui elle était... et je l'ai su par hasard... c'est-à-dire...

— Ne patauge donc pas dans les blagues...

— Ah ! tu m'ennuies, à la fin ! s'écria Paul Cormier. Tu m'interromps sans cesse et je ne peux pas parvenir à placer un mot. Je te déclare que, si tu continues, je vais te planter là.. tu iras te renseigner ailleurs... moi, je ne te reverrai plus.

— Allons !... je t'écoute... raconte et sois bref. Tu en es resté au moment où tu as retrouvé la blonde que tu cherchais.

— Je ne la cherchais pas du tout. Je m'en allais tranquillement dîner chez ma mère, au Marais. Au moment où je montais dans un fiacre, près de la grille de la rue de Vaugirard, une femme voilée entrait dans ce fiacre par l'autre portière et me faisait signe de prendre place à côté d'elle. Naturellement, je ne me suis pas fait prier. Deux minutes après, elle relevait sa voilette, et je reconnaissais la dame de la terrasse. Alors, je l'avoue, je me suis cru en bonne fortune.

— Je m'y serais cru à moins !... une femme qui t'enlève en voiture !

— Eh bien, je me trompais complètement... Dès que j'ai essayé de lui faire une cour un peu accentuée, elle m'a rembarré de la belle façon, en me menaçant de descendre.

14

— Et tu as été assez nigaud pour te tenir tranquille !

— J'aurais peut-être insisté, si je ne m'étais promptement aperçu que je lui étais tout à fait indifférent et qu'elle ne m'avait fait monter que pour me parler d'un autre homme.

— Ça, c'est plus fort !

— Oui, mon cher, pour me demander une foule de détails sur la vie que cet homme mène à Paris...

— Un homme que tu connais ?

— Bien entendu ! Si je n'étais pas lié avec lui, elle se serait adressée à un autre que moi.

— Un de tes amis alors?... et tu ignorais qu'il a été l'amant de cette femme ?

— Je l'ignore encore et j'ajouterai que je ne le crois pas.

— Alors, pourquoi s'intéresse-t-elle tant à lui ?

— Je n'ai pu le savoir.

— Ah! décidément, tu me fais là des contes à dormir debout... et je commence à me lasser de deviner des énigmes. Finissons-en ! Nomme-le moi cet ami qui a tourné la tête à ta marquise. Je suppose que je le connais, car autrement ce ne serait pas la peine de me dire un nom qui ne m'apprendrait rien.

— Personne ne le connaît mieux que toi.

— Alors, vas-y... comment s'appelle-t-il ?

— Tu ne devines pas ?

— Pas du tout.

— Il s'appelle Jean de Mirande.

— Te moques-tu de moi ?

— En aucune façon. Je te répète qu'elle ne m'a parlé que de toi, tout le temps que le voyage a duré. Et sais-tu comment elle a commencé ?... par me remercier de ne pas l'avoir abordée lorsqu'elle était assise sur la terrasse... et elle a ajouté en parlant de toi : « Quel dommage qu'un garçon si bien né soit si mal élevé. »

— Qu'en savait-elle si j'étais bien né ?

— C'est précisément ce que je lui ai demandé. Elle m'a répondu que tu lui avais jeté à la volée ton nom et ton adresse. Elle ignorait ton adresse, mais ton nom lui était parfaitement connu, parce qu'elle est, comme toi, du Languedoc. Seulement, si elle a beaucoup entendu parler de ta famille, il paraît, s'il faut l'en croire, que tu n'as jamais entendu parler de la sienne.

— Ça prouve que la sienne n'est guère illustre, car je suis encore assez ferré sur l'armorial de mon pays. Ainsi, je sais depuis longtemps qu'il existe des comtes ou marquis de Ganges.

— Elle a épousé le dernier du nom.

— Et cette noble alliance ne me paraît pas lui avoir réussi, ricana Mirande. Mais pourquoi s'occupe-t-elle de moi ?

— Je ne suis pas en mesure de te répondre, répondit Paul Cormier. Elle m'a questionné sur la vie que tu mènes à Paris. Elle a été jusqu'à me demander si tu avais une maîtresse... et il m'a semblé qu'elle était contente d'apprendre que tu courais beaucoup, sans t'attacher à aucune femme.

— Si c'est comme ça que tu as fait mon panégyrique, je ne te remercie pas.

— Je ne pouvais rien dire qui te fût plus favorable, car j'ai très bien vu qu'elle craignait que tu n'eusses le cœur pris. Enfin, elle m'a tant et tant parlé de toi que j'ai fini par me fâcher. Je lui ai demandé pour qui elle me prenait. Alors, elle s'est excusée en me jurant que je venais de lui rendre un immense service et que plus tard, elle me dirait tout, à condition que, pour le moment, je ne lui en demanderais pas davantage.

— Et tu t'es soumis à la condition ?

— Faute de pouvoir faire autrement. Je suis descendu
de la voiture sans avoir rien obtenu que la promesse d'une
lettre qu'elle devait m'écrire et que j'attendrais encore
si je m'en étais tenu là... Ah! j'oubliais de te dire que,
pour me calmer, elle m'avait juré qu'elle ne t'aimait
pas, et qu'elle ne t'aimerait jamais, parce qu'elle ne
pouvait pas t'aimer... Je n'ai pas compris.

— Et moi, je ne comprends pas... à moins que cette
marquise ne soit une sœur que feu mon père m'aurait
donnée jadis sans me prévenir. Mais ça m'est égal. Arrive au dénouement de l'aventure. Tu en es toujours à
peu près au même point. On dirait que tu ménages tes
effets.

— Je vais abréger. Elle m'a planté là près du rond-
point des Champs-Elysées, mais je l'ai suivie si adroitement qu'elle ne m'a pas vu. Elle est entrée dans une
maison de l'avenue d'Antin. J'y suis entré sur ses talons
et je suis arrivé en même temps qu'elle au seuil d'une
espèce de *hall* en plein vent où un domestique m'a pris
pour son mari et a annoncé bravement : M. le marquis
et madame la marquise de Ganges.

— Ça, c'est amusant, dit Mirande en riant.

— Pas si amusant que tu crois. C'est à la méprise de
cet imbécile de larbin que nous devrons, toi et moi,
des ennuis sans nombre. Je suppose que tu commences
à deviner la suite.

— Je l'entrevois, mais...

— Tu y as assisté... tu y as même joué le principal
rôle dans une scène à laquelle j'arrive. Chez la dame
qui recevait avenue d'Antin, se trouvait ce vicomte de
Servon que je viens de te présenter. Il n'avait jamais
vu l'autre marquis de Ganges, le vrai... il a cru que c'é-
tait moi... je ne pouvais pas le détromper sous peine de
mettre la marquise dans un terrible embarras. Je l'ai laissé

dire et j'ai pu, au bout de deux heures, m'esquiver sans
qu'il y eût de scandale. Je me croyais quitte ; j'ai été
dîner chez ma mère et après, je suis venu te rejoindre
à Bullier. Je ne prévoyais pas que la fatalité y amènerait
ce vicomte de Servon, qu'il m'appellerait très haut par
mon faux nom et par mon faux titre, que le mari, arrivé à Paris le jour même, se trouverait là tout à point
pour entendre... maintenant, tu sais le reste.

— Oui... et je conviens que tu es moins coupable que
je ne pensais. Je te reproche pourtant de ne pas m'a-
voir dit la vérité avant le duel.

— Tu ne m'en as pas laissé le temps. Le soufflet que
tu as donné au marquis m'a coupé la parole.

— Bon !... J'ai été trop vif... mais après l'affaire,
pourquoi m'avoir laissé croire que tu ne connaissais pas
ce malheureux que je venais d'embrocher ?... c'était si
simple de m'apprendre que...

— C'était impossible. Avant le combat, pendant le
trajet que j'ai fait côte à côte avec lui, il m'avait raconté
son histoire et il m'avait chargé de remettre, s'il lui arrivait malheur, son portefeuille à sa femme. J'avais accepté et je ne pouvais rien te dire avant de m'être acquitté cette triste mission.

— C'est juste, et il est survenu un tas d'incidents que
tu m'as racontés tantôt aux Champs-Elysées... entre
autres l'intervention de ce chenapan qui nous a vus au
bastion et qui t'a dénoncé. Tout ça commence à se dé-
brouiller. Mais la marquise... cette marquise dont tu
viens de me parler ce soir pour la première fois, tu l'as
revue, puisque tu lui as remis le message de son mari.

— Je l'ai revue, hier, chez elle, et notre entrevue a
duré plus d'une heure.

— Alors, tu dois être fixé sur son compte.

— Pas beaucoup mieux que je ne l'étais le premier

jour. D'abord, j'ai eu beaucoup de peine à arriver jusqu'à elle. Je ne voulais pas faire passer ma carte de peur qu'elle refusât de me recevoir. J'ai dit que je venais de la part du marquis de Ganges. Je ne mentais pas. Mais l'homme à qui j'ai eu à faire a commencé par me dire que c'était impossible... tu le connais celui-là... tu as eu maille à partir avec lui, dimanche, au Luxembourg.

— Cet escogriffe qui a l'air d'un gendarme en bourgeois ?

— Précisément. Il paraît que c'est un ancien officier qui a été jadis l'ami du père de la marquise et il occupe chez elle les fonctions de garde du corps ou de porte-respect... Bref ! madame de Ganges a fini par me recevoir... dans le jardin de son hôtel où elle était avec une jeune femme de ses amies, qui m'a cédé la place et que j'ai saluée en passant... une merveilleuse beauté, mon cher, aussi brune que la marquise est blonde... Je n'ai pas osé demander qui elle était.

— Et moi je ne tiens pas à le savoir. Arrive à ton explication avec la marquise.

— Elle a été longue et orageuse, l'explication. Madame de Ganges m'a amèrement reproché ma conduite de la veille. J'ai essayé de me justifier en lui déclarant que j'étais amoureux d'elle... et c'est vrai, mon cher... je suis pris...

— Tant pis pour toi !... Continue. Comment a-t-elle pris la nouvelle de la mort de son mari ?

— Elle a d'abord refusé d'y croire. Mais quand je lui ai remis le portefeuille, elle a changé de note. Elle a été très émue, très troublée... il ne m'a pas paru qu'elle fût très affligée... ce marquis était un fort mauvais mari qui lui a joué tous les tours imaginables et qui lui a mangé une partie de sa fortune. Elle ne peut pas le regretter beaucoup.

— Lui as-tu raconté comment il est mort?

— Il le fallait bien, et je lui ai tout dit : les confidences que son mari m'avait faites... les incidents qui ont amené la rencontre... et même le nom de l'adversaire du marquis... Elle me l'a demandé.

— Et quand elle a su que c'était moi?

— Elle a eu un cri parti du cœur... une exclamation que je tiens à te répéter comme je l'ai entendue... elle a dit : « Jean de Mirande ! c'était donc écrit qu'il troublerait encore une fois ma vie !... » Et comme je lui ai naturellement demandé ce que tu lui avais fait, elle m'a répondu : « Il a fait le malheur d'une personne à laquelle je m'intéresse. »

— Du diable si je devine qui ! Elle aurait bien dû prendre la peine de me le dire quand je l'ai abordée dimanche sur cette terrasse où tu m'as ramené, ce soir.

— Nous n'en serions probablement pas où nous en sommes. Mais laisse-moi te raconter comment s'est terminée mon entrevue. La marquise y a mis fin en me congédiant, assez sèchement, sans me rien promettre et en me laissant entendre qu'elle allait quitter Paris.

J'ai eu beau lui dire que rien ne la forçait à partir, que cette affaire serait vite oubliée et que, s'il le fallait pour la tranquilliser, je m'abstiendrais de la revoir; elle n'a rien voulu entendre et j'ai dû me retirer sans avoir rien obtenu d'elle qui ressemblât à un engagement.

— Ça vaut mieux pour toi, dit philosophiquement Mirande. Cette marquise ne porte pas bonheur. Ce que tu as de mieux à faire, c'est de ne plus penser à elle.

— J'ajoute, reprit Cormier, toujours plein de son sujet, qu'on est venu, pendant que j'étais là, apporter une lettre adressée au marquis de Ganges — c'est-à-dire, à moi — une lettre contenant de l'argent...

huit mille francs que, la veille, j'avais gagnés sur parole à ce vicomte de Servon chez la dame de l'avenue
d'Antin. La marquise l'a renvoyée...

— Et tu n'en as plus entendu parler? demanda Mirande en éclatant de rire.

— M. de Servon m'a remis la somme aujourd'hui,
quand je l'ai rencontré aux Champs-Elysées.

— Alors, tu roules sur l'or!... Je ne t'ai jamais
connu tant d'argent à la fois.

— Et je n'en ai jamais eu dont la possession m'ait
fait si peu de plaisir. Je le donnerais sans regret au
premier mendiant que je rencontrerai.

— Garde-le pour une meilleure occasion. Maintenant
que tu m'as tout dit..., car je suppose que c'est tout...

— Oui... tu sais le reste... ma visite au père Bardin
et l'interrogatoire dans le cabinet de son fils... l'entrée
en scène de cet abject coquin...

— Je connais tout ça. Maintenant, résumons-nous.
Me voilà fortement compromis, toi un peu moins, et ta
marquise, pas du tout, jusqu'à présent. Que comptes-
tu faire? as-tu toujours l'intention de te faire son
champion, sans qu'elle t'y ait convié, ni même autorisé?

— Je ne peux pas la défendre malgré elle, mais je
l'ai quittée en lui jurant qu'elle me trouverait toujours
prêt à faire ce qu'elle me demanderait, et je tiendrai ma
parole.

— Alors, tu en es décidément amoureux?

— Amoureux fou.

— Bien fou, en effet; mais ça te regarde. Je n'entre-
prendrai pas de te guérir. Je n'ai qu'une simple question à t'adresser et je te prie d'y répondre nettement.

— Parle!

— Trouveras-tu mauvais que moi qui ne suis pas

amoureux de la dame en question et qui ne le deviendrais jamais, je t'en réponds... trouveras-tu mauvais que j'aille la voir ?

— Non... mais tu ne la verras pas.

— C'est mon affaire. Je te demande seulement si tu ne m'en voudras pas d'essayer.

— Pourquoi t'en voudrais-je?

— Tu aurais bien tort, car je te jure que je ne lui ferai pas la cour.

— Je te crois... mais tu peux bien me dire pourquoi tu tiens à la connaître. Il me semble d'ailleurs que tu oublies un peu trop que tu as tué son mari. Elle le sait, puisque je le lui ai dit, et je suis très sûr qu'elle s'en souvient.

— C'est un rude service que je lui ai rendu là.

— Peut-être, mais il ne serait pas décent qu'elle en convînt... et encore moins qu'elle te reçût.

— Qu'elle me reçoive ou non, je trouverai bien le moyen de lui parler.

— Lui parler de quoi?

— Du passé, parbleu!... de sa vie que, s'il faut l'en croire, j'ai déjà troublée sans m'en douter... de cette personne enfin qui l'intéresse et dont j'ai fait le malheur !... Je te cite ses propres paroles que tu m'as répétées tout à l'heure.

— Et tu espères qu'elle t'en dira davantage?

— Non seulement je l'espère, mais je n'en doute pas. Il ferait beau voir qu'elle refusât de s'expliquer. J'ai la prétention de n'avoir fait le malheur de personne et je n'admets pas qu'on m'accuse sans preuves, même quand c'est une femme qui m'accuse. Je sommerai donc catégoriquement ta marquise de me nommer ma prétendue victime... quand ce ne serait que pour me mettre à même de réparer mes torts, si, par impossible, j'en avais eu. Je soupçonne qu'il y a là-dessous un malentendu, mais je veux en avoir le cœur net... et si, comme elle le prétend, elle est du Languedoc, nous arriverons vite à nous entendre.

Je n'ai pas, je pense, besoin d'ajouter que mes relations avec elle en resteront là.

C'est tout au plus si je profiterai de cette première et unique entrevue pour lui faire de toi un éloge bien senti, conclut en riant Jean de Mirande.

— Comme tu voudras, dit Paul. Pourvu que je ne m'en mêle pas.

— Je l'espère bien. Tu me gênerais.

— Moi, je vais tâcher de voir notre juge. Il viendra peut-être ce soir chez son père... je vais m'y transporter.

— Et dîner ? interrogea Mirande.

— Tu penses à dîner, toi !

— Parfaitement. Et je te déclare que je vais de ce pas prendre chez Foyot quelque nourriture.

— Eh! bien, moi, qui n'ai pas faim, je vais prendre... une voiture qui me conduira au Marais...

— Alors, viens avec moi jusqu'à la rue de Vaugirard... Nous n'avons que le temps... la retraite est battue... on va fermer les grilles.

En effet, la nuit tombait, la terrasse s'était vidée peu à peu, et les gardiens avaient commencé leur ronde pour faire sortir les retardataires.

Au bout du quinconce, sous les derniers marronniers, près d'une baraque où on vend des gâteaux et des jouets et que la marchande venait de clore, un adjudant, médaillé, parlementait avec un enfant qui s'obstinait à rester sur une chaise où il s'était assis à la turque, les jambes croisées.

— Allons, petit, décampe! disait l'adjudant. On forme.

— Ça m'est égal. J'attends maman, répondait l'enfant.

— Où est-elle, ta maman ? si elle était au Luxembourg, elle viendrait te chercher.

— Elle va venir.

— Eh bien ! elle te trouvera à la maison. Allons ! je n'ai pas le temps de t'écouter. Houste !... décanille ou je te flanque au violon.

Le gardien allait empoigner le récalcitrant au collet ; mais le petit se leva d'un bond, sauta au bas de la chaise, s'adossa au piédestal d'une statue, et, brandissant une pelle en bois qu'il tenait dans sa petite main, il cria de toute la force de sa voix enfantine :

— Vous, si vous me touchez, je vous casse la figure.

Il était si comique dans cette attitude menaçante que l'adjudant ne put pas s'empêcher de faire comme les deux amis, qui riaient de bon cœur.

— Il me plaît, ce moucheron, dit Mirande.

— Il est gentil comme un amour, mais il me semble que son éducation a été quelque peu négligée, reprit gaiement Paul Cormier.

— Je ne trouve pas. On veut le faire marcher, ça ne lui plaît pas. Il se rebiffe. Il a raison. Si j'avais un garçon, je le voudrais comme ça.

Voyons un peu comment la discussion va finir.

— Allons, méchant môme, reprit le gardien, finissons-en. File, si tu ne veux pas que je te mène au poste, où on te mettra jusqu'à demain dans un cachot tout noir. Tu seras bien mieux chez ta maman.

L'enfant, au lieu de répondre, resta sur la défensive, le dos appuyé au piédestal et la pelle levée comme un sabre.

Le gardien n'avait qu'à étendre la main pour l'enlever comme une plume, mais le brave homme hésitait do pour de faire du mal à un récalcitrant qui n'avait pas beaucoup plus de cinq ans et qui n'était guère plus gros qu'un moineau.

Ce révolté précoce était très bien habillé, à la russe, toque en tête, culotte de velours, chemise de soie rouge et bottes minuscules montant jusqu'au genou.

Il avait tout à fait l'air d'un enfant de bonne maison, bien soigné et bien nourri.

La figure était charmante, ronde avec un teint d'un blanc mat, de grands yeux noirs bien ouverts, des cheveux bruns très fins coupés carrément sur le front.

Sérieux avec cela comme un petit homme et pas plus intimidé devant ce militaire à grandes moustaches que s'il avait eu à faire à sa bonne.

— Il est un peu jeune pour coucher au poste, dit en riant Mirande qui s'était rapproché.

— Eh ! parbleu ! je n'ai pas envie de l'y mettre, s'écria l'adjudant. C'est pas sa faute à ce gamin si ses parents l'ont oublié là. Bien sûr, il n'est pas venu ici tout seul... il devait être avec sa mère et elle est partie, sans s'inquiéter de lui... Faut être à Paris pour voir des choses comme ça !

— Qu'est-ce que vous dites de ma mère ? cria le petit en grossissant sa voix et en faisant mine de se jeter sur le gardien.

Il était si drôle que le gardien se mit à rire et dit à Mirande qui se tenait les côtes :

— C'est de la graine d'insurgé, ce crapaud-là. Ah ! on les élève bien, à présent, les mioches !... pour lui apprendre à vivre, j'ai bonne envie de l'enfermer dans le jardin... quand il fera nuit noire, il aura peur et il saura bien appeler au secours.

— C'est peut-être votre uniforme qui l'effarouche,

dit Jean. Voulez-vous que j'essaie de lui faire entendre raison ?

— Comme vous voudrez, pourvu que ça ne traîne pas... car nous allons fermer... et vous seriez pris, messieurs...

— Pas de danger et je réponds du petit.

L'adjudant haussa les épaules et reprit sa ronde pendant que Mirande s'approchait de l'enfant qui n'avait pas cessé de le regarder depuis le commencement de cette petite scène et qui l'attendit de pied ferme.

Cormier admirait la désinvolture de son camarade qui, dans la situation où ils étaient tous les deux, prenait souci d'un marmot égaré sous les arbres d'un jardin public, sans s'inquiéter de prévoir où le mènerait cette fantaisie de jouer au saint Vincent de Paul.

Et Cormier n'avait garde de s'en mêler, car il lui tardait de se faire conduire au Marais pour s'aboucher avec Bardin.

— Mon petit ami, dit Mirande au gamin toujours campé comme un jeune coq qui s'apprête à jouer de l'ergot, ce militaire a eu tort de vouloir vous emmener de force, mais c'est bien vrai qu'on va fermer le jardin. Vous voyez que monsieur et moi nous nous en allons. Voulez-vous venir ?

— Avec vous, je veux bien, répondit aussitôt l'enfant. Vous ne me tutoyez pas et vous me parlez poliment, vous.

— Un fils de roi, déguisé, ricana entre ses dents Paul Cormier.

— Donnez-moi la main, reprit Mirande.

Le petit la lui donna, non sans l'avoir encore une fois toisé de la tête aux pieds. Il avait commencé par là avant de lui répondre. Probablement la physionomie de l'étudiant lui plaisait.

— Tu es fou, dit Paul à l'oreille de son ami ; que vas-tu faire de cet enfant ?

— Je n'en sais rien... le reconduire chez sa mère... ça m'amusera... elle est peut-être jolie...

— Tu seras toujours le même.

— Je l'espère.

— Mais, malheureux, une mère qui oublie son enfant au Luxembourg, comme elle y oublierait son ombrelle, je te demande quelle espèce de femme ça peut bien être !

— Une femme distraite, assurément.

— Moi, je crois qu'elle a fait exprès de le perdre.

— Comme le Petit Poucet, alors... ce serait amusant. Le conte a été mis en féerie. J'ai vu ça à la Gaieté et je jouerais volontiers un rôle dans une machine comme ça.

— Tu y jouerais un rôle de dupe si, comme je le soupçonne, cette mère veut se débarrasser d'un fils qui la gêne.

— Je te parie, moi, que c'est une très brave femme qui me remerciera de lui ramener son garçon. Et, du reste, quand même tu aurais deviné, je n'abandonnerais pas ce petit. Il me va, parce qu'il a le diable au corps.

— Comme toi, parbleu !

— Peut-être bien... mais ne te monte pas la tête, mon vieux Paul, et va à tes... non, à nos affaires. Je verrai ce que je peux faire de ce moutard, et quand je serais obligé de le garder jusqu'à demain matin, il n'y aurait pas grand mal. J'ai de la place chez moi pour le coucher. Mais, sois tranquille, je ne me propose pas encore de l'adopter. Et demain, j'aurai d'autres chats à fouetter que de faire la bonne d'enfants, car je veux voir madame de Ganges, quand je devrais escalader le mur de son jardin.

Les deux amis étaient arrivés à la grille de la rue de Vaugirard, Mirande tenant toujours par la main l'enfant qui ne disait mot.

— A demain matin ! dit Paul, en tirant de son côté. Ne sors pas avant de m'avoir vu.

Mirande le laissa partir et fila vers la rue de Tournon où il se proposait de dîner, au restaurant Foyot.

Il eut soin, bien entendu, de raccourcir ses enjambées, afin de se mettre au pas du petit, lequel trottinait à son côté, sans manifester la moindre velléité de le quitter, et sans demander où le menait son conducteur.

Et Mirande, qui ne s'étonnait pas facilement, commençait à s'étonner de la hardiesse insouciante de ce gamin qu'il venait de ramasser au Luxembourg.

Ce morveux ne s'inquiétait pas plus de sa mère que s'il n'en avait jamais eu.

Devant le palais du Sénat, Véra, l'étudiante russe, et Maria, l'élève sage-femme, leur barrèrent le passage.

Mirande, qui ne les avait pas revues depuis la soirée de dimanche à la Closerie des Lilas, se serait bien passé de les rencontrer ; mais il en prit son parti, sachant bien qu'il ne pourrait pas toujours les éviter, et comme il ne faisait jamais les choses à demi, il commença par les inviter à dîner.

Ces demoiselles acceptèrent avec enthousiasme, et Maria s'écria :

— C'est à toi, ce mômaque ?... oh ! ne dis pas que non... Il te ressemble... c'est toi, tout craché.

Mirande allait protester contre la paternité qu'on lui attribuait ; mais l'enfant dégagea sa main, vint se planter devant l'apprentie sage-femme, et de sa voix grêle, il lui cria, en se haussant sur ses orteils :

— Pourquoi m'appelez-vous ? *mômaque ?* je ne suis pas un singe... et d'abord, je ne vous connais pas et je vous défends de me parler.

— Il a entendu macaque, dit Véra en riant aux éclats.

— Ah ! l'amour de mioche ! s'écria Maria ; fier et colère comme son père... tu ne peux pas le renier, celui-là.

— Taisez-vous donc, vous autres !... vous ne dites que des bêtises, interrompit Mirande. Laissez-moi parler à ce jeune homme.

Et s'accroupissant jusqu'à ce que sa figure se trouvât à la hauteur de celle de l'enfant :

— Mon petit ami, lui dit-il doucement, ces dames qui sont de mes amies désireraient vous connaître. Voulez-vous nous dire votre nom ?

— A elles, pas... à vous, oui, répliqua ce singulier gamin. Je m'appelle Roch.

— Je vous remercie, mon ami ! Roch, c'est votre petit nom. Comment se nomme votre papa ?

— Je n'ai pas de papa.

— Mais vous avez une maman ?

— J'en ai deux.

A cette réponse, les étudiantes pouffèrent et Mirande eut beaucoup de peine à tenir son sérieux. Il y parvint pourtant, et comme il ne se souciait pas de continuer dans la rue cet interrogatoire qui aurait fini par attirer l'attention des badauds, il reprit en changeant de sujet :

— Voulez-vous venir dîner avec moi, mon cher Roch ?

— Avec vous, oui, répondit l'enfant terrible ; avec ces vilaines, non.

Les vilaines, c'était les deux étudiantes qui se tordirent de plus belle, en dépit des gros yeux que leur faisait Mirande.

— Ah ! il ne nous l'envoie pas dire ! s'écria l'élève de la Maternité.

— Je vous assure, mon petit ami, que ces demoiselles vous aiment beaucoup et qu'elles ne demandent qu'à vous faire plaisir. Vous m'en ferez un très grand à moi, si vous voulez venir.

Roch écouta gravement ce discours comme on n'en tient guère aux enfants de cinq ans, et il finit par répondre, non moins gravement :

— Eh bien, je viendrai pour vous.

— A la bonne heure !... Avez-vous faim ?

— Non. J'ai mangé beaucoup de gâteaux au Luxembourg. J'en mange toujours beaucoup quand je sors avec maman Jacqueline.

— Elle était donc avec vous, maman Jacqueline ?

— Oui. Et puis, une dame est venue la chercher. Alors, elle m'a dit de l'attendre... mais elle n'est pas revenue... elle reviendra demain... elle vient tous les jours... je serais resté dans le jardin, si ce méchant soldat ne m'avait rien dit.

— Vous auriez eu grand'peur, la nuit.

— Non, je n'ai peur de rien.

— Vous avez tout de même bien fait de venir avec moi... parce que ce soir, quand nous aurons dîné, je vous reconduirai chez votre maman.

— Vous savez donc où elle demeure ?

— Non, mais vous me montrerez le chemin.

— Moi... je ne le connais pas... c'est très loin... avec maman Jacqueline nous venons toujours en voiture.

— Et vous croyez qu'elle viendra demain ?

— Oh ! oui... à la place où j'étais quand vous êtes passé.

— Bien, mon petit ami, je vous y ramènerai... ce soir, vous coucherez chez moi.

Les deux étudiantes ne perdaient pas un mot de cette causette qui obligeait Mirande à marcher courbé en deux pour se faire entendre du petit et qui les mena jusqu'à la porte du restaurant.

Il avait là ses grandes entrées et on l'y traitait avec toute la considération due à un client qui fait régulièrement une grosse dépense.

On lui gardait tous les soirs une table au rez-de-chaussée, dans le bon coin, et un cabinet au premier étage, pour le cas où il y aurait des dames — et le cas n'était pas rare.

Ce soir-là, bien entendu, on prit possession du cabinet, et ces dames, comme toujours, commandèrent le menu du dîner, pendant que Mirande s'amusait à faire jacasser l'étonnant gamin qu'il venait de recueillir.

Jamais l'ami de Paul Cormier n'avait vu ni imaginé un pareil enfant.

Roch, par instants, raisonnait comme un homme et, en même temps, il donnait des preuves d'une ignorance extraordinaire. Il ne savait rien, il n'avait rien vu, et cependant rien ne paraissait le surprendre.

Ainsi, on voyait bien qu'il n'avait jamais mangé au restaurant, et pourtant il ne fit pas une question à propos du service des garçons et des bruits qui montaient du rez-de-chaussée.

C'était à croire qu'il avait passé sa toute jeune vie dans une tour, comme certains princes des contes de fées.

Il ne faisait pas de fautes de français en parlant et il ne se servait que de locutions d'une politesse recherchée, mais en lui montrant une carte des prix de l'établissement, Mirande put constater qu'il ne savait pas lire.

Les deux invitées étaient revenues de leurs premières idées de ressemblance entre le gamin et Mirande, quoique Maria persistât à soutenir qu'ils avaient tout à fait les mêmes yeux et la même façon de porter la tête. Mais elles s'amusaient beaucoup de ce petit être qui les examinait avec une insolence imperturbable.

Véra s'étant avisée de dire que son habillement à la russe n'était pas réussi, il l'avait vertement rabrouée en lui disant que c'était maman Jacqueline qui l'avait choisi et que maman Jacqueline avait très bon goût.

Mirande aurait bien voulu le pousser sur cette maman Jacqueline, mais quand il lui en parlait, l'enfant ne répondait pas grand'chose.

Son autre maman qu'il ne nommait pas devait être une amie de la vraie, peut-être une sœur qu'on ne l'avait pas accoutumé à appeler ma tante.

De celle-là aussi, il parlait fort peu.

Du reste, le pauvre baby était visiblement fatigué. Mirande qui commençait à le prendre en amitié eut pitié de lui et le laissa s'assoupir peu à peu sur la petite chaise où on l'avait juché pour le mettre à table après que Maria lui eut attaché une serviette au cou.

En sa qualité de future sage-femme, Maria avait des instincts maternels qu'elle contenait pour ne pas troubler ses études, mais qui ne demandaient qu'à se faire jour.

Le bruit du duel s'était répandu lentement dans le quartier et Mirande qui y avait joué le principal rôle, dut subir de la part de ces demoiselles un interview complet.

Il dit ce qu'il lui plut de dire et il n'eut pas trop de peine à éviter de mettre en scène la marquise de Ganges dont les deux étudiantes ignoraient absolument l'existence.

Puis il revint à l'enfant dont il commmençait à se préoccuper, sans trop savoir pourquoi.

Il l'avait emmené, sans se demander ce qu'il allait en faire.

Une idée qui lui était venue tout à coup et aux conséquences de laquelle il n'avait pas pris le temps de réfléchir.

Jean de Mirande était l'homme du premier mouvement, qui n'était pas toujours le bon.

Et, cette fois, il ne regrettait pas d'y avoir cédé.

Recueillir un enfant égaré ou abandonné, c'était une bonne action dont il ne pouvait que se féliciter et qu'il se sentait tout disposé à parfaire en s'occupant de rendre à sa mère ce singulier garçonnet.

Il n'aurait même pas répugné à le garder et à se charger de lui, s'il ne retrouvait pas cette mère encore plus singulière qui était partie sans son fils, et qu'on n'avait plus revue.

Depuis qu'il avait l'âge d'homme, Mirande ne s'était jamais occupé des enfants que pour demander à quelle heure on les couchait. Il les considérait comme des êtres malfaisants et surtout incommodes. Il avait toujours fui comme la peste les femmes affligées de progéniture, et comme celles-là sont rares au quartier latin, où il passait sa vie, il n'avait jamais l'occasion d'être gêné par la marmaille.

Il approuvait fort le législateur d'avoir interdit la recherche de la paternité et il ne lui était jamais arrivé de souhaiter de perpétuer le nom de Mirande qui s'éteindrait en sa personne, s'il ne se décidait pas à changer d'existence.

Et il n'en prenait pas le chemin.

Aussi n'en revenait-il pas de se découvrir des sentiments qu'il ne se connaissait pas. Il n'y voulait pas
croire et il comptait bien que cet accès d'attendrisse-
ment paternel passerait comme beaucoup d'autres ca-
prices auxquels il était sujet.

Véra, la Russe, qui, comme lui, manquait absolument de vocation pour le mariage et ses conséquences,
se mit à le blaguer à propos du petit. Maria, l'élève
sage-femme, prit le contre-pied, et Mirande, pour entretenir une discussion qui l'amusait, se fit un malin
plaisir d'exagérer en déclarant qu'il ne lui manquait,
pour être heureux, que d'avoir un intérêt dans la vie,
et que son bonheur serait d'avoir un enfant comme
celui-là.

— Farceur, va ! lui dit la nihiliste. Je voudrais bien
t'y voir avec un gosse sur les bras. Où le remiserais-
tu, les soirs de Bullier ?

— Il n'aurait qu'à me le confier, répliqua Maria.

— Pour l'élever au biberon, avec de l'absinthe au
lieu de lait ! Tu ferais mieux, mon vieux Jean, de l'envoyer à l'école, puisqu'il ne sait pas lire... à cinq ans !....
c'est raide !

Qu'est-ce que ça peut bien être que son père et sa
mère ?

— Absent, le père. Le môme vient de vous dire qu'il
n'en avait pas. Probablement, la mère n'est pas pour
l'instruction obligatoire.

— J'ai commé une idée qu'elle ne vaut pas cher, cette
mère-là.

Roch qui sommeillait, ouvrit un œil, regarda fixement Véra et se rendormit presque aussitôt sur sa
chaise.

— C'est drôle, murmura l'apprentie sage-femme on
dirait qu'il a entendu et qu'il a compris.

— Un enfant prodige, alors ! ricana la Russe. Dis donc, Jean ?... es-tu bien sûr qu'il n'est pas à toi ?

— On n'est jamais sûr de ces choses-là, répondit en riant Mirande.

— Si nous lui demandions un peu de nous raconter d'où il sort... et ce qu'il a fait depuis qu'il n'est plus en nourrice ?

— Oh ! laissez-le en repos. Vous voyez bien qu'il n'en peut plus.

— Et du reste, reprit Véra, je parie que vous aurez beau le questionner, il ne vous dira pas ce qu'on lui a défendu de vous dire.

— Comment ! tu crois qu'on lui a fait la leçon.

— Parfaitement.

— Et dans quel but ?

— Est-ce que je sais ?... une femme qui t'en veut et qui cherche à te jouer un tour...

— Je me demande quel tour on pourrait me jouer avec ce petit.

— Peut-être te compromettre... dire que tu es son père et te forcer à le reconnaître...

— Si je croyais ça, grommela Mirande en fronçant le sourcil, je le conduirais ce soir chez le commissaire de police et je l'y laisserais.

— Ce serait très mal ! s'écria avec conviction Maria. Je l'emmènerais plutôt chez moi. J'ai un petit lit pour le coucher, le pauvre Chérubin. Mais vous voyez bien qu'il dort de tout son cœur. C'est cette Véra avec ses imaginations !... si on l'écoutait, on verrait des mystères et des complots partout, comme dans son pays.

Cette fois, il n'y avait pas à en douter. L'enfant dormait si bien qu'il glissait insensiblement sur sa chaise et qu'il serait tombé si Mirande ne l'eût enlevé et couché sur un divan qui n'avait pas été mis là pour servir de berceau à un petit garçon.

La conversation prit un autre tour. Aussi bien, elle commençait à agacer Mirande, qui se reprochait presque d'avoir fait dîner l'enfant perdu en compagnie de deux demoiselles peu respectables.

— Si je retrouve sa mère, pensait-il, et s'il lui raconte que je l'ai mené chez Foyot avec des habituées de la Closerie des Lilas, elle n'aura pas une haute opinion de moi.

On se remit à parler du duel, et Mirande s'aperçut qu'il avait grandi de cent coudées aux yeux de Véra depuis qu'elle savait qu'il avait lestement expédié un homme dans l'autre monde. Cette moscovite ne rêvait que batailles et exterminations.

Maria, moins féroce, mais plus curieuse, voulut avoir des détails sur le drame où Jean avait joué le principal rôle, et elle lui en demanda tant qu'il finit par ne plus lui répondre et qu'il songea à lever la séance.

On en était aux liqueurs et Véra, qui ne tenait pas en place, fumait de grosses cigarettes à la fenêtre, pendant que la tendre Maria contemplait le petit Roch, dormant du sommeil de l'innocence.

— J'en étais sûr, s'écria tout à coup la Russe, nous avons été suivis par un mouchard.

— Oh ! toi, dit Mirande, tu vois des mouchards partout.

— Je les vois où ils sont. Venez un peu ici que je vous montre celui-là.

Jean se leva, s'approcha et aperçut de l'autre côté de la rue de Tournon, à l'angle de la rue de Vaugirard un homme, immobile comme une borne, qui avait l'air de monter la garde.

— Eh bien ! quoi ? demanda-t-il en haussant les

épaules. Il attend une femme qui lui a donné rendez-vous là. Il en a bien le droit.

— Maria ou moi, alors, car il ne quitte pas des yeux la fenêtre de notre cabinet.

— Ah ! tu m'ennuies à la fin. Je ne me cache pas, et si c'est à moi qu'il en a, il saura bien me le dire, car je vais rentrer chez moi à pied.

Et comme le garçon apportait la note qu'il avait demandée, Mirande la paya sans vérifier l'addition, prit dans ses bras le petit Roch qui se réveilla, marmotta quelques mots et se rendormit presque aussitôt, descendit l'escalier, sortit du restaurant, tourna du côté de l'Odéon et s'achemina à grands pas vers le boulevard Saint-Germain où il demeurait.

Il ne se retourna même pas pour regarder si le prétendu mouchard le suivait, et il arriva chez lui sans incident d'aucune sorte.

Décidément, la fibre paternelle prenait le dessus et si ses amis du quartier l'avaient rencontré faisant ainsi la bonne d'enfants, ils auraient certainement cru qu'il était devenu fou.

## V

Pendant que Jean de Mirande emmenait dîner chez Foyot un petit garçon qu'il avait trouvé dans le Luxembourg, Paul Cormier, que l'enfant n'intéressait guère, prenait en fiacre le chemin du Marais, mais ce n'était pas pour aller dîner chez sa mère.

Il ne l'avait pas revue depuis le dimanche qui avait si mal fini et il ne tenait pas à la revoir avant d'être certain que l'affaire du duel n'aurait pas pour lui de suites trop graves.

Il allait chez Bardin pour lui demander où en étaient les choses depuis la malencontreuse scène qui s'était passée la veille dans le cabinet du juge d'instruction.

L'avocat devait être au courant, car il avait très certainement revu son fils et il ne refuserait pas de renseigner Paul, en considération de sa vieille amie madame Cormier, qui ne savait rien encore et qu'il fallait préparer avant de lui apprendre la triste vérité.

Paul s'attendait pourtant à être très mal reçu rue des Arquebusiers, mais il était décidé à tout supporter pour rentrer en grâce auprès du père Bardin.

Il savait que le bonhomme dînait à six heures et demie et qu'après son dîner, il était presque toujours de bonne humeur. Il prenait donc bien son temps et il calculait qu'il arriverait juste au moment où Bardin sirotait son café, appuyé de deux ou trois verres d'une eau-de-vie presque centenaire, — un cadeau de madame Cormier.

Paul s'était fort attardé à la grille du Luxembourg avec Mirande, et la nuit était venue quand il arriva à la porte de la maison du vieil ami de sa mère.

En levant les yeux pour regarder s'il y avait de la lumière au troisième étage, il fut un peu étonné de voir les trois fenêtres de l'appartement brillamment éclairées.

Bardin, d'ordinaire, n'illuminait pas ainsi, et comme il ne recevait jamais que son fils, il était difficile de supposer qu'il donnait une fête.

Enfin, cette profusion de clarté prouvait qu'il n'était pas sorti, et Paul, qui ne craignait rien tant que de ne pas le rencontrer, s'empressa de monter.

La servante qui vint lui ouvrir lui dit que son maître attendait quelqu'un ; mais elle le fit entrer et, en traversant la salle à manger, il put voir sur la table un souper froid des plus appétissants.

Il remarqua même qu'il n'y avait qu'un couvert, ce qui prouvait surabondamment que le bonhomme n'était pas en bonne fortune.

Paul le trouva assis dans son cabinet, devant un dossier étalé sur son bureau ; et Bardin, quand il entendit ouvrir la porte, se leva en s'écriant sans se retourner :

— Te voilà, mon brave ami !... Je ne t'attendais qu'à neuf heures. Le chemin de fer ne t'a pas trop fatigué ?

Quand il fit volte-face et qu'il aperçut Cormier, ce fut une autre note :

— Comment, c'est toi ! dit-il d'un ton bourru. Qu'est-ce que tu viens faire ici ?

— Vous demander pardon de tous les ennuis que je vous ai causés.

— Il est bien temps, ma foi !... Ah ! tu peux te flatter de m'avoir fait passer vingt-quatre heures agréables ! Je n'ai pas fermé l'œil de la nuit. Et c'est à cette heure-ci que tu viens me faire des excuses? Tu tombes mal. Ma soirée est prise.

— Je n'ai pas pu venir plus tôt. Hier, j'ai couru après Mirande toute la soirée, sans parvenir à le trouver. C'est aujourd'hui seulement que j'ai pu le voir... et le décider à se présenter au cabinet de votre fils... Il y est resté deux heures...

— Je sais ça. Charles sort d'ici.

— Et j'ai attendu que Mirande revînt. Je viens de le quitter.

— Tu ne peux donc pas te passer de lui?

— Je voulais savoir quelle décision votre fils avait prise à son égard.

— Eh bien, tu dois être content et ton Mirande aussi! Charles a cru devoir le laisser libre sous caution. Il a eu bien de la bonté. Moi, j'aurais envoyé ce fier-à-bras coucher au Dépôt de la Préfecture... et je ne dis pas que je ne t'y aurais pas envoyé aussi... Enfin! ça le regarde, cet excellent Charles. Ah! il ne prend pas le chemin d'avancer, mon cher fils! Encore une affaire qui s'annonçait bien... une affaire superbe qui s'en va en eau claire.

— Ce n'est pas ma faute si le prétendu assassinat n'était qu'un duel, dit Paul, en souriant à demi.

— Parbleu! je ne te le reproche pas, mais je dis que Charles n'a pas de chance... et que toi et ton animal d'ami, vous en avez dix fois plus que vous ne méritez. Avoue que tu en es quitte à bon marché!

— Oui, si j'en suis quitte. Il n'y a pas d'ordonnance de non-lieu.

— Et il n'y en aura pas, je te l'ai déjà dit; ce qui vous sauvera, c'est qu'on ne trouvera pas de jurés pour vous condamner.

— Qui sait si cet homme n'inventera pas quelque chose contre nous?

— L'homme qui t'a dénoncé? On ne le croira pas. Charles a eu sur lui, à la Préfecture de police, des renseignements détestables. C'est un chenapan de la pire espèce.

— Il a essayé de me faire chanter.

— Quand ça?

— Hier, avant de venir au Palais, il m'a écrit pour me demander dix mille francs, en me menaçant de me dé-

noncer si je ne les lui donnais pas. Il a assisté au duel
et il m'a suivi jusqu'à ma porte, rue Gay-Lussac.

— Pourquoi n'as-tu pas dit ça à Charles ?

— Je me réserve de le lui dire plus tard, murmura
Paul, qui n'avait garde d'avouer qu'il s'était tu parce
qu'il craignait que ce coquin ne s'attaquât à la marquise de Ganges.

— Tu en auras prochainement l'occasion, car je crois
bien que Charles ne tardera guère à te faire appeler de
nouveau. Il a encore un tas de choses à te demander et
à t'apprendre. Il a reçu la réponse au télégramme qu'il
avait adressé au Parquet de Nice. Il connaît le nom de
l'homme que ton Mirande a tué.

— Ah !... il connaît... balbutia Paul. Comment s'appelait ce... malheureux?

Paul ne le savait que trop, mais il restait dans son
rôle en feignant de l'ignorer ; et Bardin, sans remarquer qu'il se troublait, s'écria :

— Parbleu ! je ne me suis pas amusé à le demander.
Qu'il s'appelle Pierre ou Jacques, qu'il soit marquis ou
commis-voyageur, c'est toujours un homme mort et tu
as aidé à l'expédier dans l'autre monde en servant de
témoin à ton joli camarade.

— Allons! pensa Paul, il n'a pas encore été question de madame de Ganges. Pourvu que ce Brunachon
ne la dénonce pas.

— Et dire, reprit Bardin, que tu t'es mis dans ce pétrin, juste au moment où il n'aurait tenu qu'à toi de
faire un mariage magnifique. Elle va te coûter cher, ton
incartade.

— Un mariage !... je ne songe guère à me marier.

— Bon ! mais j'y avais songé pour toi.

— Ah ! oui, l'héritière dont vous m'avez parlé chez

maman. Mais vous m'avez dit que vous en étiez encore
à la chercher.

— Oui, je t'ai dit ça dimanche ; mais depuis, il y a eu
du nouveau, j'ai reçu des nouvelles, ce matin. Elle est
retrouvée, l'héritière aux six millions.

— Où se cachait-elle donc ? demanda Paul, pour dire
quelque chose.

Cette découverte, qui semblait passionner le père
Bardin, le touchait médiocrement, et, s'il faisait semblant de s'y intéresser, c'était pour flatter la manie du
vieil avocat.

— Je n'en sais rien encore, reprit le bonhomme,
mais je sais qu'elle est à Paris.

— Diable !... c'est vague !...

— Jusqu'à présent, oui ; mais, demain, je saurai où...
dans quel quartier... dans quelle maison.

— Est-ce que vous la ferez chercher par la police ?

— Fi donc !... je sais maintenant à qui m'adresser
pour m'aboucher avec elle... Tu le saurais comme moi,
si tu n'avais pas oublié son histoire que je t'ai racontée
dimanche dernier, en dînant avec toi chez ta mère...

— J'avoue que je ne m'en souviens pas très bien. Il
s'agissait, je crois, d'une jeune fille qui habitait le département de l'Hérault.

— Oui... à Fabrègues... un village, pas très loin de
Montpellier.

— Et qui a disparu depuis plusieurs années.

— Disparu... c'est-à-dire qu'elle a quitté le pays en
même temps qu'une personne qui s'intéressait à elle...

— Une demoiselle de grande famille...

— Une demoiselle de Marsillargues. Je t'avais même
prié de demander à ce Mirande s'il la connaissait, lui
qui est du Languedoc.

— Je le lui ai demandé et je me rappelle très bien ce

qu'il m'a répondu. Il m'a dit qu'il avait entendu parler
de la famille, mais qu'il n'avait jamais vu la jeune fille
qui portait ce nom. Tout ce qu'il en sait, c'est qu'elle
était très jolie, très riche et qu'elle avait le malheur
d'être paralysée d'une main...

— Paralysée?... c'est la première fois que j'entends
parler de cela, dit Bardin. Mirande doit se tromper.

— C'est possible. Du reste, elle a disparu aussi,
celle-là, à ce qu'il paraît, et Mirande croit qu'elle est
morte.

— Elle est vivante et très vivante. Elle habite Paris,
qui plus est, et elle nous dira où est sa protégée.

— Sa protégée, c'est l'héritière?

— Parbleu !... seulement, elles ne savent ni l'une ni
l'autre l'histoire de l'héritage que je t'ai racontée et
nous avons des raisons de croire que la protégée ne vit
pas dans l'opulence. Les millions vont lui tomber du
ciel.

C'est pour ça que j'avais pensé à te la faire épouser.
J'y penserais encore si tu n'avais pas pris soin de te
rendre impossible en te fourrant dans cette mauvaise
affaire.

Nous ne pourrons pas décemment lui proposer d'é-
pouser un garçon qui va passer en Cour d'assises, un de
ces jours.

— Ce serait, je crois, tout à fait inutile... Mais pourquoi parlez-vous au pluriel?... vous dites : *nous*...

— Parce que je ne serai et ne puis être en cette
affaire qu'un auxiliaire... C'est mon vieil ami Lestrigou
qui en tient tous les fils et lui seul peut la mener à
bien....

— Un avocat de Montpellier, je crois ?

— Oui... un ancien bâtonnier de l'ordre qui va sur
ses soixante-seize ans et qui a été longtemps l'avocat de

la famille de Marsillargues. En dépit de son âge, il a pris
la chose à cœur et voilà un mois que nous échangeons
des lettres à propos de l'orpheline. Il est tout à fait dans
mes idées sur la nécessité de la marier promptement et
convenablement... Je lui avais parlé de toi et il n'avait
pas dit : non... Maintenant, il faut en rabattre... tes
chances ont baissé de cinquante pour cent.

Cormier eut un geste d'indifférence et Bardin reprit,
avec humeur :

— Oui, je sais que tu t'en moques. Tu préfères continuer la vie qui t'a mené où tu en es. Eh bien ! je te
prédis que tu regretteras de l'avoir manqué par ta faute,
ce mariage que je t'avais trouvé.

— Vous en parlez comme si je n'avais qu'à me présenter pour le faire, dit Paul en souriant. Il me semble
qu'il serait bon de consulter d'abord la principale intéressée.

— Ça, je m'en chargerais, d'accord avec ce brave Lestrigou qui m'est tout dévoué et qui userait de son in-
fluence sur la dernière des Marsillargues.

— Je croyais qu'il l'avait perdue de vue...

— Oui, depuis qu'elle s'est mariée ; mais maintenant
qu'il sait où la prendre, il aura vite fait de redevenir ce
qu'il était autrefois : son ami, son conseil, presque son
tuteur.

— Et le mari ?... il aura bien voix au chapitre, je suppose.

— Le mari ne vit plus avec sa femme... et elle se gar-
dera bien de le consulter... il ne s'est d'ailleurs jamais
occupé de l'orpheline de l'abrègues. Si tu plaisais à la
protectrice, tu plairais certainement à la protégée.

— Vous me permettrez d'en douter... et de vous faire
observer que vous raisonnez comme si cette jeune fille
n'avait jamais vu le monde. Quel âge a-t-elle donc ?

— Vingt ans... peut-être vingt-deux... je ne sais pas au juste... Lestrigou te le dira...

— Lestrigou?... mais il est à Montpellier.

— Il arrive ce soir. Je l'attends... et il faut que le train ait eu du retard, car il devrait déjà être ici.

— Comment! à son âge, il s'est décidé à faire un si long voyage.

— Mais très bien. Il se porte comme le Pont-Neuf, Lestrigou. Et puis, la chose en vaut la peine. Six millions qu'il apporte à une pauvre fille qui ne s'en doute pas ! Il a pris assez de peine pour la trouver... il tient à se donner le plaisir de lui annoncer cette grande nouvelle.

— C'est trop juste. Alors, il ne lui a pas écrit, ni à cette dame non plus ?

— A personne qu'à moi. Et il n'a pas perdu de temps, car il n'y a pas deux jours qu'il sait où demeure la protectrice.

— La protectrice seulement?

— Ça suffit. La protégée ne sera pas difficile à découvrir. Lestrigou a des raisons de croire qu'elles n'ont qu'un seul et même domicile. La dame doit être assez grandement logée pour donner l'hospitalité à une amie pauvre.

Du reste, nous parlons là fort inutilement, puisque tu ne te mets pas sur les rangs... et tu n'as peut-être pas tort... au moins pour le moment. Quand ta mauvaise affaire sera arrangée.... si elle s'arrange comme je le souhaite.... nous recauserons de l'héritière.

Bardin s'interrompit pour prêter l'oreille à un bruit de roues qui lui arrivait d'en bas.

— Une voiture qui s'arrête à ma porte, dit-il. A cette heure-ci, ce ne peut être que Lestrigou.

— Alors, je vous laisse, murmura Paul. J'avais encore

beaucoup de chose à vous dire... mais je vous gênerais pour recevoir votre ami. Je reviendrai demain, si vous le permettez.

— Eh! non, reste! grand nigaud, dit Bardin qui ne boudait jamais bien longtemps le fils de madame Cormier. Je vais toujours te présenter à Lestrigou. Il aime les jeunes gens. Il sera enchanté de te voir. Et puis, ça ne peut pas nuire qu'il te connaisse. Tu es bon à montrer. Après, nous verrons. On ne sait jamais ce qui peut arriver.

C'était bien Lestrigou qui arrivait dans un de ces fiacres à quatre places et à grille qu'on ne trouve guère qu'aux gares des chemins de fer.

Il n'en fallait pas davantage pour mettre en émoi la paisible maison de la paisible rue des Arquebusiers.

Le portier, prévenu par Bardin, s'était précipité hors de sa loge pour aider le cocher à décharger la malle de l'ancien bâtonnier du barreau de Montpellier.

Quelques fenêtres s'étaient ouvertes et on y voyait des têtes de locataires, curieux d'assister à ce débarquement.

Paul regarda aussi et vit descendre un grand vieillard sec comme une allumette, qui, en trois enjambées, disparut sous la voûte de la porte-cochère.

Bardin s'était précipité dans l'escalier pour courir au-devant de son vieil ami. Lestrigou grimpait si vite qu'ils se rencontrèrent à mi-chemin.

Ils entrèrent, en se tenant par la taille, dans la salle à manger, où Paul les attendait, et Lestrigou commença par battre un entrechat pour montrer que le voyage ne l'avait pas fatigué.

C'était un type que ce vieux bazochien, desséché par le soleil du Languedoc. Il n'avait que la peau et les os, avec une petite tête ronde comme une pomme de canne au bout d'un long corps qui se remuait tout d'une pièce, une tête éclairée par deux petits yeux noirs, percés comme avec une vrille et brillants comme deux tisons ardents.

— Hé ! dit-il, sais-tu *qué* tu es bien logé ici ! *Té* rappelles-tu *lé* temps où nous perchions sur les gouttières dans une vieille *cassine dé* la rue *dé* la Pomme ?

Bardin, jadis, avait fait sa première année de droit à Toulouse, où son père était alors employé de l'enregistrement, et c'était là qu'il avait connu Lestrigou.

— Ah ! je crois bien ! dit en se frottant les mains le vieil avocat.

Et il ajouta sagement :

— Mais si tu te lances dans les souvenirs de notre jeunesse, tu n'en sortiras pas. Tu dois avoir faim.

— *Uné* faim *dé* loup des Cévennes. *Jé né mé* suis rien mis sous la dent *dépuis lé* buffet *dé* Vierzon.

— Eh ! bien, mets-toi à table et mange, mon ami. Attaque cette terrine de Nérac que j'ai achetée à ton intention. Demain, mon cordon-bleu te cuisinera un *cassoulet* dont tu me diras des nouvelles.

— Tu es donc toujours gourmand ?

— Je n'ai pas perdu mes bonnes habitudes et j'ai encore bon appétit. Tu pourras t'en convaincre à déjeuner. Mais ce soir, je ne te tiendrai pas compagnie. J'ai dîné.

— Tu as bien fait, mon petit, et *jé* vais *té* rattraper ; mais *jé né* veux pas être incivil, et avant *dé mé* mettre à table, tu vas *mé* présenter *cé juné* homme...

Le *juné* homme c'était Paul, qui mourait d'envie de rire, en dépit de ses chagrins et de ses préoccupations.

— C'est le fils de feu Cormier dont je t'ai souvent parlé dans mes lettres, dit Bardin, et dont la veuve est restée mon amie. Tu goûteras tout à l'heure d'un certain Corton qui sort de sa cave.

—Monsieur, permettez-moi *dé* vous serrez la dextre, dit Lestrigou en tendant la main à Paul qui ne demandait pas mieux que de fraterniser avec ce joyeux compatriote de son ami Jean de Mirande.

—Tel que tu le vois, mon cher, reprit le papa Bardin, ce garçon fait sa troisième année de droit. Je ne répondrais pas qu'il n'ait eu que des boules blanches à ses examens, mais il sera reçu avocat tout de même.

— Tous confrères, alors ! s'écria Lestrigou en s'attablant. *Pardiu*, nous allons rire ; *à démain* les affaires sérieuses !...

— Ah ! oui, l'héritage.

— Tu l'as dit, Bardin *dé* mon cœur, *jé* l'apporte *cé* coquin d'héritage ; tout est en règle. *Jé* n'ai plus qu'à faire une *hureusé*; mais ton *june* ami *né* sait pas *dé* quoi il est question.

—Je lui en ai dit un mot en t'attendant.

— As *bien* fait. *Cé* n'est plus un *sécret*. *Démain jé* verrai l'héritière et dans peu *dé* jours, *toutés* les gazettes en parleront.

— Elle est capable d'en devenir folle, ta petite payse. Lui as-tu écrit, au moins, pour la préparer à recevoir la tuile d'or qui va lui tomber sur la tête ?

— Tu sais bien *qué jé né* pouvais pas.

— C'est vrai. Tu n'as pas encore son adresse. Es-tu sûr qu'elle est à Paris ?

— Si *jé* n'en étais pas sûr, *jé né sérais* pas venu.

Tout en répondant aux questions de son vieil ami, le bonhomme ne faisait, comme on dit, que tordre et avaler ; et Paul admirait ce vieillard de soixante-quinze ans qui n'avait pas l'air de savoir ce que c'est qu'une indigestion.

— Ah ! ça *séra* un beau parti que ma *pétite* Vénus de Fabrègues, soupira Lestrigou en faisant clapper sa langue, après avoir vidé son verre d'un trait.

— Vénus !... diable ! comme tu y vas !... elle est donc bien belle ?

— Comme la mère des Amours... si elle n'a pas changé.

— Hé ! hé ! changer, ça arrive aux jeunes comme aux vieilles. Combien y a-t-il de temps que tu ne l'as vue ?

— Il y aura six ans aux vendanges qu'elle est partie de Fabrègues avec mademoiselle *dé* Marsillargues, qui s'est mariée à Montpellier six mois après, et qui l'a emmenée à Paris. Ça fait donc à peu près cinq ans. Mais *jé* suis bien sûr qu'elle est restée la même. Les filles *dé* chez nous ne sont pas comme les Parisiennes, des déjeuners de soleil. Ma petite amie d'autrefois sera belle tant qu'elle vivra.

— Lestrigou, mon bon, le patriotisme t'égare. Les Languedociennes vieillissent comme les autres et quelquefois même plus vite. A Toulouse, on en voit sur les portes qui sont ridées comme des pommes cuites et qui n'ont pas quarante ans.

Je ne dis pas ça pour ton héritière qni n'en a que vingt.

— Vingt-deux, *lé* mois prochain. Mais *jé té* garantis qu'elle est charmante... Une brune avec *uné* peau qu'on dirait *qué lé* bon Dieu s'est amusé à la dorer avec un rayon *dé* soleil.

— Elle serait noire comme une taupe qu'elle trouverait des amoureux avec ses six millions. Mais, dis-moi... quelle éducation a-t-elle reçue dans ce village de Fabrègues ?

— Excellente, mon cher. Feu Marsillargues, *lé* père, l'avait prise en amitié, quand elle était toute petite.

Elle passait toutes ses journées au château et elle avait les mêmes maîtres que mademoiselle. Elle sait l'anglais, elle chante dans la perfection et elle est de première force sur *lé* piano.

— Le piano... je l'en dispenserais, dit en riant Bardin qui n'aimait pas la musique ; mais comme ce n'est pas moi qui l'épouserai, je m'en console. Maintenant, parle-moi un peu de sa protectrice qui lui a fait apprendre tant de belles choses. Elle est donc revenue à Paris, après avoir beaucoup voyagé.

— Oui, et elle demeure dans *lé* quartier des Champs-Elysées.

— Comment s'appelle-t-elle de son nom de femme ?

— Est-ce que *jé* ne *té* l'ai pas écrit?... alors, c'est *qué* j'ai oublié. Elle est marquise *dé* Ganges, *dé* par son mariage.

A ce nom, lâché *ex-abrupto* par le ci-devant bâtonnier de Montpellier, Paul tressaillit et changea de visage.

Les écailles tombaient de ses yeux ; et il s'étonnait de ne pas avoir deviné plus tôt que la protectrice de cette héritière dont il ignorait encore le nom, c'était la marquise.

Et pourtant, comment l'aurait-il deviné, alors qu'il ne savait pas que madame de Ganges s'appelait, avant son mariage, mademoiselle de Marsillargues ?

Bardin, lui, ne s'émut aucunement. Il n'avait jamais entendu parler du marquis de Ganges. Son fils, qui venait d'apprendre le nom de l'homme tué sur le boulevard Jourdan, ne l'avait pas prononcé pendant la courte visite qu'il venait de faire au vieil avocat.

— C'est presque un nom historique, dit le vieil ami de madame Cormier. Il figure dans le recueil des causes célèbres.

— Oui, *jé* sais, répliqua Lestrigou. *Célui* qui *lé* porte maintenant est *lé* dernier de sa race, et il *né* lui fait pas honneur. C'est un très mauvais sujet, qui a rendu sa femme très *malhureuse*. *Jé* crois *qué jé té* l'ai écrit.

— Tu m'as écrit qu'il s'était ruiné et qu'il ne vivait pas avec elle.

— C'est la vérité... mais *jé* n'aurai rien à démêler avec lui... alors même qu'il serait revenu à Paris, car il ne s'est jamais occupé *dé* la protégée *dé* son épouse C'est à madame *qué* j'aurai à faire. Dès demain, *jé mé* présenterai chez elle.

— Tu as son adresse ?

— Un peu *qué jé* l'ai : avenue Montaigne, 22. Beau quartier, hein ?

— Très beau... mais pas tout près d'ici.

— Peuh ! les fiacres *né* sont pas faits pour les chiens. Tu viendras avec moi, n'est-ce pas, mon vieux Bardin ?

— Jamais de la vie. Qu'est-ce que j'irais faire chez cette dame ?

— Tu m'aideras à lui expliquer la situation. Et puis, elle *né mé* connaît pas. Tu répondras *dé* moi.

— Belle garantie, ma foi !... elle ne sait seulement pas que j'existe. Autant vaudrait, puisque tu es si timide, te faire accompagner par mon jeune ami, ici présent.

— Hé ! hé ! ça *né sé*rait pas si mal imaginé. La jeunesse aime la jeunesse et elle est jeune, ma marquise... presque aussi jeune que sa protégée... et si elle a tenu *cé* qu'elle promettait, elle doit être très jolie.

— Dis donc, Paul, demanda Bardin en clignant de l'œil, tu ne serais peut-être pas fâché de la voir ? Elle te présenterait à l'héritière.

— Je ne crois pas, murmura Cormier.

— Hé ! au fait ! s'écria Lestrigou, il lui faudra bientôt

un mari à ma petite paysanne, et si monsieur lui plaisait...

— Je ne songe pas à me mettre en ménage, interrompit l'ami de Jean de Mirande, sans se préoccuper des regards courroucés que lui lançait le père Bardin.

Le bonhomme revenait à son idée fixe qui était de le conjoindre avec la fille aux six millions, et il enrageait de voir que Paul faisait de son mieux pour contrecarrer ce beau projet.

Lestrigou, du reste, semblait médiocrement disposé à l'appuyer, car il reprit :

— A *té* parler franchement, mon vieux Bardin, *jé né* serais pas très surpris que la petite eût déjà fait un choix. Elle a dû rencontrer des beaux messieurs chez la marquise... et elle peut bien avoir un sentiment...

— Oh! elle ne manquera pas de prétendants, dès qu'on saura qu'elle hérite, grommela le père Bardin. J'avais rêvé de la faire épouser au fils de ma vieille amie, mais il me paraît manquer d'enthousiasme... et toi aussi. N'en parlons plus. Goûte-moi ce Corton, ça vaudra mieux que de causer des chimères que je m'étais fourrées dans la tête.

Lestrigou ne tenait pas du tout à s'étendre sur ce sujet. Il se recueillit pour déguster le nectar que Bardin venait de lui verser et il déclara solennellement qu'il n'avait jamais rien bu qui en approchât.

Ce grand crû bourguignon le remit en belle humeur et lui délia si bien la langue qu'il ne tarit plus en histoires du bon vieux temps. C'est tout au plus s'il laissait à Bardin le temps de lui donner la réplique. Leurs souvenirs de jeunesse défilèrent les uns après les autres, évoqués par le bonhomme qui se grisait en parlant.

Il n'aurait pas fallu le prier beaucoup pour le déterminer à s'en aller finir sa soirée à la Closerie des Lilas.

Ce que voyant, Paul Cormier, qui n'avait aucune envie de l'y conduire, fit signe au père Bardin qu'il en avait assez et s'esquiva sans que Lestrigou y prît garde.

Il tardait à Paul d'être seul pour remettre un peu d'ordre dans ses idées fortement troublées par la nouvelle qu'il venait d'apprendre.

Madame de Ganges et mademoiselle de Marsillargues, protectrice de l'héritière, n'étaient qu'une seule et même personne.

Paul n'en revenait pas et il s'en alla par les rues du Marais en s'efforçant de rattacher les uns aux autres des faits dont il se souvenait et qui semblaient au premier abord, n'avoir aucun lien entre eux.

Il n'y réussissait guère, et de tout ce qu'il avait vu et entendu depuis qu'il connaissait la marquise, il ne se dégageait rien de clair.

La lumière ne se faisait pas sur le passé de la veuve, ni même sur le présent.

Comment avait-elle vécu depuis qu'elle avait épousé M. de Ganges ? Où se cachait cette protégée qui, s'il fallait en croire Lestrigou, ne l'avait pas quittée depuis quatre ans.

Un fait revint tout à coup à la mémoire de Paul. Il se rappela que, dans le jardin de l'hôtel de madame de Ganges, il s'était croisé avec une jeune femme merveilleusement belle.

« Une de mes amies », avait dit la marquise ; et cette amie avait bien l'air d'être là chez elle.

Etait-ce l'orpheline aux six millions ? Tout semblait l'indiquer.

Et, si c'était elle, Lestrigou n'aurait pas de peine à la trouver. Madame de Ganges pourrait la lui montrer séance tenante, si elle consentait à le recevoir.

Paul comptait voir le lendemain la marquise ; et Mirande, en le quittant, avait annoncé l'intention de se présenter, lui aussi, le lendemain, à l'hôtel de l'avenue Montaigne.

— Il faut absolument que je m'entende avec lui, ce soir, se dit Cormier. Après son dîner, il a dû rentrer. Je suis à peu près certain de le trouver... et s'il était sorti, je chargerais son portier de le prévenir que je reviendrai demain matin à la première heure, comme nous en étions convenus.

Le boulevard Saint-Germain n'est pas aussi loin qu'on pourrait le croire de la rue des Arquebusiers, et en coupant au plus court, Cormier, qui marchait vite, ne mit pas beaucoup de temps pour y arriver.

Les passants y sont rares, passé une certaine heure, et les boutiques éclairées n'y abondent pas.

En traversant la chaussée déserte, Cormier aperçut, devant la maison où demeurait son ami, un homme qui se promenait lentement, allant et revenant sur ses pas, sans jamais s'éloigner de la porte.

En d'autres temps, Paul Cormier n'aurait fait aucune attention à cet homme qui pouvait bien être un simple flâneur; mais depuis qu'il avait eu affaire à la justice, il était sur ses gardes et il se défiait de tout.

Ce gredin qui s'était mis à ses trousses après le duel et qui l'avait dénoncé au juge d'instruction continuait peut-être à l'espionner.

Paul ralentit le pas, obliqua un peu à droite afin de ne pas aborder le trottoir devant la porte de la maison de Mirande, et observa, chemin faisant, l'individu qui lui paraissait suspect.

Il n'eut qu'à l'examiner de loin avec beaucoup d'attention pour se convaincre qu'il ne ressemblait pas du tout à l'affreux Brunachon.

Celui-ci était beaucoup plus grand et accoutré d'une

16.

tout autre façon : longue redingote boutonnée, chapeau haute forme à larges bords, enfoncé jusqu'aux yeux.

Il avait l'air d'un sergent de ville en bourgeois.

Dès qu'il aperçut Cormier, il démasqua la porte devant laquelle il avait l'air de monter la garde, et sans se presser, il s'éloigna.

Cormier ne s'amusa point à le suivre. Il n'y aurait rien gagné, même en supposant que ce personnage fût là en surveillance, et il n'avait aucune envie de se faire une affaire en allant regarder sous le nez un monsieur qui ne songeait pas à mal.

Que lui importait qu'on le vît entrer chez Mirande? On savait bien qu'il était son ami et même son complice, si on qualifiait de complicité le fait de lui avoir servi de témoin dans son duel.

Et il avait hâte de raconter à Mirande ce qu'il venait d'apprendre chez Bardin ; de le consulter même, quoique ce batailleur ne fût pas précisément ce qu'on peut appeler un homme de bon conseil.

Paul n'avait qu'une peur : c'était de ne pas le trouver chez lui.

Le portier le rassura. Mirande venait de rentrer.

Ce fut lui qui vint ouvrir lorsque Paul sonna et, en le voyant, il s'exclama joyeusement :

— Tu arrives bien, s'écria-t-il ; j'allais passer ma soirée à avaler ma langue. Tu vas me tenir compagnie. Nous allons causer en fumant des pipes et en buvant des grogs.

— C'est que... j'en ai long à te raconter, murmura Paul.

— Et moi, donc !... Nous allons nous établir dans mon salon. Tu verras pourquoi.

Mirande occupait un joli appartement de garçon, pas

très grand, mais très complet, qu'il s'était plu à meubler suivant ses goûts.

Peu d'objets d'art, mais des collections de pipes de tous les pays et des ustensiles de salle d'armes, accrochés à tous les murs : masques, fleurets, épées de combat et le reste.

Sur la table, des boîtes de cigares, des pots à tabac, des verres et une bouteille d'eau-de-vie encore aux trois quarts pleine.

— A toi la parole, dit Mirande. Après, ce sera à mon tour. Sieds-toi, verse-toi à boire, allume ce que tu voudras et vas-y de ta narration. Tu viens de dîner au Marais?

— Je viens du Marais, mais je n'ai pas dîné et je ne dînerai pas ce soir. Les nouvelles que j'ai apprises m'ont coupé l'appétit.

— Qu'est-ce qu'il y a encore ? Est-ce qu'on va nous arrêter ?... Ce juge m'a pourtant dit...

— Il ne s'agit pas de ça. J'ai vu le père Bardin et j'ai trouvé chez lui un monsieur qui arrive de Montpellier.

— C'est ça tes fameuses nouvelles !

— Il arrive tout exprès pour voir madame de Ganges.

— La marquise en question ?.. Celle qui m'accuse d'avoir troublé son existence ?

— Oui... laisse-moi achever. Tu n'as pas oublié que je t'ai demandé, de la part du père Bardin, des renseignements sur une famille de ton pays, la famille de Marsillargues.

— Je t'ai répondu que j'avais entendu parler de ces gens-là, mais que je ne les connaissais pas.

— Eh bien ! madame de Ganges est une demoiselle de Marsillargues, la dernière de sa race.

— Grand bien lui fasse ! dit Mirande, en haussant les épaules.

— Alors, ça ne t'intéresse pas de savoir qu'elle est, comme toi, du Languedoc et que tu as pu la rencontrer autrefois ?

— Ma foi ! non.

— Tu m'as tenu, tantôt, un autre langage. Tu m'as dit que tu voulais absolument savoir comment tu as, s'il faut l'en croire, troublé sa vie.

— Je le veux encore, et je suis plus décidé que jamais à aller la voir demain pour le lui demander.

— Tu rencontreras peut-être chez elle l'ami du père Bardin..., l'homme qui est venu de Montpellier, tout exprès pour s'aboucher avec elle... M. Lestrigou, un ancien bâtonnier de l'ordre.

— Trop avocats à la clé, décidément, ricana Mirande. Eh bien ! je verrai ce qu'il a dans le ventre, ce bâtonnier.

Paul eut sur les lèvres le mot qui aurait pu mettre sur la voie son ami Jean. Il ne lui avait jamais parlé de la protégée de madame de Ganges, de cette orpheline qu'elle avait prise avec elle, depuis quatre ans et qui ne savait pas encore qu'elle héritait de six millions. C'était le cas de mettre Mirande au courant de la situation. Et Paul n'en fit rien ; non qu'il voulût garder pour lui cette héritière ; mais il se dit que ce secret ne lui appartenait pas, et que Lestrigou aurait le droit de trouver mauvais qu'il le confiât à quelqu'un, même à un camarade.

Il se tut donc et Mirande reprit gaiement :

— Mon cher, tu me remets en mémoire la fable de la Fontaine : « la montagne qui accouche d'une souris... » Les révélations que tu m'avais annoncées si pompeusement me paraissent manquer d'intérêt...

— Pour toi, peut-être, interrompit Paul Cormier ; et encore... si tu voulais bien prendre la peine de réfléchir,

tu reconnaîtrais qu'elles devraient t'intéresser aussi...
ne fût-ce qu'indirectement.

— Pardon ! cher ami, je ne suis pas amoureux de la
marquise, moi. Si je tiens à l'interroger demain, c'est
pure curiosité de ma part. Il me suffit qu'on ne me tra-
casse plus à propos de ce duel et si j'ai bien compris ce
que tu m'as laissé entendre, le fils de ton vieil avocat n'a
pas l'intention de revenir sur sa décision. Demain, je
verserai la caution dont il a fixé le chiffre, et s'il ne finit
pas par rendre une ordonnance de non-lieu, j'en serai
quitte pour passer aux assises où je serai acquitté. Ça
me va d'autant mieux que j'ai de quoi m'occuper
d'ici-là.

— Une nouvelle maîtresse ?

— Ah ! non, exemple. J'en ai assez de passer mon
temps à m'amouracher de femmes dont je me dégoûte
au bout d'un mois. Je cherche mieux...

— Quoi donc, mon Dieu ?... Est-ce que tu rêves de te
faire nommer député dans ton pays ?

— Je n'en suis pas encore là. Ce sera bon quand j'aurai
cinquante ans. Maintenant, je voudrais tout bonnement
vivre à ma guise.

— Il me semble que tu ne t'en prives pas. Tu t'amuses
vingt-quatre heures par jour.

— Tu te figures ça ! Eh bien ! je m'embête à mort, et
je n'aspire qu'à changer d'existence.

— Voilà du nouveau, par exemple !.. Depuis quand ?

— J'y aspirais depuis longtemps, sans m'en apercevoir.

— Vraiment ?... Je ne m'en doutais guère.

— Il n'a fallu qu'une occasion pour m'éclairer...

— Sur tes sentiments ?

— Tu l'as dit. Il me manquait quelque chose et je ne

savais pas quoi. Je le sais maintenant. Il me manquait
un intérêt dans ma vie.

— Tu tournes toujours dans le même cercle. Explique-toi un peu plus clairement. Quelle espèce d'intérêt ?

— J'éprouvais, sans m'en douter, le besoin de m'attacher...

— A qui ? Tu viens de me dire que les femmes t'écœu-
raient.

— Et je te le répète. Je me suis découvert une autre
bosse...

Et comme Paul le regardait d'un air ébahi :

— La bosse de la paternité, reprit Mirande.

— Elle est forte, celle-là ! Du diable si j'aurais deviné
que tu ambitionnes de t'élever à la dignité de père de
famille.

— Non... pas précisément... mais...

— Alors, marie-toi... avec les avantages que tu pos-
sèdes, si tu t'y décides, ce sera tôt fait.

— Peut-être, mais je ne m'y déciderai pas.

— As-tu un bâtard à reconnaître ?

— Non... heureusement.

— Alors, je ne vois pas comment tu t'y prendras pour
te procurer la joie que tu rêves... à moins que tu ne
t'adresses à l'hospice des Enfants-trouvés. Là, tu n'auras
que l'embarras du choix.

— Ce ne serait pas si bête, mais je n'ai pas besoin d'y
aller. J'ai mon affaire. Viens un peu avec moi, que je te
montre ça.

Paul, ahuri, se leva et suivit son ami qui se dirigeait
vers la chambre à coucher, séparée du salon où ils cau-
saient par une portière en tapisserie.

Mirande s'approcha en marchant sur la pointe du
pied, souleva doucement le rideau et dit tout bas :

— Regarde-le dormir.

La chambre était éclairée par une lampe dont un abat-jour adoucissait la lumière.

Allongé sur un canapé, la tête appuyée sur un coussin et les jambes enveloppées dans un burnous, un enfant dormait à poings fermés.

Cormier avait complètement oublié ce qui s'était passé sur la terrasse et à la grille du Luxembourg, mais il reconnut tout de suite le singulier garçonnet que Mirande y avait trouvé.

— Quoi ! s'écria-t-il, c'est à propos de ce petit malheureux que tu me tiens de si beaux discours !

— Pas si haut ! murmura Mirande en mettant un doigt sur ses lèvres. Tu vas le réveiller... et il a besoin de repos... Laissons-le dormir et revenons à nos grogs... et à ce je te disais.

— Décidément, dit Paul, quand ils eurent repris leurs places à table, tu es encore plus fou que je ne pensais. Comment ! tu as emmené cet enfant !

— Parfaitement, mon cher, et je ne regrette pas du tout de l'avoir emmené, répondit Mirande, sans s'émouvoir.

— Et où l'as-tu conduit, bon Dieu !

— Dîner chez Foyot, avec Véra et Maria, que j'ai rencontrées, en chemin, rue de Vaugirard.

— Jolie société pour un morveux de son âge !

— Si tu avais entendu comme il les a traitées ! Il les a appelées : vilaines. Je me tenait les côtes.

— Tu n'as pas honte de l'avoir fait servir à l'amusement de ces balocheuses ?... Et tu te figures que tu as la bosse de la paternité !

— Je l'ai... et je m'en vante ?

— Je parierais qu'elles l'ont grisé, le petit malheureux.

— Pas du tout, je m'y serais opposé ; et, du reste, il ne se serait pas laissé faire. Il a une volonté, je t'en réponds.

— Parbleu ! je l'ai bien vu, tantôt, quand il se cha-
maillait avec l'adjudant. Il a dû recevoir une drôle
d'éducation.

— Pas si mauvaise. Quand il parle, il s'exprime comme
un enfant de bonne famille. Seulement, il a mauvais
caractère. Il s'est fâché dix fois depuis que nous l'avons
rencontré... Pas contre moi, par exemple... il ne me
fait que des risettes... On dirait qu'il m'a toujours
connu.

— Les affinités électives, parbleu !... Il a deviné que
tu as toi-même un affreux caractère... Vous êtes faits
l'un pour l'autre.

— Je le crois, dit sérieusement Mirande.

— Bon ! Mais il n'a donc pas de mère qu'il se jette
comme ça à la tête du premier venu ?

— Pas de mère ? Il en a deux, à ce qu'il dit.

— Et combien de pères ? demanda ironiquement
Cormier.

— Pas même un, je crois.

— Très bien. Voilà ton affaire. Tu lui en serviras...
si les deux mères veulent bien y consentir. Tu aurais
bien dû commencer par le leur demander.

— C'est ce que j'aurais fait, si j'avais su où les trouver... c'est-à-dire où trouver la vraie ; car je suppose que
la mère numéro deux est une tante ou une sœur aînée...
Mais il n'a pas su me donner l'adresse ; il sait bien où
c'est, et il reconnaîtra la maison... mais il paraît qu'elle
est très loin d'ici, cette maison... et le soir, il n'aurait
pas pu trouver son chemin.

— Bon ! je reviens à l'idée que j'ai eue tantôt. Ses
excellents parents ont voulu se débarrasser de lui ; et
puisque tu as été assez sot pour le recueillir, ils vont te
le laisser sur les bras.

— Eh bien! il me restera. C'est ce que je demande.

— Ah ça ! d'où t'est venue cette subite démangeaison de paternité ?

— Que veux-tu que je réponde ? Je n'en sais rien. Ça m'a pris tout d'un coup et ça me tient ferme.

— La voix du sang, peut-être ! ricana Paul Cormier.

— Ça expliquerait tout et j'y ai bien pensé, répondit très sérieusement Mirande ; mais j'ai eu beau interroger ma mémoire, je n'y ai rien trouvé qui puisse me permettre de supposer que j'aie jamais été père.

— On peut l'être et ne pas s'en douter... Jean de Mirande ou le père sans le savoir... drame en beaucoup d'actes.

— Blague tant que tu voudras. Je suis enchanté de ce qui m'arrive. Je ne m'ennuierai plus.

— Tu vas te faire le précepteur de ce petit... et sa bonne par-dessus le marché, car il est encore à l'âge où on a besoin d'être mouché. Ce sera, en effet, très gai.

— Ne t'inquiète pas. Je lui donnerai tous les maîtres qu'il faudra... mais je lui apprendrai moi-même l'équitation... l'escrime...

— Et la boxe, pendant que tu y seras. Pour peu qu'il profite de tes leçons, ce sera un gentleman accompli. Mais... me feras-tu le plaisir de me dire si tu te proposes de le garder sans essayer de retrouver la mère ?

— Oh ! non, dit sans conviction Mirande. Le petit m'a dit qu'elle vient tous les jours au Luxembourg... sur la terrasse où il était resté quand nous l'avons rencontré tantôt. Je l'y mènerai demain, et si elle y est, il faudra bien que je me résigne à le lui remettre.

— Je serais bien curieux de la voir.

— Rien ne t'empêche de te trouver là. Je compte y passer l'après-midi.

17

— Je ne sais pas si je pourrais venir. Je tiens absolument à voir demain madame de Ganges.

— Moi aussi, parbleu! je tiens à la voir. Mais il y a temps pour tout... Et maintenant que j'ai charge d'âmes...

— Tu es superbe dans ce rôle-là!... Heureusement ton sacerdoce va prendre fin, si tu remets la main sur l'une des deux mères de cet énigmatique garçon... oui, énigmatique, car tu auras beau dire, un enfant ne se perd pas comme ça... il y a certainement quelque chose là-dessous.

— C'est possible, mais je m'en moque.

— Sais-tu bien aussi que tu prends mal ton temps pour t'embarquer dans une nouvelle affaire, quand nous en avons déjà une terrible sur le dos. L'instruction n'est pas close et le gredin qui m'a dénoncé n'a pas dit son dernier mot. Tout à l'heure, je viens de voir un homme qui se promenait sur le trottoir devant la porte et qui avait l'air de surveiller ta maison.

— Te voilà comme Véra qui voit des espions partout. Pendant que nous dînions chez Foyot, elle m'a montré un individu planté au coin de la rue de Vaugirard et elle a prétendu que c'était un mouchard.

— Véra s'est peut-être trompée, mais, moi, je suis sûr d'avoir bien vu. Et je parierais que l'homme y est encore.

Mirande alla ouvrir la fenêtre tout doucement, se pencha en dehors pour regarder dans la rue et revint dire à Paul :

— C'est vrai. Il se promène sur le trottoir... mais rien ne prouve qu'il nous guette. Et puis, que nous importe? Maintenant que j'ai tout dit au juge d'instruction, nous n'avons pas besoin de cacher ce que nous faisons.

— Ce n'est pas la police que je redoute.

— Qui donc, alors ?

— Je ne sais pas... mais je crains tout.

— Et moi, je ne crains rien... Nous ne serons jamais d'accord. Parlons d'autre chose. A quelle heure verras-tu demain cette marquise ?

— A l'heure où il lui conviendra de me recevoir ; je me présenterai chez elle dans la matinée. Très probablement, elle ne me recevra pas, mais je lui ferai savoir que je reviendrai dans l'après-midi et j'espère que cette fois je serai admis. Pourquoi me demandes-tu cela ?

— Parce que, toutes réflexions faites, je ne la verrai que plus tard. J'avais pensé à t'accompagner avenue Montaigne, mais je préfère rester libre de disposer de ma journée. Il peut arriver tant de choses...

— Comme tu voudras. Je crois, du reste, que nous ferons mieux d'y aller séparément, dit Paul, qui ne tenait pas du tout à emmener son ami chez madame de Ganges.

— Demain, reprit Mirande, je ne m'occuperai que de mon moutard. Le matin, je causerai longuement avec lui et je tâcherai d'en tirer des renseignements sur ses mamans, comme il les appelle. Il ne demande qu'à parler et il ne parle pas comme un enfant... il parle clairement, posément, comme un petit homme. Ce soir, il s'est endormi à table, parce qu'il était fatigué ; mais demain, il sera éveillé comme une potée de souris. Je le ferai bien déjeuner et après déjeuner, grande promenade au Luxembourg. Je m'y établirai avec lui et pendant qu'il s'amusera, je fumerai d'innombrables cigares. J'y resterai jusqu'à la nuit, s'il le faut. Et si je ne le vois pas se jeter dans les bras d'une femme, j'en conclurai qu'on l'a perdu exprès et qu'il n'a plus au monde que moi.

— Jolie perspective! dit Paul en faisant la grimace. Tu ferais beaucoup mieux de le conduire chez le commissaire de police de ton quartier... Ce commissaire recevrait ta déclaration ; il donnerait des ordres pour qu'on cherchât les parents du petit... et il te marquerait un bon point comme ayant bien agi... tandis que si tu te tiens coi, on saura tout de même que tu as chez toi un enfant qui ne t'appartient pas et...

— Chut! fit Mirande, en prêtant l'oreille et en baissant la voix. Ecoute!... il me semble qu'il appelle.

— Non, murmura Cormier, il rêve tout haut.

Mirande quitta encore une fois sa place et se rapprocha sans bruit de la tapisserie qui séparait le salon de la chambre à coucher.

Il était curieux d'entendre ce que le petit disait en dormant.

Paul fit comme lui, quoique le dormeur l'intéressât beaucoup moins.

Ils n'entendirent que des mots sans suite, parmi lesquels revenait souvent un nom: Maman Jacqueline.

— Bon! murmura Mirande, il rêve de sa mère.

— Sa mère! dit tout bas Paul, quoi! sa mère s'appelle Jacqueline!

— Une de ses mères, puisqu'il en a deux; mais il parle plus souvent de celle-là que de l'autre. C'est sa préférée.

Ce nom, pour Mirande, était un nom comme un autre.

Pour Cormier, ce fut une révélation.

Il n'avait jamais oublié que, dans le fiacre où il était monté avec elle, le jour où il l'avait vue pour la première fois, madame de Ganges, au moment où il allait la quitter, il lui avait dit : « Quand vous penserez à moi, pensez à Jacqueline. »

On les compte, les femmes qui s'appellent Jacqueline, et il était étrange qu'il s'en trouvât deux à porter le même nom parmi les habituées de la terrasse du Luxembourg.

L'enfant avait dit que sa maman y venait tous les jours.

Fallait-il en conclure qu'il était le fils de la marquise et que c'était elle qui l'avait oublié sous les marronniers où les deux amis l'avaient trouvé?

Paul était tenté de le croire.

Et si madame de Ganges était la mère de l'enfant, M. de Ganges n'était pas son père, car ce malheureux gentilhomme, en se confessant à Cormier avant le duel où il avait succombé, n'aurait pas manqué de lui parler de son fils, s'il en avait eu un.

Ce fils, d'ailleurs, s'il eût été légitime, eût été élevé ostensiblement dans l'hôtel de l'avenue Montaigne, et la marquise ne l'y aurait pas laissé, lorsqu'il lui arrivait d'aller passer l'après-midi dans un jardin public.

Il était donc bâtard ou adultérin, suivant qu'il était né avant le mariage de mademoiselle de Marsillargues, ou bien pendant une des longues absences du mari, et madame de Ganges le faisait élever en cachette.

Mais elle ne se privait pas de le voir souvent.

Ainsi s'expliquait la naïve erreur de l'enfant qui croyait avoir deux mères.

L'autre, c'était une femme chargée de le garder.

Maman, Jacqueline était la vraie.

Et cette marquise que tout le monde croyait irréprochable avait une grosse tare dans sa vie.

Paul tombait du haut de ses illusions et sa figure s'allongeait à vue d'œil.

— Qu'est-ce que tu as? lui demanda Mirande. Est-ce que tu connais une Jacqueline?

— Moi ! pas du tout, répondit vivement Cormier, qui n'avait garde d'exposer ses perplexités à son turbulent camarade.

Et presque aussitôt, il reprit :

— Comment s'appelle l'autre ?

— La mère numéro deux ?... Je n'en sais rien. Le petit ne m'en a rien dit, et je n'ai pas pensé à le lui demander. Il me le dira demain. Ça t'intéresse donc ?

— Oh ! c'est pure curiosité de ma part.

— Ta curiosité sera satisfaite. Je ne suis pas comme toi, qui m'as caché tant que tu as pu ton histoire avec ta marquise. Je ne ferai pas le mystérieux à propos de cet enfant, et de quelque façon que tourne l'aventure, j'agirai au grand jour.

— Tu auras bien raison.

— Je prévois, du reste, que le dénouement ne se fera pas attendre. Demain soir, après ma promenade au Luxembourg, je serai fixé.

— Moi aussi, se dit Cormier qui se promettait de raconter toute l'histoire à la marquise et de lui demander hardiment ce qu'elle en pensait.

Après ce court échange de questions et de réponses, la conversation cessa, et chacun des deux amis s'absorba dans des réflexions qui n'avaient pas le même objet.

Mirande se remit à caresser sa chimère de paternité et Paul à rappeler ses souvenirs, à seule fin de se faire une idée nette du cas de madame de Ganges.

Après tout, il l'accusait sans preuves, sur de simples apparences fondées sur une coïncidence de nom.

Le jour où il l'avait rencontrée au Luxembourg, l'enfant n'était pas avec elle. Peut-être jouait-il plus loin sur la terrasse, sous la surveillance de sa bonne ou de sa nourrice. Mais, si elle eût été avec sa mère, elle ne serait pas partie sans l'embrasser.

Restait le nom, ce nom de Jacqueline qu'il donnait à sa maman et qui était resté gravé dans la mémoire de Paul, depuis le voyage en fiacre de la rue de Vaugirard au rond-point des Champs-Elysées.

Il se souvint tout à coup que madame de Ganges en avait un autre. La baronne Dozulé, en lui parlant, et en parlant d'elle, l'avait appelée : ma chère Marcelle, devant quinze personnes assemblées dans le *hall* à ciel ouvert où elle recevait ses invités.

Donc, ce joli prénom était bien celui de la marquise.

Pourquoi en avait-elle pris un autre ? Probablement, parce qu'elle ne voulait pas dire le véritable à un homme que peut-être elle ne reverrait jamais et que, à ce moment-là, elle connaissait à peine.

Et, sans doute, elle avait dit le premier qui lui était venu à l'esprit, Jacqueline, comme elle aurait dit Jeanne ou Andrée.

Ce raisonnement, fondé sur un fait, rasséréna Cormier; et de peur de s'assombrir de nouveau en écoutant discourir Jean de Mirande, il prit le parti de s'en aller.

Ils avaient assez parlé de l'enfant. Le sujet était épuisé et ils n'avaient plus rien à se dire.

Mirande ne demandait qu'à se remettre à veiller sur le sommeil du mystérieux gamin qu'il hébergeait.

Cormier ne songeait qu'à rentrer chez lui pour rêver solitairement à la marquise.

Ils se séparèrent donc d'un commun accord, en se disant : « Au revoir ! » et « A demain ! » mais sans prendre de rendez-vous précis.

Ils pressentaient l'un et l'autre que des incidents imprévus dérangeraient leurs projets, et il leur suffisait de savoir que, si rien ne les en empêchait, ils pourraient se retrouver au Luxembourg.

Le petit dormeur ne donna plus signe d'existence avant le départ de Paul, qui se garda bien de le réveiller.

Le temps avait marché et il était assez tard lorsque Cormier descendit. Cependant, le portier n'était pas couché et il tira le cordon sans attendre que l'ami de son locataire frappât au carreau de la loge.

La porte de la rue s'ouvrit sans bruit, et au moment où Cormier posa le pied sur le large trottoir du boulevard Saint-Germain, il faillit heurter un monsieur qui passait et qui se retourna pour l'éviter.

Il y avait justement là un bec de gaz dont la clarté tomba en plein sur le visage de ce promeneur que Paul avait déjà remarqué en arrivant, et que, cette fois, il reconnut.

L'homme le reconnut aussi et fit un bond de côté, en tournant le dos et en s'éloignant à grands pas.

C'était le personnage qui avait eu maille à partir, au Luxembourg, avec Mirande, et le lendemain, avenue Montaigne, avec Paul quand il s'était présenté pour voir la marquise.

C'était le garde-du-corps de madame de Ganges, ancien ami de son père, disait-elle, et ancien militaire.

Il s'appelait M. Coussergues, et certes, il n'était pas de la police, quoiqu'il fût évidemment là en surveillance comme un simple agent.

Il y avait sans nul doute été envoyé par la marquise, et ce n'était pas à Paul Cormier qu'il en avait, car il n'abandonna pas sa faction pour le suivre, et Paul ne s'avisa pas de l'interpeller, car il devina sans peine ce qu'il faisait là.

Il gardait l'enfant.

Il avait dû le suivre de loin, depuis que Mirande l'avait emmené du Luxembourg ; il avait pour mission de rester devant la maison où l'enfant allait passer la nuit ; d'y rester jusqu'à ce qu'il en sortît et de ne pas le perdre de vue jusqu'à ce qu'il rencontrât sa mère.

La lumière se faisait enfin.

La mère, c'était bien madame de Ganges. Elle avait laissé l'enfant au Luxembourg pour que Mirande l'y trouvât, et elle avait fait la leçon au petit pour qu'il se laissât conduire par Mirande qu'elle avait dû lui désigner de loin, sans se montrer elle-même.

Tout cela était le résultat d'un plan combiné d'avance, et la journée du lendemain dénouerait la situation, car Mirande, renseigné par l'intelligent gamin, ne manquerait pas de le ramener à l'endroit où il l'avait trouvé.

Mais pourquoi Mirande ?. Elle le connaissait donc d'ancienne date ? Oui, puisqu'elle l'avait dit à Paul Cormier, qui l'accompagnait en voiture. Alors, comment Mirande, en l'abordant sur la terrasse, ne l'avait-il pas reconnue ?

C'était incompréhensible, et Paul, tout en regagnant son domicile de la rue Gay-Lussac, se creusait inutilement la tête pour tâcher de trouver la clé de ce mystère.

Et cette pensée lui revenait sans cesse : le père, c'est Mirande. Voilà pourquoi madame de Ganges m'a tant interrogé sur lui. Il est père sans le savoir. Tout est possible. Une aventure de voyage, la nuit, avec une femme dont il n'a pas vu le visage. Elle n'a peut-être pas su qui il était ; ce n'est que beaucoup plus tard qu'elle l'a appris, et depuis qu'elle le sait, elle cherche à le revoir. Elle n'ose pas s'adresser à lui directement et elle emploie des moyens détournés pour l'attirer à elle.

C'est de moi qu'elle s'est servie. Le jour où elle nous

17.

a vus ensemble, elle s'est dit qu'elle n'aurait pas de peine à me séduire et que je serais entre ses mains un instrument docile. J'ai été sa dupe et j'ai joué un rôle ridicule. Il faut qu'elle soit folle de lui, puisqu'elle n'a pas renoncé à le ramener, lorsqu'elle a su qu'il avait tué son mari. Cette femme est un monstre.

Ainsi déraisonnait Paul Cormier, oubliant des faits qu'il connaissait bien et qui prouvaient que ses suppositions n'avaient pas le sens commun.

La passion l'aveuglait à ce point qu'il aurait nié l'évidence plutôt que de convenir qu'il se trompait.

Il en était à former des projets de vengeance contre une femme qu'il aimait. Il souhaitait que Brunachon la dénonçât comme ayant fait assassiner son mari. L'accusation ne tiendrait pas debout, mais la marquise n'en serait pas moins perdue de réputation dans le monde où elle vivait.

Il n'en voulait pas à Mirande ; mais, elle, il la haïssait autant qu'il l'avait adorée ; ou du moins, il croyait la haïr, car il n'y voyait pas encore très clair dans les sentiments qui l'agitaient.

Et il se jurait d'en finir avec elle.

Mais avant de la chasser de son cœur qu'elle occupait tout entier, il voulait se donner la satisfaction de lui dire ce qu'il pensait de son indigne conduite.

Il l'avait condamnée sans l'entendre ; il résolut de l'exécuter, dès le lendemain, et il rentra chez lui, sans se demander si la nuit ne lui porterait pas conseil.

# VI

Elle parut longue à Paul Cormier, cette nuit qu'il passa tout entière à s'agiter dans son lit sans pouvoir trouver le sommeil qui le fuyait, et dont il aurait eu grand besoin pour remettre un peu d'ordre dans ses idées.

Le jour était levé depuis longtemps, lorsqu'il put fermer l'œil, et il fut réveillé par sa femme de ménage qui vint lui dire que deux messieurs demandaient à le voir.

Elle ne les connaissait pas et ils n'avaient pas voulu dire leurs noms.

En d'autres circonstances, Paul aurait absolument refusé de les recevoir; mais il était dans le cas de ne pas renvoyer les gens, sans savoir ce qu'ils lui voulaient.

Il leur fit dire d'attendre qu'il fût levé et il sauta en bas du lit pour s'habiller rapidement.

Son logement n'était pas si grand que les visiteurs qui se présentaient fussent hors de portée d'entendre ce qui se passait dans la chambre où il couchait.

La femme de ménage avait d'ailleurs négligé de fermer les portes de communication.

Si bien qu'une voix s'éleva, voix que Paul reconnut et qui disait:

— Ne fais pas tant de façons. C'est moi, Bardin, et je

suis avec un ami qui te dispense de toute cérémonie.
Tu peux nous recevoir en chemise, si tu veux.

— Entrez alors, cria Paul, tout en se demandant qui
Bardin lui amenait.

Dans la situation où il était, tout l'inquiétait.

Il se rassura en voyant Lestrigou, mais il ne devina
pas ce que venaient faire chez lui, si matin, les deux
vieux avocats qu'il avait quittés la veille au soir.

— Encore au lit, *june* homme? lui dit le ci-devant
bâtonnier.

— Quelle heure est-il donc? demanda Paul en passant un pantalon.

— Midi passé et très passé, mon garçon, répondit
Bardin.

A quoi donc as-tu employé ta nuit, que tu te ré-
veilles si tard?... Est-ce que tu as encore fait des bêtises?

— Oh! non..., à minuit, j'étais au lit..., seulement
j'ai eu beaucoup de peine à m'endormir.

— Parce tu as l'habitude de te coucher à des heures
indues. Lestrigou et moi, ce matin, nous étions debout
dès l'aurore... et pourtant Lestrigou avait passé l'autre
nuit en chemin de fer.

Tu ne te doutes pas d'où nous venons?

— Pas du tout.

— Nous venons de l'avenue Montaigne. Lestrigou
avait hâte de voir cette marquise de Ganges pour lui
demander l'adresse de l'héritière. J'ai eu beau lui dire
qu'il ne fait pas jour chez les marquises avant quatre
heures du soir, il a voulu absolument se présenter chez
elle, le matin.

— Et elle vous a reçus?

— Ah! bien, oui!... nous nous sommes heurtés à un
grand laquais galonné sur toutes les coutures, qui a

commencé par nous répondre que sa maîtresse n'était
pas visible. Nous avons insisté. Lestrigou a donné sa
carte sur laquelle il avait écrit quelques mots pour indiquer le but de sa visite. Le laquais a refusé de s'en charger. Et comme je me fâchais, il a fini par me dire que
madame la marquise était en voyage.

— C'est peut-être vrai, murmura Paul.

Madame de Ganges, la dernière fois qu'il l'avait vue,
lui avait annoncé qu'elle était à peu près décidée à quitter Paris.

— Je n'en ai pas cru un mot, reprit Bardin. Lestrigou
non plus. Quelles raisons a cette dame pour se cacher?
Nous n'en savons rien, mais certainement elle se
cache. Nous pouvons nous passer d'elle, mais il nous
faut l'héritière; et je viens de décider Lestrigou à s'a-
dresser à la préfecture de police qui saura bien la retrouver.

— Vous ne ferez pas cela ! s'écria Paul.

— Et pourquoi pas ?

— Parce que vous compromettriez une femme qui n'a
peut-être rien à se reprocher.

— Qu'en sais-tu ? Est-ce que tu la connais ?

— Non... mais elle est très honorablement connue à
Paris, et si vous faisiez intervenir la police dans une
affaire où son nom serait mêlé, vous lui feriez le plus
grand tort.

— J'en serais bien fâché, dit Lestrigou. Je suis un
vieil ami de la famille, et quand elle était jeune fille, je
n'ai jamais eu qu'à me louer d'elle. Le diable, c'est que
je ne sais comment m'y prendre pour mettre la main
sur Bernadette.

—Bernadette ! répéta Paul, qui entendait pour la première fois prononcer ce nom-là.

— Eh ! oui... Bernadette Lamalou... l'orpheline que

mademoiselle de Marsillargues a recueillie à Fabrègues
et qui ne l'a pas quittée depuis cinq ou six ans... Celle-
là aussi m'intéresse, et il me tarde de m'aboucher avec
elle... si je connaissais un moyen d'y parvenir, sans
mettre sa protectrice en cause...

— Voulez-vous que j'essaie, moi? demanda brusquement Cormier.

— Vous, *june homme*!... eh! mais, *ça né sérait* pas
*dé* refus, si *jé* croyais *qué*...

— Perds-tu l'esprit? s'écria Bardin. Comment feras-tu
pour...

— Ne me demandez pas d'explication. Je ne pourrais
pas vous en donner. Mais je m'engage à vous dire ce soir
si la marquise de Ganges est encore à Paris et si sa protégée habite avec elle.

Bardin consulta d'un coup d'œil son ami Lestrigou
qui approuva d'un signe de tête.

— Quand les sages sont à bout de leur latin, dit en
haussant les épaules le vieil ami de madame Cormier, ce qu'ils ont de mieux à faire c'est de passer la
main à un fou. Va donc, mon garçon. Tu as carte
blanche, jusqu'à demain. Nous attendrons ton rapport
avant de commencer des démarches officielles... nous
l'attendrons chez moi, jusqu'à midi... Et maintenant,
sois libre de ton temps... tu n'en as pas à perdre, si tu
veux réussir... J'étais venu te chercher pour m'aider à
faire à Lestrigou les honneurs de ton quartier Latin
qu'il veut absolument revoir, mais je les lui ferai sans
toi. Au revoir!... à demain matin!

Lestrigou n'ajouta rien; il s'était mis sous la direction
de Bardin, et il ne voyait plus que par ses yeux. A
Montpellier, c'eût été l'inverse; mais à Paris, l'ancien
bâtonnier se trouvait tout dépaysé et il sentait la nécessité de se laisser guider par son vieil ami.

Cormier les laissa partir bien volontiers. Ils l'auraient gêné ; ils le gênaient déjà. Mais il ne regrettait pas de les avoir vus. Leur arrivée l'avait tiré de la torpeur où il était après une mauvaise nuit, comme un coup de fouet remet le cœur au ventre à un bon cheval accablé de fatigue. Son esprit, engourdi par un lourd sommeil succédant à une longue insomnie, s'était réveillé tout à coup ; ses idées s'étaient éclaircies, et il voyait enfin la situation telle qu'elle était.

Il ne s'agissait plus de chercher des combinaisons pour arriver à pénétrer les secrets de la marquise. Il s'agissait de la voir à tout prix, qu'elle le voulût ou non, et d'avoir avec elle une explication décisive, pas pour l'accabler de reproches, comme il l'avait résolu la veille, mais pour exiger d'elle la vérité sur tous les points et pour rompre, s'il acquérait la certitude qu'elle s'était moquée de lui.

Il ne croyait pas à son départ précipité et il se promettait de faire, s'il le fallait, le siège de son hôtel jusqu'à ce qu'elle consentît à l'entendre.

Autrement, il n'avait pas de plan arrêté. Il comptait s'inspirer des circonstances.

Il acheva de s'habiller et il déjeuna en toute hâte, comme il l'avait fait le jour de sa première visite à madame de Ganges, le lendemain du duel.

Et, cette fois, quand il descendit dans la rue, il n'y aperçut pas de flacre suspect.

Brunachon semblait avoir désarmé, car il n'avait plus donné signe de vie à Cormier, depuis qu'ils s'étaient trouvés face à face dans le cabinet du juge d'instruction.

Peut-être comptait-il sur l'appui du vicomte de Servon pour monter une agence de renseignements.

Et quoi qu'il en fût, Paul n'avait plus à se préoccuper

des attaques de ce maître chanteur, car Paul n'avait plus rien à cacher de ce qui le concernait personnellement, et il ne se croyait plus tenu de préserver madame de Ganges d'un dénonciation.

En descendant de voiture à l'entrée de l'avenue Montaigne, il s'assura d'un coup d'œil que ce drôle ne rôdait pas aux abords de l'hôtel et il se glissa en rasant les maisons jusqu'à la porte cochère qu'il s'attendait à trouver fermée.

A sa grande surprise, il la trouva, non pas ouverte, mais largement entrebâillée.

C'était une heureuse chance et il n'hésita pas à en profiter pour entrer sans sonner.

Il prévoyait qu'il n'irait pas loin sans avoir maille à partir avec le valet récalcitrant qui lui avait barré le passage, lors de sa première et unique visite.

Il ne vit personne, et, au lieu de manifester sa présence en appelant, il traversa vivement la cour et pénéra dans le jardin où la marquise l'avait reçu.

Si elle y était, il allait la surprendre et elle ne pourrait pas lui échapper.

Il ne souhaitait rien de mieux, car le lieu était propice entre tous à une explication décisive qui pouvait devenir orageuse.

La marquise n'y était pas.

Il fit le tour du jardin sans la rencontrer et sans qu'aucun domestique se montrât.

Paul se demanda si l'hôtel était abandonné et il fut tenté de croire que madame de Ganges avait vraiment quitté Paris, en emmenant tout le personnel de sa maison.

Une découverte qu'il fit changea le cours de ses idées.

Sur le banc où il l'avait vue assise, au pied d'un acacia, il aperçut un sabre, une giberne et un fusil minuscules:

tout l'attirail d'un petit garçon qui aime à jouer au soldat.

— Ah! murmura-t-il, en pâlissant, l'enfant est à elle.

Il n'y avait guère moyen d'en douter.

Ces jouets oubliés là attestaient que le jardin de l'hôtel servait aux ébats d'un enfant, et que cet enfant était un garçon; car les petites filles n'ont pas coutume de s'amuser avec des réductions d'ustensiles militaires. Les petites filles s'amusent avec des poupées.

Et ce garçon ne pouvait être que le belliqueux gamin qui s'était si bien gendarmé, la veille, contre un gardien du Luxembourg.

En fait de joujoux, celui-là devait préférer les sabres.

Et si la marquise venait de quitter Paris, il était permis de supposer qu'elle l'avait laissé pour compte à Mirande.

Son garde-du-corps, Coussergues, était resté pour veiller à ce que Mirande ne se débarrassât pas du petit, en le déposant à la Préfecture de police comme il aurait déposé un parapluie trouvé dans la rue.

Tout s'expliquait ainsi ; et madame de Ganges, qui n'avait pas cessé de mentir à Paul Cormier depuis qu'elle le connaissait, madame de Ganges, fille-mère ou épouse infidèle, ne méritait pas que Paul la défendît.

Ses indignations le reprirent, et cette fois, il ne se donna pas la peine d'examiner le pour et le contre, ni même de chercher un valet qui le renseignât sur le brusque départ de la dame.

Il ne pensa qu'à sortir de cet hôtel où il se jurait de ne plus remettre les pieds.

Que lui importait maintenant l'héritière aux six millions? Il avait promis à Bardin et à Lestrigou de leur dire où ils trouveraient cette protégée introuvable ; mais à l'impossible, nul n'est tenu. Il leur dirait qu'elle avait probablement quitté Paris avec sa protectrice et il ne se gênerait plus pour leur dire tout ce qu'il savait sur la marquise.

Ah ! Lestrigou, maintenant, pouvait bien s'adresser à la police ! Paul n'interviendrait pas pour l'en empêcher.

Il s'en alla comme il était venu, sans rencontrer personne, et il trouva la porte entr'ouverte comme il l'avait laissée.

Rien ne bougea dans cette vaste demeure où les domestiques étaient nombreux. On eût dit le château de la Belle au bois dormant.

Paul, une fois dehors, se demanda comment il emploierait le reste de sa journée.

Il serait bien allé rue des Arquebusiers, à seule fin de renseigner ses vieux amis, mais il n'espérait pas les y trouver.

Ils avaient annoncé l'intention de parcourir le quartier Latin, en quête de leurs anciens souvenirs, et cette tournée rétrospective les retiendrait probablement plusieurs heures.

Mieux valait que Paul attendît au lendemain pour leur faire son rapport.

Et comme il éprouvait le besoin de confier ses peines à un ami, il songea aussitôt à se rendre chez Mirande et à lui dire tout ce qu'il avait sur le cœur.

Il cherchait des yeux une voiture, lorsqu'il vit venir à lui le vicomte de Servon.

Ce gentilhomme arrivait du côté des Champs-Élysées et il avait tout l'air d'aller faire une visite à la marquise.

Il l'avait à peu près annoncée, la veille, cette visite, en causant avec Paul, au café Soufflot, et il était tout naturel qu'il la fît.

Paul aurait voulu l'éviter, car il n'était pas disposé à le prendre pour confident ; mais le vicomte l'avait aperçu de très loin et Paul n'avait plus le temps de se dérober.

Ils s'abordèrent poliment et le premier mot de M. de Servon fut :

— Vous venez de voir madame de Ganges, je suppose ?

— Je n'ai pas été reçu, répondit évasivement Cormier. Peut-être, monsieur, serez-vous plus heureux que moi.

— Ma foi ! je vais essayer... et comme j'ai eu l'honneur de vous le dire, hier, je me propose de lui signaler les manœuvres de l'homme qui vous a dénoncé et qui pourrait la calomnier, si on n'y met ordre.

— C'est ce que j'aurais fait si je l'avais vue... mais vous êtes mieux à même que moi d'agir contre ce misérable, puisque vous connaissez tous ses antécédents.

M. de Servon avait cette finesse que donne la pratique du monde et des hommes. Il remarqua très bien que l'étudiant paraissait ne plus s'intéresser autant à madame de Ganges, et pour savoir à quoi s'en tenir sur les sentiments qu'elle lui inspirait, il se mit à parler d'elle sur un ton plus dégagé que respectueux.

— C'est, en vérité, une étrange personne que cette marquise, dit-il en souriant. On lui pardonne tout, parce qu'elle est adorablement jolie, mais il faut convenir qu'elle a fait tout ce qu'il fallait pour se déclasser. Toute autre qu'elle y aurait réussi depuis longtemps ; mais le monde a de ces indulgences pour les femmes

qui savent se bien poser dès le début. Décidément, elle
est très forte.

Paul aurait volontiers fait chorus avec M. de Servon,
mais il lui déplut de l'entendre traiter si légèrement
madame de Ganges et, de par son instinct d'amoureux
mal guéri, il essaya de la défendre.

— J'ignorais qu'on médit d'elle dans les salons où on
la reçoit, répliqua-t-il assez sèchement.

— Oh! pas dans ceux-là..., mais elle ne tient pas à
Paris le rang auquel son nom et sa fortune lui permet-
traient de prétendre...

Et lorsqu'on saura comment son mari est mort, elle
va se trouver dans une situation difficile. Mais nous
sommes, vous et moi, disposés à la soutenir et tout
s'arrangera, j'en suis persuadé.

Paul ne répondit pas. Il cherchait une transition
pour prendre congé sans brusquerie de ce causeur mal-
veillant.

— Elle est singulière en tout, reprit l'indiscret
vicomte. Avez-vous remarqué, cher monsieur, qu'elle
ne se dégante jamais?

— Non, balbutia Cormier, je l'ai si peu vue...

— Elle a encore une autre manie : celle de ne jamais
permettre qu'on lui serre la main... pas même le bout
des doigts.

Paul s'en était aperçu deux fois, mais il ne lui convenait pas de le dire et il prit un air étonné qui n'arrêta pas le cours des médisances du vicomte, car il
ajouta :

— Il paraît qu'elle est affligée d'une infirmité bizarre.
La peau de ses mains est glacée comme la peau d'un
serpent. Quand elle était jeune fille, ses compagnes
l'appelaient la Main-Froide. Si jamais elle faisait une

exception en ma faveur, je me figure qu'en la touchant, j'éprouverais une impression désagréable.

Et comme Paul persistait à ne pas répondre, M. de Servon reprit gaiement :

— Je ne sais pourquoi je vous parle de cela, cher monsieur. Ce sont des bruits de salon qui ne valent pas qu'on les rapporte ; et, qu'ils soient fondés ou non, madame de Ganges est charmante.

Et puis, il y a le dicton : main froide, chaudes amours... J'incline à croire qu'il s'applique très bien à la marquise... je voudrais qu'il me fût donné d'en faire l'expérience, mais je ne l'espère pas... et je vous quitte pour aller lui présenter mes hommages très platoniques... si elle veut bien ne pas me fermer sa porte.

Au revoir, et toutes mes excuses de vous avoir retenu si longtemps.

Cormier se garda de le retenir. Ce gentilhomme l'agaçait avec ses insinuations et son persifflage dont il n'apercevait pas le but.

Cormier voulait bien maudire madame de Ganges, mais il avait souffert impatiemment qu'un autre en dît du mal devant lui, et il ne pensa qu'à s'éloigner pour éviter de rencontrer de nouveau M. de Servon, quand il sortirait de l'hôtel de la marquise absente.

Il tourna donc à droite et il se jeta sous les arbres, afin de gagner le quai en passant derrière le Palais de l'Industrie.

Là, il sauta dans une voiture et il se fit conduire au boulevard Saint-Germain.

Il en fut pour sa course. Mirande était sorti avec le petit garçon. Paul l'avait manqué d'un quart d'heure. Le concierge lui dit qu'il était sorti à pied. Paul pensa qu'il devait être allé au Luxembourg comme il le lui

avait annoncé la veille, et Paul remonta en fiacre pour
l'y aller rejoindre.

Il savait ce que son camarade y allait faire : chercher
la mère de l'enfant perdu ou plutôt l'y attendre.

C'était une raison pour que Paul qui la cherchait
aussi, et qui croyait la connaître, se rendît là où il lui
restait quelque chance de la rencontrer.

Il descendit devant la grille qui borde la rue de Vaugirard, à la hauteur de la rue Féron, paya son cocher
et entra dans le jardin, bien décidé à n'en pas sortir
avant d'avoir trouvé son camarade.

Mirande venait là comme un pêcheur va tendre ses
filets. L'enfant allait lui servir d'appât pour attirer la
mère. Mirande avait dû s'établir à la place où la mère
avait laissé la veille ce singulier petit garçon.

Paul commença donc sa tournée par ce bout de la
terrasse. Il reconnut la boutique à joujoux près de
laquelle le gamin s'était retranché pour résister à l'adjudant qui voulait l'emmener ; mais il ne vit ni Mirande
ni le jeune Roch. Sans doute, il les avait devancés et
ils n'allaient pas tarder à paraître.

L'idée lui vint d'interroger la marchande en lui
expliquant comment l'enfant était habillé, et cette femme
lui répondit qu'il venait à peu près tous les jours avec
sa mère, vers quatre heures.

Elle l'avait encore vu la veille et comme elle avait
fermé boutique de bonne heure, elle n'avait pas assisté
à la scène avec le gardien.

Paul, ainsi renseigné, poussa plus loin sur la terrasse,
dans la direction de la Pépinière, afin de s'assurer que
Mirande ne se promenait pas de ce côté-là.

Il ne le rencontra point et il rebroussa chemin, dans
l'intention de revenir à son point de départ et d'y rester.

Ce n'était pas dimanche et le temps n'était pas

très sûr. Il y avait peu de monde sur la terrasse : quelques femmes assises, par ci, par là, sur des chaises.

Paul, avant de revenir sur ses pas, se mit à les passer
en revue, et resta pétrifié en apercevant la marquise de
Ganges.

Elle s'était assise à la place qu'elle occupait déjà le
jour où il l'avait rencontrée pour la première fois, au
bout de la terrasse du côté de l'allée de l'Observatoire,
adossée au piédestal d'une statue — la même — et
absolument seule.

Elle ne voyait pas Paul Cormier, et elle ne l'avait pas
remarqué lorsqu'il avait passé devant elle, pas plus qu'il
ne l'avait remarquée.

Ce n'était pas elle qu'il cherchait, c'était Mirande et
le petit garçon.

Mais il suffit qu'il aperçût madame de Ganges pour
qu'il oubliât ce qu'il était venu faire au Luxembourg.

Il la retrouvait enfin, cette marquise introuvable qui
faisait dire par ses gens qu'elle avait quitté Paris.

L'occasion était belle pour lui demander une explication qu'elle lui devait bien et il alla droit à elle,
résolu à en finir et à ne pas la ménager.

Il fut presque brutal.

Au lieu de la saluer, en l'abordant, il fit ce que Mirande avait fait, le dimanche de la première rencontre.

Il s'empara d'une chaise et il s'assit en face d'elle,
sans prononcer une parole.

Elle pâlit et fut sur le point de se lever, mais elle
resta et elle lui dit d'une voix altérée par l'émotion :

— Je vous en supplie, monsieur, laissez-moi.

— Désolé de vous refuser, répliqua-t-il durement. Je
me suis présenté chez vous et vous n'y étiez pas.
Puisque je vous rencontre, il faut absolument que je
vous parle.

. — Pas maintenant. Je vous recevrai quand vous voudrez; mais en ce moment, je ne puis pas vous entendre.

— Vous m'entendrez, pourtant; car je vous préviens que si vous quittez la place, je vais vous suivre. Ce sera, si vous voulez, une nouvelle promenade en fiacre, mais cette fois je ne descendrai pas en route pour vous être agréable.

— Que vous ai-je fait pour que vous preniez ce ton avec moi? demanda madame de Gauges qui se remettait peu à peu de son trouble.

— Vous vous êtes moquée de moi... vous avez menti... il faut bien que j'appelle les choses par leur nom...

— Je n'ai jamais menti de ma vie, interrompit froidement la marquise.

— Excepté le jour où vous m'avez juré que mon ami, Jean de Mirande, vous était indifférent.

— Vous vous trompez. Je vous ai dit que je ne l'aimais pas et que je ne pouvais pas l'aimer, voilà tout.

— Oh! je ne viens pas vous faire une scène de jalousie!

— Vous n'en avez pas le droit, dit avec beaucoup de dignité madame de Ganges. Il vous a plu de me déclarer que vous m'aimiez, moi que vous connaissiez à peine. Je ne vous y ai pas encouragé, et surtout je ne vous ai rien promis. Que me reprochez-vous?

— D'avoir essayé de me faire jouer un rôle ridicule, en vous servant de moi pour en venir à vos fins.

— Je ne comprends pas.

— Vous comprenez très bien. Votre but, je ne l'ai pas encore deviné, mais je suis certain que vous n'oseriez pas l'avouer... et tenez! je voudrais que Mirande fût

ici... peut-être vous décideriez-vous à jouer cartes sur
table... Il y viendra, du reste...

Madame de Ganges tressaillit, mais elle ne dit mot.

— Oui, madame, je comptais l'y trouver et je vais
l'attendre.

— Comme il vous plaira, monsieur. Vous êtes libre
de rester, et je suis libre de partir.

— Pas seule.

— Est-ce à dire que vous prétendez me suivre, malgré ma volonté?

— Je prétends que vous m'écoutiez jusqu'au bout.

— Hâtez-vous alors et parlez clairement. Que voulez-
vous de moi?

— Je veux la vérité.

— Sur quoi?

Paul hésita, retenu par un reste de délicatesse qui
l'empêchait de blesser une femme qu'il aimait en lui
posant à brûle-pourpoint une question qu'il avait sur
les lèvres.

La passion l'emporta et il lui dit brusquement :

— Vous n'avez jamais eu d'enfants ?...

Cette fois, la grossièreté était si forte que les larmes
vinrent aux yeux de madame de Ganges; mais elle resta
maîtresse d'elle-même et ce fut avec calme qu'elle
répondit :

— Jamais, monsieur. Pourquoi me demandez-vous
cela?

— Parce que je croyais que vous en aviez un.

— Et sur quoi fondiez-vous cette supposition offensante pour moi.

— Offensante? mais non, puisque vous n'êtes veuve
que depuis trois jours. Vous étiez mariée, je pense,
depuis plusieurs années. Vous pouvez bien avoir eu un
enfant de votre mari.

— Si j'en avais un, il ne me quitterait pas, et vous ne l'avez jamais vu avec moi.

— Non... je n'ai vu que ses joujoux qu'il a oubliés sur un banc de votre jardin. J'y suis entré aujourd'hui, dans ce jardin. La porte de votre hôtel était ouverte, et je n'ai pas trouvé un de vos gens pour me répondre.

— Et de ce qu'un enfant a laissé ses jouets chez moi, vous concluez que je suis sa mère ?

— J'ai d'autres preuves.

— Lesquelles, je vous prie ?

— Comment vous appelez-vous de votre petit nom ?

— Marcelle, répondit sans hésiter la marquise.

— Vous avez donc deux noms ?... L'autre, c'est Jacqueline... vous me l'avez dit, en voiture, dimanche dernier.

— C'est vrai. Je m'en souviens. Vous me pressiez de vous l'apprendre et à ce moment-là, je ne savais pas encore si je vous reverrais jamais. Je vous ai donné le premier nom qui m'est venu à l'esprit.

Du reste, un quart d'heure après, vous avez pu entendre mon amie madame Dezulé me nommer Marcelle.

— Marcelle de Marsillargues, alors ?

— Oui, je suis née de Marsillargues. Comment le savez-vous ?... je ne vous l'ai jamais dit.

— Qu'importe comment je le sais ?

— Par mon mari, peut-être, balbutia madame de Ganges, légèrement troublée.

— Non, madame, ce n'est pas votre mari qui m'a renseignée.

— Qui donc alors ?

— Connaissez-vous, à Montpellier, Mᵉ Lestrigou ?

— L'ancien bâtonnier !... oui, certes... il était l'ami et le conseil de mon père... mais il y a plusieurs années que je ne l'ai vu.

— Il ne tiendra qu'à vous de le voir.

— Je le voudrais... mais il est si âgé qu'il ne se déplace plus.

— Il est à Paris..

— Depuis quand? demanda la marquise, tout étonnée.

— Depuis hier soir. Il est venu tout exprès pour vous.

— Pour moi!... que ne m'a-t-il écrit!... il se serait épargné la fatigue de ce long voyage.

— Il ignorait votre adresse. Il l'a apprise tout récemment... Et il s'est présenté ce matin à votre hôtel. Vous avez refusé de le recevoir.

— Je n'étais pas chez moi, dit vivement madame de Ganges. Et si je savais où il loge à Paris...

— Je le sais moi, et je vous le dirai... quand vous aurez répondu aux questions que je vais vous adresser.

— Parlez, monsieur!

Paul prit un temps, pour préparer son effet, et quand il lut dans les yeux de madame de Ganges une inquiétude qui ressemblait fort à de l'anxiété, il commença ainsi :

— Vous souvenez-vous des séjours que vous faisiez au château de Fabrègues, avant votre mariage?

— Oui, certes, répondit sans hésiter la marquise.

— Alors, vous vous souvenez aussi d'une petite paysanne... une orpheline, à laquelle vous vous intéressiez?...

— Et à laquelle je m'intéresse encore; oui, monsieur.

— Eh! bien, M. Lestrigou la cherche. Il ignore où elle est et il pense que vous ne l'ignorez pas.

— Pourquoi la cherche-t-il?

— Pour lui annoncer une bonne nouvelle.

— Je ne comprends pas. Expliquez-vous, monsieur, je vous en prie.

— Elle hérite d'une fortune énorme.

— C'est impossible. Ses parents étaient pauvres.

— Son père s'est enrichi en Californie où il est mort en lui laissant six millions.

— Que dites-vous? murmura la marquise, très émue.

— La vérité, madame. La succession est liquide, M. Lestrigou a fait toutes les démarches nécessaires. Votre protégée n'a qu'à entrer en possession. Seulement, il faut qu'elle se montre. Et si elle ne se montre pas, le brave homme qui la cherche va s'adresser à la police qui saura bien la trouver.

— Moi, je la trouverai et M. Lestrigou la verra... chez moi.

— Quand?

— Quand il lui plaira.

— Cela suffit, madame. M. Lestrigou est descendu à Paris chez un de ses anciens amis, qui est aussi un vieil ami de ma famille. Je ne suis pas certain de le rencontrer aujourd'hui, mais j'irai demain matin lui annoncer que vous êtes prête à le mettre en présence de Bernadette Lamalou.

— Vous savez son nom! s'écria madame de Ganges.

— Pourquoi M. Lestrigou me l'aurait-il caché?... Il a confiance en moi et il m'a raconté toute l'histoire de cette jeune fille...

— Que vous a-t-il dit d'elle? demanda vivement la marquise.

— Qu'elle a été élevée avec vous, au château de Fabrègues, qu'elle vous a suivie à Montpellier, et qu'après votre mariage, elle ne vous a pas quittée... vous avez fait avec elle de longs voyages ; M. Lestrigou a perdu sa trace et même la vôtre.

— Il ne vous a dit que cela?

— Il m'a dit aussi que vous n'avez pas trouvé le bon-

heur avec M. de Ganges et que vous avez dû vous attacher encore davantage à votre protégée.

— C'est vrai. Son amitié m'a consolée de bien des chagrins... mais elle a souffert encore plus que moi.

— Eh bien, ses mauvais jours sont passés. La voilà
riche.

— Ce n'est pas de la pauvreté qu'elle a souffert, murmura la veuve du marquis. La pauvreté n'est rien. J'ai
toujours été riche et je n'ai jamais été heureuse.

— Que vous a-t-il donc manqué pour l'être ? demanda
Paul, en regardant fixement la marquise.

— Il m'a manqué d'être aimée, répondit-elle, sans
hésiter.

— Qu'en savez-vous ?

— Ne me dites pas que vous m'aimez... je ne pourrais pas vous croire... et alors même que vous ne vous
feriez pas illusion sur la nature du sentiment que vous
prétendez avoir pour moi, je ne pourrais pas y répondre... c'est trop tard... ma vie est finie... je n'ai plus
qu'une seule affection... celle que je porte à Bernadette... elle aussi, a souffert par le cœur... la blessure
qu'elle a reçue saigne encore, et si je parvenais à la
guérir, je ne demanderais plus rien à Dieu.

Cette déclaration désespérée qui n'éclairait pas Paul
Cormier sur la situation des deux amies, ne le toucha
pas comme elle aurait dû le faire s'il eût été moins prévenu contre madame de Ganges.

L'enfant recueilli par Mirande ne lui sortait pas de la
tête, et les réponses de la marquise ne l'avaient pas
convaincu qu'elle n'était pas la mère de ce garçonnet
qui oubliait ses jouets chez elle.

Il n'avait pas poussé à fond l'interrogatoire et il s'é-
tait perdu dans des questions accessoires sur le passé

de mademoiselle de Marsillargues avant de lui parler
de l'incident qui avait conduit le petit Roch chez Jean
de Mirande.

Mais il n'avait pas renoncé à aborder ce sujet, et il
était temps d'y arriver, car madame de Ganges allait se
lasser de l'entendre et, quoi qu'il en eût dit, il ne songeait pas à la retenir de force, si elle se levait pour
partir.

Et, emporté par la vivacité du dialogue qu'il avait
entamé avec elle, il oubliait que Jean ne devait pas tarder à arriver sur la terrasse, conduisant l'enfant qui ne
manquerait pas de trancher la question en reconnaissant sa mère, si elle était là.

Il ne remarquait pas non plus que la marquise semblait s'attendre à un événement, car il lui était arrivé
plus d'une fois, surtout au début de l'entretien, de
regarder au loin, comme si elle eût guetté l'apparition
de quelqu'un.

Depuis que Paul s'était mis à la presser de questions
embarrassantes, elle s'occupait moins de ce qui se passait sur la terrasse. Elle tournait moins souvent la tête
et elle ne cessait guère de regarder son interlocuteur
en face, sans doute afin de deviner son arrière-pensée
et de se tenir prête à la riposte.

— Madame, reprit Cormier, sans s'apitoyer sur les
chagrins de cœur de la marquise, je vous ai parlé tout
à l'heure d'un enfant que je croyais être à vous. Vous
affirmez le contraire et il se peut que je me sois trompé.
Mais je ne vous ai pas dit que je l'ai vu hier... que je lui
ai parlé.... et que je sais où il est.

Et comme madame de Ganges ne soufflait mot, et
baissait les yeux :

— Il est chez quelqu'un que vous connaissez bien..

A ce moment, Roch, sorti on ne sait d'où, arriva, courant à toutes jambes, et sauta sur les genoux de la marquise en s'écriant :

— Maman Jacqueline ! Bonjour, maman Jacqueline !

Et sans lui laisser le temps de se reconnaître, il lui jeta ses petits bras autour du cou et il se mit à la manger de caresses.

Elle était très troublée et il y avait de quoi, mais elle ne le repoussa pas et elle lui rendit tendrement ses baisers.

— Allons ! pensait Cormier, elle avoue, parce qu'elle ne peut faire autrement... L'enfant est bien à elle, car si elle n'était pas sa mère, elle le chasserait.

— Tiens ! s'écria le petit garçon, dès qu'il se fut rassasié d'embrassades. Bonjour, monsieur !... ça va bien depuis hier ?

Il avait tout de suite reconnu Paul, quoiqu'il ne l'eût pas beaucoup vu la veille, et Paul, enchanté de l'incident, s'empressa de lui dire :

— Ça va très bien, et vous ? Avez-vous bien dormi chez notre ami ?

— Oh ! oui. Je ne me suis réveillé que ce matin, très tard, et j'ai été soigné chez lui comme chez maman Jacqueline. Il m'a mené déjeuner dans un café où il y avait des glaces partout... J'ai mangé des fraises tant que j'en ai voulu... des belles grosses... Mais je suis joliment content tout de même de retrouver maman Jacqueline.

— Et où est-il, notre ami ?... Il est venu avec vous au Luxembourg ?

— Oui... mais au bas de l'escalier de la terrasse il a rencontré deux vilaines femmes... celles qui ont dîné avec nous, hier... il s'est mis à leur parler... ça m'ennuyait... alors j'ai monté les marches à cloche-pied... quand j'ai été en haut, j'ai vu maman Jacqueline... et me voilà !

— Il doit être inquiet de vous. Vous ferez bien d'aller le chercher. Vous lui direz que je suis là.

— Faut-il, maman ? demanda Roch en interrogeant des yeux la marquise.

— Va, mon enfant, répondit-elle avec calme.

— Le gamin partit comme une flèche et se précipita dans l'escalier.

Paul n'attendait que son départ pour entamer l'explication décisive. Madame de Ganges le prévint.

— Eh bien ! monsieur, lui dit-elle, le voilà, cet enfant que vous prétendiez être à moi...

— Mais il me semble qu'il ne peut pas être à une autre.

— Pourquoi ?... Parce qu'il m'appelle maman ?

— Maman Jacqueline... il ne vous connaît sans doute que sous ce nom-là... le premier qui vous est venu à l'esprit, quand je vous l'ai demandé l'autre jour, disiez-vous tout à l'heure !

— Ce nom est à moi... j'en ai deux, je m'appelle Marcelle-Jacqueline.

— Marcelle, pour le monde... Jacqueline, pour votre fils?

— Vous persistez donc à croire que Roch est mon fils?

— Oseriez-vous encore soutenir le contraire?

— Oui, et je vous le prouverai bientôt.

— Alors, c'est un enfant trouvé que vous avez adopté?... Vous aviez déjà adopté une orpheline... c'est une manie !...

— La manie d'aimer, murmura la marquise.

Ce fut dit si doucement que Paul fit un retour sur lui-même. Madame de Ganges, au lieu de se fâcher de l'accusation qu'il lui jetait à la face, répondait sans s'émouvoir et sans prendre la peine de se justifier. Il recommençait à se demander si cette attitude résignée qu'il avait prise d'abord pour un aveu n'était pas une preuve d'innocence.

Et il reprit d'un ton moins assuré:

— Il est allé rejoindre un homme que vous connaissez... Jean de Mirande.

— Je le sais.

— Mais il va revenir... et Mirande ne manquera pas de vous aborder.

— Je m'y attends.

— Que ferez-vous, alors?

— Vous le verrez. Maintenant, je vous prie de rester. Je désire que vous assistiez à l'entretien que j'aurai avec votre ami. Vous serez libre d'y prendre part.

— Quoi!... en présence de l'enfant!

— L'enfant jouera autour de nous. Il ne comprendrait pas... et il ne cherchera pas à comprendre. J'espère que M. de Mirande n'amènera pas les femmes qu'il vient de rencontrer, ajouta en souriant tristement madame de Gauges.

— Il suffira qu'il vous aperçoive pour qu'il se débarrasse d'elles. Vous les avez déjà vues... dimanche... elles étaient ici et elles l'ont emmené...

— Je m'en souviens très bien.

— Mais depuis ce jour-là, il s'est passé des choses...

— Qui ont changé l'humeur de votre ami. C'est la grâce que je lui souhaite.

— Je ne vous cacherai pas que je comptais le trouver ici... et je savais qu'il y conduirait l'enfant, qui nous a dit, hier, que sa mère y venait tous les jours... sa mère! vous entendez, madame?

— J'entends très bien... et Roch vous a dit la vérité.

— Alors, c'est moi qui ne comprends plus. Mais, puisque tout va s'éclaircir, nous pouvons parler d'autre chose... De votre protégée, par exemple. Elle ne doit guère s'attendre à la nouvelle que vous allez lui apprendre... car je suppose que vous la verrez avant qu'elle ait vu cet excellent M. Lestrigou qui lui apporte six millions.

— Je la verrai certainement aujourd'hui.

— Et Lestrigou ne la verra que demain. Vous aurez donc le plaisir de lui annoncer qu'elle est millionnaire. Oserai-je vous demander si elle est mariée ?

— Non, monsieur, elle ne l'est pas.

— Elle ne manquera pas de prétendants. Je vais bien vous étonner en vous disant qu'on m'a mis sur les rangs sans me consulter.

— Vous ! murmura madame de Ganges en rougissant un peu.

— Mon Dieu, oui... et voici comme : l'ami de M. Lestrigou s'intéresse beaucoup à moi ; il rêve de me marier, et dès qu'il a su que M. Lestrigou connaissait une héritière, il s'est mis en tête de me la faire épouser. Il m'a prêché longuement ; il m'a menacé de me donner sa malédiction si je me dérobais.

— Puis-je savoir ce que vous lui avez répondu ?

— Que je ne voulais pas de sa millionnaire... qui, très probablement d'ailleurs, ne voudrait pas de moi. Ai-je eu tort ?

— Non, monsieur, Bernadette ne veut pas se marier.

— Ni moi non plus. Tout est donc pour le mieux dans le meilleur des mondes.

— J'envie votre optimisme, soupira madame de Ganges.

— Que ne puis-je vous y convertir !

— Il faudrait pour cela des événements... qui n'arriveront pas... Mais il me semble que Roch tarde bien... Pourvu que M. de Mirande nous le ramène !

— Vous pouvez y compter... Le petit sait que vous êtes là et Mirande qui l'adore ne le quitterait pas pour un empire.

— Ah! il s'est déjà attaché à lui?

— C'est-à-dire qu'il en est fou!... Il a découvert tout à coup qu'il a une vocation prononcée pour la paternité... et je parierais qu'il a une peur atroce qu'on lui reprenne l'enfant. Si la mère l'avait abandonné, il serait ravi parce qu'il pourrait le garder... et si elle voulait le lui vendre, il l'achèterait au poids de l'or.

— Roch n'est pas à vendre.

— Oh! je le pense bien... mais il s'arrangerait à merveille de vivre avec mon ami. J'étais là, hier soir, quand Mirande l'a rencontré sur la terrasse. L'enfant était en train de se chamailler avec un gardien qui voulait le faire sortir du jardin, parce qu'on allait fermer. Dès que Mirande s'en est mêlé, il est devenu doux comme un mouton et il l'a suivi, sans faire l'ombre d'une difficulté. Ils se sont entendus tout de suite. Et j'ai pu m'apercevoir qu'ils ont le même caractère. Le petit est aussi rageur que le grand est violent.

— Ce n'est pas peu dire, je crois. Votre ami me fait l'effet d'un sauvage qu'on aurait jeté tout à coup au milieu des civilisés. Il n'obéit qu'à ses passions ou plutôt à ses instincts... il ne connaît aucun frein. Il marche à travers le monde sans se soucier des victimes qu'il écrase... Il m'effraie.

— Vraiment ? Je croyais que vous vous intéressiez à lui.

— Comme on se préoccupe d'un dangereux ennemi...
comme un berger s'inquiète du loup qui rôde autour du
troupeau...

— Je vous assure, madame, que Jean vaut beaucoup
mieux que vous ne pensez... les brebis qu'il a enlevées
ne demandaient qu'à être croquées.

— Qu'en savez-vous? demanda vivement madame de
Ganges.

— Celles que je connais du moins... des demoiselles
du quartier Latin...

— Il n'a pas toujours vécu à Paris.

— Il n'en est pas sorti depuis qu'il a quitté le collège.

— Je croyais qu'il avait un oncle dans la province
où je suis née..., en Languedoc.

— Il ne l'a pas vu depuis cinq ans, cet oncle... et il
s'est brouillé avec lui pendant un voyage à Montpellier...,
le seul qu'il ait fait depuis sa majorité.

— Vous a-t-il parlé quelquefois de ce voyage?

— Très peu. Il en a gardé un mauvais souvenir et
c'est un sujet qu'il évite d'aborder. J'ai cru comprendre
qu'il lui est arrivé là-bas une aventure désagréable,
mais il ne me l'a jamais racontée.

— Le contraire m'étonnerait beaucoup.

— Vous la connaissez donc, cette aventure?

— Dispensez-moi, monsieur, de vous répondre.

— Vous préférez répondre à Jean que vous allez voir
bientôt, et qui ne va pas manquer de vous interroger...

— Sur quoi, je vous prie?

— Mais... quand ce ne serait que sur cet enfant qui,
tout à l'heure, viendra se jeter dans vos bras.

— Se jeter dans mes bras?... non... je ne crois pas,
murmura madame de Ganges qui, depuis quelques ins-

tants, regardait avec persistance du côté où, la veille, les deux amis avaient rencontré le petit Roch.

Mais, reprit-elle, quoi qu'il arrive, je remercierai M. de Mirande.

— De quoi le remercierez-vous ?... d'avoir été inconvenant, lorsqu'il vous a abordée, dimanche dernier, sur cette terrasse ?

— Je le remercierai d'avoir recueilli ce pauvre petit.

— Il vous répondra en vous demandant s'il est à vous.

— Je dois m'y attendre, puisque vous m'avez adressé la même question.

— Une question qui ne paraît pas vous embarrasser.

— Oh ! pas du tout. Et vous ne tarderez guère, monsieur, à savoir à quoi vous en tenir.

— Qu'attendez-vous pour me dire la vérité ?

— J'attends que votre ami soit là. Il est plus intéressé que vous à la connaître.

— Voilà un commencement d'aveu ! s'écria Cormier ; mais tenez !... Le voici !... ou plutôt les voici !

Mirande, en ce moment, apparaissait en haut de l'escalier, tenant par la main le petit Roch et délivré de la compagnie des donzelles qui l'avaient accosté près du bassin.

Sans doute, il venait de les congédier en apprenant de la bouche de l'enfant que l'énigmatique maman Jacqueline était sur la terrasse.

Paul Cormier se leva pour l'appeler du geste. La marquise ne bougea pas, et Roch lâcha la main de Mirande pour courir à elle ; mais tout à coup, obliquant à droite, il se lança à toutes jambes vers les quinconces où ne manquaient ni les gamins de son âge, ni les femmes assises au pied des marronniers.

Mirande n'essaya point de le rattraper. Il avait aperçu son ami et la blonde qui s'était naguère montrée si

19

revêche à ses galanteries à la hussarde. Il savait par Paul que cette blonde récalcitrante était la marquise de Ganges, mais il ne se doutait pas qu'elle était aussi maman Jacqueline, et il ne résista pas à l'envie qui lui prit de s'expliquer avec elle avant de courir après l'enfant.

Il avait tué son mari. Ce n'était pas une raison pour la fuir, et il vint à elle avec toute la bravacherie de Don Juan invitant à souper la statue du Commandeur qu'il avait envoyé dans l'autre monde.

Pâle, mais résolue, madame de Ganges le regardait, sans baisser les yeux. Elle attendait qu'il parlât et ce fut Cormier qui dit à son ami :

— Madame te connaît. Il est inutile que je te présente.

— Parfaitement inutile, appuya Mirande. Je sais que j'ai l'honneur d'être le compatriote de madame qui s'appelait autrefois mademoiselle de Marsillargues... et je sais aussi qu'elle m'accuse d'avoir troublé sa vie... c'est à toi qu'elle l'a dit et c'est toi qui me l'as répété.

Et comme la marquise continuait à se taire, il reprit d'un ton moins assuré :

— Si ce reproche s'appliquait à un malheur récent que je déplore, je prierais madame de me pardonner... mais, si je ne me trompe, il s'agirait de torts graves que j'aurais eus autrefois...

— Il y a cinq ans, interrompit madame de Ganges.

— Envers vous, madame?... Je pensais vous avoir vue pour la première fois, dimanche dernier, à la place où vous êtes assise en ce moment.

— Vous avez donc oublié que vous êtes venu à Fabrègues?

— A Fabrègues ! répéta Mirande en fronçant le sourcil.

— Oui... au village près duquel mon père avait un château.

—Je sais... mais je ne me rappelle pas vous avoir rencontrée pendant le très court séjour que j'ai fait tout
près de là, dans un domaine qui appartient encore à
mon oncle.

— Vous y étiez le jour de l'ouverture des vendanges ?

— Oui... je crois...

— Vous croyez ! répéta la marquise ; vous n'êtes pas
sûr ?,.. alors, vous n'avez pas gardé de ce jour un souvenir distinct !... il aurait dû pourtant marquer dans
votre vie.

Paul fut très étonné de voir que Mirande changeait de
visage. Il le fut bien plus encore de l'entendre
répondre :

— C'est vrai... ce jour-là, j'ai commis une mauvaise
action.

— Non, monsieur... pas seulement une mauvaise
action... un crime, car vous pouviez la réparer et vous
ne l'avez pas fait.

Paul tombait de son haut. Il se demandait de quelle
espèce de crime son camarade avait pu se charger la
conscience, en Languedoc. C'était bien assez d'avoir tué
le marquis sur le boulevard Jourdan.

Il commençait pourtant à deviner qu'il ne s'agissait
pas d'un autre meurtre et que la première victime de
Mirande n'était pas un homme.

— Comment l'aurais-je réparée ? balbutia le coupable.
Je suis parti le lendemain.

— Et vous n'êtes jamais revenu... et vous ne vous êtes
jamais inquiété de savoir ce qu'il adviendrait de la malheureuse enfant que vous aviez indignement trompée !

— Vous pourriez ajouter qu'elle n'a rien fait pour se
rappeler à moi.

— Qu'aurait-elle pu faire ?... vous aviez pris un faux
nom, parce qu'elle ne vous aurait pas cédé si elle avait

su que vous étiez le neveu du comte de Mirande, le plus riche propriétaire du département de l'Hérault. Mais elle a cru à vos promesses de mariage... car vous êtes allé jusqu'à lui jurer de l'épouser... et quand elle a connu la vérité... c'est moi qui la lui ai apprise... il était trop tard... elle avait été obligée de m'avouer sa faute.

— Elle aurait pu m'écrire.

— Pourquoi? pour vous demander un secours? elle n'y a pas pensé... et si cette pensée lui était venue je l'aurais détournée de tenter une démarche humiliante. Ce n'était pas de l'argent qu'elle voulait de vous... qu'en aurait-elle fait d'ailleurs?... depuis son malheur, je me suis chargée d'elle, et elle n'a jamais eu à souffrir de la misère... c'eût été trop!... elle a assez souffert par le cœur...

— Oh! par le cœur!... murmura ironiquement Mirande, déjà las de supporter des reproches sans y répondre.

— Oui, monsieur, répliqua madame de Ganges. Elle vous aimait et vous l'avez trahie.

— Elle m'aimait, dites-vous?

— Et elle vous aime encore.

— Singulier amour qui ne lui a pas inspiré l'idée si simple de me donner de ses nouvelles. Un silence de cinq ans!... j'avais bien le droit de me croire oublié.

— Elle n'a pas cessé un seul instant de penser à vous... mais elle n'était plus en France... elle voyageait avec moi, car elle ne m'a jamais quittée... et elle ne me quittera jamais...

— Elle est donc à Paris?

— Depuis que j'y suis revenue, oui, monsieur.

— Et elle n'a pas cherché à me voir?

— Elle vous a vu.

— Sans que je la voie, alors.

— Vous l'avez peut-être vue sans la reconnaître.

— Je ne crois pas... ou il faudrait qu'elle fût bien changée.

— Elle est aussi belle qu'au temps où on l'appelait : la perle de Fabrègues.

— Eh bien ! pourquoi se cache-t-elle ?

— Elle ne se cache pas, répondit madame de Ganges qui regardait du côté où le petit Roch avait couru.

Paul Cormier commençait à comprendre.

Depuis l'entrée en scène de son camarade, il n'avait pas dit un mot, mais il avait vu où était allé l'enfant, et il attendait avec anxiété que la marquise se décidât à expliquer une situation qu'il croyait deviner.

— Monsieur, reprit-elle, toujours en s'adressant à Mirande, vous ne nierez plus maintenant que vous avez troublé ma vie. Je vous ai pardonné le mal que vous m'avez fait. Il me reste à vous dire que je vous suis reconnaissante d'une bonne action... Sans vous, Dieu sait ce que serait devenu l'enfant dont vous avez pris soin, depuis hier...

— Quoi !... vous savez...

— Votre ami m'a renseignée.

— Il est ici, cet enfant... Je l'ai amené... Il vient de me quitter.

— Il n'est pas loin, murmura Paul.

— Et il paraît que sa mère y est aussi... il me l'a dit... et je suppose que l'ayant aperçue, il aura couru la rejoindre...

Puis, se reprenant, Mirande ajouta :

— Non, il s'est trompé... ce n'est pas elle, car le voilà qui revient.

Roch arrivait, en effet, lancé à fond de train, et sans s'inquiéter de son bon ami Jean, comme il l'appelait déjà, il sauta d'un bond sur les genoux de madame de Ganges, en criant :

— Ne me gronde pas maman Jacqueline !... c'est petite mère qui m'a retenu.

Le « maman Jacqueline » fit encore une fois son effet. Mais ce fut Mirande qui reçut le coup.

Comme tout à l'heure Paul Cormier, il crut comprendre que Roch était le fils de la marquise et cette découverte n'était pas faite pour lui plaire. Il n'était pas amoureux de madame de Ganges, lui, et peu lui importait qu'elle eût caché la naissance d'un enfant illégitime ; mais il ne pouvait guère espérer qu'elle le lui laisserait, cet enfant qu'il aurait voulu garder.

Et il ne se gêna pas pour exprimer tout haut ce qu'il ressentait.

— Allons ! dit-il, décidément, je n'ai pas de chance ! je m'étais attaché à ce petit et je ne le reverrai plus.

— Qu'en feriez-vous, s'il restait avec vous ? demanda la marquise, en le regardant fixement.

— J'en ferais un homme.

— Un homme à votre image ! soupira maman Jacqueline.

— Non, madame ; un homme qui vaudrait mieux que moi... ce ne serait pas difficile... et je l'aurais adopté, pour qu'il héritât de mon nom et de ma fortune... je cherchais à me persuader qu'il n'avait personne pour l'aimer... Je vois que je me suis trompé... c'était un rêve... je tâcherai de l'oublier.

— Vous y parviendrez... vous avez déjà oublié tant de choses !

— Pas tant que vous croyez... mais que vouliez-vous !... il paraît que j'ai la bosse de la paternité et que je n'ai pas la bosse du mariage...

— En d'autres termes, vous avez de la sympathie pour

cet enfant, et s'il était orphelin, vous seriez heureux de vous charger de lui...

— Vous devinez ma pensée... mais il a au moins une mère... et une mère qui ne consentirait pas à se séparer de lui.

— Oh ! non, murmura madame de Ganges, en étreignant le petit Roch.

— Vous voyez bien que je n'ai plus qu'à essayer de me consoler. On ne lutte pas contre sa destinée. Il était écrit là-haut que je finirais seul... comme mon oncle, qui mène depuis des années la vie d'un vieux sanglier solitaire... C'est dans le sang des Mirande... personne ne les aime... eux, n'aiment pas souvent et quand ça leur arrive, ça ne leur réussit pas... ma foi ! je me résigne.

— C'est dommage ! vous aviez la vocation... il a suffi de quelques heures pour que vous vous attachiez à cet enfant que vous n'aviez jamais vu. Que serait-ce donc s'il était votre fils !

— S'il était mon fils, je le prendrais, quoi qu'on fît pour m'en empêcher ; aucun sacrifice ne me coûterait...

— Même celui de votre liberté ?

— Oui, madame, j'irais jusqu'à épouser sa mère... Mais vous savez mieux que personne que c'est impossible.

— Pourquoi mieux que personne ? Cet enfant n'est pas le mien.

Mirande s'inclina en souriant pour exprimer qu'il ne voulait pas donner un démenti à une femme.

— Maman Jacqueline, s'écria tout à coup le petit Roch, je ne sais pas pourquoi maman Bernadette a du chagrin... elle ne fait que pleurer... allons la consoler veux-tu?...

Ce nom de Bernadette fit tressaillir les deux amis.

Paul savait par Lestrigou que c'était celui de l'héritière. Il ne l'avait pas prononcé devant Mirande, mais Mirande le connaissait de longue date, ce nom, assez répandu dans le midi de la France, et presque ignoré à Paris. Mirande avait eu de bonnes raisons pour le retenir, et il s'étonnait de l'entendre sortir de la bouche de cet enfant.

— Il parle de sa mère, dit madame de Ganges, et sa mère est ma meilleure amie... je vais le lui ramener.

— Elle est donc ici? demanda Mirande, fortement troublé.

— Oui, monsieur; et je me reprocherais de la priver plus longtemps de son fils.

Madame de Ganges ajouta en se levant :

— Je ne vous empêche pas de me suivre, messieurs.

Ils profitèrent de la permission, sans trop savoir où elle allait les conduire, car ils n'apercevaient sous les quiconces que des bandes de gamins et des bonnes qui les surveillaient.

Roch courait devant la marquise et ils le virent disparaître derrière le tronc d'un gros marronnier qui leur cachait en partie une femme assise à l'ombre de ce vétéran des plantations du Luxembourg.

Ils pressentaient tous les deux qu'ils touchaient au dénouement d'une situation qui, depuis trois jours ne faisait que se compliquer de plus en plus, et ils étaient trop émus pour échanger leurs impressions, même à voix basse.

Paul fut le premier à apercevoir le profil de Bernadette, entre deux embrassades du petit garçon qui la tenait par la tête et la couvrait de caresses pour sécher ses larmes.

Et, du premier coup d'œil, Paul reconnut la charmante jeune femme qu'il avait rencontrée dans le jar-

din de l'hôtel de l'avenue Montaigne, le jour de sa
visite à la veuve du marquis.

La vérité éclatait enfin. L'enfant qui avait oublié ses
jouets sur un banc était l'enfant de l'amie de madame
de Ganges, qui n'avait pas à rougir d'une maternité
clandestine.

Paul se reprochait déjà de l'avoir soupçonnée.

Mirande reçut un coup au cœur.

Lui aussi, il reconnut Bernadette, et pas pour l'avoir
entrevue un instant, l'avant-veille.

C'était Bernadette qu'il avait séduite à Fabrègues,
pendant ce fatal voyage d'où il avait rapporté la malé-
diction.de son vieil oncle et le remords d'avoir abusé
de l'innocence d'une jeune fille sans défense.

Son passé se dressait tout à coup devant lui, et, devant cette apparition, il restait immobile et sans voix.

Il aurait voulu demander pardon à sa victime et il ne
trouvait pas une parole.

Elle le regardait, pâle, éperdue, et elle serrait contre
son cœur le petit Roch, comme si elle eût craint que
Mirande le lui arrachât.

— Il est à vous, monsieur, dit madame de Ganges, en
montrant l'enfant. L'aimerez-vous moins parce que
vous êtes son père ?

Le beau Mirande, le brillant champion des Ecoles,
le Don Juan du quartier Latin, passa un cruel moment.
Sa fierté se révoltait encore à la pensée de confesser ses
torts et de s'humilier devant celle qu'il avait offensée,
en la suppliant de lui rendre cet enfant qu'il avait abandonné comme il avait abandonné la mère.

— Demandez-lui donc de choisir entre elle et vous,
reprit la marquise.

Et comme il se taisait :

— Roch, demanda-t-elle, veux-tu aller demeurer

19.

chez monsieur, ou bien rester avec maman Bernadette?

— Je veux rester avec maman, répondit sans hésiter l'enfant, mais je veux bien qu'il vienne chez nous,
parce que je l'aime bien.

— Il a choisi, dit madame de Ganges. Vous ne le
verrez plus, car vous ne verrez plus sa mère. Et votre
fils, qui ne portera pas votre nom, aura le droit de
vous maudire.

L'orgueil de Mirande ne tint pas contre cette évoca-
tion de l'avenir qui attend les pères coupables.

Il fléchit le genou, sans se soucier de l'étonnement
des promeneurs du Luxembourg, où les amoureux ne
s'agenouillent guère, et prenant la main de Bernadette
il lui dit :

— Pardonnez-moi et... soyez ma femme.

Les derniers mots se firent un peu attendre, mais il
les prononça très distinctement et très résolument.

— Non, répondit Bernadette, c'est trop. Vous regret-
teriez peut-être de m'avoir épousée. Que notre fils reconnu puisse porter votre nom, et je vous bénirai. Je
vous ai déjà pardonné.

— Si je me bornais à le reconnaître, Roch de Mirande ne serait que mon fils naturel. Notre mariage le
légitimera.

Madame de Ganges, trop émue pour parler, tendit
silencieusement la main à son compatriote qui la prit
et qui, en la serrant, ne put pas dissimuler un tres-
saillement de surprise.

— Oui, dit-elle en souriant tristement, j'ai la main
froide. Ne le saviez-vous pas, vous qui êtes de mon
pays ? C'est à cela qu'on reconnaît les filles de ma race...
Ma mère était ainsi...

— Il y a un proverbe sur les mains glacées, essaya
de dire Mirande.

Elle ne le laissa pas achever, et elle reprit :

— Aurez-vous le courage de tenir l'engagement que vous venez de prendre ? Vous êtes noble et Bernadette est du peuple... vous êtes riche et elle n'a rien...

— Je me moque des préjugés de caste, et je suis très heureux qu'elle soit pauvre. Si elle était plus riche que moi, j'hésiterais à l'épouser.

— Non, dit vivement la marquise, vous n'hésiteriez pas. Vous ne renonceriez pas à être heureux par crainte d'être accusé de vous être mésallié par intérêt. Vous êtes au-dessus d'un tel soupçon et votre ami est témoin que vous ne vous êtes pas occupé de savoir si Bernadette avait de la fortune.

— Petite mère ne pleure plus, interrompit Roch. Veux-tu me permettre d'aller jouer, dis, maman Jacqueline ?

— Va, mon ami, mais ne t'éloigne pas.

L'enfant ne se le fit pas dire deux fois. Il se précipita pour aller se joindre à une bande de gamins qui jouaient à la toupie, et en courant, il se jeta dans les jambes de deux messieurs qu'il faillit renverser.

Le plus grand trébucha si bien qu'il lâcha de sonores jurons; et comme il jurait en patois languedocien, madame de Ganges et Bernadette se retournèrent pour le regarder, car elles s'étonnaient d'entendre parler la langue d'*oc* sous les marronniers du Luxembourg.

Paul Cormier se retourna aussi et il ne put retenir un cri de surprise en voyant M. Lestrigou, flanqué de son vieux confrère Bardin.

Les deux vétérans du barreau étaient venus achever au Luxembourg leur tournée à travers le quartier Latin et ils s'attendaient un peu à y rencontrer Paul; mais ils ne s'attendaient guère à y rencontrer l'héritière des six millions.

Lestrigou la reconnut plus vite qu'elle ne le reconnut; mais, pour madame de Ganges, il y mit plus de temps, parce qu'elle avait changé, à son avantage, depuis qu'elle n'était plus mademoiselle de Marsillargues.

Il les aborda toutes les deux à la fois : la marquise respectueusement et Bernadette familièrement. Et après de courtes salutations, il entama un exorde *ex-abrupto* :

— Pétite, dit-il en se frottant les mains, — c'était son tic — jé t'apporte dé quoi trouver un mari à ton goût... tu n'auras qu'à choisir.

Ce début fit froncer le sourcil à Mirande et Bernadette rougit jusqu'aux oreilles.

L'ancien bâtonnier venait de mettre, comme on dit, les pieds dans le plat.

— Si tu commençais par me présenter ? interrompit Bardin.

— C'est juste, répondit l'imperturbable Lestrigou.

Madame la marquise... et toi pétite... jé vous présente mon ami Bardin, qui fut jadis une des lumières du barreau parisien et qui est aussi l'ami dé M. Paul Cormier *qué* j'ai le plaisir *dé* voir en votre compagnie... Es-tu content ? demanda d'un air goguenard l'ancien bâtonnier.

— Très content. Il ne me reste qu'à prier Paul de nous mettre en rapport avec monsieur ?

— Monsieur Jean de Mirande, commença Paul, en regardant le vieil avocat dans le blanc des yeux.

Bardin fit la grimace, mais il ne dit plus mot.

— Mais si jé né mé trompe, M. dé Mirande est un compatriote ? reprit Lestrigou.

— Originaire du Languedoc, oui, monsieur, répondit

froidement l'étudiant, qui donnait à tous les diables les deux vieux avocats, survenus si mal à propos.

— Tous..pays ! s'écria Lestrigou. Jé puis donc parler sans contrainte d'uné nouvelle qui va révolutionner notré province. Six millions qui tombent dans lé tablier d'une honnête fille.

Des cinq personnes qui écoutaient ce brave homme, Bernadette seule ignorait la grande nouvelle et elle ne devina pas du tout qu'il s'agissait d'elle.

Lestrigou s'empressa de mettre les points sur les i.

— Oui, pétite, reprit-il, té voilà six fois million-naire.

Cette fois, tous furent étonnés, excepté peut-être Bardin, qui venait d'entendre, un instant auparavant, son vieil ami appeler par son nom l'héritière, et Paul Cormier, qui savait depuis le matin que ce nom était celui de la protégée de la marquise.

— Moi ! murmura Bernadette, ce n'est pas pos-sible !... De qui donc me viendrait cette fortune ?... Je n'ai plus de parents...

— Tu avais encore ton père, il y a six mois, répondit Lestrigou. Tu lé croyais mort parce qu'il né t'a jamais donné dé ses nouvelles... Eh bien ! il vivait très bien à San-Francisco où il s'était enrichi et il y est décédé... subitement... C'est heureux, car il n'a pas eu le temps de tester et il t'aurait peut-être déshéritée... la loi amé-ricaine lui en donnait lé droit depuis qu'il s'était fait naturaliser citoyen des Etats-Unis... Mais il n'a pas laissé dé testament et toute la fortune de François La-malou t'appartient... les formalités ont été remplies là-bas, par l'intermédiaire du consul dé France. Il né reste plus qu'à t'envoyer en possession et cé né sera pas long.

Eh bien ! *pétité* Bernadette, avais-je raison de té dire

tout à l'heure qu'en fait *dé* maris, tu n'aurais qué l'embarras du choix.

Dépuis qué je suis arrivé à Paris, c'est-à-dire dépuis hier soir, on m'en a déjà recommandé un, ajouta l'ancien bâtonnier en regardant du coin de l'œil Paul Cormier, qui le donnait mentalement à tous les diables.

Personne ne comprit l'allusion, si ce n'est celui qu'elle concernait et aussi le père Bardin qui en fut charmé.

La marquise avait entendu Paul lui dire, quelques instants auparavant, que Bardin rêvait de la marier à l'héritière languedocienne, mais elle n'y pensait déjà plus et elle se hâta de prendre la parole pour couper court aux projets des deux vieux avocats.

— Bernadette a choisi, messieurs, dit-elle simplement. Bernadette est fiancée à M. Jean de Mirande que M. Cormier vient de vous présenter.

— Vous badinez ! s'écria Lestrigou.

Badiner ! Madame de Ganges n'y songeait guère et dans la situation le mot était grotesque ; mais les méridionaux le mettent à toutes sauces et Lestrigou l'avait dit si naturellement qu'il n'y avait pas lieu de se fâcher.

— Si vous en doutez, messieurs, reprit la marquise, interrogez M. de Mirande.

Il était très troublé, Mirande, et il hésita avant de répondre :

— Quand j'ai demandé la main de mademoiselle, j'ignorais qu'elle avait des millions...

— Et qu'importe qu'elle soit riche ! s'écria la marquise.

— Je ne le suis pas assez pour l'épouser.

Bernadette pâlit ; sa protectrice fronça le sourcil et Lestrigou ne manqua pas l'occasion de dire, comme au-

rait pu le faire en pareil cas le légendaire M. Prud'-
homme :

— Voilà un trait de désintéressement qui devrait servir d'exemple à la jeunesse d'à-présent.

Bardin approuva du geste la sentence émise par son
ami. Il n'avait pas encore renoncé tout à fait à sa to-
quade de marier Paul aux millions de Bernadette, et il
trouvait fort bon que Mirande retirât sa candidature.

A ce moment, le conciliabule fut dérangé tout à
coup par un survenant qu'on n'attendait pas si tôt.

Roch, après avoir bousculé les deux vieillards, était
allé se mêler à une bande enfantine qui l'avait mal
reçu. Il n'était pas du jeu et on ne voulut pas l'y admettre. Dans le petit monde, c'est comme dans le
grand. Il y a des coteries.

Et Roch, repoussé par ces gamins exclusifs, se re-
pliait en courant sur le groupe qui entourait les deux
mères.

Il ne s'adressa ni à la vraie, ni à l'autre. Il grimpa
aux jambes de Mirande qui ne résista pas à l'envie de
l'enlever dans ses bras pour l'embrasser.

— Voulez-vous me prêter votre canne ? criait le
gamin en se débattant.

— Ma canne ?... et pourquoi faire ? demanda l'étudiant.

— Pour battre les polissons qui jouent là-bas à la
toupie.

— Elle est plus haute que toi, ma canne... tu ne
pourrais pas la porter...

— Eh! bien, alors, venez avec moi et laissez-moi vous
appeler papa devant eux... ils croiront que vous l'êtes
et ils n'oseront plus refuser de jouer avec moi.

— Parbleu ! dit tout bas le bonhomme Bardin, ce
ferrailleur serait vraiment le père de ce moutard qui

parle déjà de rosser les autres, ça ne m'étonnerait pas, car bon sang ne peut mentir.

Mirande faisait la plus singulière figure du monde.

Après la déclaration qu'il venait de lancer, il aurait dû, pour être conséquent avec lui-même, rendre l'enfant à sa mère, qu'il ne voulait plus épouser, de crainte qu'on ne l'accusât de se mésallier par spéculation.

Mais Roch, qui s'était accroché à son cou, ne le lâchait pas et criait de sa voix flûtée :

— Papa !... papa !... j'ai retrouvé petite mère, mais je ne veux pas vous quitter... Venez avec nous.

— C'est par délicatesse que vous refusez, dit madame de Ganges ; vous le croyez ? Eh ! bien, non, c'est par vanité. Si vous aviez du cœur, vous ne penseriez qu'à réparer le mal que vous avez fait, au lieu de vous préoccuper de l'opinion du monde. Bernadette en a, elle, du cœur, et je suis sûre qu'elle renoncerait à cet héritage, s'il le fallait, pour légitimer son enfant.

— J'y renonce, murmura la jeune femme.

— Pardon ! s'écria Lestrigou, on *né* renonce pas comme ça à une succession... il *né* suffit pas *dé* dire : *jé né* veux pas...

La résolution de Mirande ne tint pas devant cette scène où le petit Roch jouait le principal rôle. Il le porta dans les bras de sa mère, et comme le gamin se cramponnait, il lui dit :

— N'aie pas peur. Nous serons deux à t'aimer.

En même temps, il baisa la main de Bernadette, sans s'agenouiller cette fois ; mais ce baiser devant quatre témoins, c'était comme s'il lui eût passé au doigt l'anneau des fiançailles.

— Alors, vous aller venir demeurer avec nous ? demanda l'enfant terrible.

Et comme sa mère avait les larmes aux yeux :

— Pourquoi pleures-tu, maman Bernadette?... mon
bon ami nous reste... tu vois bien que maman Jacqueline est contente.

Il n'y avait pas que maman Jacqueline. Bernadette
pleurait, mais c'était de joie. Mirande était heureux,
comme on l'est quand on vient de se mettre en règle
avec sa conscience, et Lestrigou se frottait les mains
en disant :

— Comme j'ai bien fait de venir à Paris !

Relégué au second plan, Paul Cormier approuvait,
mais le père Bardin ne s'associait pas à la satisfaction
générale.

Il n'avait jamais porté Mirande dans son cœur et il
trouvait souverainement injuste que ce batailleur cou-
ronnât sa carrière de mauvais sujet en épousant une
archi-millionnaire qui aurait très bien pu faire le bonheur de Paul Cormier.

Il oubliait que ce mariage n'était qu'une réparation,
et il ne se doutait pas que son protégé Paul avait d'autres
visées.

— Alors, continua Roch, nous allons tous rentrer
chez maman Jacqueline. J'en ai assez, moi, du Luxembourg.

— Il va bien, le petit ! dit en riant Lestrigou.

La marquise saisit l'occasion de s'expliquer sur un
point intéressant pour tout le monde.

— Messieurs, dit-elle, mon amie, Bernadette Lamalou, n'a jamais cessé d'habiter chez moi depuis que
nous avons quitté le Languedoc. Elle et son fils y resteront jusqu'au jour où elle se mariera. En attendant,
ma maison vous sera ouverte et je serai charmée de
vous y voir.

L'invitation était collective. Paul crut lire dans les
yeux de madame de Ganges qu'elle tenait à ce qu'il

en profitât, et il se reprit à espérer que l'avenir le dédommagerait des pénibles épreuves par lesquelles il venait de passer.

— Tiens ! cria tout à coup Roch qui ne restait jamais en repos bien longtemps, voilà Coussergues. Je vais lui dire bonjour.

Et il partit à toutes jambes pour aller joindre l'homme que Paul avait surpris, la veille au soir, en faction devant la maison de Mirande et qui, planté maintenant sous les arbres, à cinquante pas du groupe qui entourait la marquise, semblait monter la garde en attendant qu'on l'appelât.

Et la marquise lui fit signe de venir.

Il vint à pas comptés, ramenant l'enfant, et madame de Ganges le présenta sans qu'il desserrât les dents.

Elle ne l'avait appelé que pour l'interroger avant d'entamer une confession que Paul Cormier pressentait.

Aux brèves questions qu'elle lui adressa, M. Coussergues répondit brièvement et la marquise commença en s'adressant à Mirande :

— Monsieur, c'est moi qui ai tout fait. Je n'ai pas pu me résigner à laisser souffrir plus longtemps Bernadette. Nous ne pouvions, ni elle, ni moi, tenter une démarche directe... surtout après ce qui s'était passé dimanche entre vous et moi. Et Bernadette ne pouvait pas continuer à vivre comme elle vivait. Alors, j'ai eu une idée. J'ai toujours cru à la voix du sang... j'ai voulu faire un essai... je me suis dit que peut-être, si vous voyiez votre fils, votre cœur parlerait... je ne me trompais pas, puisque vous l'avez recueilli sans le connaître...

— C'est donc volontairement que, hier, vous l'avez laissé sur cette terrasse? interrompit Mirande.

— Contre l'avis et malgré les prières de sa mère, oui, monsieur. J'ai eu beaucoup de peine à décider Bernadette à partir et j'avais pris mes précautions pour qu'il ne mésarrivât pas à l'enfant. M. Coussergues veillait sur lui. Si vous n'aviez pas parlé à Roch, en passant, M. Coussergues l'aurait reconduit chez moi. Vous vous êtes intéressé à cet enfant, vous l'avez emmené. M. Coussergues vous a suivi. Il y aura bientôt vingt-quatre heures qu'il vous suit.

— Vous aviez donc deviné que je reviendrais aujourd'hui, au Luxembourg, puisque je vous y ai trouvée?

— Je savais, par M. Cormier, que vous y veniez tous les jours, et je supposais que vous rechercheriez la mère de l'enfant que vous aviez recueilli.

Si vous n'étiez pas venu, je serais allée moi-même le réclamer chez vous.

— Et lui?... vous l'aviez mis dans la confidence?

— Non, monsieur. Je savais qu'il n'aurait pas peur en se voyant tout seul... Il n'a peur de rien... et je ne doutais pas qu'il ne vous demandât lui-même de le ramener aujourd'hui à l'endroit où vous l'avez trouvé hier.

Tout s'est passé comme je l'avais prévu, et j'ai tout dit.

Il ne me reste plus qu'à vous demander pardon d'avoir eu recours à ce moyen.

Mon excuse, c'est que je n'en avais pas d'autre à ma disposition.

Et, ajouta en souriant la marquise, à l'employer, je risquais quelque chose... je risquais de passer pour être la mère de Roch!... demandez plutôt à M. Cormier.

Paul rougit et balbutia quelques mots de protestation, mais madame de Ganges reprit :

— Tout le monde s'y serait trompé. Cet enfant est

accoutumé à ne faire aucune différence entre ma chère
Bernadette et moi. Il croit qu'il a deux mères.

— Il me l'a dit, murmura Mirande.

— Il ne se trompe qu'à demi, car je l'aime comme s'il
était à moi.

Il n'est pourtant pas sans défaut, ajouta malicieusement la marquise en regardant d'une certaine façon
Mirande, qui comprit et qui dit sans hésiter :

— Il a les miens.

— Il a aussi les qualités de sa mère.

— Et je ne suis pas fâché qu'il ait mes défauts, dit
Mirande, rasséréné.

Puis, à Bernadette :

— Vous l'en guérirez, n'est-ce pas ?... Je ferai de mon
mieux pour vous y aider.

Cette déclaration équivalait à une nouvelle promesse de
mariage, et, de celle-là, Mirande ne se dédirait plus, sous
prétexte que Bernadette était trop riche.

Madame de Ganges pensa qu'il fallait en rester là.

— Au revoir, messieurs ! dit-elle.

Et elle le dit si bien que tous comprirent qu'ils n'a-
vaient plus qu'à s'éloigner, sans en demander davantage.

Cet « au revoir » s'adressait aussi bien à Lestrigou
qu'aux deux étudiants ; mais Bardin ne le prit pas pour
lui, et peut-être n'eut-il pas tort.

Roch ne laissa pas partir Mirande sans lui faire promettre qu'il reviendrait dès le lendemain jouer avec lui
dans le jardin de maman Jacqueline.

Mirande n'avait garde d'y manquer.

Il prit le bras de Paul qui était plus troublé que satisfait.

Lestrigou s'accrocha au père Bardin.

Et pour ne pas gêner plus longtemps ces dames en
restant sur la terrasse où ils les laissaient, ils s'ache-

ininèront deux par deux vers l'escalier par lequel Mirande était arrivé avec le petit Roch.

Les vieux ne se réunirent aux jeunes qu'au bord du bassin central, et ce fut pour se séparer, après avoir échangé quelques mots.

— Eh bien ! demanda brusquement Mirande, dès qu'il fut seul avec son ami, et la voix du sang ?

— Je commence à y croire, murmura Paul. Cet enfant est le tien. Tu ne peux pas le renier.

— Alors, tu m'approuves de le reconnaître ?

— C'est ton devoir. Et je t'approuve aussi d'épouser la mère.

— Je l'épouserai, mais toi... n'épouseras-tu personne ?

— Qui voudrait de moi ?

— La marquise. Elle t'aime.

— Tu te trompes. Je lui suis indifférent, à moins qu'elle ne me haïsse, et je n'en serais pas surpris.

— Tu n'y entends rien. Je m'y connais, moi, et je t'affirme qu'elle sera ta femme, si tu veux. Nous nous marierons le même jour.

— Dans dix mois, alors, car il n'y a pas quatre jours qu'elle est veuve... cherche l'article du Code civil... Ce serait trop faire attendre Bernadette.

# EPILOGUE

Les dix mois sont passés et madame de Ganges est toujours veuve.

Elle épousera Paul Cormier, mais elle a voulu attendre, pour l'épouser, que la fin tragique de son mari fût oubliée.

Elle l'est déjà. Le drame où le malheureux marquis a trouvé la mort n'a pas eu de retentissement, car il ne s'est pas denoué en cour d'assises.

Après avoir longtemps hésité, Charles Bardin a rendu une ordonnance de non-lieu et les conseils de son père ont influencé sa décision que, du reste, ses supérieurs hiérarchiques ont approuvée.

Il a démontré jusqu'à l'évidence que le duel avait été loyal. L'acquittement était certain. Les magistrats ont sagement jugé qu'il valait mieux ne point infliger la publicité de l'audience à des jeunes gens qui pouvaient invoquer beaucoup de circonstances atténuantes.

Du reste, la marquise n'était pas femme à se marier, au pied levé, par un coup de tête, comme une excentrique lady qui s'éprend d'un ténor.

Paul, dès le jour de leur première rencontre, avait fait sur elle une très vive impression et il ne lui a pas fallu beaucoup de temps pour l'aimer, mais elle a voulu

le connaître avant de lier sa destinée à celle d'un garçon à peine plus âgé qu'elle, et qui n'était ni de sa caste
ni de son monde.

Elle lui a imposé un stage. Paul n'a pas trouvé la
condition trop dure. Marcelle lui en a su gré. Elle sait
maintenant tout ce qu'il vaut et elle est décidée à s'appeler madame Cormier, quand le moment lui paraîtra
venu de mettre fin à l'épreuve que son amoureux subit
de bonne grâce.

Jean de Mirande et Bernadette Lamalou n'ont pas
fait tant de cérémonies pour consacrer leur union.

Mirande a voulu réparer ses torts, et il a sauté à pieds
joints par-dessus les préjugés sociaux. Son oncle l'a
déshérité, mais il s'en moque. Il est assez riche pour
se passer de sa succession et pour vivre sans toucher
aux revenus de sa femme.

Il a épousé Bernadette, brûlant ce qu'il avait adoré,
et cette conversion fait du bruit au quartier.

Ce fut, l'année dernière, un beau tapage dans le quartier Latin, quand on y sut que le Roi des Ecoles renonçait à la vie d'étudiant pour se réfugier dans le port
du mariage.

Ses favorites l'ont regretté, mais elles se sont vite
consolées ; et Véra, la nihiliste, a déclaré hautement
que Mirande, au fond, n'était qu'un bourgeois.

Il a rompu si brusquement avec ses amis et avec ses
habitudes qu'il n'a pas songé un seul instant à enterrer
sa vie de garçon en offrant à la jeunesse latine un festin
pantagruélique.

Bernadette n'a pas tardé à devenir, dans les délais de
rigueur, la femme légitime du père de son enfant.

Elle n'était plus veuve et elle était mère: deux excellentes raisons pour hâter le mariage réparateur.

Roch n'a plus qu'une maman, car petite mère, depuis

qu'elle est madame de Mirande, n'habite plus chez maman Jacqueline; mais il a un père, un vrai, qu'il adore et qui le lui rend bien.

Si jamais homme s'est vu renaître dans son fils, cet homme, c'est Jean de Mirande.

Roch lui ressemble tant que Bernadette trouve qu'il lui ressemble trop; car s'il a toutes les qualités de sa race paternelle, il en a aussi tous les défauts.

Il est volontaire et querelleur; il n'obéit qu'à son père et la douce Bernadette s'inquiète déjà de l'avenir de ce batailleur en herbe. Mais les tourments qu'il lui donne ne l'empêchent pas de le chérir.

Il sera élevé à la campagne, car elle achètera le château de Marsillargues, et les nouveaux époux comptent passer huit mois de l'année près de ce village de Fabrègue où ils se sont rencontrés.

Ils y remplaceront la famille de la marquise, et ils seront à leur tour les bienfaiteurs du pays.

Lestrigou est au comble de la joie. Il ne cesse plus de se frotter les mains depuis qu'ils les a décidés à venir s'établir en Languedoc.

Il fera leurs affaires pour rien, pour le plaisir.

Coussergues ne quittera pas la marquise quand elle aura changé de nom. Ce fidèle gardien est comme un immeuble par destination. Il fera partie de la maison jusqu'à la fin de ses jours et il vivra en meilleure intelligence avec Paul qu'il n'a jamais vécu avec le défunt marquis.

Marcelle ne s'est brouillée avec personne, parce qu'elle a pris le parti de dire la vérité aux gens de son monde. La baronne Dozulé et ses invités du thé de cinq heures savent maintenant qu'elle devra son bonheur conjugal à une méprise d'un domestique.

Le vicomte de Servon, renseigné comme les autres, a